# EIN TEUFLISCHER VORSCHLAG

*Die liga der Schurken - buch 3*

## LAUREN SMITH

Übersetzt von
**MARTIN WICK**

ISBN: 978-1-956227-35-2 (E-Book-Ausgabe)

ISBN: 978-1-956227-36-9 (Druckausgabe)

# KAPITEL 1

R*egel Nummer 5 der Liga:*

DIE BESTE LIEBHABERIN FÜR EINEN MANN IST EINE temperamentvolle Dame, aber temperamentvolle Damen sollte man wie Wildpferde behandeln, mit festem Griff und sanfter Stimme.

AUSZUG AUS *THE QUIZZING GLASS GAZETTE*, 21. APRIL 1821, Die Kolumne der *Lady Society*:

*DIE LADY SOCIETY TRAUERT. DER ABENTEUERLICHE SCHURKE Viscount Sheridan ist erblindet. Die Lady Society kann nicht umhin, diese dunkelbraunen Augen zu vermissen, die mehr als das Herz einer unschuldigen jungen Dame versengen konnte, wenn sie sie aus dem Winkel eines Ballsaals beobachteten. Oh, mein lieber Viscount*

*Sheridan, wollt Ihr nicht wieder in Erscheinung treten? Die Lady Society fordert Euch heraus: Versteckt Euch nicht länger vor ihr, sonst wird sie Geheimnisse lüften, die Eurem Herzen am nächsten liegen.*

*Vielleicht gibt es eine Dame, die Euch trotz der blinden Augen noch in Versuchung führen und Euch überzeugen könnte, ins Leben zurückzukehren. Möchtet Ihr nicht, dass noch einmal eine Frau Euer Bett wärmt? Eine Frau, die Euer schurkisches Herz zähmt?*

# KAPITEL 2

L ondon, April 1821

CEDRIC, VISCOUNT SHERIDAN, UMFASSTE SEINEN GEHSTOCK mit silbernem Löwenkopf und klopfte damit hart gegen das Kopfsteinpflaster des gewundenen Weges im Garten seines Londoner Stadthauses, während er versuchte, zum Brunnen zu gelangen. Die Welt um ihn herum war in Wintergrau getaucht, doch seine anderen Sinne versicherten ihm, dass der Frühling vor der Tür stand. Sonnenstrahlen wärmten sein Gesicht und seine Arme, wo er die Ärmel hochgekrempelt hatte. Eine nach Blumen duftende Brise kitzelte seine Nase und fuhr durch sein Haar. Cedric machte sieben wohlgemessene Schritte und zählte sie in seinem Kopf.

*Sieben Schritte bis in die Mitte des Gartens, dann fünf Schritte bis...* Er verfing sich mit der Stiefelspitze an einem losen Stein, stolperte und fiel zu Boden. Er unterdrückte einen Aufschrei, als sich Kieselsteine in seine Handflächen pressten und seine Knie knackten.

Keuchend, alle Muskeln angespannt, lag er einen Moment am Boden und kämpfte gegen die Wogen der Demütigung und gegen den kindlichen Drang, vor Schmerzen zu wimmern, an. Sein Augenlicht war nicht das Einzige, was er verloren hatte. Es schien, als ob auch sein Verstand und sein Gleichgewicht ihn verlassen hätten.

Schließlich rappelte er sich hoch, klopfte den Boden um sich herum ab, um seinen Stock zu finden, und stellte sich unsicher auf die Füße. Er war ein erwachsener Mann von zweiunddreißig Jahren – er konnte und würde diesen Schmerz ertragen, wie es von einem wohlerzogenen Gentleman erwartet wurde.

Es war ein glücklicher Zufall, dass keiner seiner Diener in der Nähe war, um diesen Augenblick der Schwäche mitzuerleben.

Von vorn. Fünf Schritte bis zum Brunnen, sagte er sich, wobei er darauf achtete, die Füße höher zu heben, um weitere aufgeworfene Steine zu vermeiden. Er sollte diesen Weg inzwischen kennen, da er ihn schon hundertmal gegangen war. Aber er konnte ihn immer noch nicht so klar in seinem Kopf sehen, wie er es sollte. Als die Spitze seines Stocks auf den Sockel des steinernen Brunnens stieß, beugte er sich vor, streckte die Hand aus, um den Brunnenrand zu finden, und setzte sich mit einem tiefen Seufzer der Erleichterung nieder.

Jede Stunde eines jeden Tages, von dem Moment an, als er aufstand, bis er sich ins Bett legte, lebte er in ständiger Angst, wertvolle Familienerbstücke umzuwerfen, sich vor seinen Freunden oder seiner Familie zu blamieren oder noch schlimmer, seinem Körper weiteren Schaden zuzufügen. Es war eine grausame Fügung des Schicksals, dass er vom einstigen Mann, der sich vor nichts und niemandem fürchtete, auf einen Jämmerling reduziert worden war, der jeden Morgen aufwachte und sich daran erinnerte, dass er für immer in der Dunkelheit gefangen war.

In den letzten Wochen hatte er zu oft an seinem Schreibtisch gesessen, den Kopf in die Hände vergraben, die Handballen tief in die Augen gepresst, während er versucht hatte, die Sehkraft, die er so dringend brauchte, wieder heraufzubeschwören.

Seine Verzweiflung war zu übermächtig, und er konnte nicht den Willen aufbringen, sie zu bändigen.

Er dankte Gott für diesen Garten. Frieden, Ruhe und niemand, der ihn in dieser Verfassung sah. Momente wie dieser waren ein Segen für ihn. Es gab keine gesellschaftlichen Verpflichtungen, keine unangenehmen Besuche von Leuten, die die Prüfungen des Blindseins nicht verstanden. Draußen in seinem Garten konnte er ohne Sorgen, ohne Angst existieren. Die frische Luft, die warme Sonne und die Geräusche von Vögeln und Insekten gaben ihm das Gefühl, wieder lebendig zu sein, oder zumindest so lebendig, wie es ein gebrochener Mann sein konnte. Die Versuchung, für immer hier draußen zu bleiben, war groß, aber seine Hände brannten zuweilen, weil er sie sich ständig aufschürfte, und er musste ins Haus, um zu schlafen und zu essen.

Irgendwo rechts von ihm summte eine Biene, die wahrscheinlich die knospenden Blumen überflog. Das Zwitschern der Vögel in einem nahen Baum erfreute seine Ohren und erfüllte die Stille mit einem zarten, musikalischen und klaren Trillern. Er konnte jede Note, jede Melodie und die Veränderungen in Tempo und Tonhöhe ausmachen, während die Vögel sich miteinander unterhielten.

Er konnte sich nicht mehr auf die Details des Sehens verlassen, wie die Gesichter seiner Schwestern und seiner Freunde, die lachten und redeten, oder die Art und Weise, wie der Wind im Sommer die Bäume in smaragdgrünen Wellen aufwirbelte, oder wie der Mund einer Frau diesen perfekten Rotton annahm, wenn er geküsst wurde. Klänge, Düfte und Berührungen waren jetzt seine einzigen Gefährten. Er klammerte sich an den Klang von Audreys zartem Kichern und an die Sanftheit von Horatias Hand, wenn sie seine hielt, während sie ihn herumführte.

Die leichten Schritte eines Dieners auf dem Kies rissen ihn aus seinen Gedanken. Dem sicheren Tritt nach musste es Benjamin Abbot sein, einer der älteren Diener. Er hatte in den letzten Monaten viel über seine Diener gelernt. Die Mägde erkannte er an ihren Stimmen und dem Rauschen ihrer Röcke, die Lakaien an ihren schwereren Schritten. Jeder Diener war einzigartig. Das war eines der Dinge, die er am meisten schätzen gelernt hatte, nachdem er sein Augenlicht verloren hatte. Er hatte zuvor immer ein gutes Verhältnis zu seinen Dienern gehabt, aber jetzt verließ er sich mehr denn je auf sie.

„Eine junge Dame ist hier, um Euch zu sehen, Mylord.“

„Oh?“ Cedric machte sich nicht die Mühe, in Benjamins Richtung zu schauen. Es schien wenig sinnvoll, sich einer Person zuzuwenden, wenn man sie nicht sehen konnte. „Hat Euch diese Dame einen Namen genannt?“, fragte er den Diener.

„Miss Chessley. Baron Chessleys Tochter“, antwortete der Diener.

Cedric zog scharf die Luft ein.

*Anne ist hier? Wieso?*

Er war im Laufe der Jahre mit vielen Frauen zusammen gewesen und hatte sich mit seinen Verführungskünsten den Weg von einem Bett zum nächsten gebahnt. Aber Anne Chessley gehörte nicht zu seinen Eroberungen. Sie war anders. Sie hatte ihn fasziniert, ihm widerstanden und ihn herausgefordert. Eine wahre Eisprinzessin in ihrem Elfenbeinturm, doch jedes Mal, wenn sich ihre Blicke getroffen hatten, war in ihm augenblicklich ein Verlangen aufgestiegen, so hell und glühend, dass er sich nach ihr verzehrte. Sie war eine Knacknuss, und er hatte sich immer gern auf eine interessante Herausforderung eingelassen.

Letztes Jahr hatte er ihr sogar den Hof gemacht, aber sie hatte ihn nicht einmal nah genug für einen Kuss an sich herangelassen. Er hatte ein Vermögen ausgegeben, um ihr üppige Blumensträuße zu schicken, und hatte sich in der Oper Logensitze gegenüber der Loge ihres Vaters gekauft, um ihr von der anderen Seite des Theaters dabei zuzusehen, wie sie die Musik genoss. Und doch war sie unerreichbar geblieben. Immer höflich, aber nie wirklich offen. Nach monatelangen Versuchen war Cedric gezwungen gewesen, sich geschlagen zu geben. Sie würde sich ihm oder seinen Verführungsversuchen niemals hingeben.

Und dann hatte er sein Augenlicht verloren. Jeder Gedanke an Heirat war jetzt verflogen. Obschon sein Vermögen für einige annehmbare Damen immer noch ein Anziehungspunkt war, konnte er den makabren Tanz des Werbens nicht länger ertragen. Nicht, wenn er nur das unangenehme Geflüster der Damen hinter ihren Fächern über seinen Zustand hörte. Er wollte weder Abscheu noch Mitleid von seiner zukünftigen Frau.

Anne würde ihn sicherlich bemitleiden oder sich angesichts seiner Ungeschicktheit unwohl fühlen. Sie war zu kaltherzig, um sich dafür zu interessieren, ob er es auch nur einen Meter weit schaffte, ohne sich zu verletzen oder etwas in seiner Reichweite umzustürzen. Er konnte sich nicht vorstellen, was sie ausgerechnet jetzt herführte, nachdem sie ihn so lange Zeit gemieden hatte. Außerdem war sie von Höflichkeitsbesuchen herzlich wenig angetan und würde es nicht wagen, ihm einen solchen abzustatten. Hinzu kamen die Neuigkeiten, die er erst kürzlich über ihre Familie gehört hatte, und er wusste beim besten Willen nicht, warum sie hier war.

Als sein Freund Lucien und seine Schwester Horatia letzte Woche zu ihrem wöchentlichen Besuch vorbeigekommen waren, hatte Cedric erfahren, dass Baron Chessley, Annes Vater, im Schlaf gestorben war. Anne war jetzt eine wohlhabende Erbin und brauchte niemanden, geschweige denn Cedric. Was ihn zu der verflixten Frage zurückbrachte: *Warum ist sie hergekommen?*

War sie von der Trauer über den Verlust ihres einzigen lebenden Verwandten so mitgenommen, dass sie zu ihm kam, um Trost zu suchen? Er bezweifelte es. Was konnte er einer Frau wie ihr bieten? Er war ein halber Mann, gebrochen, beschädigt. Ein verdammter Narr.

Er zwang sein Gesicht zu einer würdevollen Fassade. Er würde sie genauso behandeln wie alle jungen Damen, denen er begegnete, seit er sein Augenlicht verloren hatte, mit höflicher Distanz. Sein Stolz verlangte von ihm, die Oberhand zu behalten, besonders bei Anne. Sie durfte nie wissen, dass er sie immer noch begehrte, sich immer noch mit einer Leidenschaft, die jeder Logik entbehrte, nach ihr sehnte.

Ein Traumbild ihrer grauen Augen spielte ihm einen Streich. Er erinnerte sich äußerst lebhaft an sie, an die blassrosa Lippen, die sich nur zu einem Lächeln verzogen, wenn sie ihre Wachsamkeit für einen Moment vernachlässigte, an die Art, wie sie ihre Nase rümpfte, wenn sie nicht seiner Meinung war. Seine Brust verengte sich bei der Erinnerung an ihre oft lebhaften Diskussionen über Pferde, ein Interesse, das sie gemein hatten. Die einzige Möglichkeit, sie zu einer Reaktion zu bewegen, bestand oft darin, sie mit provokanten Äußerungen aus der Reserve zu locken. Der eiskalte kleine Teufelsbraten liebte es, sich zu streiten, und es hatte ihm große Freude bereitet, sie bis zum Rotwerden zu provozieren.

*Verdammt. Ich bin ein sentimentaler Narr geworden.*

Der Diener hustete höflich und erinnerte Cedric daran, dass er wartete.

„Bring sie bitte zu mir", wies er ihn an.

Es war reine Zeitverschwendung, jetzt seinen Weg ins Haus zurück zu finden. Es war viel einfacher, sie stattdessen zu sich in die Gärten bringen zu lassen. Das Wetter war schön, und er kannte Anne gut genug, um zu wissen, dass sie die Natur liebte.

Die Schritte des Dieners verklangen, und eine Minute später hörte Cedric die Schritte einer Dame auf dem Gartenweg. Er hörte sie keuchen, als sie nahe genug war, um ihn sehen zu können.

„Mylord! Ihr blutet!" Anne eilte herbei. Ihr Duft schlug ihm entgegen, ein verführerischer Duft von Orchideen, der ihr einzigartig war. Er spürte die Wärme ihrer Hände nahe bei seinen, als sie sich zu ihm an den Brunnen gesellte. Sie umfasste seine Finger und strich über seine brennende Haut. Er hatte sich so sehr an die Schnitte und Kratzer gewöhnt, dass er sie kaum noch bemerkte.

Sie berührte sanft seine geschundenen Hände, und er unterdrückte ein sehnsüchtiges Schaudern. Ohne Sehkraft blieb ihm nur das Berühren, Schmecken und Riechen, um der Welt einen Sinn zu geben. Annes Berührung entzündete ein kleines Feuer unter seiner Haut.

„Ich blute?", fragte er stumpf, zu sehr gefangen im Gefühl der Seidenröcke, die seine Schienbeine streiften. Seine verletzten Hände waren längst vergessen. Erregung brannte in seinen Adern, und der alte Drang, zu verführen, gewann die Oberhand. Er konnte sich nicht erinnern, wann sie ihm aus eigenem Willen je so nah gewesen war.

„Ja, Mylord. In Euren Handflächen sind Kieselsteinchen. Seid Ihr..." Sie stockte.

Sein Verlangen nach ihr verkümmerte angesichts des Mitleids in ihrem Ton. „Ob ich hingefallen bin? Ja", antwortete er knapp. Er hatte nie Mitleid gebraucht und er wollte es auch jetzt nicht, schon gar nicht von ihr. Er streckte seine

Brust hervor und blickte finster in ihre Richtung. Eine beunruhigende Stille erfüllte die Luft zwischen ihnen. Anne hatte schon immer die Macht gehabt, ihn nervös zu machen, sodass sich jeder Muskel in ihm anspannte. Welchen Ausdruck hatte sie jetzt? Zogen sich diese zarten Brauen, an die er sich so gut erinnerte, überrascht über ihren schönen Augen zusammen und legte sich ihre Stirn in Falten? Verdammt, er wünschte, er könnte sie sehen.

„Würdet Ihr Euch von mir helfen lassen?", fragte Anne leise.

„Inwiefern?" Skepsis erfüllte Cedrics Stimme.

Anstatt zu antworten, zog sie ihre Handschuhe aus, nahm seine Hände, tauchte sie in das kalte, klare Wasser des Brunnens, und rieb und schrubbte sanft über seine brennenden Handflächen. Dann hob sie seine Hände wieder hoch.

„Habt Ihr ein Taschentuch?", fragte sie.

„In meiner Brusttasche", antwortete er. Er spürte, wie ihre Hand in seine Westentasche glitt. Diese einfache Geste war seltsam erregend und ließ seinen Puls höher schlagen. *Er* war bisher immer derjenige gewesen, der eine Hand unter das Mieder oder den Rock einer Dame gleiten ließ. Es war eine ganz neue Erfahrung, die Hand einer Dame unter seiner Kleidung zu fühlen. Er konnte die Wärme ihrer Haut nahe seiner Brust spüren. Mit einem inneren Grinsen genoss er jede Bewegung ihrer weichen Hände.

Nachdem sie sein Taschentuch gefunden hatte, tupfte sie seine Hände ab und hielt sie dann hoch. Ihr warmer Atem streifte in einem sanften Muster über seine Haut, während sie leicht über seine Schnitte blies, um sie zu trocknen.

„Ich glaube nicht, dass sie weiter bluten werden. Ihr müsst aufpassen und ihnen ein paar Tage lang nichts Grobes widerfahren lassen, damit die Schnitte heilen können."

Ihr tadelnder Ton überraschte ihn und ließ die warme Blase der Begierde um ihn herum platzen. „Danke, Ma'am", erwiderte er steif, eher verblüfft als verärgert. „Entschuldigt meine Direktheit, aber warum seid Ihr hier?" Die brennende Frage nach dem Warum plagte ihn noch immer.

Anne schwieg lange, bevor sie sprach. Als sie es schließlich tat, lösten sich ihre Hände von seinen und trennten ihre Berührung.

„Ihr habt sicher vom Tod meines Vaters erfahren."

„Das habe ich tatsächlich", sagte Cedric leise. „Er war ein guter Mann, und das sage ich nicht über viele Männer, die ich kenne. Euch gilt mein tiefstes Mitgefühl und Beileid."

Schmerz durchfuhr ihn, stechend und plötzlich, hinter seinen Rippen. *Die Särge seiner eigenen Eltern wurden in ein Doppelgrab gesenkt, und seine beiden kleinen Schwestern umklammerten seine Arme zu beiden Seiten. Ihre engelsgleichen Gesichter waren tränenüberströmt.* Das waren furchtbare Erinnerungen, Erinnerungen, die er jeden Tag zu begraben versuchte.

„Danke." Ihre Stimme war fest, aber er wusste, wie stark Anne war, und es machte ihn stolz auf sie. Gleichzeitig wollte er sie an sich ziehen und ihr sanfte, süße Dinge ins Ohr flüstern, um sie zu trösten.

Das schockierte ihn erneut. Seit wann war er ein Mann, der Trost spendete? Er war ein Schurke, ein Verführer und Wüstling der schlimmsten Sorte. Nicht ein Mann, der eine Frau zum Trost in die Arme nahm.

„Es ist der Tod meines Vaters, der mich zu Euch führt."

„Oh? Ich kann mir nicht vorstellen, wie ich..."

„Verzeiht mir meine Offenheit, Mylord, aber die Wahrheit ist, dass ich heiraten muss. Der Tod meines Vaters hat mich reich gemacht, doch damit bin ich leider zu einer noch größeren Zielscheibe für die Glücksjäger der Gesellschaft geworden, als mir lieb ist."

Ihm entging der Anflug von Verzweiflung in ihrer Stimme nicht. Solange er sie kannte, hatte sie sich immer vor der

Öffentlichkeit gescheut, und die Last, eine Erbin zu sein, musste schwer auf ihren Schultern wiegen.

„Und was hat das mit mir zu tun?", fragte Cedric. Sie dachte doch gewiss nicht... Es war sicherlich übertrieben zu hoffen, dass sie ihn bitten würde, ihr wieder den Hof zu machen.

„Ich brauche einen Ehemann, und die meisten der infrage kommenden Männer, die eine Braut suchen, sind nicht das, was ich mir unter einem geeigneten Partner vorstelle. Ich bin hergekommen... in der Hoffnung, dass Ihr vielleicht..." Ihre Hände ergriffen seine, und er erschrak, blieb aber nach außen hin ruhig und hielt sie sanft fest.

Was hoffte sie? Seine Brust verkrampfte sich. „Sagt, was Ihr denkt, Miss Chessley", forderte Cedric, vielleicht ein wenig zu nachdrücklich. Ihr Griff um seine Hände lockerte sich und seine Hände fielen in seinen Schoß.

„Vielleicht war das ein Fehler. Ich hätte Euch nicht belästigen sollen", murmelte Anne entschuldigend. Er hörte, wie sie aufstand, um zu gehen.

Cedric sprang neben ihr auf und langte blindlings in ihre Richtung, in der Hoffnung, ihr Handgelenk zu fassen zu kriegen, um sie aufzuhalten. Stattdessen krallte sich seine Hand in ihre Hüfte, doch statt sie loszulassen, schloss er seine Finger noch fester um ihre Taille, gerade fest genug, um ihre Flucht zu verhindern. Sie schnappte von der plötzlichen Berührung überrascht nach Luft.

„Sprecht bitte aus, was Ihr sagen wolltet", flehte er halb, da er nicht wollte, dass sie ihn verließ.

Er war in letzter Zeit so oft allein gewesen, denn er hatte in Anbetracht seines Zustands die Einsamkeit vorgezogen. Annes Gesellschaft aber war ihm willkommen. Sie erinnerte ihn an bessere Zeiten, ohne ihn ob seiner verlorenen Sehkraft melancholisch zu stimmen. Vielmehr entzündete sie ein Feuer in seinem Blut, und er besann sich darauf, wie er sie immer geneckt und wie sie ihm in den entzückenden Wortgefechten die Stirn geboten hatte. Er unterdrückte ein Grinsen darüber, dass sie sich nicht aus seinem Griff zu winden versuchte.

„Ich bin gekommen, um Euch zu fragen, ob Ihr eine Ehe in Betracht ziehen würdet... mit mir." Die letzten beiden Worte waren ein atemloses Flüstern, so leise, dass er sich fragte, ob er sie sich nur eingebildet hatte.

„Ihr wollt, dass ich Euch heirate?"

Endlich könnte er Anne haben! Doch er hatte sich geschworen, nie zu heiraten, weil eine Frau, die sich an ihn band, niemals mit einem derart behinderten Mann glücklich werden würde. Wie konnte Anne nur denken, dass er eine gute Wahl wäre? Wenn sie dachte, sie könnte nur dem Namen nach seine Frau sein, irrte sie sich.

Wenn er und Anne heirateten, würde er sie in sein Bett holen und damit den Himmel erobern, von dem er wusste, dass er ihn erwartete. Wenn die Ehe der einzige Weg wäre, um das Paradies zu finden, dann würde er sofort das Aufgebot bestellen. Doch so, wie er Anne kannte, musste es bei der Sache einen Haken geben.

„Ja. Nun... ,*wollen*' ist vielleicht ein starkes Wort. Aber ich würde Euch heiraten, wenn Ihr um meine Hand anhieltet."

„Warum ich?" Wenn sie unter Glücksrittern und jungen Hengsten auswählen konnte, warum sollte sie sich dann mit einem blinden, erbärmlichen Narren zufrieden geben? Das ergab wenig Sinn.

„Von allen Männern, die ich kenne, seid Ihr einer der wenigen, der an mir und nicht an meinem Vermögen interessiert ist, da Euer Besitz bekanntlich weitaus größer ist als meiner. Ich mache mir keine Illusionen über den wahren Grund Eures Interesses. Die Hengste meines Vaters würden natürlich Eure werden, sollten wir heiraten. Es stünde Euch frei, Eure eigenen Stuten mit ihnen zu kreuzen. Ich dachte, das könnte Euch vielleicht locken. Ich würde Euch gern bei der Zucht behilflich sein, da ich Euer Interesse in diesem Bereich teile. Ich glaube auch, dass wir uns mit der Zeit gut genug verstehen könnten, um miteinander auszukommen. Mein Vater mochte Euch sehr, ebenso wie Emily, und das versichert mir Euren ehrlichen Charakter."

Cedric lachte in sich hinein. Trotz seines verwegenen Rufs und den Gerüchten in den Zeitungen hatte ihr Vater ihn gutgeheißen? Sie hatten sich oft in Tattersalls getroffen, um über feine Pferde zu diskutieren. Er und der verstorbene Baron waren sich in fast allem einig, außer in der Politik, aber solche Debatten waren bei einem Glas Portwein in Clubs wie dem White's lebhaft und gut argumentiert ausgetragen worden.

Da überkam ihn plötzlich ein tiefe Trauer über den Verlust des Barons. Er hatte seine Blindheit zum Anlass genommen, sich in seiner eigenen Dunkelheit zu suhlen, und hatte nicht einmal darüber nachgedacht, wie Anne sich fühlen musste. Sie hatte ihrem Vater sehr nahe gestanden, seit sie ihre Mutter so jung verloren hatte.

*Und sie kommt zu mir, damit ich sie vor Glücksjägern beschütze...*

Der Gedanke wärmte ihn an einer Stelle, die in den langen Monaten, seit er sein Augenlicht verloren hatte, kalt geblieben war.

„Ihr würdet mich wirklich heiraten? Ich muss Euch warnen, Miss Chessley, ich bin nicht mehr der Charmeur, der ich einmal war. Mein Leben ist... kompliziert geworden." Das Eingeständnis schmerzte ihn, aber es war unvermeidlich. Sie hatte das Recht zu wissen, was ihr bevorstand, wenn sie ihn heiratete.

„Ich weiß, Mylord. Ich hatte als Kind einen Lieblingsspaniel, der erblindete. Ich kenne die Schwierigkeiten, denen Ihr Euch stellen müsst." Ihre Stimme war immer noch ein wenig atemlos.

„Ich glaube nicht, dass Ihr mich überzeugen könnt, indem

Ihr mich mit einem Hund vergleicht, Miss Chessley." Er lachte trocken, bevor er ernster wurde. „Ich reagiere nicht gut auf Mitleid, und wenn wir heiraten würden, wäre ich Euer Ehemann mit allem, was dazugehört. Ich bin sicher, Ihr wisst, was das bedeutet. Ihr solltet also besser gehen."

Ein kurzes Keuchen entfuhr ihr, aber er konnte nicht sagen, ob es Bestürzung oder Empörung war. Verdammt noch mal, er war nicht imstande, ihre Reaktion zu deuten, nicht so wie früher. Ein schwaches Beben durchfuhr sie, und er spürte es durch seine Hand, die immer noch besitzergreifend auf ihrer Taille ruhte.

„Ich würde Euch ja anbieten, Euch zur Tür zu begleiten, aber es dauert eine Weile, bis ich den Weg aus den Gärten finde." Obwohl er ihr gesagt hat, sie solle gehen, hatte er sie nicht losgelassen.

*Widersprich mir, Anne. Geh nicht.*

Er hasste es, ihr zu sagen, sie solle gehen, aber er wusste, wie es zwischen ihnen sein würde. Sie würde distanziert bleiben, er würde blind bleiben, und keiner von ihnen würde jemals herausfinden, was sie außerhalb des Schlafzimmers miteinander anfangen sollten. Eine solche Aussicht hätte ihn vorher vielleicht nicht gestört, ein Teil von ihm hatte immer nur eine Ehe der Form halber erwartet, aber seit er die glücklichen Ehen seiner beiden engen Freunde beobachtet hatte, wusste er, dass er sich bei seiner zukünftigen Frau nach mehr sehnte als nach sinnlicher Befriedigung, sollte er sich denn jemals eine Frau nehmen.

Zuerst hatte er es als Sentimentalität abgetan, aber von verliebten Paaren umgeben zu sein, hatte seine Auffassung verändert, und nach dem Unfall hatte er seine Kindheit häufiger Revue passieren lassen. Dabei erinnerte er sich an die gute Beziehung seiner Eltern. Er merkte, dass sich ein großer Teil von ihm schon immer nach etwas Ähnlichem gesehnt hatte. Er wollte, was seine Freunde und Eltern hatten: Liebe und Freundschaft. Früher hatte er über solche Dinge gelacht und sie als naive Sehnsüchte von Dichtern abgetan, aber jetzt teilte er sie.

„Mir ist bewusst, dass Euch Eure Rechte als Ehemann zustehen würden. Ich würde Euch nicht abweisen." Sie sagte es steif und tapfer und wich immer noch nicht vor ihm zurück. Sie verlangte auch nicht, dass er seine Berührung löste.

Cedrics Lippen zuckten. Er hatte genug Erinnerungen an sie, um zu wissen, welcher Gesichtsausdruck diesen Tonfall begleitete. Ihr Kinn war bestimmt angehoben, ihre hohen Wangenknochen rosig vor Verlegenheit und in ihren lieblichen Augen blitzte sicherlich unausgesprochene Empörung. Seine Hand glitt von ihrer Hüfte ab, aber er hörte sie nicht gehen. Sie blieb in der Nähe, und das Geräusch ihres Atems kitzelte seine Ohren.

„Ihr mögt zustimmen, regungslos unter mir zu liegen, aber das will ich nicht bei einer Frau. Ich wünsche mir eine willige Gefährtin, und Ihr habt mir im letzten Frühjahr klargemacht, dass Ihr es nicht seid."

„Menschen ändern sich", entgegnete sie.

„Vielleicht, aber die Natur einer Frau tut es oft nicht. Ihr wart immer aus Eis, Miss Chessley, und ich habe nicht die Absicht, mein ohnehin schon auseinanderfallendes Leben zu verschlimmern, indem ich in Eurem Bett erfriere. Die Flucht vor Glücksjägern ist nicht Grund genug, um mich aufzusuchen. Haltet Ihr mich für blind *und* dumm?"

Er spürte, wie sich die Luft bewegte, bevor ihn die Ohrfeige voll ins Gesicht traf. Der unverhoffte Angriff entfachte in ihm eher ein Feuer der Erregung als der Wut. Vielleicht konnte er sie doch noch zum Schmelzen bringen.

„Wie könnt Ihr es wagen, so zu sprechen!", zischte Anne.

„Ich entschuldige mich, wenn die Wahrheit wehtut, aber ich bin es leid, Höflichkeit vorzutäuschen. Jetzt geht bitte, sonst könnte ich weitere Wahrheiten ausspucken, die Euch vielleicht aufregen könnten."

„Ihr rücksichtsloser Kerl!" Anne wollte ihn noch einmal schlagen, aber diesmal hatte er die Voraussicht, ihre Reaktion vorherzuahnen.

Nur mit Glück erwischte er ihr Handgelenk und zog ihren Körper eng an den seinen. Seine andere Hand legte sich auf ihre Schulter und wanderte weiter, bis sie ihren Nacken umfasste. Er hielt sie still in seinem festen Griff und bewegte sich sanft zu ihrem Gesicht vor. Er schaffte es, ihre Wange zu finden und sich vorsichtig einen Weg zu ihren Lippen zu küssen. Als er sie gefunden hatte, gab er jeden Anschein von Zärtlichkeit auf und eroberte ihren Mund im Sturm.

Sie zitterte in seiner Umarmung, und ihre Zunge wich ihm zunächst aus. Aber er setzte seinen Angriff fort und rieb beruhigend seine Finger über ihren Hals, bis sie sich entspannte. Der Triumph, den er empfand, als ihre Zunge zwischen seine Lippen glitt, war herrlich. Und dann löste sich Cedric von ihr und trat mit schwerem Atem einen Schritt zurück.

„Wenn Ihr schwören könnt, mir im Bett so zu antworten, dann werde ich Euch bitten, mich zu heiraten." Es war eine Herausforderung, von der er nicht erwartete, dass sie sich ihr stellen würde, aber er betete, dass sie es dennoch täte. Sein Verlangen nach ihr, das er seit Jahren tief in sich hegte, entzündete sich nun zu einem sich langsam ausbreitenden Lauffeuer. Wenn sie nur zustimmen könnte, sich ihm zu öffnen...

„Ich schwöre es." Ihre heisere, atemlose Stimme durchzuckte seine Lenden, die sich vor Leidenschaft regten. Sie sprach weiter, ohne sich ihrer Wirkung auf ihn bewusst zu sein. „Was ich sagen will, ist, dass Ihr viel besser küsst, als ich erwartet hatte."

„Ihr schwört es also? Ihr werdet mir jedes Mal, wenn ich Euch aufsuche, so antworten?", drängte Cedric.

„Ja, ich schwöre es", versprach Anne, aber Cedric hörte das Zögern in ihrer Stimme.

Er lockerte seinen Griff um sie und versuchte, seinen Ton zu mildern. „Ich werde Euch niemals zwingen, wenn das Eure Sorge ist. Aber ich warne Euch, mein Hunger nach Sinnlichkeit ist unersättlich." Er warf ihr ein Lächeln zu, mit dem er schon viele Herzen gebrochen hatte, und wünschte, er könnte ihre Reaktion sehen.

„Ich würde lieber Euren Hunger stillen, Mylord, als noch einen Abend auf einem Ball mit diesen Narren tanzen zu müssen, die mich nur als einen Goldstapel in einem Ballkleid betrachten", erklärte Anne.

Cedric hätte beinahe gelacht. Da war das hitzköpfige Gemüt, an das er sich erinnerte, dasjenige, das sich jeder seiner Herausforderungen stellte. Vielleicht hatte er sich nur eingebildet, dass sie aus Mitleid zu ihm gekommen war oder im Glauben, dass er sie jetzt, da er blind war, nicht zu einer vollkommenen Ehe drängen würde. Er mochte seit jeher Wetten, und angesichts ihrer Antwort würde er nun darauf wetten, dass sie es genauso liebte, mit ihm Streitgespräche zu führen wie er. Vielleicht hatten sie doch eine Chance.

„Ich nehme an, dann ist es beschlossene Sache. Ich werde mich bemühen, alles richtig zu machen." Cedric streckte die Hand aus, um den Rand des Brunnensockels zu finden, und nutzte ihn als Stütze, um auf einem Bein zu knien. Dann streckte er eine Hand in ihre Richtung aus.

„Bitte reicht mir Eure Hand, Miss Chessley." Er ergriff ihre Hand und spürte die schwachen Ränder leichter Schwielen. Dies war die Hand einer Frau, deren Welt mit Pferden zu tun hatte. Sie trug keine Handschuhe. Seltsam, das war ihm bis jetzt nicht aufgefallen.

„Miss Chessley, würdet Ihr mir die große Ehre erweisen, meine Frau zu werden?" Er lächelte, denn die Absurdität des Augenblicks war zu amüsant, um ernst genommen zu werden.

Es war für ihn ein harter Schlag, dass er ihre Augen nicht sehen konnte. Würden ihre grauen Tiefen vor Leidenschaft funkeln oder vor Unsicherheit trübe sein?

„Ja, Mylord", antwortete Anne wieder atemlos.

Cedric fragte sich, ob sein Lächeln Anne berührt hatte. Er erhob sich mit ihrer Hilfe und suchte nach seinem Stock. Sie legte ihn in seine Hände und er spürte, wie sich ihr Griff festigte, als er wieder lächelte.

Hatte sein Lächeln sie beeinflusst? Oder war sie wirklich froh, dass er ihr einen Antrag gemacht hatte? Gott, er wünschte, er könnte sehen. Zu lange hatte er sich auf die Sprache der Augen verlassen. Jetzt war er verloren, ein ungeschickter Mann, der nur seine Ohren und Hände hatte, um ihn zu führen.

„Ausgezeichnet. Wann würdet Ihr unsere Verlobung am liebsten bekanntgeben? Ich glaube, es ist Tradition, sechs Monate zu warten, bis man in Halbtrauer gehen darf."

Eine Hand klammerte sich angsterfüllt an seinen Ärmel. „Nein! Ich möchte innerhalb einer Woche heiraten. Die Saison ist in vollem Gange, und eine schnelle Heirat wird den zahllosen Belagerungen von Chessley Manor durch Londons Junggesellen ein jähes Ende bereiten."

Ihre Stimme veränderte sich, als sie von den Glücksjägern sprach, und er fragte sich, ob das die Wahrheit war. Trotzdem würde er nicht den Grund anzweifeln, warum sie zu ihm gekommen war. Die Idee zu heiraten hatte einen Reiz, den er vorher nicht für möglich gehalten hätte. Er wäre nicht mehr allein. Ihre Stimme würde die Dunkelheit durchbrechen und ihn davon abhalten, sich der Verzweiflung hinzugeben.

Konsequenzen hätte die Entscheidung trotzdem. „Ihr wisst, dass die Gesellschaft uns in einem Skandal zerreißen wird. Sie werden davon ausgehen, dass Ihr schwanger seid, oder uns gar schlimmere Gründe für eine solche Eile unterstellen."

„Ich hätte nicht gedacht, dass Ihr einen Skandal fürchtet, Mylord." Ihr provokanter Ton ließ ihn ein weiteres Lachen unterdrücken. Wie gut kannte die Lady ihn doch! Sie würden zueinanderpassen, nun konnte er darauf vertrauen.

„Natürlich nicht. Ich *genieße* Skandale. Mir war nur nicht bewusst, dass Euch die Aufmerksamkeit genauso erregt wie mich." Er wünschte, er hätte ihr Gesicht sehen können. Errötete sie bei seinen mehrdeutigen Worten?

„Erregen, wie Ihr es ausdrückt, tut sie mich vielleicht nicht, aber ich habe auch keine Angst davor." Ihr Ton klang aufrichtig, denn hätte sie gelogen, hätte er ihr ungleichmäßiges Atmen oder ein Zittern in ihrer Stimme gehört.

„Dann wäre es Euch also lieber, wenn ich mir eine Sondererlaubnis besorge?"

„Ja, wenn es Euch nicht zu viel Mühe macht", sagte Anne.

„Nun gut. Ich benachrichtige Euch morgen."

„Danke, Mylord." Annes Hände umklammerten seine, als sie sich vorbeugte und ihre Lippen in einem sanften Kuss über seine Wange strich. Die Leidenschaft in ihm rang bei dieser unerwarteten Berührung mit ihrer Zärtlichkeit. Sie blieb in seiner Nähe. „Möchtet Ihr, dass ich Euch zurück ins Haus führe?"

Jetzt war er es, der zögerte. Konnte er es wagen, zuzustimmen und seine Angst vor dem Stolpern zuzugeben? Oder wäre sie traurig, wenn er ihr Angebot ablehnen würde? Verdammt, er wünschte, er würde Frauen besser verstehen. Er hatte jahrelang mit seinen Schwestern zusammengelebt und war intelligent genug, um zuzugeben, dass er so gut wie nichts über die weibliche Spezies oder ihre komplexen und oft unergründlichen Ansichten über die Menschheit wusste. Vielleicht war es klüger, ihr Angebot anzunehmen, als sie zu verärgern. „Ja. Das wäre nett von Euch."

Cedric war überrascht, als sie wortlos ihren Arm in seinen legte und sie schweigend den gepflasterten Weg entlanggingen. Aber es war kein starres Schweigen, wie er erwartet hatte. Etwas zwischen ihnen hatte sich verändert. Er wünschte nur, er wüsste, was es bedeutete. Aber er würde es bald herausfinden. Sie sollten schließlich heiraten. Wie seltsam, dass er zwischen Angst und Faszination hin- und hergerissen war.

„Meiner Meinung nach ist es ungemein passend, dass dieser Teufel das Augenlicht verloren hat. Möge er seinen lüsternen Blick nie wieder auf eine tugendhafte Frau richten", verkündete Lord Upton den Männern im Kartenspielzimmer von Berkleys, einem Club für Gentlemen der gehobenen Gesellschaft. Hierauf ertönte einiges zustimmendes Gemurmel, aber ebenso viel verärgertes Brummen.

Cedric betrat den Kartenraum und kämpfte gegen die natürliche Panik an, sich in einem Raum zu befinden, in dem er sich äußerst verletzlich fühlte. „Sei still, Upton. Ich bin blind, nicht taub. Zwing mich nicht, dich zum Duell herauszufordern."

Sein Stock schwang über den Teppich hin und her, während er sich seinen Weg zwischen den Tischen hindurch bahnte. Er konnte Lord Uptons Gesicht zwar nicht sehen, aber die Unruhe im Bereich, in dem er Uptons Stimme gehört hatte, war vielsagend. Cedric lächelte und wartete darauf, dass sich sein Freund Ashton Lennox zu ihm gesellte.

„Cedric?"

Er fuhr beim plötzlichen Klang der Stimme seines Freundes zusammen. Dieser Ashton hatte eine Art, sich lautlos wie eine Katze anzuschleichen.

Obwohl Cedric nicht mehr sehen konnte, erinnerte er sich nur zu gut daran, wie Ashton aussah. Er war groß, hatte hellblondes Haar und stechend blaue Augen. Ashton war einer seiner engsten Freunde und derjenige, auf den sich Cedric am meisten verließ, um auch ohne sein Augenlicht zurechtzukommen. Ash war schon immer geduldiger als die anderen Mitglieder der Liga gewesen, und Cedric brauchte diesen zuverlässigen Gleichmut Er konnte sich den strafenden Blick vorstellen, den sein Freund ihm in diesem Moment zuwarf, denn obwohl seine Welt in Dunkelheit gehüllt war, spürte er immer noch, wenn er beobachtet wurde.

„Schon gut. Upton ist ein verdammter Narr, das ist alles." Er griff diskret nach Ashtons rechtem Arm und ließ sich von ihm zum Privatsalon führen, der für ihn und seine Freunde reserviert war. Obwohl sein Stolz von ihm verlangte, seinen Weg allein zu finden, erinnerte ihn die Vernunft daran, dass er wahrscheinlich stolpern und diesem Bastard Lord Upton genau das bieten würde, was der sich von Cedric erhoffte, wenn er so dumm wäre, diesen Raum ohne führende Hand zu durchqueren. Er würde sich nur zum Gespött machen.

*Da schläft man nur einmal mit der Tochter eines Mannes, ohne sie zu heiraten, und ihr Vater tut gleich so, als hätte man sein Haus niedergebrannt.*

Cedrics Ohren erkannten das höhnische Grinsen in Uptons Ton, der ihm viel zu nah war, als es ihm angenehm war. „Ein Duell mit einem Blinden? Seine Ehre ist dieses törichte Unterfangen nicht wert."

Cedric versteifte sich und verfluchte seine verbleibenden Sinne, die seit seinem Sehverlust nur schärfer geworden waren, insbesondere sein Gehör.

„Beachte ihn nicht", sagte Ashton kühl.

„Leider hat er recht. Ich müsste meine Pistole von meinem Sekundanten in die richtige Richtung lenken lassen, und selbst dann wäre ein Treffer unwahrscheinlich." Er sagte dies in seinem gewohnt zynischen Ton, aber die Wahrheit nagte doch an ihm.

Das war vielleicht eines der schlimmsten Nachteile, ohne Augenlicht zu sein und sein Gleichgewicht nicht halten zu können. Er konnte nicht mehr reiten, schießen oder jagen. Er konnte nichts mehr tun, was er früher getan hatte. Selbst der Besuch seines Gentlemen's Club war zu einem Spießrutenlauf geworden. Er fühlte sich ohne die Begleitung wenigstens eines seiner Freunde ausgeliefert. In den letzten Monaten hatte er zwar gelernt, Männer an ihrer Stimme und ihrem Gang zu erkennen, aber das reichte nicht aus, um sich in London sicher zu fühlen. Jeder seiner Sinne war geschärft, doch seine Angst, angegriffen zu werden, blieb bestehen. Sein Sehvermögen hatte ihn im vergangenen Dezember vor Gefahren nicht retten können, und jetzt war er umso verwundbarer.

Ein Mörder, der mit ziemlicher Sicherheit von Sir Hugo Waverly angeheuert worden war, hatte beim letzten Weihnachtsfest versucht, ihn zu töten. Der Mann hatte es sogar beinahe geschafft, und deshalb hatte Cedric sein Augenlicht verloren. Als er mit seiner Schwester Horatia in einem brennenden Häuschen gefangen gewesen war, hatte er wirklich geglaubt, sie würden beide sterben. In letzter Sekunde hatte Lucien Russell, Marquess of Rochester, sie gefunden und aus dem brennenden Gebäude gezerrt, während die Flammen um sie herum alles zerstörten. Das Letzte, woran Cedric sich erinnerte, war das Ächzen eines Holzbalkens, der von der Decke auf seinen Kopf stürzte und ihn in diese Welt der Dunkelheit verbannt hatte.

Der Arzt, der ihn behandelt hatte, hatte nicht sagen können, ob sein Schicksal von Dauer sein würde. Aber Cedric hatte es nach zwei Monaten als solches hingenommen. Er hatte jeden Morgen seine Augen geöffnet und nichts als eine graue Wand gesehen, jede Nacht hatte er im Schlaf vergessen, dass seine Augen blind waren, und jeden Morgen wurde er von Neuem an seinen Verlust erinnert.

Zuerst hatte er unter einer erstickenden Panik gelitten, aber er hatte sich mit langsamen, tiefen Atemzügen gezwungen, sich zu beruhigen. Was dann folgte, war eine schmerzhafte Traurigkeit, eine Hilflosigkeit, die ihn wütend und schreckhaft machte. Er hatte sich mit der Dunkelheit und einem ruhigeren Leben abgefunden und wenig mit sich selbst anzufangen gewusst, bis er Anne gestern in seinem Garten empfangen hatte.

Annes Besuch hatte ihn dazu veranlasst, ein Treffen mit seinen engsten Freunden einzuberufen, die den meisten Londonern durch die Gesellschaftsblätter unter dem Namen Liga der Schurken bekannt waren. Die Liga bestand aus Godric, Duke of Essex, seinem Halbbruder Jonathan St. Laurent, Lucien, Marquess of Rochester, Charles, Earl of Lonsdale, Ashton, Baron Lennox und ihm selbst.

Cedric spürte, wie sich Ashtons Armmuskeln bewegten, als er die Tür zum Privatsalon öffnete. Bekannte Stimmen hallten ihm entgegen, als sie gemeinsam den Raum betraten.

„Schön, dich zu sehen, Cedric", sagte Godric irgendwo links von Cedric. Godric hatte es geschafft, den Armen seiner süßen Frau Emily zu entfliehen, um sich ihnen im Club anzuschließen.

Er erinnerte sich, wie Godric die Liga letztes Jahr davon überzeugt hatte, die arme Frau zu entführen, als ihr Onkel Geld, das Godric gehörte, unterschlagen hatte. Sie sollte nur eine Spielfigur in einem ausgefeilten Plan sein, aber es hatte sich herausgestellt, dass Emily viel besser darin war, die Figuren zu bewegen. Diese Entführung hatte Godric eine Gemahlin eingebracht, die sich der Herausforderung gestellt hatte, ihn zu zähmen. Cedric grinste. Nichts war für die Liga wie früher, seit Emily in ihrer aller Leben getreten war.

„Sind schon alle da?" Cedric lauschte dem Poltern der Stiefel und dem Rascheln von Stoffen, als die Männer in der Nähe Platz nahmen.

„Wir sind alle hier", verkündete Lucien. Der rothaarige Teufel hatte vor Kurzem Cedrics Schwester Horatia geheiratet und sich davor noch mit Cedric duelliert. Mehr als einmal war ihm der Gedanke gekommen, dass seine Blindheit irgendwie Gottes Strafe für seine Sturheit in dieser Angelegenheit gewesen sein könnte.

Cedric würde diesen fünf Männern sein Leben anvertrauen. Mit Ausnahme von Jonathan hatten sie unzählige Begegnungen mit dem Tod nur knapp überlebt und waren an vielen gesellschaftlichen Skandalen beteiligt gewesen. Aber vor allem waren sie Freunde, und in dieser Eigenschaft brauchte er sie jetzt am meisten.

„Du hast in deiner Nachricht etwas über Neuigkeiten erwähnt?", fragte Jonathan.

„Kann mir jemand zuerst einen Scotch einschenken und mich zu einem Stuhl führen?", fragte Cedric mit einem halb scherzhaften Lächeln. Seine Freunde lachten.

Ashton schob ihn ein paar Schritte nach vorn, und Cedrics Knie streiften das feste Kissen eines Stuhls. Er nahm Platz und legte seinen Stock auf den Boden.

„Bevor wir hören, was Cedric zu sagen hat, habe ich selbst eine Mitteilung zu machen", sagte Lucien, der vor Aufregung ein wenig atemlos klang. „Ist es in Ordnung, wenn ich zuerst spreche, Cedric?" Seine Stimme hatte eine gewisse verborgene Zurückhaltung, zumindest für Cedrics scharfes Ohr. Was konnte Lucien, einen der kühnsten Männer, die er je kennengelernt hatte, befangen machen?

Cedric nickte.

„Horatia und ich... nun... wir erwarten ein Kind. Der Arzt hat es heute Morgen bestätigt."

„Ein Baby?" Cedric setzte sich bei dem Gedanken hocherfreut auf. Dann dachte er an Anne und sich selbst. Würden sie beide eines Tages auch solche Neuigkeiten verkünden? War er bereit, Vater zu werden? Sein Instinkt sagte zwar nein, aber sein Herz rührte sich doch bei dem Gedanken.

„Jawohl. Der Arzt sagte, sie sei seit zwei Monaten schwanger, und das Kind kommt voraussichtlich im November zur Welt." Der Stolz und die Wärme in Luciens Ton waren offensichtlich.

Vor vier Monaten war Cedric entsetzt und außer sich vor Wut gewesen, als sein Freund, ein berüchtigter Schurke, der Luzifer persönlich zum Erröten bringen konnte, und Cedrics Schwester ein Paar geworden waren. Es hatte sich angefühlt, als hätte er seine Schwester verloren, eine Gefährtin, auf die er sich bis dahin so sehr verlassen hatte und für die er neben seiner anderen Schwester verantwortlich war. Es war seine Pflicht gewesen, sie vor Schurken mit schlechtem Ruf zu beschützen. Aber nun war es eines der wunderbarsten Dinge auf der Welt zu wissen, dass sein Freund und seine Schwester so verliebt und so glücklich miteinander waren. Insgeheim hatte er befürchtet, dass diese Heirat ihm auch Lucien entfremden könnte, aber das war nicht der Fall.

Cedrics und Luciens Freundschaft war letzten Dezember schwer auf die Probe gestellt worden, aber Cedric konnte die Wahrheit zum Schluss nicht leugnen. Lucien liebte seine Schwester so innig, wie Cedric es nicht für möglich gehalten hätte. Und bald würde Lucien auch ihr gemeinsames Kind lieben. Neid kroch in Cedric hoch und machte sich in seiner Brust breit. Er wollte auch so eine Ehe voller Liebe und Kindern.

Er seufzte niedergeschlagen. *Herr im Himmel, ich werde*

*sentimental.* Die Zeit und die Umstände hatten sie alle verändert, wie es schien.

Der Jubel und das Necken begannen um Cedric herum, während die Wärme seiner Freunde ihn umhüllte.

„Herzlichen Glückwunsch!", sagten Charles und Ashton zu beiden Seiten von Cedric.

„Ein Baby Russell", staunte Jonathan mit einem verschmitzten Lachen. „Deine Mutter freut sich bestimmt riesig darüber, Lucien."

Cedric konnte sein Grinsen nicht unterdrücken. „Dann werde ich also Onkel?"

Lucien lachte. „Und das nicht zum letzten Mal, hoffe ich."

Cedrics Ausdruck wurde finster. „Pass bloß auf, Mann, das ist meine Schwester, die du da geheiratet hast, keine Zuchtstute."

„Na gut, ich lasse Horatia die Anzahl unserer Kinder bestimmen. Aber du wirst dich mit meiner Mutter auseinandersetzen müssen, wenn sie nicht ihre zehn Enkel bekommt."

„So", fuhr Jonathan dazwischen. „Nun lass uns deine Neuigkeiten hören, Cedric."

„Oh, richtig. Nun, Ashton und ich kommen gerade von der Anwaltskammer, wo ich eine spezielle Heiratserlaubnis besorgt habe. Ich werde nächste Woche den Bund der Ehe eingehen."

Jemand prustete, und Brandy spritzte über Cedrics Gesicht.

„Verdammt nochmal! Wer war das?"

„Entschuldigung", sagte Charles. „Du hast mich völlig überrumpelt. Habe ich richtig gehört?"

Cedric holte sein Taschentuch aus der Tasche und wischte sich über das Gesicht, wobei er versuchte, nicht verärgert zu wirken.

„Wen willst du heiraten?", fragte Lucien, dessen Ton Charles' Unglauben widerspiegelte.

„Anne Chessley." Er wartete auf eine lautstarke Reaktion, aber er hatte nicht mit dem Schweigen gerechnet, das ihm stattdessen entgegenschlug. Was machten sie? Starrten sie ihn mit aufgerissenen Mündern an oder warfen sie einander besorgte Blicke zu? Verdammt seien meine Augen. Ein Stuhl in der Nähe knarrte, als sich jemand auf seinem Sitz bewegte.

„Was denn? Will mir niemand gratulieren?" Cedric versuchte zu scherzen, aber sein Grinsen geriet ins Stocken, als das Schweigen anhielt.

Schließlich brach Ashton die Stille. „Ich denke, sie sind nur überrascht, immerhin hattest du letztes Jahr aufgehört, Anne zu umwerben."

Lucien mischte sich ein. „Außerdem sollte sie um ihren Vater trauern."

„Eine Heirat schon nächste Woche erscheint äußerst skandalös, selbst für Männer wie uns", fügte Ashton hinzu.

Godric sprach mit sanfterem Ton. „Ashton hat recht. Nicht, dass es mich einen feuchten Kehricht interessiert, was die Gesellschaft für skandalös hält und solange es wahre Ungerechtigkeiten in der Welt gibt. Es freut mich sehr zu hören, dass du Anne heiratest. Ich weiß, dass Emily begeistert sein wird, dich und Anne endlich zusammen zu sehen. Sie war immer davon überzeugt, dass dir Anne mehr bedeutet, als du zugeben wolltest."

„Der einzige Grund, warum ich dir nicht gratuliere, alter Junge, ist, dass du jetzt die Waage zwischen ledigen und verheirateten Männern in diesem Raum ausgeglichen hast." Charles' heiterer Ton beunruhigte Cedric. „Ash, Jonathan und ich werden uns nun mit allen Mitteln dagegen wehren müssen, uns Fesseln anlegen zu lassen."

Cedric schnaubte. Charles und die Ehe passten ebenso gut zusammen wie... nun... Charles und ein Kloster voller Nonnen – mit anderen Worten, überhaupt nicht.

„Will noch jemand meine Entscheidung, Anne zu heiraten, infrage stellen?", fragte Cedric abweisend.

„Ich stelle deine Entscheidung nicht infrage", antwortete Ashton, „aber ich bin sehr neugierig, wie es dazu kam. Ich habe zugestimmt, dich mitzunehmen, um eine Sondergenehmigung zu erhalten, aber bis jetzt hast du meine Frage nach dem Warum nicht beantwortet."

Cedric seufzte. Diese Frage beschäftigte ihn selbst am meisten, seit Anne ihn am Tag zuvor aufgesucht hatte. Vor anderen Männern würde er kein Wort über seine wahren Gefühle verlieren und auch nicht erklären, was am Tag zuvor mit Anne passiert war. Aber die Liga hatte andere Regeln. Sie teilten ihre dunkelsten Geheimnisse ohne zu zögern, so tief war ihr Vertrauen zueinander.

„Wie ihr wisst, ist Anne seit dem Tod ihres Vaters die alleinige Erbin seines Nachlasses. Offenbar sind junge Burschen und Glücksritter bereits darauf aus, ihr Vermögen an sich zu reißen. Sie hat mich aufgesucht und eine Art Komplott vorgeschlagen."

„Ein Komplott?" Godric klang fasziniert von Cedrics Wortwahl. Das letzte Mal, als sich die Liga an einem Komplott beteiligt hatte, hatten sie an einer chaotischen Entführung teilgenommen, und Godric war daraus als verheirateter Mann hervorgegangen.

„Ja, sie hat mich gebeten, um ihre Hand anzuhalten."

„Moment mal, du erzählst uns, dass Anne, die eiserne Jungfrau, dich gebeten hat, ihr einen Heiratsantrag zu machen?" Charles klang nicht überzeugt.

„Sie ist keine eiserne Jungfrau", knurrte Cedric.

„Hast du sie nicht selbst so genannt?", erinnerte Charles ihn.

Cedric ballte die Fäuste. „Ich habe mich geirrt. Ich erwarte von euch allen, dass ihr meinen Wunsch respektiert, nie wieder so von ihr zu sprechen, sei sie nun anwesend oder nicht."

„Natürlich, alter Junge, wie du willst", gab Charles klein bei.

„Erzähl die Geschichte schon zu Ende", drängte Jonathan.

Cedric zuckte mit den Schultern. „Das ist alles, was es zu erzählen gibt. Sie machte den Vorschlag, ich stimmte zu, ging auf ein Knie und bat sie, meine Frau zu werden."

Es folgte eine weitere endlose Stille, die seine empfindlichen Trommelfelle fast zum Ertauben brachte, während er darauf wartete, dass seine Freunde etwas sagten. Sogar die anderen Gespräche im Kartenspielraum waren verstummt, als ob die Männer sich aus der Ferne anstrengten mitzuhören, was in ihrer kleinen Ecke vor sich ging.

„Aber warum hast du zugestimmt?", erkundigte sich Godric, der Einzige, der mutig genug war, das Schweigen zu brechen.

Cedric richtete sich auf und sprach leise, aber fest. „Keiner von euch in diesem Raum kann nachvollziehen, wie es für mich ist. Nichts ist wie früher und ich kann nicht dasselbe Leben führen, das ich einmal hatte. Aber als Anne zu mir kam, wurde mir klar, dass sie meine einzige Chance auf etwas Glück sein könnte."

Zum Schweigen im Raum gesellte sich nun Spannung, und er begann, gegen diese schreckliche Stille, die ihn zu ersticken drohte, anzukämpfen. Seine Freunde mussten unbedingt verstehen, warum er Annes Angebot angenommen hatte.

„Sie hat zugestimmt, mich zu heiraten, trotz der Tatsache, dass ich ihr nicht viel geben kann. Ich kann sie nicht für ihre Schönheit loben. Ich kann sie nicht zu Bällen mitnehmen und mit ihr tanzen. Ich kann nicht einmal mit ihr ausreiten. Dass sie mich all den anderen Männern vorzieht, die um ihre Hand anhalten könnten, mildert den Schmerz meines gegenwärtigen Zustands. Ich bin zuversichtlich, dass wir mit der Zeit imstande sein werden, einander halbwegs glücklich zu machen."

„Halbwegs glücklich? Cedric, du verdienst Liebe, die große Liebe, kein halbes Glück", brach es überraschend bewegt aus Godric heraus, und Lucien murmelte zustimmend.

Cedric schüttelte den Kopf. Ihnen fiel es leicht, so etwas zu glauben. Sie hatten beide Glück gehabt, Frauen zu finden, die sie liebten. Er stand nicht unter einem so guten Stern. Seine Vergangenheit war von viel zu viel Reue und fragwürdigen Entscheidungen überschattet. Das Schicksal hielt keine solche Liebe für ihn bereit, und halbwegs Glück zu finden erachtete er schon als eine Gunst.

„Es ist nett, dass du das denkst, Godric, aber ich muss dir widersprechen. Ich habe im Laufe der Zeit sowohl meiner Familie als auch meinen Freunden zu oft wehgetan und war einen Großteil meines Lebens ein egoistischer Bastard." Er hob eine Hand, um jeglichen Protest im Keim zu ersticken. „Ich habe vor, Anne in einer Woche zu heiraten, und ich wünsche, dass ihr alle dabei seid." Die Einladung wurde etwas leiser ausgesprochen, denn er hatte plötzlich Angst, dass seine Freunde von seiner Seite weichen würden.

„Ich werde da sein", sagte Ashton und legte Cedric eine Hand auf die Schulter.

„Horatia würde mir die Ohren langziehen, wenn wir nicht dabei wären." Luciens Antwort ließ Cedric schnauben. Seine kleine Schwester würde zweifellos dafür sorgen, dass Lucien im feinsten Anzug ihrer Wahl in der Kirche in der ersten Reihe säße. *Wenn ich doch nur für einen Moment wieder sehen könnte, um das zu bezeugen.*

Godric und Jonathan versicherten ihm, dass auch sie kommen würden.

Charles war der Letzte, der sprach. Mit einem übertriebenen Seufzen sagte er: „Ich nehme an, ich sollte auch dabei sein, nur schon allein deswegen, um sicherzustellen, dass du nicht stolperst und den Erzbischof zu Boden wirfst. So etwas würde wahrscheinlich Gottes zornige Blitze auf uns alle herabregnen lassen, und ich ziehe weiß Gott schon jeden Tag genug Groll auf mich."

Ein grober Klaps auf die Schulter erschreckte Cedric, während Godric ansetzte: „Könnte ich dich zur Feier deiner Bekanntgabe vielleicht dazu verleiten, heute Abend mit uns zu speisen? Emily wird Anne ebenfalls eine Einladung schicken. Es wäre gut, alle wieder beisammenzuhaben."

„Gerne. Gib mir einfach Bescheid, wann das Abendessen stattfindet, und ich werde da sein." Cedric tastete nach seinem Stock am Boden, wo er ihn abgelegt hatte. Eine andere Hand berührte seine und drückte ihm den Löwenkopf in seine Handfläche.

„Danke", sagte Cedric.

„Gern geschehen." Jonathan räusperte sich. „Und wie geht es Miss Audrey, wenn ich fragen darf? Mir wurde gesagt, dass sie und Lady Russell derzeit in Frankreich sind?"

„Ganz recht. Sie sind irgendwo in der Nähe von Nizza, als ich das letzte Mal von ihnen gehört habe", sagte Cedric.

Er hatte seine jüngste Schwester Audrey nur wenige Wochen nach der Hochzeit von Lucien und Horatia Anfang Januar mit Luciens Mutter auf eine Reise aufs Festland geschickt. Audrey war achtzehn und ein hübsches, temperamentvolles Mädchen. Sie hatte es geschafft, ziemlich schadlos ohne Eltern aufzuwachsen, nur mit Cedric als ihren Vormund. Dieses Jahr hätte ihre zweite Saison in London sein sollen, aber Cedrics Blindheit hatte es ihm unmöglich gemacht, sie zu Bällen und Partys zu begleiten, dabei war diese Art von Unterhaltung ihr Lebenselixier. Audrey hatte fast zwei Monate lang getobt, und er hatte sich gefühlt, als hätte er die Hufe seines Lieblingspferdes gefesselt. Sie musste in die Welt hinaus, das Leben genießen, also hatte er Luciens Mutter gebeten, Audrey für ein halbes Jahr nach Europa zu begleiten.

Nächstes Jahr wäre früh genug, um Audrey auf die Gesellschaft loszulassen. Sie war zwar unschuldig und naiv, aber auch entschlossen, sich einen Ehemann zu angeln, und das war eine tödliche Mischung für ihre Tugend und für Cedrics Nerven. Daher hatte er ihr die Reise mit dem Versprechen schmackhaft gemacht, dass bei ihrer Rückkehr ein möglicher Anwärter auf sie warten würde. Cedric würde ein paar wenige Männer versammeln, die er billigte, und sie ihr präsentieren. Sie könnte dann ihre Wahl treffen.

Es stellte sich heraus, dass Cedric in Audreys Abwesenheit in gesellschaftlichen Angelegenheiten nicht mehr auf dem neuesten Stand war. Er vermisste auch ihr sorgloses Geplauder beim Frühstück über die neuesten Pariser Modeschöpfungen, vermisste ihr Beharren darauf, in seiner Kutsche in den Hyde Park zu fahren, um die hübschen Männer Londons zu begutachten. Ihm fehlten auch ihre Umarmungen und das Klappern ihrer Schuhe auf der Treppe. Er war vor langer Zeit zur Erkenntnis gelangt, dass seine Schwestern ein verdammtes Ärgernis waren, aber seitdem hatte er diesen Gedanken oft bereut und war froh um die Schwestern, mit denen er gesegnet worden war. Er hatte aufgehört, mit seinem Schicksal zu hadern, weil er keine Brüder hatte. Horatia und Audrey waren alles für ihn, die einzige Familie, die ihm geblieben war. Mit Horatias Ehe und Audreys Reise war er in seinem Stadthaus ganz allein zurückgelassen worden.

„Nun, ich sollte wohl aufbrechen. Äh... Ash, würdest du mir zur Kutsche helfen?" Um Hilfe zu bitten verletzte immer wieder seinen ohnehin schon angeschlagenen Stolz, aber die Verlegenheit ließ zumindest bei seinen Freunden langsam nach. Sie handelten nicht aus Mitleid, und als er dies erkannte, war er nur noch dankbar. Sie halfen ihm einfach aus

Freundschaft, und dafür war er ihnen tausendfach verbunden, auch wenn er dies nie laut aussprechen würde.

„Natürlich." Cedric spürte, wie Ashtons Hand seinen Arm nahm und ihn zur Tür führte.

„Ich werde alle über das Abendessen informieren", rief Godric ihm fröhlich hinterher, bevor die Salontür aufschwang.

„Wohin gehen wir jetzt?", fragte Ashton Cedric. Es schien ihm nichts auszumachen, Cedric bei seinen Besorgungen in London zu begleiten.

Cedric grinste. „Wir besuchen meine zukünftige Braut."

# KAPITEL 4

Anne Chessley stand am Eingang ihres Stadthauses in der Regent Street. Ihr Rücken und Nacken waren angespannt, und sie rang darum, ruhig und kühl zu bleiben, in der Hoffnung, ihr Herzklopfen und die aufkommende Röte in ihren Wangen zu verbergen. War es tatsächlich erst gestern gewesen, dass sie törichterweise Viscount Sheridan aufgesucht und ihn überredet hatte, ihr einen Antrag zu machen?

Gott, bitte lass es keinen Fehler gewesen sein! Was, wenn er nicht kam? Was, wenn er seine Meinung änderte und die Hochzeit nicht stattfand? Anne schob diese furchtbaren Gedanken beiseite, wenn auch nur mit Mühe.

Welchen Unterschied doch ein einziger Tag machen kann, dachte sie. Seit ihr Vater in der Vorwoche gestorben war, hatte sie nicht schlafen können, aber letzte Nacht... letzte Nacht war sie mit dem Gedanken an Cedric und an den verführerischen Kuss, den er ihr gegeben hatte, eingeschlafen. Nein, nicht *er* hatte sie geküsst, sie hatte den Kuss schließlich mehr als willig erwidert. So peinlich es ihr auch war, das zuzugeben, sie hatte ihn tatsächlich zurückgeküsst.

Anne strich ihr schwarzes Kreppkleid glatt und seufzte. Der steife Stoff war eine unangenehme Erinnerung an ihre Trauer und ihren Kummer. Ihr Vater, Archibald Chessley, war tot, und sie war allein auf der Welt.

Sie war zu bedacht, um nicht zu wissen, dass ein Teil von ihr immer noch leugnete, dass er tot war. Sie hatte seinen leblosen Körper gesehen, als sie ihn kalt wie Marmor in seinem Stuhl in der Bibliothek vorgefunden hatte, nachdem ein Zimmermädchen in ihr Schlafzimmer geeilt war, um ihr zu mitzuteilen, dass er verstorben war.

Die Leere ihres Zuhauses hatte sie tief getroffen und zum Handeln getrieben. Sie konnte die Stille nicht länger ertragen. Ein Teil von ihr erwartete immer noch, dass ihr Vater aus seinem Arbeitszimmer kam, in einer Wolke von Zigarrenrauch, oder dass er sich ihr draußen anschließen und anbieten würde, gemeinsam im Hyde Park auszureiten. Es hatte nur sie zwei gegeben, seit sie vier Jahre alt gewesen war, als ihre Mutter Julia an einer Lungenentzündung gestorben war.

Nur wenige Tage nach seinem Tod hatte sie es bereits über sich ergehen lassen müssen, dass ein Verehrer nach dem anderen seine Aufwartung machte und sein Kärtchen auf ihrem Silbertablett zurückließ, in der Hoffnung, ihr den Hof machen zu dürfen. Alles ihres verdammten Erbes wegen. Wenn sie schon so handelten, während sie noch in Trauer war, würden die Glücksjäger bestimmt noch dreister werden und versuchen, sie zu kompromittieren, selbst wenn sie sie mit einem Skandal zur Heirat zwingen müssten. Eine solche Ehe war ein zu grausames Schicksal, das sie um jeden Preis vermeiden wollte. Sie konnte sich nur auf eine Person besinnen, der ihr Geld egal war und die sie heiraten konnte. Viscount Sheridan.

Sie lächelte schwach. Er war ein großer, gutaussehender Mann mit braunem Haar und warmen braunen Augen. Sein markanter Kiefer und die Adlernase verliehen ihm ein rebellisches und erhabenes Aussehen, aber seine vollen, sinnlichen Lippen verrieten seine humorvolle Ader. Sie liebte es, ihn lächeln zu sehen. Sein Grinsen ließ ihren Puls höher schlagen und brachte sie um jegliche Vernunft.

Sie hatte sich an ihn gewandt, weil sie wusste, dass sie ehrlich zu ihm sein und ihm die Wahrheit darüber sagen konnte, warum sie so schnell heiraten musste. Bis gestern Abend, als sie in ihr leeres Haus zurückkehrte, war ihr jedoch nicht bewusst gewesen, wie verzweifelt und einsam sie war. Es gab keine abendlichen Gespräche mehr mit ihrem Vater am Kamin, kein morgendliches Frühstücksgeplauder. Nur ohrenbetäubende Stille.

Vermutlich konnte ein Mann wie Cedric ihren Wunsch, aus Einsamkeit zu heiraten, nicht verstehen oder nachempfinden. Doch er war der einzige Mann, den sie ertragen konnte, zu heiraten. Sie teilten überraschend viele Interessen und könnten die Ehe wahrscheinlich meistern, sofern er keinen Rückzieher machte.

Deshalb war es ihr so natürlich erschienen, sich an ihn zu wenden. Er hatte immer etwas Interessantes zu sagen, auch wenn er nicht versuchte, sie in Erstaunen zu versetzen oder zu verführen. In seiner Nähe hatte sie sich nie allein gefühlt.

Aber ihn gestern zu sehen war unerwartet schmerzhaft gewesen. Er hatte am Brunnen gesessen, mit aufgekratzten, blutigen Händen und Staub an seiner Hose und auf seinem Hemd. Es war offensichtlich gewesen, dass er kurz vor ihrer Ankunft gestürzt war. Das Blut an seinen Handflächen und die fast beiläufige Art, wie er es vergessen hatte, hatten ihr Herz bewegt. Es schien, als hätte er sich daran gewöhnt hinzufallen, verletzt zu sein. Niemand sollte ständig solche Schmerzen haben, an die er sich sogar gewöhnte.

Anne hatte ihre Arme um den Hals des verwundeten Viscounts legen und ihn trösten wollen, aber sie hielt sich zurück. Sie wussten so wenig voneinander, und er kannte sie nicht gut genug, um den Unterschied zwischen Mitleid und Mitgefühl zu erkennen. Er würde sie verachten, wenn er glaubte, sie hätte Mitleid mit ihm. Dabei wollte sie nur einen Mann trösten, der zutiefst verletzt war. Sie konnte sich kaum vorstellen, was er erdulden musste, seit er sein Augenlicht verloren hatte.

Es war eine Ewigkeit her, seit sie ihn gesehen hatte. Alle Bälle, die sie besuchte, die Dinnerpartys, hatten ohne ihn stattgefunden. Er hatte sich in seinem Haus eingeschlossen und nahm nicht mehr am Leben teil. Es war, als hätte er aufgegeben, und etwas an dieser Vorstellung schnürte ihr die Brust zu. Ein Mann wie er sollte das Leben genießen, statt sich zu Hause einzuschließen. Wenn sie heirateten, könnte er vielleicht etwas Frieden finden, und im Gegenzug würde sie den Schmerz in ihrem einsamen Herzen lindern, indem sie ihm Gesellschaft leistete und ihn vielleicht sogar wieder dazu brachte, an einigen Aktivitäten teilzunehmen.

Ja, ich werde ihn überzeugen, wieder zu leben. Warum ihr das so wichtig war, darüber wollte sie nicht zu sehr nachdenken.

Nun stand sie hier und wartete auf ihn, damit sie gemeinsam die Einzelheiten ihres neuen Lebens besprechen konnten. Aber so sehr sie auch versuchte, sich auf die Zukunft zu konzentrieren, wanderten ihre Gedanken immer wieder zu ihrem gestrigen Kuss zurück. Bei all seinen Verführungsversuchen im letzten Frühjahr hatte er sie nie geküsst. Er hatte diesen Wunsch zwar angedeutet und sie herausgefordert, aber sie hatte ihn jedes Mal höflich zurückgewiesen. Gestern hatte er die Gelegenheit genutzt und dabei ihr Leben mit einem feurigen Aufeinandertreffen ihrer Lippen vollkommen verändert. Seither wusste Anne nämlich mit Bestimmtheit, dass sie ihn heiraten wollte. Die Sehnsucht in seinem Kuss, gemischt mit Verzweiflung, machte sie vor Verlangen nach ihm ganz benommen. Es war, als ob etwas

Ursprüngliches und Tiefes in ihr zum Leben erwachte, und sie konnte den Drang, dieses Verlangen zu stillen, nicht länger leugnen.

Es war nicht ihr erster Kuss gewesen. Ihr erster Kuss war ihr von einem Mann, den sie verachtete, geraubt worden. Von einem Mann, der ihr immer noch Angst machte. Und er hatte ihr mehr als nur einen Kuss gestohlen. Er hatte ihr etwas genommen, das sie nie wieder zurückfordern konnte. Im Alter von nur achtzehn Jahren hatte sie jedes Recht auf eine Ehe, wie ihre Freundinnen sie eingingen, verloren. Jeder infrage kommende Bräutigam hätte erkannt, dass sie keine Jungfrau mehr war, und der darauffolgende Skandal wäre für sie unerträglich gewesen.

Sie würde es Cedric sagen müssen, aber nicht heute. Erst nach der Heirat. Es fühlte sich zwar falsch an, eine so wichtige Tatsache vor ihm zu verheimlichen, aber sie konnte nicht riskieren, seine Zustimmung zu ihrer Eheschließung zu verlieren.

Sie hatte aus eigener Erfahrung gelernt, dass Männer nur ein Ziel hatten: sich zu vergnügen, oft auf Kosten einer Frau. Aber Cedrics Kuss hatte ihr etwas anderes verheißen. Er hatte sie erst geneckt, sie dann gelehrt und sie schließlich ermuntert, ihr eigenes Vergnügen bei ihm zu suchen. Dann hatte er gesagt, dass er sie nur heiraten würde, wenn sie ihm versprach, immer auf diese Weise auf ihn zu reagieren. Er wollte eine willige Bettgefährtin, eine willige Liebhaberin.

Für Anne bedeutete das, dass er eine Frau wollte, die ihr Vergnügen einforderte und nicht erwartete, dass der Mann sich von ihr abwandte, sobald er befriedigt war. Dieser Kuss sagte ihr, dass Cedric ein großzügiger Liebhaber sein würde, der ihre Leidenschaft pflegen würde. So nervös sie auch wegen ihrer künftigen Pflichten als Ehefrau war, irgendwie hatte dieser Kuss ein Feuer in ihr entfacht, das nicht mehr gebrannt hatte, seit sie achtzehn war. Deshalb hatte sie das mit dem Antrag durchgezogen.

Pferdehufe klapperten auf der Auffahrt, und das Knarren der Kutschenräder riss Anne aus ihren Gedanken. Cedric war hier. Ihr Herz schlug ihr bis zum Hals und ihre Hände zitterten.

Sie eilte von der Tür fort und rannte an der Treppe vorbei zum Salon, wo sie ihr Aussehen in dem kleinen gerahmten Spiegel nochmals überprüfte. Stirnrunzelnd betrachtete sie ihr Gesicht. Ihre Wangen, ganz blass vom Kummer der letzten Woche, ließen sie äußerst erschöpft aussehen. Mit einem gemurmelten Fluch kniff sie sich in die Wangen, in der Hoffnung, ihnen etwas mehr Farbe zu verleihen. Dann strich sie ihr braunes Haar zurück, in dem goldene Strähnchen glänzten, wenn das Sonnenlicht sie im richtigen Winkel traf. Ihre Haare machten sie einigermaßen hübsch, ebenso wie ihre Augen, aber sie war nichts im Vergleich zu den Damen, mit denen sie Cedric im Laufe der Jahre gesehen hatte. Das waren wahre Schönheiten gewesen.

Sie seufzte und ihr Herz brannte, doch dann erstarrte sie.

*Was tue ich denn hier? Er kann mich nicht einmal sehen.*

Sie könnte wahrscheinlich einen Stoffsack über ihrem Kopf tragen und er würde es nie erfahren, es sei denn, er berührte sie...

Aber er würde sie ja berühren. Allein der Gedanke daran ließ sie erröten, und plötzlich wurde ihr ein wenig schwindelig. Sie nahm in einem Ohrensessel im Salon neben dem Haupteingang Platz und wartete. Etwa eine Minute später kündigte ein Diener die Ankunft von Baron Lennox und Viscount Sheridan an. Da sie ihn erwartet hatte, hatte sie die Dienstboten angewiesen, ihn direkt in den Salon zu führen.

Lord Ashton Lennox trat zuerst ein und ließ seinen linken Arm an Cedrics Seite fallen, als ob keiner der Männer dabei gesehen werden wollte, dass er Cedric wie ein Kind geführt hatte. Anne stand sofort auf und lächelte. Sie nahm Cedrics ausgestreckte Hand und führte ihn wortlos zu einem Stuhl.

„Ich freue mich zu sehen, dass Ihr bei guter Gesundheit seid, Lord Lennox", bemerkte Anne.

Ashton lachte amüsiert. „Dankeschön. Ich sollte mich wohl noch einmal für die Art unserer letzten Begegnung entschuldigen." Anne musste zugeben, dass Lennox ziemlich attraktiv war, wenn er nicht gerade diese beängstigende Intensität an den Tag legte, die sie so oft an ihm beobachtete. Es war, als würde er jeden und alles um sich herum analysieren – zu welchem Zweck war ihr schleierhaft.

„Ich nehme an, Ihr habt Euch vollständig erholt?", fragte Anne und dachte an letzten Dezember zurück, als sie Ashton angeschossen in Emilys Haus gesehen hatte. Er war verwundet worden, als er und Godric ein Haus von schlechtem Ruf besucht hatten. Angesichts der Tageszeit und der glücklichen Ehe des Duke of Essex vermutete Anne, dass die Gründe, die die Männer am Vormittag in den Midnight Garden geführt hatten, nichts damit zu tun hatten, sich mit fremden Frauen in den Laken zu tummeln.

Es war peinlich, Lennox wieder zu treffen, nachdem sie seinen nackten Oberkörper gesehen hatte. Unter anderen Umständen hätte dies als kompromittierend angesehen werden können. Doch zum Glück waren sie im Haus des Duke of Essex gewesen, und Emily würde niemandem ein Sterbenswort über das, was passiert war, verraten. Trotzdem würde Anne Ashtons nackte, muskulöse Brust nie vergessen, Schusswunde hin oder her. Sie fragte sich, wie Cedrics nackte Brust wohl aussah...

Ihre Wangen begannen zu glühen, und als Ashton eine Braue hob, wandte sie ihren Blick ab.

„So ist es, vielen Dank. Darf ich Euch mein Beileid zum Tod Eures Vaters aussprechen?" Ashton war wie immer ein Gentleman, und Anne lächelte ihn freundlich an.

„Danke. Es war ein schwerer Verlust. Und wie geht es Euch, Lord Sheridan?" Anne wandte sich an Cedric, der ihr schweigend gegenübergestanden hatte. Seine einst lebendigen und warmen braunen Augen waren leer, aber der Rest seines Gesichts hatte nichts an seiner Ausdruckskraft verloren. Mit den zusammengezogenen Brauen sah er beherrscht und konzentriert aus. Sie konnte nicht anders, als sich zu fragen, worüber er grübelte.

„Mir geht es gut und Euch?", antwortete er.

„Auch sehr gut." Verdammt, das war alles zu formell. Aber was hatte sie erwartet? Sie hatte sich in den letzten Jahren so viel Mühe gegeben, ihn von sich fernzuhalten, dass es fast unmöglich schien, diese Kluft zu überbrücken, um endlich Freundschaft zu schließen. Sie befürchtete auch, dass er sie mit Argwohn betrachten und ihr nicht trauen würde, wenn sie ihm Wärme entgegenbrächte.

Cedric räusperte sich. „Wie ich Euch in meiner Nachricht mitgeteilt habe, habe ich die Sondererlaubnis besorgt und einen Termin in fünf Tagen in St. George reservieren lassen. Ist das für Euch annehmbar? Ich möchte Euch nicht drängen, und wenn Ihr Zeit braucht, um ein Kleid anfertigen zu lassen oder..." Er verstummte.

Es war offensichtlich, dass er keine Ahnung davon hatte, was eine Frau von ihrer Hochzeit alles zu erledigen hatte. Doch zu beider Glück würde Anne ein Kleid tragen, das sie bereits besaß, und sie wollte kein unnötiges Aufhebens machen.

„Eine Hochzeit am Samstag klingt schön", versicherte ihm Anne.

Die feinen Fältchen der Anspannung um seinen Mund glätteten sich. „Gut. Das ist gut. Ach, noch etwas darf ich nicht vergessen. Godric hat mich eingeladen, heute Abend mit ihm zu essen, und ich glaube, Emily wird Euch in Kürze ebenfalls eine Einladung schicken. Ich hoffe, Ihr könnt kommen."

Sie war überrascht von seinem Eifer, obwohl er sich hastig darum bemühte, ihn zu verbergen.

„Ich komme natürlich gern", antwortete sie.

Emily St. Laurent, Duchess of Essex, war Annes engste Freundin. Als Anne achtzehn geworden war, hatte sie ihr Debüt in London gehabt und Emilys Mutter kennengelernt. Die reizende Mrs. Parr hatte ihr bei der reibungslosen Einführung in die Gesellschaft geholfen. Anne hatte sich geschworen, Mrs. Parrs Tochter den gleichen Gefallen zu tun, als Emilys Eltern vor über einem Jahr auf See verschollen gegangen waren.

Natürlich hatte Anne nur wenig Zeit gehabt, Emily in London einzuführen, weil Godric, Cedric und die anderen Schurken, die er seine Freunde nannte, das arme Mädchen in ihrer zweiten Nacht in der Londoner Gesellschaft entführt hatten.

Aber all das spielte jetzt keine Rolle mehr. Emily hatte den düsteren, aber gutaussehenden Godric gezähmt, und die beiden waren so ineinander verliebt, dass Anne oft traurig und eifersüchtig war, wenn sie in ihrer Nähe sein musste. Zugegeben, sie war nicht stolz darauf, aber es war die Wahrheit. Sie beneidete ihre Freundin um ihr Glück, aber sie freute sich auch, dass Emily so gesegnet worden war.

Heute Abend konnte sie also mit ihnen zusammmen speisen und die Vorfreude ihrer eigenen bevorstehenden Hochzeit genießen. Sie und Cedric waren vielleicht nicht verliebt, aber sie schienen ihre Begeisterung über ihre bevorstehende Beziehung zu teilen, und das war an sich schon eine angenehme Überraschung.

„Oh, Cedric, mir ist gerade aufgefallen, dass ich meine Reithandschuhe in der Kutsche gelassen habe. Ich werde sie holen gehen." Ashton sprang auf und verließ den Raum, sodass Cedric und Anne allein zurückblieben.

„Hat er sich gerade eine Ausrede ausgedacht, um mich hier allein zu lassen?", fragte Cedric in die Stille, und Anne unterdrückte ein für sie untypisches Kichern.

„Es sieht ganz danach aus..."

„Hält er uns für zu dumm, um zu erkennen, dass er mit einer Kutsche gekommen ist und daher keine Reithandschuhe braucht?" Cedric stand auf, während er sprach und streckte ihr eine Hand hin. „Darf ich bei Euch sitzen?"

„Oh. Ich sitze auf einem Sessel. Wenn Ihr möchtet, kann ich mich zu Euch auf das Sofa setzen", schlug Anne vor.

„Das würde mir gefallen." Er setzte sich wieder hin und wartete darauf, dass sie sich ihm anschloss.

Anne nahm neben ihm Platz und erschrak, als Cedric in seiner Manteltasche nach einer kleinen Samtschachtel griff.

„Das war einer der Lieblingsringe meiner Mutter. Ich möchte, dass er Euch gehört." Er öffnete die Schachtel, und Anne schnappte nach Luft. Der Ring war wunderschön, mit einem Edelstein, der im Licht seine Farbe zu ändern schien.

„Er ist wunderschön! Was für ein Edelstein ist das?", fragte Anne.

„Es ist ein sehr seltenes Juwel, das nur in Russland vorkommt. Es ändert die Farbe, indem es die Schattierungen reflektiert, die ihm am nächsten sind. Das hat mich an Eure Augen erinnert. Ich glaube, ich habe ihn aus diesem Grund gewählt, anstatt Euch einen neuen Ring zu kaufen. Gefällt er Euch?"

„Sehr." Ihre Stimme war ein wenig gebrochen. Sie spürte, wie sich ihre Augen mit Tränen füllten. Er hatte sich an ihre grauen Augen erinnert und daran, wie sie andere Farben widerspiegelten. Allein das brachte sie aus irgendeinem Grund zum Weinen.

„Soll ich ihn Euch anstecken?", fragte Cedric.

„Ja, bitte." Sie legte ihre Hand auf seine, und er hob sie sanft hoch. Sein Daumen strich über jeden ihrer Finger, als würde er sie zählen, bevor er ihren Ringfinger erreichte. Dann nahm er den Ring aus der Samtschachtel und steckte ihn ihr an den Finger. Er passte perfekt, stellte sie mit schüchterner Freude fest.

„Ich..." Cedric hielt kopfschüttelnd inne, und Anne hatte das Gefühl, er wollte noch etwas sagen, aber sie waren noch keine Freunde, kein Liebespaar und auch noch nicht verheiratet. Sie waren nur Bekannte, die sich in jeder Hinsicht wie Fremde verhielten, und sie nahm an, dass er sich noch nicht wohl fühlte, frei mit ihr zu sprechen.

„Ich danke Euch für den Ring, Mylord."

„Anne, wir heiraten bald... bitte nennt mich Cedric." Der klagende Ton in seiner Stimme veranlasste sie dazu zuzustimmen.

Sie versuchte den Namen laut auszusprechen. „Cedric." Sie hatte es oft genug in Emilys Nähe gesagt, aber nie in Cedrics Gegenwart. Sein Klang gefiel ihr fast genauso gut wie der Klang ihres eigenen Namens auf seinen Lippen. Es weckte ungekannte Wünsche in ihr. Würde er ihren Namen heiser in der Dunkelheit flüstern, wenn er zu ihr käme, um sie zu begatten? Würde er ihren Namen brüllen wie ein Löwe? Nach ihrer einzigen intimen Erfahrung mit einem Mann war sie verletzt und verängstigt gewesen, aber jetzt war sie fasziniert und aufgeregt. Sogar ihr Körper reagierte auf den bloßen Gedanken, dass Cedric sie in sein Bett holen würde.

Cedric schien sein Schweigen zu überdenken und öffnete den Mund, um etwas zu sagen, als ihn ein Diener an der Salontür unterbrach.

„Es ist eine Einladung für Euch gekommen, Madam, und ich habe auch eine Nachricht von Lord Lennox für Lord Sheridan. Er bedauert, dass er sofort die Kutsche nehmen und sich um eine persönliche Angelegenheit kümmern musste.“

„Wie bitte?“ Der panische Ausdruck in Cedrics Gesicht war erschreckend. Anne erkannte die Angst, die er dabei empfinden musste, allein durch die Stadt fahren zu müssen. Es musste für ihn gefährlich sein.

„Danke, John. Ich nehme die Nachricht entgegen.“ Anne stand schnell auf und nahm den dargebotenen Zettel, und der Diener ging.

„Ist alles in Ordnung?“, fragte Anne Cedric, als er aufstand. Seine Augen starrten vage in Richtung Tür, und Angst stand ihm deutlich ins Gesicht geschrieben.

„Er hat mich zurückgelassen...“ In Cedrics Stimme schwang trotz des tiefen männlichen Tons die ängstliche Verzweiflung eines kleinen Jungen mit.

Annes Brust verkrampfte sich bei diesem Anblick des mächtigen Schurken, der plötzlich so hilflos war. Statt wie früher Cedrics Notlage zu ignorieren, empfand sie nun doch Mitleid. Er hatte zugestimmt, sie aus ihrer misslichen Lage zu retten, und es war nur gerecht, dass sie dasselbe für ihn tat. Aber sie würde es auf eine weniger offensichtliche Weise tun müssen. Anne wusste genug über Männer, um zu erkennen, dass sie es hassten, wie Kinder bevormundet zu werden.

„Wenn Lord Lennox in einer Stunde nicht mit Eurer Kutsche zurückkehrt, wäre ich Euch sehr dankbar, wenn Ihr mich in meiner Kutsche zum Abendessen zum Haus St. Laurent begleiten würdet. Das wäre mir eine große Hilfe. Ich möchte meine Zofe nicht damit belästigen, mich nur für eine kurze Kutschenfahrt zu begleiten.“

Cedric war bei ihren Worten sichtlich ruhiger geworden, und ihr Vorschlag wirkte Wunder gegen seine Angst. Seine Schultern, die vorher noch verkrampft gewesen waren, lösten sich, und er holte tief Luft.

„Es wäre mir ein Vergnügen, aber wie Ihr seht... trage ich

nicht meine Abendgarderobe. Ich muss in mein Haus zurückkehren, um mich umzuziehen."

„Ich brauche nicht lange, um mich fertig zu machen. Ich könnte in einer Stunde fertig sein, und dann könnten wir in meiner Kutsche zuerst zu Euch nach Hause fahren." Anne betete, dass er die Hoffnung in ihrem Tonfall hören konnte.

„Das wäre... möglich", antwortete er nach einem Moment.

„Ich weiß es zu schätzen, dass Ihr mich begleitet. Möchtet Ihr hier im Salon warten, während ich mich für heute Abend umziehe?"

„Gebietet das der Anstand? Ich muss gestehen, dass es mir unglaublich widerstrebt, den Regeln der Moral zu folgen. Ich würde viel lieber in Eurem Schlafzimmer stehen und den Geräuschen von Seide, die auf Eurer Haut rascheln, während Ihr Euer Kleid anzieht, lauschen... aber ich bin sicher, dass Ihr das nicht zulassen würdet." Cedric kicherte. „Man könnte behaupten, ich habe meine Blindheit in den letzten Monaten nur für diese Gelegenheit vorgetäuscht." Seine sinnlichen Lippen lachten und Anne spürte, wie sie errötete. Gott sei Dank konnte er ihr Gesicht nicht sehen.

„Ich habe meine schöne Lady sprachlos gemacht!", neckte er sie, und Anne blickte ihn finster an. *Seine Lady? Noch nicht.* Zu seinem Glück konnte er sie nicht sehen, sonst hätte er gemerkt, dass er ins Fettnäpfchen getreten war.

„Seid Ihr immer so..." Anne verstummte, denn ihr fehlte ein Wort, das sein Verhalten beschreiben könnte.

„Verdorben?", schlug er mit einem großspurigen Grinsen vor.

„Ja", antwortete Anne und ging an ihm vorbei. Cedric streckte eine Hand aus und streifte ihren Unterarm, bevor sich seine Finger um ihr Handgelenk legten.

„Was macht Ihr da?", fragte Anne, als er sie in seine Arme zog.

„Ich dachte, es sei üblich, eine Verlobung mit einem Kuss zu besiegeln."

Annes Körper erwachte bei seinen Worten ungestüm zum Leben, aber sie widersetzte sich.

„Ihr habt mich bereits gestern geküsst. Außerdem ist das Küssen für die Hochzeit vorbehalten", argumentierte Anne und wehrte sich gegen die stählernen, muskulösen Arme, die sich um ihre Taille schlossen und sie an ihn drückten.

„Nur für die Hochzeit? Ich weiß nicht, wer Euch in die Welt der Sinnlichkeit eingeführt hat, aber er war entweder ein Narr oder ein Idiot", sagte Cedric heiser.

Anne sah in seine braunen Augen hinauf, die sich verklärt auf ihr Gesicht richteten, als wüsste er instinktiv, wie groß sie war. Er nahm eine seiner Hände von ihrer Taille und ließ sie über das schwarze Kreppkleid, das sie trug, nach oben gleiten. Er erreichte ihre linke Brust und sie erschauderte.

Cedrics Augen verengten sich, als er die Bewegung mit der anderen Hand wiederholte, sie ein paar Zentimeter nach innen bewegte und den Kreppstoff nur wenige Zentimeter von ihrer Brustspitze entfernt streichelte. Zu ihrer Scham und ihrer Faszination verhärteten sich ihre Brustwarzen im Nu, als ob sie sich verzweifelt nach seiner Berührung sehnten. Anne versuchte sich loszulösen, aber Cedrics intensiver Blick hielt sie fest, während seine Hand ihren ursprünglichen Platz an ihrer Seite einnahm und anschließend zu ihrer Schulter fortfuhr. Seine Fingerspitzen fuhren langsam ihre Kehle hinauf und strichen bis zu ihrem Kinn.

Anne fühlte sich wie ein unbekanntes, fremdes Land, das von Cedrics Fingerspitzen erkundet wurde, damit er sie kartografieren konnte. Als er ihre Lippen entdeckte, zeichnete er sie nach und öffnete sie dann mit der Daumenkuppe. Anne reagierte ohne nachzudenken und knabberte mit ihren Zähnen an seinem Finger.

„Beißt mich überall und jederzeit, mein kleiner Teufelsbraten", knurrte er und neigte seinen Kopf zu ihrem hinunter.

Anne war sich nur allzu bewusst, wie die Kraft seiner Arme sie gefangen hielten. Sie war kein kleines, zartes Wesen. Anne hatte eine volle Figur mit Muskeln und Kurven, die sie oft fortgewünscht hatte, aber sie hatte ihre natürliche Stärke immer für selbstverständlich gehalten. Cedric nicht entkommen zu können war sowohl ärgerlich als auch seltsam erregend. Er würde sie nie in sein Bett zwingen, hatte er gesagt, aber es war offensichtlich, dass er auch nicht untätig dasitzen und darauf warten würde, dass sie zu ihm käme. Er überraschte sie und etablierte seine Macht über sie wie ein Deckhengst bei einer Zuchtstute. Sie wusste, dass er nicht aufhören würde, bis er sich mit ihr gepaart hatte, doch all die düsteren Windungen ihrer Gedanken wurde durch das Zusammentreffen ihrer Lippen vertrieben.

Cedric kostete sie in den ersten Sekunden sanft, als würde er die Form ihres Mundes kennenlernen wollen, bevor er seine raue Leidenschaft entfesselte. Er grub eine Hand in ihr Haar, schlang seine Finger in ihre Frisur und zwang ihren Kopf, sich nach hinten zu neigen und ihren Mund und ihren Hals seiner Gnade zu überlassen.

Annes Hände waren an ihren Seiten eingeklemmt, erst zu Fäusten geballt, dann aber lockerten sie sich, als Cedrics Mund an ihrem Ohrläppchen saugte und zu der empfindlichen Haut direkt darunter weiterwanderte. Sie kämpfte gegen ein Schaudern an, als ihr seine genüsslichen, heißen Küsse ein Kribbeln den Rücken hinunterjagten.

„Schmelzt für mich dahin, mein Liebling", ermutigte er sie zwischen seinen Atemzügen. Anne verspürte das instinktive Bedürfnis, ihm zu gehorchen, aber ihr Verstand ließ die Alarmglocken schlagen.

„Ich kann nicht", erwiderte sie atemlos, als sie gegen die Lust ankämpfte, die tief in ihr aufstieg.

„Doch, Ihr könnt es… Ihr könnt mit mir zusammen verdorben sein, Anne."

Cedrics Hände in ihrem Haar lockerten sich. Sie fuhren zu ihrem Hals und hielten sie still, damit sein Mund zu ihrem zurückwandern konnte.

„Öffnet Euren Mund", befahl er, bevor er seine Lippen auf ihre legte. Als sie sich weigerte, legte er seine Finger um ihre linke Brust und kniff leicht ihre Brustwarze. Die Empfindung entflammte ein heftiges Verlangen direkt in ihrem Unterleib, und sie schnappte nach Luft. Cedric schluckte das Geräusch ihres Erschreckens mit einem tiefen, zufriedenen Knurren, und seine Zunge drang in ihre nun geöffneten Lippen.

Anne wand sich in seinen Armen, aber er weigerte sich, seine Kontrolle über sie aufzugeben. Er liebkoste ihre Brust, umfasste sie und formte sie mit seiner starken Hand. Annes Knie gaben nach.

Doch Cedric ließ sie so abrupt los, wie er sie gefangen genommen hatte. „Ich werde Euch schon noch zähmen."

Anne wich zurück und brachte mehrere Meter Abstand zwischen sie. Sobald sie verheiratet waren, musste sie vorsichtig sein! Sie konnte nicht zulassen, dass er sie überfiel und sich ihre eigene Leidenschaft zunutze machte. Sie hatte geschworen, bereitwillig in sein Bett zu kommen, aber jetzt fürchtete sie, zu vorlaut gewesen zu sein, weil sie geglaubt hatte, dies ohne sich zu verlieren tun zu können. Wenn Cedric sie küsste, schien sie von innen heraus zu verbrennen. Als seine Lippen sich mit ihren verbanden, spürte sie, wie sich die Zeit zu jenem Abend zurückdrehte, an dem sie ihn zum ersten Mal gesehen hatte.

Sie war damals so jung und töricht gewesen, bereit für die Liebe, die Ehe und ein süßes Leben. Anne schüttelte ihren Kopf, um die traurigen Erinnerungen loszuwerden, und bemerkte, dass Cedric ihr ein spöttisches, selbstzufriedenes Lächeln zuwarf.

„Ihr glaubt zweifellos, Ihr könntet Euch vor mir verstecken, wenn wir verheiratet sind, Anne, aber lasst Euch eines gesagt sein: Ich mag blind sein, aber meine anderen Sinne ermöglichen es mir durchaus, Euch zu finden. Bei jeder Bewegung, die Ihr macht, höre ich das Rascheln Eures Rocks oder rieche den einzigartigen Duft Eures Parfüms. Ich werde Euch zu meiner machen, darauf könnt Ihr Euch verlassen. Jetzt geht und zieht Euch zum Abendessen um, bevor ich beschließe, Euch in Angst und Schrecken zu versetzen und Euch in Eure Gemächer zu folgen."

Das ließ sich Anne nicht zweimal sagen. Sie verschwand blitzschnell aus dem Salon und eilte in ihr Zimmer, aber sie konnte sich dem Nachhall seines Gelächters dennoch nicht entziehen. Sie hatten einen Willenskampf ausgefochten, und ihr wurde erst jetzt klar, dass sie verloren hatte. Cedric war viel listiger, als sie angenommen hatte. Er wirkte nicht wie ein Gelehrter oder ein tückischer Geschäftsmann, aber er verfügte über eine Fülle von fleischlichem Wissen, gegen das sie im Nachteil war.

Ich muss bei ihm immer auf der Hut sein, sagte sie sich.

Anne zog sich im Schutz ihres Schlafzimmers an. Sie wählte ein rostbraunes Kleid mit goldenen Stickereien an den Puffärmeln und am Saum. Das Kleid mit seinen erdfarbenen Tönen passte eher zum Herbst als das Blumenmuster, das die Mode im Frühling vorschrieb. Sie wusste, dass sie in ihrem schwarzen Trauerkleid hätte bleiben sollen, aber der Gedanke an einen netten Abend in diesem schrecklichen schwarzen Kreppstoff war ihr unerträglich.

Ihr Vater hätte nicht gewollt, dass sie lange schwarz trägt; er hatte die Trauerbräuche nie gutgeheißen.

*Die Trauer heilt sich von selbst und zu gegebener Zeit*, hatte ihr Vater oft gesagt. *Sie erwartet und wünscht keine Formalität.* Das Abendessen im Stadthaus von St. Laurent war privat, und

Anne war zuversichtlich, dass Emily nicht verlangen würde, dass sie schwarz trüge.

Nachdem Anne sich angekleidet hatte, rief sie ihre Zofe, Imogene, herbei, die ob Annes Kleiderwahl kurz ein erschrockenes Gesicht machte, sich aber wohlweislich nicht dazu äußerte.

„Was soll ich mit Euren Haaren machen?", fragte Imogene, als sie das verworrene Durcheinander beäugte. Anne wurde rot.

„Vielleicht eine etwas lockerere Frisur?"

„Das wäre klug, damit Ihr nicht wieder so leicht zerzaust wirkt." Imogene zwinkerte. Die beiden Frauen, die etwa gleich alt waren, waren sich in den letzten vier Jahren so vertraut geworden, wie es Dienstboten und Herrschaften sein konnten. Imogene neckte sie gnadenlos, wann immer sie dachte, sie könnte damit durchkommen.

„Ist das so offensichtlich?", fragte Anne mürrisch.

„Dass Euer Verlobter Eure kühle Art durchschaut? Ja. Eure Dienstboten freuen sich über Eure bevorstehende Hochzeit, wenn ich so offen sein darf." Imogene strich mit der Hand über ihr dunkles Haar, das zu einem dezenten, aber dennoch modischen Knoten zurückgebunden war, bevor sie sich daran machte, Annes Haar zu richten.

„Du darfst so offen sein. Fahr ruhig fort. Was sagen die Leute über meine Entscheidung?" Anne stand ihren Bediensteten sehr nahe. Sie kannte sie alle seit ihrer Kindheit, und sie war besorgt, dass ihre hastige Heirat ihrer Meinung über sie schaden könnte.

Imogene fing an, Nadeln aus Annes Haaren zu ziehen und es mit einem Silberkamm zu kämmen. „Nun, wir wissen, dass Ihr eigentlich warten solltet, aber die meisten von uns haben auch die Geier um das Haus kreisen sehen, und keiner von uns verdenkt es Euch, dass Ihr die Dinge beschleunigt habt. Einen besseren Mann hättet Ihr Euch nicht aussuchen können. Wir Damen mögen den Viscount. Er ist sehr angenehm anzusehen, von Kopf bis Fuß, und sein Lächeln könnte Butter zum Schmelzen bringen..."

Imogene seufzte verträumt und Anne zuliebe eindeutig übertrieben. Anne biss sich auf die Lippen, um nicht zu lachen.

„Die jungen Männer bewundern ihn aus Gründen, die ich vor Euch nicht aussprechen möchte. Die älteren Männer hier schätzen seinen Einfluss und Reichtum. Euer Vater hätte sich keinen besseren Schwiegersohn wünschen können, Gott habe ihn selig. Der Viscount wird Euch gut behandeln, wie einer Lady, die Ihr seid, gebührt."

Imogenes Hände arbeiteten flink und schlugen Annes Haar um, bis es nach hinten zusammengebunden war, um es aus ihrem Gesicht zu halten, wobei sie aber darauf achtete, dass die hellbraunen Wellen mit den schönen Strähnen in heller, satter Goldfarbe locker genug saßen, damit Cedric noch seine Finger hineingleiten lassen konnte, ohne die Nadeln zu verschieben, die ihr Haar hochhielten.

„Danke, Imogene, es ist wie immer sehr schön." Anne tätschelte Imogenes Hand, die leicht auf ihrer rechten Schulter ruhte.

Imogene kicherte. „Seid Ihr bereit? Ich bin sicher, Euer junger Heißsporn ist begierig darauf, mit Euch aufzubrechen."

Anne lachte, trotz der Röte, die ihr Imogenes Worte in die Wangen trieben. „Imogene, also wirklich!"

CEDRIC LEGTE DEN KOPF SCHIEF, WÄHREND ER IM SALON wartete und Annes Lachen lauschte. Es war leicht und ein wenig heiser – ein Lachen, das besser ins Bett passte, nachdem ihr Geliebter sie beglückt hatte, bis sie völlig zufrieden war.

Cedric lächelte. *Bald werde ich der Mann sein, der genau das tun wird.* Der Kuss, den er ihr heute gegeben hatte, war nicht geplant aber deshalb nicht weniger befriedigend gewesen. Sie hätte seinen Finger nicht beißen sollen. Das hatte ihn so hart wie eine Marmorstatue gemacht, und es hatte ihn all seine Kraft gekostet, sie nicht gleich aufs Sofa zu werfen und ihr zu zeigen, wie gern er selbst knabberte. Sie hätte sich nicht lange gewehrt, aber sie war immer noch zu sehr auf der Hut. Sie hätte seinen Vorstoß benutzt, um ihn als Bösewicht darzustellen.

Es war besser zu warten und sie langsam zu verführen. Als Bruder von zwei Schwestern und als ihr Vaterersatz war er den Eigenheiten des weiblichen Geschlechts genug ausgesetzt gewesen, um zu wissen, wie Anne reagieren würde. Frauen waren intelligente Wesen, und sie mussten richtig umworben und verführt werden, um sie für sich zu gewinnen und sie nicht einfach zu unterwerfen.

Cedric fuhr sich mit der Hand durchs Haar und schwelgte in der Erinnerung an diesen letzten Kuss. Ihre Haut fühlte sich glatt wie Satin an, ihr Haar war weich wie Seide und ihr Mund – Gott, dieser Geschmack! – süß, feucht und unglaublich sinnlich. Er hoffte, dass sie diesen Mund irgendwann an anderen Orten platzieren würde, vorzugsweise unter seiner Gürtellinie. Die Empfindungen während des Liebesspiels hatten sich verstärkt, seit er sein Augenlicht verloren hatte, und der Gedanke an Annes sinnlichen Mund um ihn herum... Sein Gesicht verzog sich bei dieser Vorstellung zu einem breiten Grinsen.

Jeder Kuss, den er von ihren Lippen stahl, war voller Verheißung einer bevorstehenden Leidenschaft. Er würde sie mit verführerischem Geflüster, erregenden Liebkosungen und betörenden Küssen umwerben, bis sie ihm nicht länger widerstehen konnte. Er wollte, dass sie ihn anflehte und zugab, dass sie ihn so dringend brauchte wie er sie.

Er hatte sich seiner sexuellen Eroberungen immer gerühmt und im Laufe der Jahre viele Geliebte gehabt, aber Anne war anders. Sie zu erobern schien eine ganz besondere Herausforderung darzustellen, die umso schwieriger sein würde, da er sie nicht einmal sehen konnte. Es war eine kniff-lige Aufgabe, aber er war bereit, sich ihr zu stellen.

Er konnte sie auch ohne seinen Blick verfolgen. Ihr Duft von wilden Orchideen hinterließ eine Spur in der Luft wie die unsichtbare Essenz einer Feenkönigin. Und die Geräusche... Seine Fantasie nährte sich vom Rascheln ihrer Röcke auf den Teppichen, bis es so süß klang wie das lustvolle Keuchen einer Liebhaberin, und er erschuf ein inneres Bild in seinem Kopf, wie sie diese Röcke nur für ihn hochzog und ihre milchigen, glatten, jungfräulichen Schenkel für seine Berührung entblößte.

Gott, ich war zu lange nicht mehr mit einer Frau zusam-men, strafte er sich und rutschte unruhig auf dem Sofa herum, während seine Lenden sich zusammenzogen und seine Hose sich wölbte.

Also konzentrierte er sich stattdessen darauf, wie er Ashton umbringen würde, weil dieser ihn hier allein zurück-gelassen hatte. Das würde er diesen blonden Unhold büßen lassen. Ashton sollte ihn beschützen und führen, nicht ihn in einem Haus voller unbekanntem Terrain sich selbst überlas-sen. Er hatte Wochen gebraucht, um den Grundriss seines eigenen Hauses auswendig zu lernen, die nötigen Schritte zu zählen und sich die freien Flächen und Möbelarrangements einzuprägen.

Ohne die Anleitung seines Freundes bei Anne zu sein war erschreckend. Er würde Ashton den Schrecken nie verzeihen, den er empfunden hatte, als der Diener seinen Aufbruch verkündet hatte. Die Angst hatte ihn praktisch gelähmt, bis Anne dann zu sprechen begann. Wäre sie nicht gewesen, wäre er vielleicht zusammengebrochen oder zur Tür gestürzt und hätte sich erneut verletzt.

Aber Anne hatte seine Panik erkannt und ihn beruhigt, ihn abgelenkt. Sie waren noch nicht einmal verheiratet, aber sie schien bereits zu wissen, wie sie mit seinem Zustand umzugehen hatte. Er hörte weder Mitleid noch Verachtung oder gar Abscheu in ihrem Ton, wenn sie mit ihm sprach. Ihre Zurückhaltung, ihn zu berühren oder seine Umarmung willkommen zu heißen, hatte nichts mit seiner Blindheit zu tun.

Von seiner ehemaligen Geliebten Portia konnte man das nicht behaupten. Nur drei Wochen nach seinem Unfall war er nach London zurückgekehrt und hatte sie zu sich gerufen, in der Hoffnung, seine Sorgen in ihrer Gesellschaft zu vergessen. Portia war zu ihm geeilt, voller Sehnsucht, aber als er ihre Schönheit nicht rühmen konnte, war ihr langweilig geworden. Sie schien irritiert über seine ungeschickte Berührung. War er einst kraftvoll und selbstsicher in seiner Eroberung ihres Körpers gewesen, so berührte er sie jetzt zärtlich, zögerlich, unsicher. Der schlimmste Teil des Abends war gewesen, als er über eine Teppichkante gestolpert und aufs Gesicht gefallen war. Ein stechender Schmerz war durch seinen ganzen Körper geschossen, und sie hatte die Frechheit besessen, ungeniert zu lachen. Trotzdem war er aufgestanden und hatte versucht, den Unfall mit einem ironischen Witz auf eigene Kosten abzutun.

Als er ihr ein Glas Wein anbot, konnte er ihre ausgestreckte Hand nicht sehen und verschüttete den Wein auf ihrem Kleid. Sie hatte wie wild geschrien und ihn sogar geohrfeigt. Der Schlag kam völlig unerwartet, er war auf die Wucht nicht vorbereitet gewesen und war überrascht zurückgestolpert. Er verlor sein ohnehin schon schwankendes Gleichgewicht und war langgestreckt auf dem Boden gelandet. Dabei hatte er sich den Kopf an der Fußleiste seines

Bettes angestoßen und lag halb ohnmächtig zu ihren Füßen, in jeder Hinsicht gebrochen.

Und um sein Elend noch zu vervollständigen, hatte sie nur dagestanden und ihn angeschrien. „Wer würde jemals mit einer kaputten Witzfigur wie dir schlafen wollen? Du kannst dir nicht einmal die Stiefel allein anziehen! Ich würde dich nicht in mein Bett lassen, selbst wenn du der letzte Mann in ganz England wärst!" Und dann war sie weg. Sein Kammerdiener hatte den Tumult gehört und war ihm zu Hilfe geeilt.

*Was für ein Mann bin ich denn?* Portia hatte recht gehabt. Er war hilflos wie ein Baby. Ein Mann war er nicht mehr. Die Wahrheit war emotional ebenso lähmend wie seine Blindheit es auf physische Weise war. Er hatte nur noch sterben wollen.

Das war ein Gedanke, den er noch nie laut ausgesprochen hatte, weil zu viele Menschen, die er liebte, durch einen solch feigen Ausweg verletzt worden wären. Aber es änderte nichts an seinen Gefühlen oder an der Verzweiflung und Hilflosigkeit, die ihn dazu brachten, allem ein Ende setzen zu wollen, dem Schmerz, der Scham, allem.

Bis Anne gekommen war. Sie hatte ihn aufgesucht und ihre Bitte, ihn zu heiraten, hinter der kühlen, tapferen Fassade versteckt, die sie seit jeher trug. Ihr Mut war für ihn der entscheidende Faktor gewesen. Wenn sie bereit war, das Eheleben mit ihm zu versuchen, dann war er es auch.

Außerdem, wie schwer konnte die Ehe schon sein?

# KAPITEL 5

Emily St. Laurent saß in der Bibliothek ihres Londoner Stadthauses, ein Buch in der einen Hand. Mit der anderen Hand streichelte sie ihren geliebten Foxhound Penelope. Die Hündin war fast zehn Monate alt und nicht mehr der süße Welpe, der sie gewesen war, als Emily sie geschenkt bekommen hatte. Sie war jetzt ein stolzer erwachsener Hund.

Als Emily von Godric und seinen Freunden entführt worden war, war Cedric nach London gereist und hatte ihr das Hündchen gekauft, in der Hoffnung, es würde sie auf Godrics Anwesen festhalten und sie daran hindern davonzulaufen.

Es hatte sie nicht aufgehalten. Sie war trotzdem entkommen und hatte das Hündchen einfach mitgenommen.

Penelope war nach Anne Chessley und Cedrics Schwestern ihre engste Freundin. Die Hündin stieß einen zufriedenen Seufzer aus und legte ihren Kopf auf Emilys Knie. Emily lächelte und schloss für einen Moment die Augen. Die Aprilsonne fiel warm durch die hohen Fenster der Bibliothek und streichelte ihr Gesicht.

„Emily." Die tiefe Stimme bereitete ihr eine wohlige Gänsehaut.

Sie öffnete die Augen und sah, dass ihr Mann vor der Couch stand, auf der sie lag.

„Du bist zurück!" Ihr Freudenschrei weckte die schlafende Hündin.

Penelope begann aufgeregt zu bellen, und Godric tätschelte und kraulte sie. Dann sprang Penelope von der Couch und setzte sich gehorsam an Godrics Fersen. Er zog einen kleinen Leckerbissen aus seiner Tasche, wobei Penelope jede seiner Bewegungen aufmerksam beobachtete. Godric warf den Leckerbissen in die Luft, Penelope fing ihn sicher auf und entfloh in eine entfernte Ecke der Bibliothek, wo sie Emily und Godric in Ruhe ließen.

„Jetzt habe ich dich ganz für mich, Liebling." Godric setzte sich auf die Kante der Couch und beugte sich über Emily. Dann fuhr er mit seinen Fingern durch die lockeren Wellen ihres Haares und sah ihr in die Augen.

„Solltest du nicht die Tür abschließen, bevor du...?" Ihr atemloses Flüstern erstarb, als er begann, seine Hose zu öffnen und ihr Kleid hochzuschieben.

„Bevor ich dich vernasche? Niemand wird uns stören", versprach Godric mit einem schelmischen Funkeln in seinen grünen Augen.

„Du bist ein absoluter Teufel!", stöhnte Emily, als er ihr Gesicht und Hals mit Küssen überhäufte, während sich seine Hände an ihrer Unterwäsche zu schaffen machten.

„Und genau so liebst du mich." Er biss in ihren Nacken, und Emily keuchte, als er tief in sie eindrang.

„Wie war das Treffen?", fragte Emily, worauf Godric verärgert brummte.

„Ich habe dich offensichtlich nicht genug abgelenkt, Frau." Er drang tiefer und fester in sie ein.

Jeder vernünftige Gedanke, den sie vielleicht noch hätte

fassen können, zerfiel in tausend Teile, die sie nicht mehr greifen konnte.

„Mehr!", forderte sie.

Ihr Mann gehorchte mit einem verwegenen Grinsen. „Das ist schon viel besser."

Als sich beide zufrieden gaben, entspannten sie sich, und Godric liebkoste den Hals seiner Frau, während er zum Sprechen ansetzte.

„Horatia ist schwanger", sagte er mit seltsam leiser Stimme. Emily umfasste sein Kinn und zwang ihn, den Kopf zu heben, um sie anzusehen. Seine grünen Augen waren von Erstaunen erfüllt.

„Wirklich?" Emily glaubte zu spüren, wie etwas in ihr zum Leben erwachte. War dies der richtige Zeitpunkt?

„Lucien sagt, dass das Baby im November kommt."

„Das ist wunderbar!" Sie meinte es ehrlich. Horatia hatte so viele Jahre gelitten, und Lucien hatte solche Angst vor der Liebe gehabt, dass ein Baby, ihr gemeinsames Baby, ein wundervolles Geschenk wäre.

„Willst *du* Kinder?", fragte Godric. Er war noch immer in ihr, ihre Glieder waren miteinander verschlungen und ihre Nasenspitzen berührten sich fast.

„Ja, das will ich." Sie war plötzlich befangen, was selten passierte, wenn sie mit Godric zusammen war.

„Ich will dich nicht unter Druck setzen. Ich weiß, dass du noch sehr jung bist, aber ich bin viel älter und..." Godric verstummte unsicher, und seine Wangen waren leicht gerötet.

„Ich hätte nie gedacht, so früh Kinder haben zu wollen, ich bin erst neunzehn, aber ich denke... ich denke, darum brauchen wir uns jetzt keine Sorgen mehr zu machen." Emily streichelte seine Wange und spürte die leichten Nachmittagsstoppeln, die sein kräftiges Kinn säumten.

Seine Brauen zogen sich besorgt zusammen. „Was meinst du damit?"

„Ich bin schwanger. Zumindest denke ich es. Meine Periode war vor zwei Wochen fällig." Noch bevor sie mehr sagen konnte, küsste Godric sie so stürmisch, dass sie keine Luft mehr bekam.

„Gott, ich hoffe, du hast recht", hauchte er. „Ich hoffe, es ist ein Mädchen."

„Du willst eine Tochter? Was ist mit einem Erben?"

„Wir werden Dutzende von Kindern haben. Ich will zuerst eine Tochter, damit ich sie verwöhnen kann. Jungen machen in dieser Hinsicht nicht annähernd so viel Spaß. Sie mögen es nicht, so umsorgt zu werden, aber Mädchen schon. Ich will viele Töchter, hörst du?" Godric wickelte eine Locke ihres Haares um seinen Finger und zupfte spielerisch daran. „Und ich möchte, dass sie alle genauso aussehen wie du", fügte er ernsthaft hinzu. Emily errötete vor Freude über Godrics offensichtliche Begeisterung.

„Wir werden mehrere Töchter und Söhne haben. Ich habe aber das Gefühl, dass unsere Söhne unglaublich anstrengend sein werden, genau wie ihr Vater." Emily kicherte, als Godric, immer noch in ihr, wieder hart wurde und sein Becken gegen ihres stieß. Sie liebten sich daraufhin noch einmal, bis ihre Gesichter vor Anstrengung glänzten.

Nach einer Weile gemütlichen Schweigens und Kuschelns schob Emily ihren erschlafften Mann sanft von sich, um ihre Kleidung in Ordnung zu bringen, und kehrte dann zum Thema zurück, über das sie zuvor zu sprechen versucht hatte.

„Was gibt es außer Horatias bevorstehender Mutterschaft sonst noch Neues? Ich weiß, dass etwas passiert ist, weil Cedric die gesamte Liga einberufen hat. Worum ging es?"

Godric verdrehte die Augen in gespielter Verzweiflung. „Du klingst so, als ob wir ein verdammter Kriegsrat wären, Liebling."

In gewisser Weise waren sie das auch, angesichts der Schwierigkeiten, denen sie sich wegen des schwer fassbaren

Hugo Waverley stellen mussten. Godric hatte ihr viel, aber nicht alles, von seiner Vergangenheit in der Liga erzählt, und ihre Treffen machten sie immer neugierig. „Und, was wollte er?" Sie strich eine dunkle Haarsträhne aus seinen Augen und kuschelte sich enger an ihn.

„Er wollte uns nur mitteilen, dass er heiratet."

„Was? Wen?", fragte Emily besorgt und fürchtete um Anne, denn sie wusste, dass ihre Freundin schon seit geraumer Zeit von Cedric eingenommen war. Sie hatte es nie laut ausgesprochen, aber für eine Frau, die darauf bestand, dass ihr Cedrics Aufmerksamkeit lästig war, neigte sie dazu, in seiner Abwesenheit allzu oft nach ihm zu fragen. Wenn Cedric heiratete, würden Annes Gefühle verletzt, egal wie vehement sie das verneinen würde. Emily konnte nicht leugnen, dass sie heimlich den Wunsch hegte, diese beiden sturen Menschen zusammenzubringen.

„Ich bin nicht sicher, ob du mir glauben wirst." Godric grinste verlegen, wie ein Junge, der dabei erwischt wurde, Fleischpasteten aus der Küche zu stibitzen.

„Wer ist es? Sag es mir oder du schläfst heute Nacht hier. Ohne mich." Sie schlug ihm leicht auf die Brust, um ihm zu zeigen, dass sie es ernst meinte. Godric schlang seine Arme um ihre Taille und drückte sie an seine Seite.

„Er wird Anne heiraten", sagte er schließlich.

„Meine Anne?"

Emily war verblüfft, als Godric nickte.

„Nun, das ist doch gut, oder nicht?" Sie sah Godric an und versuchte seine Reaktion abzuschätzen.

Er schien verwirrt, als er sich ein paar Haare aus den Augen strich. „Ich glaube schon. Sie verhalten sich zwar ziemlich seltsam, aber zumindest heiraten sie."

„Was meinst du mit seltsam?" Ihre Finger, die mit seinem Hemd gespielt hatten, versteiften sich.

„Nun, so wie Cedric es erzählt hat, ist sie zu ihm

gekommen und hat ihn gebeten, ihr einen Antrag zu machen."

„Wie merkwürdig. Wieso denn?"

„Du fragst einen Mann, Liebling. Ich habe nie behauptet, ein Gelehrter in den mysteriösen Gedankengängen der weiblichen Spezies zu sein. Cedric hat uns erzählt, dass sie zur Zielscheibe von Glücksjägern geworden sei, und eine Heirat mit ihm würde dem ein Ende setzen." Godric schien offenbar nicht zu glauben, dass noch mehr dahintersteckte.

„Wann werden sie heiraten? Im April ist ihre Trauerzeit vorbei, und das wäre eine schöne Zeit für..."

Godric unterbrach Emilys hochzeitsplanerische Überlegungen. „Nächste Woche."

„Nächste Woche?", quietschte Emily. „Aber das kann sie doch nicht machen! Das ist unerhört. Du weißt, wie die Gesellschaft in solchen Angelegenheiten sein kann, wie grausam. Sie wird monatelang Opfer übler Nachrede sein! Ihr Vater ist kaum tot, und sie rennt ausgerechnet mit einem von der Liga der Schurken davon? Ich weiß, dass wir alle die Wahrheit kennen, aber die Gesellschaft wird sich nach Gutdünken eine unmögliche Geschichte zurechtlegen."

„Ich habe das Gefühl, dass weder sie noch Cedric sich um die Gesellschaft scheren. Er ist blind, und sie sitzt seit Jahren bei jedem Ball am Rand der Tanzfläche."

Godric ist wirklich ein Meister darin, zwei komplexe Persönlichkeiten so treffend zusammenzufassen, dachte sie.

„Da magst du recht haben, aber sollten wir sie nicht wenigstens warnen?"

„Das werde ich nicht. Pfeif auf die Gesellschaft. Lass sie plappern. Es ist alles Schnee von gestern, sobald der nächste Skandal durch die Salons fegt. Ich werde Cedric nächste Woche in St. Georges zur Seite stehen, egal was passiert. Er braucht diese Ehe, Emily. Er ist seit dem Unfall gebrochen, sowohl geistig als auch körperlich. Aber als er uns von seiner

Verlobung erzählte, hörte ich zum ersten Mal Hoffnung in seiner Stimme. Wenn eine schnelle Ehe ihn von seiner Wehmut heilen kann, dann bin ich zweifellos dafür."

Emily lehnte ihren Kopf an seine Schulter, und ihre Finger spielten mit der nun zerknitterten Krawatte, die um den Hals ihres Mannes gebunden war. „Du hast recht."

„Natürlich habe ich das", sagte Godric herrisch. Emily kniff ihn in den Arm und er jaulte.

„Du kleiner..." Er begann ihre Taille zu kitzeln, Emilys größte Schwachstelle, und sie kicherte, bis sie um Gnade japste.

„Glaubst du, sie werden glücklich sein, Godric?", fragte Emily.

Er strich mit der Fingerspitze über ihre Stupsnase, und sie konnte nicht anders, als seine roten Wangen und den liebestrunkenen Schimmer in seinen bezaubernden grünen Augen zu bewundern. Wie war sie bloß zu dem Segen gekommen, dass er sich in sie verliebt hatte?

„Sie brauchen vielleicht ein paar wohlüberlegte Anstupser. Ich glaube, du bist die Expertin auf diesem Gebiet, also überlasse ich die beiden deiner liebevollen Fürsorge." Seine Hände strichen über ihren Rücken, und die intime und zärtliche Geste erfüllte sie mit Wärme.

„Das bin ich, nicht wahr? Und welche wohlüberlegten Anstupser habe ich in letzter Zeit vollbracht?"

Godric grinste und ließ sie auf seinen Schoß gleiten. „Ich glaube, das hier wird dein Gedächtnis auffrischen." Er stöhnte vor Vergnügen, als sie sich wand und seine Erektion unter ihrem Hintern spürte.

„Du bist heute besonders ausdauernd, was, mein Lieber?"

„Dieses ganze Gerede von Babys und Heirat hat mich in Stimmung gebracht, und wir müssen sicherstellen, dass wir wirklich so viele Babys bekommen." Godric küsste seine Frau, bevor sie ihm noch etwas entgegnen konnte. Sie wusste, dass sie den Rest des Nachmittags damit verbringen würden, seinem neu entdeckten Interesse zu frönen.

ANNE NAHM DIE VON CEDRIC ANGEBOTENE HAND, ALS ER ihr in die Kutsche half. Sie beobachtete mit stummem Interesse, wie er mit der Spitze seines Stocks gegen die Metalltreppe klopfte, die von der Tür herabhing. Er sah gut aus in seiner schwarzen Abendgarderobe, glattrasiert und mit dem braunen Haar, das gerade genug gezähmt war, um den Eindruck zu erwecken, dass er eben, nach einer wilden Nacht zwischen den Bettlaken, aufgestanden war und sich mit seinen Händen gekämmt hatte.

Als Cedric sich sicher zu sein schien, dass die Stufe da war, hob er einen gestiefelten Fuß hoch und senkte ihn langsam auf die erste Stufe ab. Das gab ihm Selbstvertrauen, und er griff nach dem Rahmen der offenen Kutschentür.

„Hier, lasst mich helfen…", setzte Anne an.

„Ich komme schon zurecht!", schnappte Cedric, während er in die Kutsche kletterte und um sich herum nach dem Sitzplatz tastete. Sobald er sich direkt neben sie gesetzt hatte, klopfte er mit seinem Stock an die Decke, um dem Fahrer zu signalisieren, dass er losfahren solle.

„Mylord, ich finde es nicht schicklich, dass Ihr so dicht neben mir sitzt."

„Wie ich Euch bereits heute Nachmittag zu Bedenken gegeben habe, Anne, bin ich kein schicklicher Mann. Würdet Ihr mir jetzt bitte Eure Hand reichen? Ich möchte sie halten." Er verlangte das so unwirsch, dass sie sich nicht entscheiden konnte, ob sie sich weigern oder über seine Dreistigkeit lachen sollte.

„Wenn Ihr glaubt, dass ich Euch irgendeinen Teil meines Körpers überlasse, wenn Ihr so schlecht gelaunt seid, irrt Ihr

Euch gewaltig." Anne rutschte so weit wie möglich von ihm weg, aber Cedric rückte sofort nach.

Er hob seinen linken Arm vor ihrem Gesicht, stemmte seine Hand flach an die Wand neben ihrem Kopf und hielt sie so gefangen. Annes Puls raste, als Cedrics Gesicht sich ihrem näherte. Seine leeren braunen Augen wirkten so kalt, dass sie ein Schaudern nicht unterdrücken konnte.

„Ich hätte Euch nicht so anfahren sollen", sagte er leise, und sein warmer Atem streifte ihr Gesicht.

„Entschuldigt Ihr Euch etwa?"

„Es kommt einer Entschuldigung sehr nahe. Jetzt gebt mir Eure Hand. Lasst mich nicht noch einmal fragen, oder ich werde einfach tun, was ich will, ohne um Erlaubnis zu bitten."

„Aber wieso?", wagte Anne zu fragen. Ihr Atem stockte, als er ihren linken Arm suchte. Nachdem er ihn gefunden hatte, ließ er seine Finger zu ihrem Handgelenk gleiten und zog ihre Hand in seinen Schoß.

„Ich möchte sie einfach halten, das ist alles. Ihr würdet Eurem zukünftigen Ehemann doch ein so keusches Vergnügen nicht verwehren?" Er lächelte verschmitzt in ihre Richtung, als er ihre Hand mit seinen beiden umschloss.

„Entspannt Euch, Anne", sagte er ruhig.

Nach einer langen Minute tat sie es und bemerkte nicht einmal, dass sie zuvor so angespannt gewesen war. Sie fuhren in Schweigen gehüllt und lauschten dem Klappern der Kutschenräder auf dem Kopfsteinpflaster. Dann zog Cedric ihren Handschuh aus und fing an, ihre Hand zu streicheln. Er zeichnete lange, verschlungene Muster auf ihre nackte Haut und drehte dann ihre Hand um, um ihre Handfläche zu erkunden. Er verfolgte ihre Lebenslinie bis zum schnellen Puls an ihrer Unterseite. Dann tat er etwas, womit sie nicht gerechnet hatte.

Er hob ihre Hand und presste seine Lippen auf ihr Handgelenk. Anne beobachtete fasziniert, wie er mit seiner Zunge über ihre Haut schnippte und seine Lippen sich zu einem unbewussten Lächeln verzogen, wie man es tat, wenn man etwas unerwartet Süßes probiert und vom Genuss überrascht wird.

Dann nahm Cedric einen ihrer Finger in seinen Mund und saugte an ihm zwischen seine Lippen. Anne unterdrückte ein Wimmern angesichts des plötzlichen Feuers und des schmerzhaften Pochens, das in ihr aufstieg. Das Gefühl seines heißen und feuchten Mundes um ihren Finger tat etwas Unfassbares mit ihr. Ihre Zunge fuhr heraus, um ihre Lippen zu befeuchten, gerade als Cedrics Zunge ihren Finger umkreiste, ihn neckte, streichelte und dann sanft anknabberte.

„Oh!" Anne versuchte, ihre Hand zurück in ihren Schoß zu ziehen, aber er ließ sie nicht los. Stattdessen zog er sie näher an sich heran und legte seinen freien Arm um ihre Taille.

„Bittet mich... Bittet mich, Euch zu küssen." Er senkte den Kopf mit genießerischer Ruhe.

Als seine Nase ihre berührte, folgten seine Lippen und strichen über ihren leicht geöffneten Mund. „Bittet mich, Euren Widerstand zu brechen. Lasst mich hinein."

Hätte Anne klar denken können, hätte sie vielleicht erkannt, dass er viel mehr meinte als nur etwas rein Körperliches. Aber ihr Verstand richtete sich auf die wortwörtliche Verheißung in seiner Stimme. In ihren Gedanken beugte sich Cedric über sie und stützte sich auf seine Arme, während er sich tief zwischen ihren Beinen vergrub. Zu ihrer Überraschung war das Bild nicht so unwillkommen, wie sie es befürchtet hatte.

Ihr Schweigen war Antwort genug. Cedric stieß sie so unsanft von sich, dass sie mit einem erschrockenen Keuchen auf ihren Platz zurückfiel. Einen Moment lang sah sie Wut, Enttäuschung und Verzweiflung in seinem Gesicht, bevor seine Züge wieder diese übliche spöttische Selbstsicherheit einnahmen. Cedric hatte ihr erlaubt, ihn abzuweisen, aber Anne machte sich Sorgen, dass sein Gesichtsausdruck Momente in der Zukunft verhieß, in denen sie dies nicht tun dürfte.

Seine Arroganz machte sie wütend. Sie wollte schreien, ihn schlagen, die Kutsche verlassen und nach Hause laufen, aber sie straffte nur ihre Schultern und sagte nichts. Nur so konnte sie ihm zeigen, dass er ihr keine Angst machte.

Das Problem war, dass er sie aufgewühlt hatte. Ein dunkler Teil von ihr wollte seinen Mund wieder an ihren Fingern und noch an ganz anderen Stellen spüren. Sie errötete bei diesen Gedanken und war dankbar dafür, dass er ihre Scham nicht sehen konnte.

„Freut Ihr Euch darauf, heute Abend bei Emily zu essen?", fragte Cedric, als hätte er ihr nicht gerade erst vor einer Minute mit seinem Mund ihren Atem geraubt.

Es gelang ihm dabei, ihre Eifersucht zu wecken, denn er und Emily standen sich sehr nahe. Trotz ihrer Freundschaft tat es immer noch weh zu wissen, dass Emily Cedric besser kannte als sie. Obwohl Anne seine Bemühungen vor dem Unfall nie ermutigt hatte, hatte ein Teil von ihr immer gehofft, dass er nicht aufgeben würde. Dass er sie genug begehrte, um weiter um sie zu kämpfen.

Anne fragte sich insgeheim, ob sich alle Männer, die Emily entführt hatten, in gewisser Weise in sie verliebt hatten. Ihre Hingabe ihr gegenüber war offensichtlich, und die Schurken widmeten sich nie jemandem ohne Grund.

Cedric interpretierte ihr Schweigen falsch. „Ihr freut Euch also nicht?"

„Entschuldigt. Ich war kurz abgelenkt. Natürlich freue ich mich, Emily zu sehen. Ich mache mir nur Sorgen, dass sie es nicht gutheißen wird, dass ich meine Trauerkleidung für ihr Abendessen abgelegt habe." Das war eine Lüge. Es war das letzte, worüber sie sich Sorgen machte, aber er durfte ihre wahren Gründe nie erfahren. Es war dumm und unsinnig, auf ihre liebe Freundin eifersüchtig zu sein.

Cedric setzte sich etwas aufrechter hin, als hätte ihr Geständnis seine Aufmerksamkeit erregt. „Ihr tragt kein Schwarz?"

„Nein. Irgendwie hatte ich das Gefühl, dass es meinen Vater traurig machen würde. Er hat es nie für notwendig befunden, lange Trauerkleidung zu tragen. Wo auch immer er ist, er weiß, dass ich ihn..."

Einen Moment lang konnte sie nicht sprechen, denn ihre Kehle schnürte sich zu und ihre Augen brannten. *Ich werde nicht weinen. Ich werde nicht weinen. Ich bin nicht schwach.* Sie wiederholte das Mantra, das sie seit dem Tod ihres Vaters davon abgehalten hatte, starke Gefühlsregungen zu zeigen.

„Dass Ihr ihn vermisst", beendete Cedric für sie den Satz.

„Ja." Anne wunderte sich darüber, dass er ihre Gedanken gelesen hatte. Kannte er sie so gut? Oder war sie einfach so leicht zu durchschauen, dass selbst ein Blinder die Tiefe ihrer Trauer erkennen konnte?

„Wenn Ihr kein Schwarz tragt, was tragt Ihr dann, meine Liebe?" Cedric grinste schelmisch, aber es beruhigte sie seltsamerweise und zerstreute die Schwermut ihrer tiefen Trauer.

„Ein schlichtes, rostbraunes Satinkleid mit einem leichten Glanz von herbstlichem Orange im richtigen Licht."

Cedric streckte die Hand aus und legte sie auf ihren Oberschenkel, während er die Beschaffenheit des Satins unter seinen Fingern erforschte.

„Ich bin froh, dass Ihr diesen schrecklichen schwarzen Kreppstoff nicht mehr tragt. Er fühlte sich furchtbar an. Die Kleidung einer Frau soll sich angenehm auf der Haut anfühlen. Sie sollte die Berührung ihres Geliebten anlocken."

Anne war verzaubert von seiner Hand, die über ihren Oberschenkel strich, von der langsamen, forschenden Liebkosung. Sie war so sanft, dass sie den Satin nicht zerknitterte, und dennoch spürte sie, wie die Wärme seiner Haut durch ihr Kleid drang und tief in ihrem Schoß eine berauschende Vorfreude weckte.

Seine Berührung erinnerte sie daran, wie Harvey, der Stallmeister ihres Vaters, mit wilden Wallachen arbeitete. Harvey besänftigte mit seinem leisen Flüstern und seiner federleichten Berührung auch die wildesten der jungen Pferde.

Plötzlich wurde Anne von Misstrauen erfasst. Wollte Cedric sie so einlullen, dass sie sich in Sicherheit wähnte, um sich dann auf sie zu stürzen? Bestimmt war dies sein Plan. Gerade als sie ansetzte, von ihm zu verlangen, dass er aufhörte, hielt er von selbst inne und legte seine Hand wieder auf seinen Schoß, als wäre nichts geschehen.

„Ich glaube nicht, dass Emily etwas dagegen hat, dass Ihr Eure Trauerkleidung ablegt. Emily ist eine sehr verständnisvolle Person. Manchmal denke ich, sie versteht *zu* viel.“ Er murmelte den letzten Satz so verärgert, dass Anne sich fragen musste, was er damit meinte. Aber sie wagte nicht, ihn darauf anzusprechen.

„Ich hoffe, dass Ihr recht habt“, murmelte sie stattdessen nur.

„Ihr werdet schon bald merken, dass ich oft recht habe. Lasst Euch davon nicht beirren.“ Sein Ton war ernst, aber sie hörte auch einen Hauch von Spott heraus.

„Ich kann nicht anders, als entsetzt zu sein, Mylord. Eure Arroganz kennt keine Grenzen“, erwiderte Anne.

„So sollte es auch sein“, antwortete Cedric knapp. Ein Teil von ihr hatte eine leichte, spielerische Diskussion mit ihm über seinen frechen Ton anfangen wollen, aber er gestand ihr nicht einmal das zu, dieser unverfrorene Kerl.

Die Kutsche hielt an, und ein Diener in der nachtblauen und silbernen Livree des Duke of Essex öffnete die

Kutschentür auf Cedrics Seite. Cedric nahm seinen Stock, griff nach dem Türrahmen und tastete nach der Stufe.

Anne bemerkte, dass er beim Aussteigen viel zögerlicher war als beim Einsteigen, und sie fragte sich, ob er kürzlich einen bösen Sturz beim Verlassen einer Kutsche erlitten hatte. Sie konnte sich kaum vorstellen, wie schmerzhaft das gewesen sein musste, ganz zu schweigen von der Demütigung.

Annes Magen verkrampfte sich vor Sorge. Wie oft hatte er sich seit letztem Dezember verletzt? Die Erinnerung daran, wie sie ihn mit blutigen Händen in seinen Gärten vorgefunden hatte, verfolgte sie immer noch. Auch wenn er sie mit seinen Küssen und Liebkosungen quälte, fühlte sie nicht ihre übliche Gleichgültigkeit oder Wut auf ihn wie gegenüber anderen Männern. Cedric hatte so viel gelitten wie sie, und diese Tatsache machte sie zu Seelenverwandten.

„Kommt Ihr?", fragte Cedric und streckte ihr seine Hand entgegen.

Sie ergriff sie und ließ sich von ihm helfen. Sie hob ihre Röcke und ging mit ihm zu den Stufen des Stadthauses von St. Laurent. Zu ihrer Bestürzung ließ er ihre Hand auch dort nicht los. Es schien, als wollte er sie mittels offensichtlicher Zurschaustellung ihrer Person als sein Eigentum in Verlegenheit bringen.

„Mylord, Ihr müsst meine Hand loslassen", flüsterte sie und versuchte, sie ihm zu entziehen.

„Schämt Ihr Euch schon für mich, Anne?", fragte Cedric, als der Diener ihnen die Tür zum Foyer öffnete. Sie hatte bemerkt, dass er oft ihren Namen am Ende einer Frage oder eines Satzes murmelte, als wollte er sie daran gewöhnen, dass er sie so ansprach. Das hatte sie früher irritiert, aber jetzt gewöhnte sie sich langsam daran, zumal der Klang ihres Namens so süß von seinen Lippen rollte.

„Ihr wisst, dass ich das nicht tue. Ein Gentleman würde mir seinen Arm anbieten, und so könnte ich Euch zur Tür führen", antwortete sie eisig, aber Cedric kicherte nur, als ob ihm ihr Ton überhaupt nichts ausmachte.

„Ich werde schon nicht stolpern." Er schwenkte seinen Stock vor sich hin und her und klopfte auf die Steine. „Entspannt Euch, Liebes. Niemand hier heute Abend wird uns verurteilen, wenn wir unsere Zuneigung zueinander zeigen."

„So nennt Ihr das? Ich würde eher behaupten, dass Ihr meine Hand krampfhaft umklammert", zischte Anne. Aber bevor Cedric und sie dieses Wortgefecht fortsetzen konnten, kam Emily aus dem nächsten Zimmer und eilte mit ihrem Mann Godric dicht auf den Fersen zu ihnen.

„Anne!" Emily umarmte sie fest, und ihr junges Gesicht strahlte vor Aufregung.

„Es ist so schön, dich zu sehen, Emily. Mylord." Anne machte einen leichten Knicks in Godrics Richtung, obwohl eine ihrer Hände immer noch fest mit Cedrics verschlungen war. Godric strahlte sie ebenfalls an und nickte zur Begrüßung.

„Wir freuen uns sehr, dass ihr beide kommen konntet. Bitte folgt mir hier entlang." Godric nahm Emilys Arm und ging mit Anne und Cedric zurück in den Raum, aus dem sie eben gekommen waren.

Der Saal war bereits voll, und Anne erkannte, dass Cedric und sie die letzten Ankömmlinge waren. Der Earl of Lonsdale lehnte bereits am Kaminsims und sprach mit Godrics Halbbruder Jonathan St. Laurent. Lord Lennox saß auf einer Couch und unterhielt sich mit Horatia, der Viscountess of Rochester. Ihr Mann Lucien stand hinter der Couch und hatte seine Hände in einer liebevollen und beschützenden Geste auf die Schultern seiner Frau gelegt. Die Vertrautheit zwischen ihnen erfüllte Annes Herz kurz mit Neid und Wehmut.

Emily und Godric betraten den Raum und ließen Anne und Cedric in der Tür stehen, den Blicken aller anderen

Gäste ausgesetzt. Anne rückte instinktiv näher an Cedric heran, wobei ihr linker Arm seinen streifte. Ihre Finger schlossen sich fester um seine Hand. Es war ihr peinlich und unangenehm, hier in eine so offensichtlich seltsame Familie zu geraten, die auf Liebe, Loyalität und Freundschaft gebaut war, die sie persönlich mit niemandem, mit Ausnahme von Emily, teilte.

„Was ist los?", flüsterte Cedric ihr besorgt zu, und sie war gerührt.

„Ich... Was ist, wenn sie mich nicht mögen? Eure Freunde, meine ich. Sie kennen mich kaum", flüsterte Anne zurück.

„Emily ist Eure beste Freundin und schätzt Euch sehr, genau wie ich. Wenn die anderen Euch nicht freundlich behandeln, werden sie es mit mir zu tun bekommen."

„Ich meinte nicht..." Sie wollte nicht so klingen, als erwartete sie von ihm, dass er sie seinen Freunden vorzog, sollte es so weit kommen. Sie würde ihn nie vor eine solche Wahl stellen.

„Entspannt Euch und führt mich bitte zu einem Stuhl, ja?"

Anne ließ Cedric Platz nehmen und setzte sich dann auf den Stuhl neben ihm.

„Mir scheint, es sind Glückwünsche angebracht", sagte Lord Ashton in die Runde. Er lächelte die beiden an, und der Rest der Anwesenden folgte seinem Beispiel und teilte Anne mit, wie sehr sich alle über die bevorstehende Vermählung freuten.

Annes Befürchtungen, von Cedrics Freunden als unzureichend befunden zu werden, schienen unbegründet. Endlich entspannte sie sich und stieß einen erleichterten Seufzer aus. Cedric musste es gehört haben, denn er legte seinen Arm um ihre Stuhllehne. Dabei berührte er ihren Nacken, und sie wollte schon protestieren, als er anfing, mit Daumen und Zeigefinger den verspannten Muskelballen zu massieren. Das

Gefühl war herrlich und schien jede Faser ihres Körpers zu erweichen.

„Alles wird gut", sagte er und streichelte weiter ihren Nacken. Anne errötete, als sie bemerkte, dass Emily sie und Cedric mit unverhohlenem Interesse beobachtete.

Emily unterhielt die Gruppe im Wohnzimmer mit höflichem Geplauder, bis die Glocke zum Abendessen läutete. Alle erhoben sich und gingen ins Esszimmer. Cedric bot Anne seinen Arm an, und sie nahm ihn. Es erstaunte sie immer wieder, wie oft sie sich jetzt berührten. Es schien, als würden sein und ihr Körper in einer langsamen Drehung umeinander tanzen, und eines Tages, schon sehr bald, würden sie aufeinanderprallen und auf mysteriöse und naturgewaltige Weise nie wieder völlig voneinander getrennt sein.

Annes Atem stockte bei dem Gedanken. Selbst blind war Cedric immer noch ein beeindruckender, kräftiger Mann, der sie leicht beherrschen und besitzen konnte. Sie errötete tief, als sie daran erinnert wurde, dass all seine Macht und Perfektion jetzt ihr gehörten. Aber so sehr die Aussicht sie auch erregte, sie erschreckte sie auch. Was, wenn er sie für zu lüstern hielt? Was, wenn er in ihrem Bett kein Vergnügen fand und es in den Armen einer anderen suchte?

*Wie soll ich ihn an mich binden, wenn ich mir nicht trauen kann, mich ihm vollkommen hinzugeben?*

# KAPITEL 6

Cedric hatte keine Ahnung von den Gedanken seiner Verlobten, als er mit ihr zum Abendessen ins Esszimmer ging. Er ließ sich von ihr führen und spürte ihren schwachen Zug, wenn er seine Richtung etwas ändern musste. Es war eine Fähigkeit, die er verfeinert hatte, während Ashton ihn herumführte und ihm half, mit seinem Zustand zurechtzukommen. Glücklicherweise kannte er Godrics Stadthaus recht gut, aber die Nervosität, die seinen Körper befiel, machte ihn zögerlicher als sonst.

Er wollte Anne zeigen, dass er immer noch den englischen Gentleman spielen konnte, dass er nicht so hilflos und hoffnungslos war, wie er sich fühlte. Erleichtert sank er auf seinen Platz am Tisch. Sein Körper schien sich von sich aus anzuspannen, wenn er auf den Beinen war, als ob ein Teil von ihm erwartete, jederzeit auf irgendeine Weise verletzt zu werden. Da er sich nun wohler fühlte, streckte er kühn die Hand aus, um sein Weinglas zu ergreifen...

Platsch!

Seine Hand traf den dünnen Stiel des Glases und kippte es um. Er hörte, wie der Wein sich auf den Tisch ergoss und das

Geplauder verstummte. Selbst blind spürte Cedric, wie alle Blicke im Raum sich auf ihn richteten. Es war demütigend. Der einzige Vorteil war, dass er das Mitleid in ihren Gesichtern nicht sehen konnte.

Das war zu viel für ihn. Er hasste es, vor anderen zu essen, und genau dies war der Grund dafür. Cedric schob wütend seinen Stuhl zurück, wobei er versehentlich einen Lakaien anstieß. Der Mann stolperte und ließ das Ersatzglas fallen, das auf dem Holzboden zerschellte. Cedric stand auf und tastete nach seinem Stock, fand ihn aber nicht.

„Cedric...", sagte Godric mit sanftem Tonfall irgendwo rechts von ihm, aber Cedric schüttelte nur widerwillig den Kopf. Mit so viel Stolz, wie er aufbringen konnte, schritt er in Richtung Tür, um das Esszimmer zu verlassen. Er wollte sich nicht entschuldigen, er wollte das Mitleid in ihren Stimmen nicht hören. Er musste allein sein.

Charles rief ihm nach: „Cedric, es ist nichts passiert, wirklich", aber Cedric hatte bereits die Tür erreicht und stapfte hinaus in den Flur. Mit ausgestreckten Händen stellte er sich Godrics Haus vor seinem inneren Auge vor und wandte sich zur Bibliothek. Oder zumindest hoffte er, dass er diese Richtung eingeschlagen hatte. Es war schon schwer genug, sich seinen Freunden zu stellen, wenn er nicht gerade teure Kristallkelche zerbrach. In den ersten Monaten hatte er ihre Hilfe noch in Anspruch nehmen können, aber inzwischen sollte er seine Hände und Beine beherrschen und solche Unfälle nicht mehr verursachen. Es war beschämend, und er konnte es nicht ertragen, sich helfen zu lassen, wo er doch längst keinen Beistand mehr brauchen sollte.

Cedric fluchte leise, als er über die Schwelle der Bibliothek stolperte. Der schwere, muffige Geruch der vielen Bücher sagte ihm, dass er sich im richtigen Zimmer befand. Er war nie ein großer Leser gewesen, aber er hatte Bibliotheken lieb gewonnen, seit er sein Augenlicht verloren hatte.

In einer Bibliothek wusste er immer, wo er war. Ihr einzigartiges Aroma verriet sie immer, und er fühlte eine innere Ruhe, weil er zur Abwechslung genau wusste, wo er sich in einem Haus befand.

„Ich wünschte, ich hätte meinen Stock", sagte er zu dem mit Büchern gefüllten Raum. Normalerweise behielt er ihn immer bei sich, aber heute hatte er sich stärker mit Anne beschäftigt und dabei vergessen, wo er ihn hingelegt hatte. Er stolperte ein paar Minuten umher und stieß dabei gegen Bücherregale, fand dann aber ein Sofa mit tiefer Rückenlehne, auf das er sich fallen ließ. Er lehnte sich zurück und rieb sich die Augen. Eine nutzlose Geste, aber es war eine Gewohnheit, die er nicht ablegen konnte. Cedric holte ein paar tiefe, gemessene Atemzüge, aber seine Hände zitterten immer noch.

„Reiß dich zusammen!", fauchte er sich an.

An der Bibliothekstür klopfte es leise. Cedric rührte sich nicht. Er hörte, wie sich Schritte näherten. Der Duft, der seine Nase kitzelte, war blumig, aber es war nicht der Duft wilder Orchideen. Es war nicht Anne.

„Cedric." Horatia setzte sich neben ihn auf das Sofa und legte ihren Kopf an seine Schulter, wie sie es als Kind oft getan hatte. Sein brüderlicher Instinkt gewann die Oberhand, und er schlang seine Arme um sie und zog sie fest an sich.

„Willst du darüber reden?"

„Es gibt nicht viel zu sagen, meine Liebe. Ich bin eine jämmerliche Kreatur, die nicht einmal mit Freunden speisen kann. Emily ist sicher am Boden zerstört, dass ich ihr feines Kristall zerbrochen habe."

Horatia lachte. „Sie hat gerade verkündet, dass du ihr einen Gefallen getan hast. Sie verabscheute dieses Weingedeck, und du hast ihr endlich einen guten Vorwand geliefert, den Rest auch noch loszuwerden. Sie bat den Butler, nach dem Essen alles von den Dienern entsorgen zu lassen. Sie schien darüber ziemlich froh zu sein." Horatias sanfter Ton war voller Belustigung, und Cedric hörte, dass sie die Wahrheit sagte. Aber Emily hatte vielleicht einfach nur so getan, um ihn zu trösten.

„Und die anderen? Wie haben sie reagiert?", fragte er.

„Sie machen sich überhaupt nichts daraus. Wir haben alle vollstes Verständnis dafür, was dir passiert ist. Nur du nicht. Was sie stört, ist, dass du offenbar denkst, dass sie dich nicht so akzeptieren, wie du jetzt bist. Keiner von uns ist perfekt, und keiner von uns erwartet, dass du es bist. Du musst aufhören, dich selbst zu bemitleiden, sonst werde ich böse auf dich, und ich möchte meinem Lieblingsbruder nicht böse sein."

„Ich bin dein einziger Bruder", unterbrach er sie mit einem schwachen Lächeln um die Mundwinkel.

„Das tut nichts zur Sache", neckte Horatia ihn und küsste seine Wange.

„Horatia..."

„Ja?"

„Was deinen Zustand angeht..."

„Du meinst das Baby?" Horatia klang überraschend verlegen.

„Ich wollte nur sagen, dass ich überglücklich bin, Onkel zu werden. Außerdem freue ich mich, dass du und Lucien glücklich seid. Ich war solch ein Narr. Ich hätte uns fast alle umgebracht, weil ich nicht glauben konnte, dass sich Menschen ändern können. Aber wir *können* uns ändern. Das weiß ich jetzt. Ich habe mich verändert, Anne hat sich verändert. Es scheint, als hätten wir uns schon immer verändern können, aber wir waren uns dessen bisher nie bewusst."

„Stimmt es, dass Anne dich gebeten hat, ihr einen Heiratsantrag zu machen?"

Er klopfte seiner Schwester auf die Schulter und lächelte. „Ja. Es war eine seltsame Überraschung, aber keine unwillkommene."

„Nun, ich mag sie, genauso wie Emily. Aber bist du dir sicher, dass du mit ihr glücklich wirst? Ich dachte, sie hätte kein Interesse an dir."

Wie er seine Schwester liebte! Sie dachte immer an ihn, auch wenn es nicht ihre Pflicht war.

„Das dachte ich anfangs auch. Aber etwas ist anders. Sie ist seit dem Tod ihres Vaters verletzlich geworden, und ich konnte ihr nicht verwehren, ihren Retter in der Not zu spielen, als sie mich darum bat."

„Aber wird sie dich glücklich machen? Lucien macht sich Sorgen, dass sie zu zurückhaltend ist, um jemanden zu lieben, aber du verdienst die große Liebe, nicht nur nette Gesellschaft."

Es war das zweite Mal, dass ihm das heute jemand sagte, und er fühlte sich innerlich seltsam gerührt und doch schuldbewusst. Er verdiente keine Liebe, keiner aus der Liga verdiente sie, aber wenn sie kam und er sie greifen konnte, würde er sie festhalten und nie wieder loslassen.

„Keine Sorge, Horatia. Ich habe meine Mittel, um ihre eisigen Mauern zum Schmelzen zu bringen." Cedric grinste verschmitzt. „Könntest du Emily sagen, dass es mir furchtbar peinlich ist und ich gern hier essen würde? Und könntest du dafür sorgen, dass Anne mir mein Essen bringt?"

„Ich bezweifle, dass Anne einer Bitte folgen würde, die eher ein Diener erfüllen sollte", warnte Horatia.

„Sag Emily, dass ich darauf bestehe, dass Anne mir das Essen bringt."

„Und was, mein liebster Bruder, hast du vor, wenn sie es tut?"

„Du bist mit Lucien verheiratet, meine Liebe. Du hast sicher eine Vorstellung davon, wie viel Spaß eine gemeinsame Mahlzeit machen kann."

„Du Teufel!" Der empörte Ton seiner Schwester wurde von einem erstickten Kichern abgelöst. „Bedräng sie nur nicht." Horatia erhob sich vom Sofa, gab ihm einen Kuss auf die Stirn und ging. Cedric grinste. Der Abend könnte mit etwas Hilfe doch noch gerettet werden.

ANNE WAND SICH AUF IHREM PLATZ, ALS HORATIA INS Esszimmer zurückkehrte.

„Ist alles in Ordnung?", fragte Ashton. Alle Augen waren auf sie gerichtet. Anne beneidete Cedrics Schwester nicht um die ungeteilte Aufmerksamkeit der Runde.

„Er ist ein bisschen verlegen. Er braucht Zeit, um sich zu sammeln." Horatia nahm neben Lucien Platz, bevor sie sich an Emily wandte. „Wäre es möglich, ihm einen Teller mit Essen und jemanden zur Gesellschaft zu schicken? Ich denke, er ist noch nicht bereit, sich allen zu stellen, aber ich glaube, er möchte auch nicht vollkommen allein sein."

„Aber sicher. Ich gehe gern..." Emily wollte sich erheben, aber Charles hielt sie mit einem eindringlichen Blick zurück. Sie ließ sich wieder in ihren Sitz fallen und verzog verwirrt ihr süßes Gesicht.

„Warum geht Miss Chessley nicht? Ich meine, angesichts der bevorstehenden Hochzeit wird das verlobte Paar vielleicht einen ungestörten Augenblick zusammen genießen wollen. Es sei denn, die Dame möchte sich nicht mit einem übellaunigen Blinden belasten."

Das war eine sehr unverblümte Provokation. Anne runzelte die Stirn, als sie in diese plötzlich ernsten grauen Augen blickte. Jetzt sah sie den Schurken in ihm, den verführerischen und gefährlichen Mann, dem sie seit ihrem Debüt vor fünf Jahren entkommen war. Es brauchte eine starke Frau, um als Beute dieses Raubtiers zu überleben.

„Es wäre mir ein Vergnügen, mit Lord Sheridan allein zu speisen." Anne erhob sich vom Tisch, woraufhin alle Männer aufsprangen. Sie folgte der entrüsteten Emily aus dem Esszimmer, die einen wartenden Lakaien anwies, zwei Teller in die Bibliothek zu bringen, bevor sie sich zu Anne umdrehte, die Hände in die Hüften gestemmt und die violetten Augen voller Sorge.

„Du musst nicht mit ihm essen, Anne. Charles ist ein Idiot."

„Es ist vollkommen in Ordnung. Ich glaube, Lord Lonsdale stellt mich auf die Probe. Trotz der Art und Weise, in der er seine Meinung äußert, fühle ich mich geehrt, von ihm herausgefordert zu werden, weil er dadurch Lord Sheridan gegenüber große Loyalität beweist. Ich möchte keinen Mann heiraten, der schlechte Freunde hat."

Sie meinte jedes Wort. So sehr es sie auch ärgerte, sich beweisen zu müssen, war sie froh, dass Cedric so viele Menschen um sich hatte, die über ihn wachten. Die beiden Frauen verfielen in einen Gleichschritt und gingen gemächlich zur Bibliothek, um dem Personal Zeit zum Vorbereiten und Aufholen zu geben.

„Aber Charles war trotzdem unhöflich, und ich werde so ein unverschämtes Verhalten in meinem Haus nicht dulden." Emily hob wütend das Kinn.

Wie weit sie es gebracht hat, dachte Anne stolz. Zuerst als junge Debütantin und nur ein halbes Jahr später schon als Duchess spielte sie ihre Rolle sehr gut und wurde darin immer besser.

„Bitte mach dir um mich keine Sorgen. Ich beweise Lord Lonsdale viel lieber das Gegenteil, indem ich meine Hingabe meinem Verlobten gegenüber zeige."

„Ich kann immer noch nicht glauben, dass du Cedric heiratest. Ich hatte natürlich Hoffnungen..." Emily verstummte, als Anne neben ihr stehenblieb.

„Was meinst du damit?"

„Nun, seit ich Cedric kenne, hat er sich immer wieder

nach dir erkundigt. Himmel, er hat nie aufgehört, bis…" Es war nicht nötig, den Satz zu beenden. Bis zu seinem Unfall.

„Er… hat nach mir gefragt?", flüsterte Anne mit belegter Stimme.

„Er war so frustriert über deine hartnäckige Weigerung, ihn zu empfangen oder auch nur mit ihm zu sprechen, dass er fast wahnsinnig wurde. Du warst immer in seinen Gedanken und bist es immer noch, wie es scheint." Emilys sanfte Stimme war geheimnisvoll und enthielt ein unergründliches Wissen über Dinge, die Anne, die zwar älter war als Emily, erst noch begreifen musste.

Anne verspürte den plötzlichen Drang, Emily alles zu erzählen, das Geheimnis zu lüften, das sie so lange in ihrem Herzen bewahrt hatte, aber sie konnte es nicht wagen, sie durfte nicht ins Wanken geraten. Emily hatte als Duchess so viel im Kopf, dass Anne ihre Freundin nicht mit ihrem eigenen emotionalen Unsinn belasten wollte. Sie musste ihren eigenen Weg finden.

Bevor sich die Stille zwischen ihnen weiter ausdehnen konnte, erreichten Anne und Emily die Bibliothek.

„Ist er da drin?", fragte Anne. Emily nickte, gerade als der Diener mit einem silbernen Tablett und zwei Tellern zu ihnen trat.

„Ich habe alle Vorspeisen weggelassen, die Lord Sheridan Probleme bereiten könnten, wie zum Beispiel die Erbsen", sagte der Diener diskret zu Emily.

„Danke, Jim, ich weiß deine Rücksicht zu schätzen. Bitte decke den Tisch und serviere die Mahlzeiten da drinnen."

„Ja, Mylady." Jim senkte den Kopf und betrat die Bibliothek. Als der Diener gegangen war, wandte Emily ihre Aufmerksamkeit wieder Anne zu. „Du willst ihn wirklich heiraten?"

„Ja." Wie oft würde sie ihre Entscheidung noch rechtfertigen müssen? War es so unfassbar zu glauben, dass sie Cedric tatsächlich heiraten wollte?

„Aber wirst du mit ihm glücklich werden? Heirate ihn nur, wenn du mir versprechen kannst, dass du glücklich mit ihm sein wirst."

„Ich werde glücklich sein. Es ist vielleicht kein Glück wie deines, aber ich glaube, dass die Ehe mit Lord Sheridan mir eine Zufriedenheit geben wird, die ich bisher nicht habe finden können."

Emily schnaubte. „Zufriedenheit? Oh, Anne, ich glaube, du kennst Cedric nicht so gut, wie du denkst. Er wird nicht von dir ablassen, bis er dich so weit hat, dass du dich nicht mehr an deinen eigenen Namen erinnern kannst. Er liebt Herausforderungen. Das treibt ihn an, besonders in letzter Zeit."

Anne lächelte. „Ich bin mir seiner Liebe zu Herausforderungen durchaus bewusst. Ich werde ihm schon eine ordentliche Herausforderung bieten." Damit trat sie in die Bibliothek, um sich zu ihrem Verlobten zu gesellen.

Cedric saß mit einem düsteren Gesichtsausdruck auf dem scharlachroten Samtsofa. Anne bedeutete Jim zu gehen, sobald er mit dem Tischdecken fertig war.

„Seid Ihr das, Anne?" Cedric legte den Kopf schief. Anne hatte das seltsame Gefühl, dass er sie an ihrem Geruch erkannt hatte.

„Ja, Mylord. Ich habe uns das Abendessen herbringen lassen." Er schien sie näher kommen zu hören und hob eine Hand, um sie zurückzuhalten.

„Ich bin blind, kein Invalide", schimpfte er und erhob sich. Er hatte Glück, dass er nicht sah, welchen Schmerz seine Worte ihr zufügten. Cedric erreichte den nächsten Stuhl und zog ihn für sie zurück. Er konnte seinen Fehler nicht sehen. Ihr Teller war weit von diesem Stuhl entfernt, aber sie griff wortlos über den Tisch und schob ihren Teller zu dem von ihm angebotenen Platz.

„Bitte setzt Euch", sagte er etwas freundlicher.

„Dankeschön." Anne glitt in den angebotenen Sitz. Er schob sie ein paar Zentimeter vor, bevor er seinen eigenen Stuhl vorsichtig zurückzog und sich neben sie setzte. Anne sah zu, wie er mit den Händen über die Tischplatte strich, bis seine Fingerspitzen gegen den Rand seines eigenen Tellers stießen.

„Ah, da ist er ja", sagte er mehr zu sich selbst und zog den Teller zu sich, bevor er nach dem Besteck tastete.

Da erkannte Anne, dass Cedrics Verlust mehr betraf als nur sein Sehvermögen. Jede seiner Bewegungen war langsam, bedacht und darauf ausgelegt, sich selbst oder den Dingen um ihn herum keinen Schaden zuzufügen. Seine Muskeln verkrampften sich und blieben unentwegt angespannt. Sein Gesicht schien von der Anstrengung, seine Bewegungen zu kontrollieren, ständig verkniffen.

Sie konnte sich noch gut an den Mann erinnern, der er einmal gewesen war. Ein Mann, der Macht und Stärke ausstrahlte und immer eine furchtlose Selbstgefälligkeit an den Tag legte, die jetzt völlig verschwunden war. Seine ganze natürliche Anmut war ausgelöscht worden. Er war wie ein gelähmter Hengst. Er würde nie den eleganten Schritt wiedererlangen, den sie an ihm geliebt hatte, als sie ihn tanzen gesehen hatte. Die Angst hinzufallen oder etwas umzustoßen würde seine Bewegungen für immer einschränken. Selbst jetzt verzog sich sein Gesicht frustriert, als er nach seinem Besteck suchte.

Anne sprach sanft. „Zehn Zentimeter rechts von Euch." Dann nippte sie an ihrem Wein und empfand einen flüchtigen Triumphs, als er seinen Löffel fand. Er strich vorsichtig mit dem Daumen über die abgerundete Kante und grinste dann in ihre Richtung.

„Ein Löffel. Vielleicht nicht das eleganteste Utensil, aber es ist einfacher, damit zu essen als mit einer Gabel." Cedrics beiläufige Bemerkung ließ Anne hüsteln.

„Wie bitte?"

„Mit einer Gabel verbringe ich die Hälfte meiner Mahlzeiten damit, das Essen zu suchen, und die andere Hälfte damit, zu versuchen, es in meinen Mund zu bekommen. Löffel sind einfacher. Ich bevorzuge Gabeln nur, wenn ich etwas esse, das zum Schneiden festgehalten werden muss."

Anne stellte sich vor, wie Cedric versuchte zu essen und wie jede Mahlzeit ihm weitere Frustration bereitete. Jetzt fiel ihr auch auf, dass er dünner und blasser aussah als früher. Vielleicht bekam er wegen der vielen Schwierigkeiten nicht genug zu essen, oder vielleicht verdarb ihm seine Melancholie den Appetit.

Was für eine Tragödie, dass die Blüte seiner Männlichkeit durch die ganzen Entbehrungen vergeudet wurde. Die Blindheit allein war nicht das Problem, es war der Verlust der kleinen Freuden im Leben, die ihm in seinem jetzigen Zustand verwehrt blieben.

Kein Wunder, dass er ihr Heiratsangebot angenommen hatte. Er brauchte etwas oder jemanden, auf den er sich konzentrieren konnte. Jemanden, der die verzweifelnde Monotonie seiner Existenz durchbrach. Anstatt sich darüber zu freuen, dass sie ihm diese Erleichterung verschaffte, konnte Anne nicht umhin, sich zu fragen, ob er sie benutzte, wie er jede andere Frau benutzt hätte, die ihn gebeten hätte, sie zu heiraten. Emily mochte sich darin irren, dass Cedric sie immer noch begehrte – schließlich war ihre Freundin eine unverbesserliche Romantikerin.

Letztes Jahr war er zwar auf ihre Verführung aus gewesen. Die Leidenschaft war spürbar gewesen, das Feuer seiner Sehnsucht nach ihr, wenn auch nur körperlich, und sie hatte Angst davor gehabt, wie sie darauf reagieren würde. Aber jetzt waren seine Küsse, obwohl sie erregend waren, von Verzweiflung durchtränkt, und das beunruhigte sie. So selbstsüchtig es auch war, sie wollte, dass er sie küsste, weil er sie küssen *wollte*, nicht weil er sein Bedürfnis nach der Berührung einer beliebigen Frau stillen musste.

„Es tut mir leid, wenn Euch meine Unterhaltung missfällt", sagte Cedric.

„Was?" Anne hatte nicht zugehört und konnte sich nicht erinnern, worüber er gesprochen hatte. Cedrics Kopf war ihr zugewandt, aber seine braunen Augen waren wie immer distanziert, und sein sonst so sinnlicher Mund verzog sich zu einer grimmigen Linie.

„Ach, wie es scheint, habe ich zu allem Übel auch noch die Fähigkeit verloren, eine schöne Frau zu unterhalten. Ich bedaure, dass ich nicht mehr der Mann bin, der ich einmal war. Wir hätten einen ganz anderen Abend zusammen verbringen können." Ein Schatten seines alten verschlagenen Lächelns huschte über seine Lippen, als würde er einige seiner dreisteren Momente mit anderen Damen noch einmal Revue passieren lassen.

„Ich bin nicht schön, Mylord, aber Euer Kompliment ist freundlich gemeint. Ich genieße unseren Abend. Bitte denkt nicht, dass ich Euer Talent für geistreiche Konversation in irgendeiner Weise als mangelhaft empfinde." Anne nahm ihre Gabel und begann, die Brust ihres Fasans aufzuschneiden.

„Ihr haltet Euch nicht für schön? Vielleicht bin ich nicht der einzige Blinde in diesem Raum. Für mich seid Ihr ein Diamant." Cedrics Ton klang nicht mehr abwehrend und wurde charmant.

Anne sah ihn mit zusammengekniffenen Augen an. Machte er sich über sie lustig? Wollte er sie mit einem kalten, scharfen Stein vergleichen? Oder wollte er sagen, dass sie kostspielig war? Keiner dieser Vergleiche schien ihr auch nur im Entferntesten ansprechend.

„Ich habe wohl wieder etwas Falsches gesagt", grübelte Cedric, während er mit seinem Löffel über seine Fleischpastete strich, von der Anne hoffte, dass sie dick machte. Sie wollte, dass Cedric mehr aß. Seine Wangenknochen waren zu hager und seine Augen zu hohl. Wieso hatte sie das vorher nicht bemerkt? War ihre Selbstbezogenheit so stark, dass sie seinem Leiden keine Aufmerksamkeit zu schenken vermochte?

„Es tut mir leid, Mylord, ich bin nicht in bester Stimmung für ein Gespräch."

„Gibt es denn nichts, worüber wir reden können?", fragte Cedric entgegenkommend.

Er wollte wirklich, dass die Beziehung zwischen ihnen Früchte trüge, und aus irgendeinem Grund fühlte sie sich schuldig, dass sie ihn in diese Ehe gelockt hatte, ohne ihn davor gewarnt zu haben, dass sie nicht dazu neigte, leicht verführt zu werden oder Freundschaft zu schließen. *Habe ich ihm Unrecht getan?* fragte sie sich stumm, aber es gab keine einfache Antwort darauf. Anne schwieg einen Moment, bevor ihr eine brennende Frage über die Lippen kam.

„Emily sagt, Ihr habt Eure Araberstuten bei einem Kartenspiel mit einem Scheich gewonnen. Ist das wahr?" Sie konnte die Neugierde in ihrer Stimme nicht unterdrücken. Sie wünschte sich sehr, mehr darüber zu erfahren.

„Emily hat Euch also davon erzählt, wie?" Cedric grinste von einem Ohr zum anderen, während er sich ein paar große Happen der Pastete in den Mund löffelte und herunterschluckte.

„Ich würde gern die ganze Geschichte hören, wenn es Euch nichts ausmacht, sie mir zu erzählen." Anne war ein wenig verlegen, aber sie wollte die Geschichte unbedingt hören.

„Es stimmt schon, dass ich die Pferde im Spiel gewonnen habe, aber ich werde Euch die wahre Geschichte erzählen.

Ich gebe zu, dass ich Emily nur eine zensierte Version erzählt habe. Sie war so unschuldig, und ich wollte sie nicht mit Geschichten über meine Waghalsigkeit erschrecken, zumindest nicht, solange sie in Godrics Gefangenschaft war."

„Welche Teile habt Ihr ausgelassen?" Anne lehnte sich vor und stützte ihren Oberkörper gespannt und neugierig auf die Ellbogen.

„Nun, hinter der Wette steckte viel mehr als ein Paar Pferde und Geld. Und der Scheich war in Wirklichkeit kein Scheich, sondern ein sehr reicher arabischer Kaufmann, der sich auf den Sklavenhandel spezialisiert hatte."

„Sklavenhandel? Ihr sprecht von Menschenhandel?"

Sein Gesicht verdunkelte sich. „Oh ja. Er ist ein charmanter, aber böswilliger Bastard. Und mächtig noch dazu. Von der Sorte Männer, die ebenso mächtige Freunde hat, die ihm erlauben, mit fast allem durchzukommen. *Fast* allem." Sein Rückblick auf die Gefahr und seine Verwegenheit lenkte diese Unterhaltung plötzlich in eine neue Richtung, die sie nicht erwartet hatte.

„Und worum habt Ihr wirklich mit ihm gewettet?", hauchte sie fasziniert.

Cedric lächelte schelmisch in ihre Richtung, bevor er antwortete. „Seine Pferde für meine Freiheit."

# KAPITEL 7

„Charles! Ich möchte sofort unter vier Augen mit dir reden." Die Duchess of Essex tippte wütend mit dem Fuß auf den Holzboden und zeigte zur Tür. Charles erhob sich von seinem Stuhl, und die anderen am Tisch sahen in unterschiedliche Richtungen weg. Scheinbar würde ihn niemand vor Emilys Zorn retten. Feiglinge.

Er hätte Anne nicht derart provozieren sollen. Er sah seinen Fehler ja ein. Aber wenn Emily ihn belehren wollte, würde er es ihr nicht leicht machen.

„Heute noch, bitte", befahl Emily.

Mit einem übertriebenen Seufzen folgte Charles ihr in den Flur, wo sie sich umdrehte und ihm mit ihrer kleinen geballten Faust gegen die Brust schlug. Sie holte aus, um ihn erneut zu schlagen, aber Charles blockte den Schlag mit seinem Unterarm ab, wobei er so instinktiv handelte, dass er nicht einmal bemerkte, dass er sich bewegt hatte. Der Faustkämpfer in ihm schaffte es offenbar immer, jederzeit überhandzunehmen. Nun packte er ihr zartes Handgelenk, bevor sie ihn ein drittes Mal angreifen konnte. Er war verärgert, dass sie ihn schlug, und hielt ihr Handgelenk fest umschlungen.

„Was hat dich so erbost, meine Liebe?" Er versuchte geduldig zu klingen, aber seine Stimme hatte einen warnenden Unterton.

„Du! Dein Verhalten! Wie kannst du es wagen, Anne so etwas zu sagen? Sie ist meine Freundin, und du bist ein Gast in diesem Haus. Ich werde nicht dulden, dass du sie bedrohst oder meinen Arm gegen meinen Willen festhältst!"

Charles löste seine Finger, und Emily riss ihr Handgelenk aus seinem Griff und rieb mit einem finsteren Blick die geröteten Flecken auf ihrer hellen Haut.

„Entschuldigung", murmelte er. „Aber ich habe ihr nicht gedroht."

„Es klang aber so. Du hast sie wegen ihrer Entscheidung, Cedric zu heiraten, auf die Probe gestellt. Für eine verliebte Frau ist das eine klare Drohung."

„Und woher weißt du, dass sie tatsächlich in ihn verliebt ist? Ich habe keinen Beweis dafür gesehen."

„Warum kümmert es dich, ob sie ihn liebt oder nicht?", fragte Emily. Charles wandte sein Gesicht ab und betrachtete die blauweiß gemusterte Tapete, als läge dort die Antwort auf ihre Frage.

„Warum kümmert es dich?", wiederholte Emily.

„Warum? Verdammt noch mal, Emily, deinetwegen." Er bereute die Worte in dem Moment, in dem sie aus seinem Mund kamen. Jetzt würde er diese Unterhaltung nicht mehr abwenden können.

Emilys Augen weiteten sich. „Was meinst du damit?"

„Du hast alles verändert, siehst du das denn nicht? Seit wir dich entführt haben, ist nichts mehr wie vorher. Wir haben das verloren, was uns früher stark gemacht hat. Du hast die Liga der Schurken im Alleingang sabotiert. Godric ist ein verliebter Narr, Lucien und Cedric haben sich um eine Frau duelliert, Cedric ist blind, Ashton ist melancholischer denn je, der verdammte Hugo Waverly scheint hinter jeder dunklen Ecke zu lauern, bereit, uns zu vernichten, und ich... Ich kann nicht aus diesem Albtraum der ewigen Angst erwachen. Wir wurden zerstört... von *dir*!" Er unterstrich seine scharfen Worte, indem er seine Faust gegen die Wand schlug.

Emily trat erschrocken zurück. Charles blieb stehen und beugte seine Stirn zur Wand, während er tief durchatmete, um sich zu beruhigen. Er hatte noch nie eine Frau geschlagen und würde es auch nie tun, aber manchmal löste sich die Anspannung in ihm, wenn er gegen eine Wand schlug.

„*Ich* habe euch zerstört?" Emilys Stimme zitterte, aber Charles wollte nicht in ihre Richtung blicken, nicht um alles in der Welt. Er konnte es nicht ertragen, sie weinen zu sehen. Dabei war es genau das, was er ihr hatte sagen wollen. Die Liga der Schurken sollte nicht von den Tränen einer jungen Frau zu Fall gebracht werden. Sie konnten sich diese Schwäche nicht leisten, nicht, wenn sie überleben wollten. Die Ereignisse, die zu Cedrics Blindheit geführt hatten, waren nur ein Vorgeschmack von dem gewesen, was noch kommen würde. Wenn sie Hugo nur so kennen würde, wie er es tat...

„Alles ist anders geworden. Ich habe plötzlich Erwartungen und will Dinge, von denen ich vorher nie zu träumen gewagt hatte. Was ist, wenn meine Träume scheitern? Was ist, wenn ich nicht verdiene, wonach ich mich sehne? Ja, ich gebe dir die Schuld daran." Aus dem Augenwinkel sah er, wie Emilys Hände über ihr Gesicht strichen, als wollten sie ihre Tränen abwischen. Verdammt. Er wollte nicht mit ihr darüber reden – er wollte nicht einmal darüber nachdenken.

Emily legte ihre Hand auf seine Schulter. „Wovon träumst du? Was fürchtest du nie zu bekommen?"

Charles schloss die Augen. Für einen langen Moment überlegte er, ihr nicht zu antworten und seine Gedanken geheim zu halten, aber Emily hatte diese unheimliche Fähigkeit, in seinen Kopf einzudringen und ihn dazu zu bringen, ihr seine Seele zu öffnen. „Ich will, dass meine Albträume aufhören. Ich will eine Frau, die mich so sehr liebt, dass mein Herz platzt. Godric und Lucien haben das... aber was ist, wenn ich nicht dazu fähig bin? Was ist, wenn ich so etwas nicht verdiene?" Da war es. Er wollte Liebe. Er war ein Narr, und die Engel würden ihn auslachen.

„Wie kannst du nur glauben, dass du es nicht verdienst, geliebt zu werden, Charles?"

„Es gibt Dinge über uns, die selbst du nicht weißt, Emily."

Sie winkte ab. „Unsinn. Dein Herz ist treu und gut, genau wie das deiner Freunde. Und wenn ich Ashtons Schiffsflotte nehmen und bis ans Ende der Welt segeln muss, um jemanden zu finden, der dich liebt, werde ich es tun. Du wirst eine solche unbändige Freude empfinden, dass dein Herz überborden wird und sie sich auf alles und jeden um dich herum ausbreiten wird. Ich weiß, dass dieser Traum Wirklichkeit werden kann, aber es erfordert Geduld. Kannst du etwas Geduld für mich aufbringen?", fragte Emily.

Statt zu antworten, drehte sich Charles zu ihr um, zog sie an sich und umarmte sie fest. Es hörte nie auf, ihn zu verwirren, wie sie ihn in ein kleines Kind verwandeln konnte. Sie gab ihm das Gefühl, sicher und umsorgt zu sein, obwohl sie ein ganzes Jahrzehnt jünger war als er. Godric war ein Glückspilz.

Er holte tief Luft und antwortete dann. „Ich kann geduldig sein... ich kann es."

Emily versuchte zu sprechen, aber ihre Stimme wurde von seiner Weste gedämpft.

„Vergibst du mir?", fragte er sie, als er sich von ihr löste.

Mit einem kurzen dramatischen Atemzug sah sie zu ihm auf. „Bist du noch böse auf *mich*?"

„Ich könnte dir nie lange böse sein, meine Liebe", sagte

Charles, bevor er sie auf die Wange küsste und sie dann losließ. „Geh wieder zum Abendessen. Ich komme auch gleich. Ich brauche nur eine Minute.“

Sie musterte sein besorgtes Gesicht. „Bist du sicher?“

„Ja. Jetzt geh schon.“ Er scheuchte sie fort.

Als Charles allein war, schlich er zur halb geöffneten Bibliothekstür. Drinnen sah er Anne mit dem Rücken zu ihm sitzen. Sie sagte Cedric wie nebenbei, wo er seinen Löffel finden konnte. Ihre Unterhaltung war eine Zeit lang angespannt, bevor sie nach Cedrics Pferden und seiner berühmten Wette fragte. Cedric grinste, glücklich, die Geschichte ein weiteres Mal erzählen zu können, und sie beugte sich mit unverhohlenem Interesse zu ihm. Charles sah noch keine Liebe zwischen seinem Freund und Anne, aber er sah Hoffnung. Vielleicht zum ersten Mal, seit Cedric sein Augenlicht verloren hatte.

Charles schluckte den Kloß in seiner Kehle herunter und trat dann den Rückzug an, um die beiden nicht zu stören.

Er kehrte nicht in den Speisesaal zurück, sondern setzte sich auf die vorletzte Stufe der Haupttreppe. Die Ellbogen auf die Knie gestützt, vergrub er sein Gesicht in seinen Handflächen.

Beim Geräusch von Stiefelschritten, die die Treppe herunterkamen, sah er nicht sofort auf. Eine Hand legte sich leicht auf seine rechte Schulter, und erst da sah er die Person an, die in seinem bemitleidenswerten Zustand über ihn gestolpert war. Es war sein neuer Diener, der junge Tom Linley.

„Ist alles in Ordnung, Mylord?“ Linleys Augen waren voller Sorge, und sein blondes Haar steckte unter seiner Tellermütze.

Linley war ein seltsamer Junge, ruhig und sehr schüchtern. Charles vermutete, dass er von einem ehemaligen Arbeitgeber erbarmungslos misshandelt worden war. Aber Linley tauchte immer dann auf, wenn Charles sich am einsamsten fühlte. Es war, als hätte der Junge einen sechsten Sinn dafür, wann sein Herr Gesellschaft brauchte.

Obwohl er behauptete, zwanzig Jahre alt zu sein, vermutete Charles, dass er viel jünger war. Linley war anständig erzogen worden, denn seine Mutter war die Magd der Mutter eines Earls gewesen, und er zog seine kleine Schwester seit ihrem Tod allein groß. Da die halbe Liga inzwischen entweder verheiratet oder verlobt war, war Linley für Charles unentbehrlich geworden. Er war ein Gefährte, der so wichtig für sein tägliches Leben war, dass er sich eher wie ein Familienmitglied anfühlte, zumindest in dem Ausmaß, wie es ein Diener sein konnte.

„Mir geht es gut, Junge. Es war ein langer Tag, das ist alles." Charles fuhr sich mit der Hand durchs Haar und stieß einen zittrigen Atemzug aus.

„Das ist wahr, Mylord", sagte Linley nach kurzem Schweigen.

„Was ist wahr?", fragte er perplex.

„Dass Ihr ein Herz habt, das Liebe verdient. Mylady hat recht. Eines Tages wird Euch eine Frau lieben und Ihr werdet glücklich sein. Das ist der Lauf der Dinge."

„Sag mir nicht, dass du zur romantischen Sorte gehörst?", lachte Charles und stupste den Jungen mit der Schulter an. Der Junge grinste selten, und Charles staunte über die Veränderung in seinem Gesicht, wenn er es tat. Die Sorgen und Ängste, die dort oft lauerten, waren einfach verpufft.

„Du solltest mehr lächeln, Linley. Die Damen werden dir die Tür einrennen", riet Charles. Linley wurde rot.

„Dafür ist keine Zeit, Mylord. Ich habe schon genug damit zu tun Euch hinterherzujagen, falls Ihr versteht, was ich meine. Das allein ist schon eine sehr zeitraubende und aufwändige Aufgabe."

„Komm her, du kleiner Frechdachs..." Charles streckte die Hand aus und tat so, als wollte er den Jungen würgen, aber beide brachen in Gelächter aus. „Ich nehme an, du hast recht. Ich kann nie länger als eine Stunde still sitzen. Es gibt immer so viel zu tun – Frauen ins Bett locken, Pferde zum Rennen bringen, mit Männern boxen. Schlafen ist für Tote da."

Linley lächelte wieder, und eine kameradschaftliche Stille breitete sich zwischen ihnen aus.

„Ich denke, ich sollte zum Essen zurückkehren, sonst schickt Emily noch einen Suchtrupp nach mir aus und ich muss ihren Zorn ein zweites Mal über mich ergehen lassen." Charles stand auf. „Ich werde einen Diener schicken, um dich zu holen, wenn ich die Kutsche rufen lassen möchte."

Als Charles zum Speisesaal zurückging, blieb Tom Linley auf der Treppe sitzen. Sein unbefangenes Lächeln, das seine Lippen umspielte, verwandelte sich langsam in ein besorgtes Stirnrunzeln.

„Ihr habt Eure Freiheit gegen die Pferde des Scheichs gewettet?", fragte Anne, als Cedric innehielt, um den letzten Bissen seines Abendessens zu kauen.

Er rückte seinen Stuhl nach hinten, um aufzustehen. „In der Tat."

„Das glaube ich Euch nicht."

„Ihr braucht mir nicht glauben, damit es wahr ist", sagte er und ging an ihr vorbei.

„Wollt Ihr mir nicht erzählen, was wirklich passiert ist?"

„Nur, wenn Ihr Euch zu mir aufs Sofa setzt."

Anne stand ebenfalls auf und ging auf ihn zu. „Und wenn nicht?" Anne trat vorsichtig einen Schritt zurück. Sie hatte zwar die Absicht, sich zu ihm zu gesellen, wollte aber zuerst sehen, wie sehr er der Herausforderung gewachsen war, sie zu umwerben. Emily hatte recht – Cedric brauchte eine Herausforderung, die sein Interesse weckte.

„Dann wird Eure Neugier auf ewig unbefriedigt bleiben müssen." Cedric tastete sich zum Sofa hinüber und setzte sich. Anne konnte sich nicht entscheiden, ob sie über seine Arroganz lächeln oder schnauben sollte.

„Glaubt Ihr, meine Neugier ist so groß? Behauptet Ihr etwa, mich so gut zu kennen?"

Cedric grinste. „Nur ein Narr würde nicht unbedingt wissen wollen, wie ich den Fängen eines bösen Sklavenhändlers entkommen und siegreich mit einem Paar der besten Pferde dieses Mannes zurückgekehrt bin. Und Ihr, mein strahlender Diamant, seid alles andere als eine Närrin. Ihr könnt nicht widerstehen und wollt erfahren, wie ich meinem furchtbaren Schicksal entkommen konnte, als Eunuch im Harem eines Arabers zu enden."

Während Cedric sprach, trat Anne immer näher an das Sofa heran, bis sie sich zu ihrem eigenen Erstaunen ohne weiteres auf den freien Platz neben ihm niederließ. Wie ein Fohlen, das mit dem Versprechen von Zuckerwürfeln gelockt wurde, wartete sie sehnsüchtig darauf, dass er ihr den Rest seiner Geschichte erzählte.

„Ein Eunuch? Oh bitte, erzählt mir den Rest!" Sie merkte nicht einmal, dass sie wie ein verwöhntes Kind an seinem Ärmel zupfte, bis er sie plötzlich packte. Cedric legte einen besitzergreifenden Arm um ihre Taille und zog sie auf seinen Schoß. Anne wehrte sich erschrocken gegen die plötzliche Nähe, aber als sich seine Muskeln um sie herum anspannten, gab sie den Kampf schließlich auf.

„Ihr liebt es wirklich, mich zu demütigen, nicht wahr, Lord Sheridan?" Sie setzte sich auf seinen Schoß und zuckte dann heftig zusammen, als sie einen besonders harten Teil seiner Anatomie direkt unter sich spürte.

„Himmel, Frau! Vorsicht, sonst kann ich mein Eherecht später nicht einfordern." Cedric legte seinen Kopf schief, bevor er hinzufügte: „Vielleicht wollt Ihr genau das erreichen, Ihr kleiner Teufel.“

„Seid nicht albern. Ich bin es einfach nicht gewohnt…“ Sie wedelte hilflos mit der Hand, „dieses Ding unter mir zu spüren.“

„Ihr müsst noch viel über Männer lernen. Dieses Ding, wie Ihr es nennt, wird Euch von nun an sehr oft begegnen. Und als meine Frau werdet Ihr Euch darum kümmern, so wie ich mich um Euch kümmern werde.“ Er beugte sich zu ihr, und seine langen braunen Wimpern flatterten, als seine blinden Augen vergeblich ihre Lippen suchten.

„Würdet Ihr etwas für mich tun, Anne, mein Liebes?“, fragte er. Er hatte sie schon mit vielen Kosenamen angesprochen, aber ‚Anne, mein Liebes‘, schien etwas tief in ihr zu bewegen.

„Das kommt darauf an. Ist es etwas, das ich bereuen werde?“

„Knabbert einfach kurz an Eurer Unterlippe.“

„Was? Wieso?“

„Bitte.“ Seine Hand strich dabei auf ihrem Rücken langsam und in einer beruhigenden Bewegung auf und ab.

„Nun gut.“ Anne tat, was er verlangte, knabberte an ihrer Unterlippe und beobachtete sein Lächeln. Sein Blick war immer noch gesenkt.

„Und, warum habe ich das gerade getan?“, fragte sie, als Cedric die Augen schloss und sich ein Ausdruck von Wehmut und Glückseligkeit auf einmal auf seinem Gesicht breitmachte.

„Ich wollte mir Euch mit rosigen, geschwollenen Lippen vorstellen, als hätte ich Euch gerade so stürmisch geküsst, dass Ihr nicht mehr atmen konntet. Ich konnte es so deutlich vor mir sehen, als ich meine Augen schloss. Die meisten Frauen sind in meiner Erinnerung verblasst, aber nicht Ihr. Niemals.“

Anne bekam eine Gänsehaut. Sie presste die Lippen aufeinander, um einen wehmütigen Seufzer zu unterdrücken, dass seine Worte wahr sein könnten. Sie war die einzige Frau, die diesem Blinden im Gedächtnis geblieben war? Das konnte kaum möglich sein, doch sie wünschte es sich sehr.

Sie versuchte, das Thema zu wechseln, und fragte: „War das nur eine List, um mich auf Euren Schoß zu locken, oder erzählt Ihr mir nun die Geschichte zu Ende? Vielleicht gibt es ja gar keine zu erzählen."

„Natürlich gibt es eine Geschichte, mein Herz. Ich versichere Euch, dass mein Wunsch, Euch in meine Umarmung zu locken, völlig zweitrangig ist im Vergleich dazu, Eure Neugier zu befriedigen."

Annes Herzschlag setzte für einen Moment aus, als er sie ‚mein Herz' nannte. Sie wusste selbstverständlich, dass er, wie jeder Schurke, häufig solche zärtlichen Anreden benutzte und sich nichts dabei dachte, aber sie musste sich doch fragen, ob jeder Kosename, den er sich einfallen ließ, sie immer weiter rühren würde, bis sie sich schließlich in ihn verliebte.

Cedric streichelte ihre Wange und glitt zu ihrer Kehle hinab. Anne rutschte auf seinem Schoß umher, als eine Woge der Lust in ihrem Bauch zu toben begann. Sie konnte seiner Verführung nicht erliegen oder ihr Herz an ihn verlieren. Es würde sie zerstören, wenn er nicht willens oder in der Lage wäre, sie ebenso zu lieben, und das machte ihr Angst.

„Also, was ist passiert?", hakte sie nach.

Cedric seufzte enttäuscht. „Ihr seid heute Abend besonders hartnäckig, nicht wahr?" Er zog sein Gesicht zurück, und seine Augen starrten einige Zentimeter links von ihrem Gesicht ins Leere.

„Das muss ich sein, wenn Ihr mich mit einer Geschichte über arabische Sklavenhändler, Pferde und Harems lockt."

„Nun gut, ich werde Eure Neugier befriedigen. Aber Ihr

sollt wissen, dass Ihr meine Wünsche auch befriedigen müsst, wenn ich damit zu Euch komme.“

Anne sagte nichts und zwang sich, sich auf die Geschichte zu besinnen, bevor irgendwelche ungebetenen Bilder von Cedric und seinen Begierden in ihre Gedanken schleichen konnten.

„Es war ein lauer Abend im März letzten Jahres. Ashton und ich waren im Berkeleys und spielten mit einem Freund Karten...“

# KAPITEL 8

*ondon, März 1820*

L Zigarrenrauch hing in dunstigen Wolken unter der Decke von Berkeleys' schwach beleuchtetem Kartenspielzimmer. Die meisten Männer, die auf Stühlen um die Spieltische herumlungerten, waren Mitte bis Ende dreißig. Vernünftigere junge Männer im heiratsfähigen Alter wurden an diesem Abend bei der Tanzveranstaltung im Almacks versklavt. Nur die verruchtesten Männer durften heute Nacht herumstreifen und ihr Vergnügen suchen, ohne sich Sorgen machen zu müssen, dass sie den Müttern der Gesellschaft und ihren zur Ehe bereiten Töchtern begegnen könnten. Cedric, Ashton und ihr Freund James Fordyce, Earl of Pembroke, wählten einen Tisch in der Nähe des großen Kamins, um ein paar Partien zu spielen, bevor sie sich in ein paar Stunden zu einem Vergnügungslokal aufmachen wollten.

Ashton breitete die Karten aus und mischte sie, während Cedric und James einen Diener des Clubs anwiesen, drei Gläser Portwein zu bringen.

„Gott sei Dank hat Letty nicht erwartet, dass ich sie ins Almacks begleite", gestand James Cedric und atmete hörbar auf. Cedric kicherte über den erleichterten Ausdruck in den Augen des Earls.

„Du bist wohl kein Liebhaber von Quadrillen, Pembroke?", fragte Ashton.

James lachte. „Ein Mann von achtundzwanzig Jahren sollte nicht dazu verdammt werden, seine Schwester zu solchen Ereignissen begleiten zu müssen. Ich halte es für eine Frage des Prinzips, mich von solch widerlichen Tänzen und sinnlosen Flirts zu entschuldigen."

„Erwartet deine Mutter nicht, dass du dir bald eine Braut aussuchst?", fragte Cedric.

„Doch, aber ich möchte nicht irgendein Küken heiraten. Unter den Frauen, die heute Abend im Almacks sind, ist keine, die ich heiraten würde."

Cedric schnaubte. „Dann sind meine Schwestern ja in Sicherheit! Was für eine Erleichterung!"

„Ich wäre heute auch nicht gern dort", sinnierte Ashton. „In der Tat fühle ich mich ziemlich schuldig, weil ich meinen Bruder gezwungen habe, Joanna heute Abend zu begleiten. Rafe war nicht erfreut, aber als Thomasina und ich ihn gemeinsam bedrängten, gab er schließlich nach."

„Joannas Debüt liegt schon ein paar Jahre zurück, nicht wahr?", fragte James und nippte an seinem Brandy.

„Ja, die gute Seele. Sie wird in einem Monat zweiundzwanzig, und bisher hat noch kein Mann um ihre Hand angehalten. Ich kann das nicht verstehen. Ich habe jeden Mann, der sie beim Abendessen auch nur darum bat, ihm das Salz zu reichen, mehr als ermutigt. Aber es nützt nichts. Kein einziger hat auch nur das entfernteste Interesse an ihr gezeigt." Ashton seufzte und fächerte die Karten.

Cedric hörte nur halb zu, denn das Gerede über Heirat und Schwestern machte ihn immer nervös. Er dachte nicht gern daran, dass seine eigenen Schwestern irgendwann heiraten würden. Ashtons ältere Schwester Thomasina war bereits verheiratet und hatte viele Kinder, aber Joanna war das Nesthäkchen in Ashtons Familie, und ihr Bruder war anscheinend entschlossen, sie schnellstmöglich zu verheiraten.

„Was? Keine Anwärter?", rief James überrascht. „Joanna ist doch so ein hübsches Mädchen!"

Ashton zuckte mit den Schultern. „Thomasina glaubt, sie ist zu nett und wird deshalb als freundschaftliche Gefährtin und nicht als Frau angesehen. Viele Männer bewundern ihren Witz und Humor, aber keiner von ihnen schickt ihr auch nur einen Blumenstrauß. Verdammt, wenn ich nur herausfinden könnte, woran das liegt! Sie hat außerdem eine beträchtliche Mitgift, und diese Tatsache habe ich keinem Mann verschwiegen."

„Männer sind Narren", verkündete Cedric grimmig.

„Wie geht es Letty?", fragte Ashton, als er anfing, die Karten zwischen den dreien zu verteilen.

„Sie ist furchtbar verwöhnt. Letzte Woche sagte sie mir, dass eine vornehme Dame mindestens ein Dutzend Paar Handschuhe besitzen sollte. Ich wagte zu fragen, was ihr im Frühjahr so viele Handschuhe nützen, und sie hätte mir fast den Kopf abgerissen. Sie hat ein paar französische Wörter benutzt, die ich noch nie gehört hatte...", erinnerte sich James mit nachdenklicher Belustigung.

Cedric kicherte. James fuhr fort: „Früher glaubte ich, die Faszination für Mode beschränke sich auf das schöne Geschlecht, aber leider sehe ich viel zu viele Dandys durch die Straßen streifen, die von ihrem herrlichen Anblick, der sich in den Schaufenstern der Läden widerspiegelt, hingerissen sind. Ein Haufen Lackaffen, allesamt."

Cedric nippte an seinem Portwein und betrachtete dabei einen farbenfroh gekleideten Dandy, der sich beim Eingang mit einem fremd aussehenden Herrn unterhielt.

„Das kannst du laut sagen, Pembroke. Kennst du den Mann dort?" Cedric deutete auf den Fremden.

„Freddy Poncenby?", fragte James und warf dem Dandy, der aufgeregt mit den Armen wedelte, während er sprach, einen vernichtenden Blick über seine Schulter zu. Poncenby war an keinem Tisch besonders beliebt. Er war feige und hatte etwas Verschlagenes an sich, weshalb Cedric ihm nicht traute.

„Nein, der andere Herr."

„Oh! Das ist Samir Al Zahrani. Er kommt aus Nejd in Arabien."

„Al Zahrani?" Cedric musterte den Mann neugierig. Er war groß mit tief olivfarbener Haut und einem eckigen, aber gutaussehenden Gesicht. Dunkle Brauen ragten über seinen schwarzen Augen, die den Raum mit einer geradezu militärischen Präzision absuchten, was Cedrics Neugier nur noch weiter anstachelte.

„Ich habe gehört, er sei ein erfolgreicher Händler, was angesichts der Machtkämpfe und politischen Umwälzungen in jenem Teil der Welt eine ziemliche Leistung ist."

„Womit handelt er denn?"

James, ein Schurke erster Güte, der nur selten in Verlegenheit gebracht werden konnte, sah tatsächlich betreten aus.

„Nun, das hängt ganz davon ab, wen man fragt. Die meisten Leute werden sagen, dass er mit Textilien handelt, aber ich habe gehört, dass er nebenbei noch ein weitaus lukrativeres Geschäft betreibt. Den Handel mit Sklaven." James' letzter Satz war kaum hörbar geäußert worden, und Ashton und Cedric wechselten einen überraschten Blick.

„Sklavenhandel?", fragte Ashton missbilligend. Das Parlament hatte den Sklavenhandel über ein Jahrzehnt zuvor verboten, obwohl die Sklaverei im Ausland leider immer noch legal war, wenn auch nicht auf englischem Boden. Wie William Cowper einmal gesagt hatte: „Sklaven können in

England nicht atmen. Im selben Augenblick, in dem sich ihre Lungen mit unserer Luft füllen, sind sie frei. Sie betreten unseren Boden, und ihre Fesseln fallen ab. Das ist edel und zeugt von einer stolzen Nation."

Leider waren nicht alle innerhalb der Nation gleichermaßen edel, nur stolz.

„Ja. Ich habe gehört, dass er vor Kurzem damit begonnen hat, seine 'Waren' in verschiedenen Bordellen in London anzubieten. Aber das ist bei weitem nicht so erschreckend wie die Gerüchte, dass er hergekommen ist, um unsere englischen Rosen mit nach Nejd zu nehmen, um seine Märkte dort zu bedienen. Man munkelt, sie wären dort das Zehnfache dessen wert, was er andernorts mit seinen Sklaven verdient."

„Was?" Cedric setzte sich in seinem Stuhl aufrecht hin. „Das ist doch Unsinn, Pembroke. Jemand würde es merken, wenn unsere Damen verschwänden. Es würde für Aufruhr sorgen." Er legte seine Karten nieder und verlor für einen Moment das Interesse an dem Spiel.

„Es wäre eine Kriegserklärung", stimmte Ashton zu.

„Es ist die Wahrheit, ich sage es euch. Ich habe letzte Woche mehrere Parlamentsmitglieder darüber sprechen hören. Außerhalb der Sitzung natürlich. Sein Vater ist ein ausländischer Gesandter und selbst ein mächtiger Kaufmann. Womöglich kommt er mit einem so kühnen Unterfangen auch hier bei uns davon. Es könnte zu lange dauern, die Marine aufzubieten, um ihm nachzustellen. Ich lasse Letty nicht aus den Augen, seit ich erfahren habe, dass dieser Mann in London weilt." James' Gesichtsausdruck war finster und ernst, als hätte er sich tatsächlich reichlich Gedanken über diese Angelegenheit gemacht.

Ashton lehnte sich in seinem Stuhl zurück und legte seine Karten verdeckt auf den Tisch. „Ich kann dich beruhigen, Pembroke. Wenn er tatsächlich solche Dinge vorhätte, würde er zweifellos von eben jenen Männern gewarnt, von denen du gesprochen hast. Es gibt nichts Besseres als eine Lichtquelle, um die Schatten zu vertreiben. Und sollte Letty vermisst werden und du eine Flotte von Schiffen brauchen, um den Mann zur Strecke zu bringen, dann stelle ich dir meine gerne zur Verfügung."

„Danke, Lennox", antwortete James.

„Ich glaube, ich würde diesen Mann gern kennenlernen."

„Cedric...", warnte Ashton. „Wir haben schon genug Feinde."

Cedric grinste. „Wer hat denn etwas von Feinden gesagt? Laden wir ihn ein, mit uns Karten zu spielen!" Cedric liebte es, mit dem Feuer zu spielen, sogar auf die Gefahr hin, sich tüchtig zu verbrennen. Cedric rief Freddy und dem Fremden zu. „Freddy, wollt Ihr und Euer Freund nicht mit uns Karten spielen? Wir sind gerade dabei, uns auf ein Spiel mit hohen Einsätzen einzulassen."

Der geckenhafte Freddy Poncenby, ein Mann von nur zweiundzwanzig Jahren, eilte ziemlich aufgeregt zu ihrem Tisch, dicht gefolgt vom mysteriösen Samir Al Zahrani. Zwei große, dunkelhaarige Männer flankierten den Händler zu beiden Seiten. Seine Leibwächter, wie Cedric vermutete.

„Meine Herren, was für eine erstklassige Idee! Darf ich Euch mit Samir Al Zahrani bekanntmachen? Herr Al Zahrani, das sind Cedric Sheridan, Viscount Sheridan, James Fordyce, Earl of Pembroke und Ashton Lennox, Baron Lennox."

„Es ist mir ein Vergnügen, meine Herren." Al Zahranis Stimme war ein voller Bariton mit starkem Akzent, aber sein Englisch war tadellos.

Cedric und die anderen erhoben sich von ihrem Kartentisch und begrüßten ihn. Dann deutete Cedric mit einer leichten Kopfbewegung auf eine Tür hinter ihnen.

„Was meint Ihr, ziehen wir in ein Privatzimmer um?"

Mit zustimmendem Gemurmel ging die Gruppe in das

abgeschirmte Zimmer und schloss die Tür. Dort waren sie ungestört, und es gab keine Möglichkeit, beobachtet oder belauscht zu werden.

„Setzt Euch doch", bot Cedric mit einem schelmischen Grinsen an. Als Ashton ihn anblickte, verdrehte er die Augen, denn er wusste wohl, dass die Nacht nicht so friedlich enden würde, wie sie begonnen hatte.

„Habt Ihr jemals Karten gespielt, Mr. Al Zahrani?" Cedric betrachtete sein Gegenüber mit einem verwegenen Lächeln. Der Gedanke, den Geldbeutel eines Sklavenhändlers zu leeren, ließ seinen Körper vor Vorfreude kribbeln. Er verabscheute die Sklaverei, und wenn er diesem Kerl ein Loch in die Tasche reißen konnte, würde er keine Sekunde zögern.

„Ich habe ein paar Mal gespielt", antwortete Al Zahrani, als er sich neben Freddy setzte. Ashton mischte die Karten, die er zuvor eingesammelt hatte, neu, bevor er sie austeilte.

Die fünf Männer spielten drei Runden. Cedric spielte anfangs nachlässig und verlor zwei Mal hintereinander. Im weiteren Verlauf tranken alle großzügig Portwein, außer Al Zahrani, der sich diesem Laster nicht verschrieben hatte.

„Al Zahrani, Ihr habt nicht zufällig von einem Pferd namens Firestorm gehört? Ich glaube, das ist sein englischer Name", fragte Cedric mit sanfter und dank des Ports gelöster Stimme. Firestorm war ein reinrassiger Araberhengst, der ein Vermögen wert war und von dem es hieß, er habe Arabien nie verlassen. Das Pferd durfte auch nicht mit einer fremden Rasse gekreuzt werden. Kein Engländer war bisher in der Lage gewesen, einen seiner Nachkommen in die Finger zu bekommen.

„Firestorm? Ich habe in der Tat von ihm gehört, Lord Sheridan. Dieses Pferd gehört meinem Vater. Ich besitze eine ein- und eine dreijährige Stute, die von ihm gezeugt wurden."

„Wirklich?" Cedric seufzte wehmütig. „Ich würde töten, um so ein feines Pferd zu sehen."

„Ich habe sie hier in England, falls Ihr sie sehen möchtet. Es wäre mir eine Ehre." Al Zahrani bot dies mit selbstgefälligem Stolz in seinen dunklen Augen an. Er war offensichtlich der Typ Mann, der es liebte, seinen Besitz vor anderen, die ihn beneideten, zur Schau zu stellen.

„Vielleicht nehme ich Euer Angebot an", erwiderte Cedric und spielte weiter.

Nach sechs weiteren Runden stiegen James und Freddy aus, blieben aber, um Ashton, Cedric und Al Zahrani zuzusehen, wie sie um immer höhere Einsätze spielten. Cedric war von der Wirkung des Portweins und der Aufregung über den Plan, den er im Begriff war umzusetzen, wie beflügelt.

„Ich wette achthundert Pfund, dass ich diese Runde gewinne. Niemand schlägt mich, wenn ich eine Glückssträhne habe", murmelte Cedric vor sich hin, bevor er den Rest seines Portweins leerte und Al Zahrani angrinste. Der Araber beobachtete ihn nachdenklich und lächelte dann finster, was Cedric geflissentlich übersah.

„Das Problem bei einer Glückssträhne ist, dass sie unweigerlich enden muss, mein Freund. Lasst uns auf etwas Wertvolleres wetten. Was haltet Ihr von meinen zwei Stuten?", schlug Al Zahrani wie beiläufig vor.

Cedric gab vor, das Angebot in Erwägung zu ziehen. „Und wenn ich verliere? Vielleicht schicke ich meine Geliebte für die Dauer Eures Aufenthalts in London zu Euch? Sie ist ein schönes Exemplar einer Frau. Sie weiß auch genau, wo sie hingehört. Sie wird Euch zwischen den Bettlaken gut bedienen, wie es jede Frau tun sollte." Er wartete, um zu sehen, ob Al Zahrani den Köder schluckte.

„Eine Eurer Geliebten?" Al Zahrani strich grübelnd über die Rückseite seiner Karten, die auf dem Tisch lagen. Er musterte Cedric, als würde er erkennen, was er mit seinem Angebot wirklich meinte. „Das klingt zwar verlockend, aber ich habe das Gefühl, dass es für Euch kein großer Verlust wäre."

Scheinbar verärgert griff Cedric wieder nach seinem Drink. „Wie wäre es dann mit zwei Frauen? Ich nehme an, ich könnte schnell genug Ersatz finden."

„Leider nein. Euer Angebot bestätigt nur meine Annahme. Offensichtlich sind meine Pferde mehr wert als ein Dutzend Eurer Engländerinnen."

„Nun, was würde Euch denn zufriedenstellen?"

„Ich betreibe eine besondere Art von Handel... und würde Euch als Diener in meinem Haus sehr gut gebrauchen können, um meine kostbaren Waren zu bewachen."

„Ihr wollt einen Viscount als Diener? Guter Gott, Mann, Ihr seid kühn! Was würde ich denn bewachen und für wie lange?" Während er sprach, stellten sich Al Zahranis Wachen auf beiden Seiten der Tür auf, um sicherzustellen, dass niemand herein- oder hinauskonnte.

„Ihr wärt dann der Wächter meiner weiblichen Waren. Natürlich müsstet Ihr unschädlich gemacht werden, damit die Frauen unversehrt bleiben."

Cedric grinste. „Ihr sprecht von einer Art Keuschheitsgürtel, nehme ich an?"

„Ich fürchte, unsere Lösung des Problems ist ein bisschen... dauerhafter."

Cedric hörte, wie die anderen Männer am Tisch leer schluckten.

„Ihr würdet mich zu einem Eunuchen machen, ist es das, was Ihr sagen wollt? Ich meine, ich verstehe, dass Frauen nicht annähernd so kostbar sind wie ein gutes Pferd, aber diese besonderen Teile eines Mannes sind immer noch ein wichtiger Bestandteil von ihm."

Es war bestimmt ein Bluff. Al Zahrani musste sicher gehen, dass er vor einem so verwegenen Angebot zurückschrecken würde. Cedric verspürte bei dem Gedanken an eine Kastration gleich aus mehreren Gründen eine abgrundtiefe Panik. Als letzter männlicher Erbe des Titels seiner Familie hatte er die Pflicht, einen Sohn zu zeugen. Und der Gedanke, nie wieder mit einer Frau ins Bett gehen zu können, war eine ungemein trostlose Vorstellung. Trotz seiner Großspurigkeit, die darauf abzielte, Al Zahrani zu dieser Wette zu verleiten, schätzte er die Gesellschaft einer guten Frau mehr als hundert der besten Pferde.

„Sagt mir nicht, dass Ihr Angst habt zu verlieren? Ich dachte, Ihr Engländer wärt furchtlos." Al Zahrani lächelte noch immer, aber in seinen Augen spiegelte sich düstere Finsternis.

„Ob ich Angst habe? Ha, das ist absurd. Ich zögere nur, wie es jeder anständige Mann tun würde, wenn ihm Sklaverei und der Verlust seiner Männlichkeit droht", erwiderte Cedric. Seine Freunde murmelten zustimmend. Poncenby legte sogar die Hände über seine Leistengegend.

„Euch ist klar, dass es auf englischem Boden keine Sklaverei gibt?", warf Ashton ein, und Cedric warf ihm einen scharfen Blick zu. *Verdammt, Mann, halte dich da raus.*

„Es wäre keine Sklaverei und Ihr wärt nicht auf englischem Boden. Aus Gründen der Ehre würdet Ihr freiwillig mit mir in mein Heimatland zurückkehren und dort auf unbestimmte Zeit in meinem Dienst bleiben."

Was nur eine umständlichere Art war, dasselbe zu sagen.

„Nun? Stimmt ihr den Bedingungen zu und sollen wir die Runde beenden?", fragte Al Zahrani.

Cedric hob seine Karten schräg vom Tisch und beäugte sein Blatt. „Ich bin mir nicht ganz sicher, ob meine Freiheit zwei Pferde wert ist...".

„Ich kann Euch versichern, Lord Sheridan, die Pferde sind die Freiheit von hundert Männern und sogar einem Viscount wert." Dieser Mann stellte seinen angeborenen Hochmut gut zur Schau.

„Cedric, sei doch vernünftig", sagte Ashton leise.

Cedric begegnete dem Blick seines engen Freundes, und auf einen Schlag war er völlig nüchtern, völlig Herr seiner selbst.

„Ich bin so vernünftig wie an dem Tag, als ich dir begegnet bin", antwortete Cedric, worauf sein Freund fast in Gelächter ausbrach. Ashton sollte inzwischen wirklich gelernt haben, ihm in gefährlichen Situationen zu vertrauen.

Die Nacht, in der Cedric und Ashton sich zum ersten Mal begegnet waren, war die Nacht, in der sie Charles vor dem Ertrinken durch Hugo Waverly gerettet hatten. Lucien und Godric hatten ihnen dabei geholfen, und noch in derselben Nacht war die Liga gegründet worden. Cedric war während dieser dramatischen Rettung am ruhigsten geblieben, was zweifellos dazu beigetragen hatte, Charles' Leben zu retten.

Sie hatten in jener Nacht nur in einem Punkt versagt. Ein weiterer Mann hatte als erster versucht, Charles vor Hugo zu retten, und er hatte den höchsten Preis für seinen Mut bezahlt. Sein Tod verfolgte die Liga auch heute noch und war der Grund, warum Hugo sie damals allesamt verflucht hatte.

„Nun gut." Ashton legte seine Karten ab und signalisierte damit seinen Rückzug.

„Dann steht unsere Wette also, Mylord?", fragte Al Zahrani.

Cedric warf ihm ein verwegenes Grinsen zu. „Sie steht."

Beide Männer zeigten ihr Blatt, und Cedric gluckste triumphierend. Alle außer Ashton beugten sich unter erstaunten Rufen über Cedrics Karten.

„Wann kann ich vorbeikommen und meine Stuten abholen?", fragte Cedric mit einem zufriedenen Lächeln, wie eine Katze, die gerade einen Kanarienvogel gefressen hatte.

Al Zahrani fauchte, warf seine Karten auf den Boden und sprang auf. „Ihr habt falschgespielt! Ich kann gar nicht verloren haben. Das ist eine mathematische Unmöglichkeit!"

Cedric schnaubte. „Ihr nennt mich einen Betrüger? Unsinn. Ich habe eine ehrliche Runde Karten gespielt. Jeder Engländer hätte das fertiggebracht." Er verschränkte die Arme vor der Brust und lehnte sich in seinem Stuhl zurück, völlig unbeeindruckt von der Wut des arabischen Händlers.

„Ich werde Euch meine Pferde nicht geben! Ich weigere mich!" Al Zahrani schrie mit solchem Abscheu, dass der arme Freddy Poncenby unter dem Kartentisch Deckung suchte.

Ashton seufzte, als Freddys grünweiß gestreiftes Hinterteil unter der Tischkante hervorlugte.

„Ich habe fair gespielt, Al Zahrani. Jeder hier hat das Spiel gesehen. Ich habe gewonnen, und Ihr schuldet mir Euren Einsatz, wenn Ihr nicht wollt, dass Eure Geschäftspartner in England erfahren, dass Ihr nicht bereit seid, eine Schuld zu begleichen. Sagt mir nicht, dass Ihr jetzt derjenige seid, der Angst hat!" Cedric stand bei diesen Worten langsam auf und richtete sich zu seiner vollen, starken und athletischen Größe auf. Die anderen traten einen Schritt zurück und gaben Cedric und Al Zahrani genügend Platz, falls es zu einer Schlägerei kommen sollte.

Nach einem intensiven und stummen Augengefecht lenkte der Händler ein. „Sei es drum! Ich werde sie morgen früh zu Eurer Adresse schicken lassen. Genießt sie, solange Ihr könnt. Männer wie Euch ereilt zu guter Letzt das gerechte Schicksal, und wenn dieser Tag kommt, werde ich auf Eurem Grab tanzen, meine Pferde zurückholen und als Letzter lachen", erklärte Al Zahrani.

„Bildet Euch bloß nichts ein. Ich habe nie erwartet, lange oder friedlich zu leben. Wenn Ihr Euch für ein ehrliches Kartenspiel rächen wollt, dann stellt Ihr Euch am besten hinten an, denn ich habe schon viel besseren Männern viel Schlimmeres angetan, und sie haben ein größeres Recht, mich zu töten als Ihr."

„Das sind nicht die letzten Worte, die in dieser Angelegenheit gesprochen wurden, Lord Sheridan."

„Oh doch, das sind sie. Greift mich entweder an oder geht mit enttäuschtem Herzen davon."

Al Zahrani funkelte Cedric böse an, bevor er sich umdrehte und mit seinen Wachen den Raum verließ.

Als er fort war, nahmen Ashton, Cedric und James ihre Plätze wieder ein.

„Euch Jungs war es wirklich ernst", murmelte der Earl of Pembroke mit einem matten Lächeln.

„Natürlich war es das." Cedric warf ihm ein teuflisches Grinsen zu.

„Hey, Poncenby, Ihr könnt jetzt rauskommen." Ashton stieß mit der Spitze seines Hessenstiefels gegen den gestreiften Hintern des immer noch kauernden Dandys. Freddy kam heraus und sah verlegen aus. Sein Gesicht war scharlachrot bis zu den Wurzeln seines modisch geschnittenen braunen Haares.

„Nun, wenn Ihr mich entschuldigt, ich hatte genug Aufregung für einen Abend." Freddy verabschiedete sich hastig und rannte beinahe zur Tür. Dann hörten sie einen lauten Knall und Kreischen, als Freddy über einen Dienerjungen stolperte, während er das Berkeleys fluchtartig verließ.

Cedric unterdrückte ein Lachen. Was für ein Glück, endlich zwei Vollblutaraberstuten zu besitzen, deren Stammbaum ein Vermögen wert war! Wenn er jetzt nur noch einen anständigen Hengst fände, mit dem er seine Zucht beginnen könnte...

ANNE KONZENTRIERTE SICH AUF CEDRICS GESICHT UND genoss heimlich die Fülle an Emotionen, die über seine Gesichtszüge huschten, als er ihr die Geschichte erzählte.

„Ihr glaubt doch nicht, dass der Araber Euretwegen zurückkehren wird, oder?"

Cedric lächelte. „Er verließ London kurz nachdem er mir die Stuten überbracht hatte. Er musste einfach sein Gesicht wahren, bevor er sich verabschiedete, und ich musste ihm die gleiche Gunst erweisen. Das ist der Lauf der Dinge, wenn der Einsatz so hoch ist."

Cedric legte eine größere Lebendigkeit an den Tag, als sie je zuvor bei ihm gesehen hatte, seit er erblindet war. Für ein paar Minuten war er wieder der alte Cedric, der Mann, der...

Anne schüttelte den Kopf und zerstreute die Gedanken an die Vergangenheit. Gedanken, die sie zu sehr schmerzten.

„Ihr Männer und euer Stolz. Gibt es sonst nichts, was euch wichtig ist?"

Cedrics tiefes Lachen durchströmte sie. „Oh, meine Liebe, Ihr ködert mich mit Eurer unschuldigen Frage."

„Was meint Ihr damit?"

Cedric umfasste ihr Kinn und neigte zur Antwort seinen Kopf. Er fand ihre Lippen mit Leichtigkeit. Anne versteifte sich, als seine Zunge über ihre Lippen streifte. Ihre Hände ballten sich gegen seine Brust und sie erstarrte auf seinem Schoß.

Cedric zog seinen Mund etwas zurück und raunte: „Vergesst nicht, was Ihr mir versprochen habt, Anne. Verwandelt Euch in meinen Armen jetzt nicht zu einem Eisblock, meine Liebe." Er strich mit seiner Nase über ihre Wange. „Bitte, mein Herz, schließt mich nicht aus."

Seine schmeichelnden Worte zogen sie in den Strudel der Begierde. Es war mehr als Lust, mehr als fleischliches Verlangen. Sie hätte sich ihm vielleicht widersetzen können, wenn er nicht seinen Mund an ihren Hals gesenkt und erst an ihrer Haut geknabbert und dann genüsslich geleckt hätte. Das scharfe, aber nicht unangenehme Brennen seiner Zähne jagte eine lustvolle Welle des Verlangens durch ihren Körper. Anne verlor vollständig die Kontrolle und schmolz unter seinen Händen dahin.

Cedric knurrte leise, als sie in seinen Armen erschlaffte und bei seinen Küssen erschauderte. Er streckte die Hand zur Seite aus und schätzte die Entfernung der Sofalehne ab, bevor er Anne langsam nach hinten drückte, um sie unter sich zu betten. Er schob ihre Röcke hoch und raffte sie um ihre Hüften. Dann berührte er ihre Knie, bevor er sie sanft auseinanderschob. Sie hätte eigentlich ihre Schenkel zusammenklemmen sollen, aber stattdessen warf sie den Kopf in den Nacken und ließ ihn gewähren.

Cedric strich mit seiner Hand über die Innenseite ihrer Oberschenkel, dann winkelte er ihr Bein an. Sie bewegte sich mit ihm und erkannte instinktiv, dass sie eine Wiege für seine schmalen Hüften bilden musste. Sie ließ ihr anderes Bein von der Kante des Sofas fallen, was ihm ausreichend Platz gab, um sich zwischen ihren Schenkeln niederzulassen.

Die Intimität ihrer Position war ihr gnadenlos bewusst. Ihre Brüste hoben und senkten sich im Rhythmus ihres weichen, schnellen Keuchens. Sie war unter ihm gefangen und ihm völlig ausgeliefert, doch das machte ihr wider Erwarten nichts aus. Es schien nur natürlich, dass sich ihre Hände auf seine Schultern legten und unter die eng anliegende Jacke glitten, um sie von seinem Körper zu schälen. Er zog die Jacke aus und warf sie zu Boden. Es schreckte sie tatsächlich nicht ab, dass sie im Begriff war... Sie errötete ein wenig und war unfähig, die Worte auch nur zu denken.

Und dazu noch hier in der Bibliothek...

CEDRIC NEIGTE SEINEN KOPF, UND SEINE LIPPEN erforschten jeden Teil von Anne, den er erreichen konnte. Sie keuchte, als er die sanfte Schwellung ihrer Brüste erreichte und sie mit Küssen bedeckte. Er war begierig darauf, unter ihr Mieder zu gelangen, die perligen Knospen ihrer Brustwarzen zu schmecken, aber er mahnte sich zur Rücksicht und es langsam anzugehen. Er würde nicht in der Bibliothek des Hauses seines Freundes zum ersten Mal mit seiner zukünftigen Frau schlafen. Mit einer Frau wie Anne war das undenkbar. Sie hatte für ihr erstes Mal etwas viel Besseres verdient.

Er wollte ihr Liebesspiel nicht überstürzen, zumal er wusste, dass er sie verletzen würde. Aber er konnte ihr einen Vorgeschmack auf das geben, was sie erwartete. Cedric rieb sein Becken fest gegen ihres, und seine Erektion presste sich an die Seide ihrer Unterwäsche. Anne wölbte sich mit einem erschrockenen Stöhnen vom Sofa und drückte sich ihm entgegen.

Cedrics Lippen wanderten ihren Hals hinauf zu ihrem Mund, um an ihrer Unterlippe zu knabbern, bis sie wimmerte. Sie schien sich der kleinen Laute, die sie von sich gab, überhaupt nicht bewusst zu sein. Ihre innere, lustvolle Seite hatte die Oberhand ergriffen. Doch es ging nicht nur ihr so. Jedes Geräusch, jede Bewegung ihres Körpers brachte ihn um den Verstand. Und dann sprach sie...

„Sind... die Araberstuten hier in London?" Ihre Stimme war atemlos, und Cedric rieb sich noch fester an ihr, denn er wollte, dass sie abgesehen von sinnlichen Seufzern still blieb. Aber er unterdrückte ein Lächeln, als sie sich bemühte, ihre Frage zu wiederholen. Seine Braut hatte wirklich eine Schwäche für Pferde.

„Nein. Sie sind in Brighton." Er liebkoste ihren Hals, bevor er ohne Vorwarnung fest zubiss, wie ein Löwe, der sein Weibchen zur Paarung still hält. Sie keuchte überrascht und krallte ihre Finger in seine Schultern, aber nicht etwa, damit er sie losließ, sondern um ihn fester an sich zu ziehen. Cedric hätte zu gern ein Siegesgebrüll ausgestoßen. Er hatte ihre Schwäche gefunden: ihren glatten, köstlichen Hals. Jede Frau hatte einen geheimen Ort, der sie in den Wahnsinn trieb und um den Verstand brachte. Männer hatten offensichtlich weniger solche Stellen, aber Cedric hatte schon früh gelernt, dass es der Schlüssel zum Erfolg war, den Lustpunkt einer Frau zu finden, sowohl zu ihrem als auch zu seinem Vergnügen. Nachdem er nun Annes Punkt gefunden hatte, würde er gnadenlos weitermachen können.

„Brighton? Warum in Brighton?"

*Verdammt, wieso ist sie noch genug bei Sinnen, um zu reden? Ich bin wohl aus der Übung gekommen.* Cedric bohrte seine Zähne in die Haut zwischen ihrem Hals und ihrer Schulter, seine Hände glitten an ihren Seiten entlang und dann unter ihre Röcke, um ihr Gesäß zu umfassen. Er knabberte an ihr, während er sich an ihren Körper rieb. Anne zuckte und bebte unter heftigem Schaudern und murmelte einen erschrockenen Ausruf, den er über das Rauschen des Blutes in seinen eigenen Ohren nicht hören konnte. Verdammt, diese Frau würde ihm mit ihrer natürlichen Sinnlichkeit noch zum Verhängnis werden.

*Ich werde nie genug von ihr bekommen.*

Cedric fing Annes Lippen mit seinen ein, tauchte in die seidigen Tiefen ihres Mundes und suchte nach ihrer schüchternen Zunge.

Die Berührungen, das Streifen, jede köstliche Empfindung und ihr Geschmack waren alles, was er in der Dunkelheit hatte, aber es war herrlich. Anne war herrlich. Eine solche Leidenschaft mit ihr zu erleben war anders als alles, was er jemals gekannt hatte. Wie war es möglich, dass es noch besser war, als ihm selbst seine wildesten Fantasien verheißen hatten?

Ich werde ihr nie müde werden... Als Anne unter ihm zum Höhepunkt kam, strengte sich Cedric mächtig an, um nicht selbst in den Abgrund zu fallen. Immer noch in seinen Armen gefangen zitterte sie unter den Nachwirkungen und vergrub anschließend ihr Gesicht an seinem Hals. Diese intime Geste, diese stumme Kommunikation erwärmte seinen ganzen Körper mit etwas, das nichts mit dem körperlichen Genuss zu tun hatte, den er gerade erlebt hatte.

Ihr heißer Atem, der stoßweise ging, verstärkte nur den Schmerz in seiner Leistengegend. Er würde nichts zu seinem eigenen Vergnügen tun, nicht heute Abend. Aber das hier war ein Fortschritt. Er hatte es geschafft, sie zu befriedigen, etwas, von dem er sicher war, dass es kein Mann vor ihm je geschafft hatte. Es war ein primitives Gefühl der Überlegenheit zu wissen, dass er in dieser Hinsicht der Erste war.

Cedric hob sich leicht von ihr ab. „Geht es Euch gut, mein Herz?" Er konnte fühlen, wie sie sich zurückzuziehen versuchte, aber er packte ihre Taille und zog sie an sich, als sie sich beide aufrichteten.

„Ich weiß nicht. Ist das... Ist es immer..." Anne schien nicht die richtigen Worte zu finden. Er konnte sich die Verwirrung vorstellen, die sie empfunden haben musste, als sie zum ersten Mal einen Höhepunkt erlebte. La petite mort konnte für eine junge Dame, die nicht wusste, was sie erwartete, beängstigend, aber auch aufregend sein. Das hatte man ihm zumindest gesagt.

„Wenn es richtig gemacht wird, dann ist es immer so, ja. Und ich glaube, ich weiß in dieser Hinsicht noch recht gut, was ich tue." Cedric wünschte, er hätte ihr Gesicht sehen können. Dies war der Moment, den er am meisten geliebt hatte, wenn er mit einer Frau im Bett lag. Es hatte etwas Berauschendes, wie das Gesicht einer Frau vor Ekstase und Freude aufleuchtete, wenn sie in seinen Armen die Kontrolle verlor.

*Diese Freude werde ich niemals in Annes Gesicht sehen.*

„Was wäre, wenn uns jemand hier vorgefunden hätte?", fragte Anne plötzlich entsetzt, und ihr Körper versteifte sich in seinem lockeren Griff.

„Aber das haben sie nicht. Und selbst wenn, wir sind verlobt, und in einer Woche werden wir Mann und Frau sein, und es spielt keine Rolle mehr. Außerdem würde uns niemand unter diesem Dach verurteilen." Cedric strich mit seinen Fingerspitzen über ihre Wange, doch Anne wich vor seiner Berührung zurück.

Diese eine kleine Geste brach ihm das Herz. Würde sie sich weiterhin von ihm abwenden? Er konnte keine Frau heiraten, die ihn auf Schritt und Tritt abwehrte. Er wollte, nein, er brauchte jemanden, der seine Berührung nicht scheute. Cedric ließ seine Hand mit einem schweren Seufzer sinken und ließ ihre Taille los.

„Ihr solltet gehen. Ich möchte allein sein."

Anne rührte sich nicht.

„Bitte lasst mich allein", sagte er lauter.

„Aber wieso?" Ihre Überraschung klang echt.

„Anna, hört auf. Ich schätze Eure Fürsorge, aber Ihr wolltet von Anfang an nicht hier sein. Geht einfach zurück zu den anderen. Ich möchte Euch mit meinen Annäherungsversuchen ungern noch mehr anwidern." Cedric erhob sich vom Sofa und drehte ihr, oder der Stelle, wo er sie vermutete, den Rücken zu. Er war immer noch erregt, und es ärgerte ihn, dass er sie dermaßen begehrte, obwohl er so aufgebracht war. Er wollte auf keinen Fall mit einer Frau ins Bett, die seine Berührungen hasste. Der Tastsinn war unter den ihm verbliebenen Sinnen derjenige, auf den er sich am meisten verließ. Die Ironie dahinter war fast schon lächerlich. Aber nur fast. Sein einziger Vorteil bestand wohl darin, ihre Unerfahrenheit in sinnlichen Belangen zu nutzen, um sie zu überraschen.

„Ihr widert mich nicht an, Lord Sheridan", beharrte Anne.

Cedric schnaubte. „Ihr könnt mir nicht schnell genug entkommen, wenn ich Euch gehen lasse."

„Ich kann den Gedanken an Intimität vor unserer Hochzeit einfach nicht ertragen. Ich möchte die Regeln befolgen, obwohl ich weiß, dass Ihr diesen Punkt in Euren... Erfahrungen längst überschritten habt."

„Die Regeln? Wir haben die meisten Regeln bereits mehrfach gebrochen. Da sollte es Euch nicht stören, wenn wir eine weitere brechen, Anne. So weiß ich wenigstens, dass Ihr mit mir zusammen sein wollt. Wenn zwei Menschen sich begehren, fällt es ihnen schwer zu warten. Sie werden nicht steif in den Armen des anderen oder ziehen sich von einer zärtlichen Liebkosung zurück."

Cedric runzelte die Stirn, als er über seine Möglichkeiten nachdachte. Es war noch nicht zu spät, die Trauung abzusagen. Sie hatten noch ein paar Tage Zeit und konnten die Hochzeitsvorbereitungen rückgängig machen.

„Ich ziehe meinen Antrag zurück, Miss Chessley." Er verspürte nicht mehr den Wunsch, ihren Vornamen auszusprechen. Er hatte es einmal geliebt, dass ihr Name eine sanfte Silbe war, die nach einem Moment der Glückseligkeit so leicht gemurmelt werden konnte wie der Seufzer eines Liebenden. Jetzt bereitete er ihm nur Schmerzen.

„Ihr zieht Euren Antrag zurück?" Annes Stimme wurde etwas lauter.

„Ja. Ich möchte Euch nicht mit einem Ehemann belasten, den Ihr nicht begehrt, und ich werde mich nicht an eine Frau fesseln, die meine Berührung verabscheut."

„Glaubt Ihr wirklich, dass ich Euch verabscheue? Seht mich an!" Anne drehte ihn unsanft herum, damit er sie ansah.

„Ich bin blind. Das habt Ihr scheinbar vergessen."

„Das habe ich nicht, weil Ihr es mich nicht vergessen lasst! Ihr schleudert es mir und Euren Freunden ständig ins Gesicht und erinnert uns daran, wie wertlos Ihr Euch fühlt. Ich will keinen Mann heiraten, der sein Leben auf Selbstmitleid aufbaut. Das macht mich wahnsinnig, Cedric!" Anne stach mit einem Finger in seine Brust, doch Cedric konnte nicht anders, als über ihren Ausbruch zu grinsen.

„Was belustigt Euch denn an all dem?", fauchte sie.

„Ihr habt mich gerade Cedric genannt..." Da wurde er plötzlich zu Boden gerissen, und Annes Mund presste sich heftig auf seinen, wobei ihre Zunge seine hungrig angriff.

Als sie endlich wieder von ihm abließ, stieß sie ihm erneut hart in die Brust.

„Denkt nie, dass ich Euch nicht begehre! Und wenn es Euch auch nur in den Sinn kommen sollte, die Hochzeit abzusagen, werde ich jedem in Mayfair erzählen, dass Ihr mich kompromittiert habt. Ihr werdet keine andere Wahl haben, als mich zu heiraten. Emily wird Euch von Godric an den Haaren in die Kirche schleifen lassen, wenn es sein muss!"

Sie machte auf dem Absatz kehrt und ging davon. Der benommene Viscount blieb lächelnd wie ein liebestrunkener Grünschnabel auf dem Boden liegen.

*Sie begehrt mich!*

# KAPITEL 9

Das Weiße Haus am Soho Square war erfüllt vom Stimmengewirr der Reichen und Eleganten, die dort ihr Vergnügen suchten. Heute war eine wahre Nacht für Teufel und Gelage. Die jungen Burschen, die seit Beginn der Saison im Januar auf Bällen und Partys bei Almacks festgesteckt hatten, konnten nun endlich zu weniger seriösen Orten flüchten und sich auf eine Art und Weise amüsieren, die ihnen mit den jungen Damen im heiratsfähigen Alter unter den wachsamen Augen ihrer Mütter verwehrt war.

Sogar ein paar Ladys der Gesellschaft, die ihren Männern die erforderlichen Erben bereits geboren hatten, nutzten diese Nacht, um aus ihren kalten Ehebetten zu schlüpfen, und sich zusammen mit ein paar abenteuerlustigen Witwen, die sich in den teuer eingerichteten Zimmern des berühmtesten Vergnügungslokals Londons eingefunden hatten, etwas Spaß zu gönnen.

Samir Al Zahrani verließ den Skelettraum, einen der thematisch makaber gestalteten Bereiche des Etablissements. Seine Seele war schwarz vor Habgier. Die Engländer boten ihm einen vielversprechenden Markt, um seinen Handel, sowohl den rechtmäßigen als auch den illegalen, diskret und nahezu anonym zu betreiben.

Selbst sein Vater, einer der Abgesandten in London, kannte den vollen Umfang von Samirs Geschäften nicht genau. Vielleicht sollte man der Gerechtigkeit halber lieber sagen, dass er bewusst die Augen davor verschloss. Sein Vater war ein ehrenhafter Mann und hätte versucht, ihn aufzuhalten, aber für Samir war sein Vater ein alter Narr, der eine günstige Gelegenheit nicht erkannte, wenn sie sich anbot. Während das Geschäft seines Vaters zu kämpfen hatte, florierte Samirs Handelsunternehmen, und schon bald würde er seinen Vater sowohl an Reichtum als auch an Einfluss übertreffen.

Er ging durch das Haus und bewunderte die Spiegel und anderen ungewöhnlichen Ergänzungen zur Einrichtung des Hauses, die seine gutbezahlten Gäste verzauberten und begeisterten. Seine Brieftasche war voll von Münzen und Banknoten von seinem letzten Verkauf exotischer Frauen, die zur Ausstattung dieses Hauses hinzugefügt worden waren. Es gab keine Sklaven in England? Vielleicht nicht offiziell. Aber diejenigen, die so dachten wie er, fanden einfallsreiche Wege, solche naiven Ideale und unerwünschte Kontrollen zu umgehen.

In den saubereren Vergnügungslokalen war ständig eine Erneuerung des Warenbestands gefragt, denn wohlhabende Männer wollten keine müden und abgenutzten Frauen mittleren Alters in ihren Betten. Hier kam er ins Spiel. Samir Al Zahrani reiste um die Welt, kaufte und stahl seltene und exotische Frauen und gelegentlich auch Männer, um sie an die bestzahlenden Kunden zu verkaufen. Wie an die Betreiber des Weißen Hauses.

Aber diesmal hatten Samirs Geschäfte wenig mit seiner Anwesenheit in England zu tun. Er hatte hier vor einem Jahr zwei seiner wertvollsten Besitztümer verloren. Zwei Stuten des berühmten arabischen Rennpferdes seines Vaters, den die Engländer Firestorm nannten.

Samir war bei einem Kartenspiel von einem verdammten Engländer, Sheridan, betrogen worden. Aber dieser Kerl würde für seine Arroganz und sein Falschspiel nun büßen. Samir hatte sich geschworen, den Viscount zu töten und sich seine Stuten zurückzuholen. Aber seine Rache würde Zeit brauchen, also hatte Samir seinen verletzten Stolz eine Zeitlang in Frankreich auskuriert, bevor er wieder nach London zurückgekehrt war.

Er hatte erwogen, ein paar lokale Schergen anzuheuern, um Viscount Sheridan zu ermorden und es wie einen Raubüberfall aussehen zu lassen. Seine eigenen Leibwachen hätten sich zwar ebenfalls darum kümmern können, aber die Angelegenheit erforderte Sorgfalt. Das Letzte, was er brauchte, war, dass Sheridans Tod auf ihn oder sein Land zurückfiele. Das wäre schlecht fürs Geschäft. Aus diesem Grund hatte er heute Nacht seine Wachen zu Hause gelassen und sich allein auf die Straße gewagt.

Als er gerade das Haus am Soho Square verließ, ratterte eine Kutsche an ihm vorbei, machte plötzlich Halt und versperrte ihm den Weg. Das gedämpfte Licht der Straßenlaternen schien die Dunkelheit nicht durchdringen zu können, die die schwarze Kutsche vor ihm einhüllte. Samir spürte, wie sich seine Nackenhaare aufstellten, wie bei einem Hund, der eine Bedrohung spürt, die er noch nicht sehen kann. Vielleicht hätte er doch seine Wachen mitbringen sollen…

„Geh mir aus dem Weg!", knurrte er den Kutscher an, der vorn auf dem Bock saß, aber der Fahrer blieb stumm. Dann öffnete sich die Tür der Kutsche, und eine gepflegte Hand tauchte aus ihren unergründlichen Tiefen auf und winkte Samir einzusteigen.

„Ihr seid Al Zahrani, der arabische Kaufmann, nicht wahr?" Die Stimme klang hochmütig und anmaßend.

„Das Glück ist heute Abend auf Eurer Seite. Ich bin in der Tat Al Zahrani", knurrte Samir. Glaubte dieser Engländer wirklich, dass der erstbeste dunkelhäutige Mann, dem er auf der Straße begegnete, unweigerlich derjenige sein musste, den er suchte? Er hatte Kämpfe in der Wüste unter einer gleißenden Sonne überlebt, die so heiß war, dass sie jeden Mann aus diesem nassen Land hätte töten können. Er fürchtete keinen dieser selbstgefälligen englischen Aristokraten.

„Wir haben einen gemeinsamen Feind, Ihr und ich." Die Hand winkte ihm wieder zu, aber Samir zögerte.

„Und welcher Feind wäre das?"

„Der Mann, der Eure Stuten gestohlen hat. Viscount Sheridan." Die Stimme sprach Sheridans Namen mit solchem Abscheu aus, dass Samir lächeln musste. Seine Erkundigungen hatten anscheinend die richtigen Leute erreicht.

„Wollt Ihr diesen Mann auch tot sehen?"

„Irgendwann einmal. Aber zuerst möchte ich, dass er leidet, gedemütigt wird und dass er bis zum Augenblick meiner Wahl keinen Frieden findet", sagte die Stimme aus der Kutsche. „Steigt ein, dann reden wir."

Er hatte also einen Verbündeten gefunden – einen gefährlichen zwar, aber dennoch einen Verbündeten. Meines Feindes Feind... Samir zögerte immer noch, aber dann erinnerte er sich, dass er seine gebogene Klinge noch immer im seidenen Futter seines britischen Mantels trug, und stieg in die Kutsche.

Es war fast stockfinster drinnen, aber Samir konnte dennoch die große Gestalt eines Mannes ihm gegenüber ausmachen. Er hatte ein blasses Gesicht mit so dunklen Haaren, dass sie mit dem düsteren Inneren der Kutsche verschmolzen und den Eindruck eines körperlosen Gesichts erweckten, das Samir mit funkelnden Augen anstarrte.

„Wie lange seid Ihr schon zurück in London? Seid Ihr mit Eurem Vater Ramiz Al Zahrani angekommen?", fragte der Mann. Samir hatte den Eindruck, dass dieser Mann die Antwort auf die Frage bereits kannte. Er wollte nur prüfen, ob er ehrlich war.

„Seit vier Tagen. Woher kennt Ihr meinen Vater?"

Der Mann winkte ab. „Ich weiß einiges über ihn. Ein angesehener Gentleman, der in allen Londoner Kreisen willkommen ist. Er gereicht Eurem Land zur Ehre."

Samir fand nichts Falsches an dieser Aussage, die jedoch die Frage aufwarf, warum ein Mann, der seinen Vater schätzte, hier war und mit ihm über Mord- und Rachepläne sprach.

„Und habt Ihr Euch seit Eurer Ankunft nach Sheridan erkundigt?", fragte der Mann.

„Ich war noch damit beschäftigt, meine Waren zu verkaufen."

„Das ist eine Angelegenheit, über die ich mit Ihnen ebenfalls sprechen möchte. Ich denke, dass Eure Geschäftsinteressen und meine in ähnlichen Bahnen fließen."

Er spürte, dass der Mann nicht von seinen legalen Geschäften sprach.

„Ihr habt Interesse an meinem Handel?" Samirs Lachen war kalt.

„In der Tat. Soweit ich weiß, möchtet Ihr einen Teil unserer Bestände in Euer Land mitnehmen. Die Meinungen meiner Quellen gehen bezüglich des Grundes dafür auseinander. Manche sagen, es liegt an dem ungeheuren Preis, den Ihr erzielen werdet, andere sagen, es geht Euch um Prestige, Macht und Einfluss. Ein Bekannter ist sogar überzeugt, dass es sich um eine Wette handelt."

Samir lächelte. Der Mann wollte ihm nicht nur beweisen, dass er Informationen hatte, er wollte ihn auch wissen lassen, dass ihn gleich eine ganze Reihe von Leuten damit versorgte. Es war eine verdeckte Art, ihm seine Referenzen darzulegen.

War er vielleicht ein Spion? Nun, Samir hatte seine eigenen Mittel, um etwas über andere in Erfahrung zu bringen. Manchmal sprach die Antwort auf eine einzige Frage bereits Bände. „Und was glaubt Ihr?"

„Eure Gründe interessieren mich nicht", sagte der Mann schlicht. „Ich bin hier, um Euch mit Waren zu versorgen. Wie zum Beispiel mit dem Viscount Sheridan."

Samir hielt den Atem an. Meinte dieser Mann das ernst? „Ihr schlagt vor, dass ich einen Viscount auf englischem Boden entführe? Das wäre äußerst dreist, ja, unmöglich."

Der Engländer kicherte leise. „Genau das schlage ich vor, und meiner Erfahrung nach sind nur wenige Dinge unmöglich, sie sind nur schwierig zu bewerkstelligen. Wenn Ihr Erfolg haben und dem langen Arm des Gesetzes entkommen wollt, braucht Ihr mich nur darum zu bitten."

„Er ist immer noch derselbe arrogante Bastard. Ich glaube, ich kann allein mit ihm fertig werden."

Der Engländer schüttelte den Kopf, vielleicht lächelte er sogar im Halbdunkel. „Seit Ihrem letzten Besuch hat sich Vieles verändert. Wusstet Ihr zum Beispiel, dass Sheridan erblindet ist?"

Der Mann teilte ihm diese Neuigkeit mit solcher Freude mit, dass Samir keinen Zweifel mehr daran hatte, dass auch er Sheridan tot sehen wollte.

„Erblindet? Das wusste ich nicht. Das sollte die Sache nur leichter machen, statt sie zu erschweren."

„Dann kennt Ihr die Bekanntschaften, die er pflegt, aber schlecht. Solange Sheridan in London ist, wird Euer Streben nach Rache in der Tat ein Ding der Unmöglichkeit sein. Euch ist auch nicht bewusst, wie wenig Zeit Euch bleibt. Schon nächste Woche heiratet er eine wohlhabende Erbin, die Tochter eines kürzlich verstorbenen Barons."

„Und was hat das mit mir zu tun?", fragte Samir ungeduldig.

„Seine Braut hat wundervolle englische Hengste, die Sheridan mit den Stuten, die er Euch gestohlen hat, paaren will."

Samir ballte die Hände. Seine Stuten waren nur zur Zucht mit anderen Arabern bestimmt.

„Und was schlagt Ihr vor?", fragte Samir mit zusammengebissenen Zähnen.

„Sheridan heiratet in fünf Tagen. Ich habe einen Mann, der im Sheridan-Haushalt angestellt ist, und von ihm habe ich erfahren, dass Sheridan plant, die Flitterwochen in Brighton zu verbringen. Dort befinden sich auch Eure Pferde. Zudem entfernt ihn seine Reise dorthin auch von denen, die ihn hier in London beschützen würden."

„Welche Rolle spiele ich in Eurem Plan?"

„Euch steht ein Schiff zur Verfügung?" Sie wussten beide, dass er Samirs Sklavenschiff meinte.

„So ist es. Ich habe ein Schiff angeheuert, und sein Kapitän hat von mir den Befehl erhalten, anzulegen, wann und wo ich es ihm sage."

„Ausgezeichnet. Hier ist mein Plan."

Samir beugte sich vor und hörte dem Engländer mit einem zufriedenen Lächeln auf den Lippen zu. Viscount Sheridan und seine reizende Braut würden bald um ihren erlösenden Tod flehen, lange bevor Samir ihnen eine solche Gnade gewähren würde.

HUGO WAVERLY SAH ZU, WIE SAMIR AL ZAHRANI SEINE Kutsche verließ und seinen Weg fortsetzte. Eine Minute später öffnete er seine Wagentür erneut, und Daniel Sheffield schlüpfte hinein und setzte sich Hugo gegenüber.

Daniel war seine rechte Hand. Der schnellste, leiseste und tödlichste aller Spione, die Hugo im Auftrag Seiner Majestät überwachte. Der Mann war erst Mitte Zwanzig, aber er hatte mehr Missionen erfolgreich erfüllt als jeder andere Spion in England.

Daniel nahm seinen Hut ab. „Nun, Mylord? Hat er den Köder geschluckt?"

Waverley lehnte sich zurück, hob seinen Gehstock und klopfte an die Decke, um dem Kutscher zu signalisieren, dass er ihn nach Hause fahren sollte. Dann legte er den Stock über seinen Schoß und starrte auf den Wolfskopfgriff. Es war nicht sein Lieblingsstock, denn dieser war ihm vor langer Zeit gestohlen worden... von Sheridan. Er und Essex hatten Hugo angegriffen und den Stock als eine Art Jungenstreich an sich genommen. Diese Teufel. Sheridan hatte gewagt, den Stock als Trophäe zu behalten, um Hugo zu verspotten, wann immer er die Gelegenheit dazu hatte.

„Er wird tun, was ich von ihm erwarte, und zwar Sheridan und seine Braut entführen. Er wird von Brighton aus Segel setzen, und dann werden wir dafür sorgen, dass die mächtige Flotte Seiner Majestät sein Schiff versenkt."

Daniel nickte. „Und im Zuge ihrer tapferen Bemühungen, ein Sklavenschiff zu versenken, werden sie Sheridan und seine Frau töten, ohne zu wissen, dass die beiden als Geiseln an Bord waren."

„Genau." Hugo rieb sich nachdenklich das Kinn. Daniel verstand, wie heikel der Umgang mit Samir Al Zahrani war. Sein Vater, Ramiz, war wirklich ein guter Mann, einer, der entsetzt wäre, wenn er erführe, dass sein Sohn vor seiner Nase derartige Geschäfte betrieb. Doch es war Ramiz' Einfluss auf den Thron, der seinen Sohn vor einer Bloßstellung schützte. Samir durfte wegen seiner Rolle im Sklavenhandel, ein Geschäft, das Hugo auf allen Ebenen verabscheute, nicht vor Gericht gestellt werden.

Warum sollte er also den törichten Mann nicht glauben lassen, dass Hugo auf seiner Seite war, und erst zuschlagen, nachdem der Mann Hugos düsteren Racheakt für ihn ausgeführt hatte? Aber wenn Samir dann bei einem tragischen Unfall ums Leben käme, als sein Schiff versenkt wurde, weil er den Befehl, anzuhalten und seine Ladung zur Inspektion freizugeben, ignoriert hatte... nun... das wäre sicherlich bedauernswert. Ein bösartiges Lächeln umspielte Hugos Lippen.

„Zwei Fliegen mit einer Klappe. Oder eher mit ein paar Kanonenkugeln", fügte Daniel hinzu. „Was ist meine nächste Aufgabe, Mylord?"

„Behalte Samir und Sheridan im Auge. Beide sind hitzköpfige Narren. Wir müssen sicherstellen, dass der eine den anderen nicht zum Handeln zwingt, bevor die Zeit reif ist. Die Entführung muss während der Flitterwochen in Brighton erfolgen, nicht vorher. Sheridan hat hier in London zu viele Freunde, die ihn beschützen."

Daniel nickte verständnisvoll und erinnerte sich dabei zweifellos an Hugos letzte zwei Versuche, die aufgrund dieser Tatsache gescheitert waren.

„Ich werde dafür sorgen, dass die Marine bereit sein wird. Die HMS Ranger sollte ungefähr zu der Zeit in Brighton andocken, zu der Samirs Schiff versenkt werden muss."

Hugo hob seinen wolfsköpfigen Stock erneut und klopfte zweimal an die Decke, um die Kutsche anzuhalten. In der Curzon Street, wo Sheridan wohnte, kam sie schaukelnd zum Stehen. Daniel setzte seinen Hut wieder auf, schlüpfte aus dem Gefährt und verschwand wie ein Gespenst in die Nacht.

*Wenn ihr nur wüsstet, wie genau ihr beobachtet werdet. Wie genau ich euch alle Schurken beobachte.* In jedem Haus hatte er einen Mann, der für ihn spionierte, abwartete und ihn mit Informationen versorgte. Wenn die Zeit reif war, würden die Männer handeln und alle verbliebenen Schurken auslöschen, einen nach dem anderen.

Aber das käme erst später, das wäre das große Finale. Zuerst würde er das Katz- und Mausspiel genießen, sein einziges Laster in seinem ansonsten untadeligen Leben im Dienste seines Heimatlandes.

Ich werde dich rächen, Peter. Sie werden für jene Nacht bezahlen, in der sie dich haben sterben lassen. Sie werden mit ihrem Leben bezahlen. Dann kannst du endlich Ruhe finden. Und vielleicht kann ich es dann auch.

Es war ein in sein Herz gemeißeltes Gelübde, und er würde es um jeden Preis einlösen.

# KAPITEL 10

Cedric betastete den Kartenstapel, den Ashton auf dem Tisch liegen gelassen hatte. „Weißt du, Ash, du bist im Moment nicht mein Lieblingsfreund."

Ashton kicherte. „Das verletzt mich zutiefst, Cedric."

Cedric schnaubte und lauschte den entfernten Stimmen der Frauen, die miteinander plauderten. Emily und Horatia waren bei Anne, und alle drei Damen saßen vor dem Kamin und unterhielten sich flüsternd. Er konnte die Holzscheite knistern und knacken hören, denn obwohl der Frühling relativ warm war, war es heute kühler als an den meisten Tagen.

„Was hat Ash getan, um deinen Unmut auf sich zu ziehen?", fragte Jonathan, der Neueste in ihrer Liga. Sein blondes Haar und seine grünen Augen, ganz zu schweigen von der Ähnlichkeit mit seinem älteren Bruder Godric, machten ihn zu einem jungen Adonis. Bei ihren geselligen Zusammenkünften war er allerdings zurückhaltender als die anderen Mitglieder der Liga. Nachdem er die meiste Zeit seines Lebens als Diener verbracht hatte, war er in Angelegenheiten der Oberschicht immer noch unsicher und versuchte, als einer unter seinesgleichen zu agieren. Bis letzten September hatte er nicht gewusst, dass er Godrics Halbbruder war.

„Dieser Schuft hat mich in Annes Haus allein zurückgelassen. Ich hatte keine Kutsche, keine Diener und keine Möglichkeit, nach Hause zu kommen." Cedric wedelte mit der Hand in Ashtons Richtung. „Lass mich dein Gesicht finden, damit ich dir die Ohren langziehen kann."

Ashton kicherte erneut, und sein Stuhl knarrte, während er Cedrics Angriff auswich.

„Jonathan, fang ihn und halte ihn still, damit ich ihm einen ordentlichen Schlag auf die Nase verpassen kann", befahl Cedric, aber Jonathan lachte nur.

„Ich würde es nicht wagen, deinen Fäusten in die Quere zu kommen. Du könntest ihn verfehlen und stattdessen mich treffen."

„Also, du Schlitzohr, warum hast du mich verlassen?", Cedrics Stimme wurde ernst.

„Weil ich dachte, dass du und Anne etwas Zeit allein verbringen solltet. Ich hatte gar nicht vor, dich in ihrem Haus allein zu lassen, aber als ich hinunterging, um nach unserer Kutsche zu sehen, überbrachte mir ein Bote eine Nachricht von einem meiner Geschäftskontakte. Ich nahm an, Anne könnte dich heute Abend ohne Probleme nach Hause und dann zu Godric begleiten. Ich hatte doch recht?"

„Natürlich hattest du das, und genau das mag ich nicht an dir. Du hast immer recht. Aber sag schon, worum ging es bei dieser geschäftlichen Angelegenheit, die dich so dringend von Annes Haus weglotste?"

Ashtons Stimme wurde finster. „Ich bin bei meinen üblichen Händlern, die ihre Schiffstransporte mit mir abwickeln, auf Hindernisse gestoßen. Heute habe ich den Grund dafür erfahren."

„Handelt es sich um einen Konkurrenten?", spekulierte Jonathan.

„Bei Ashton handelt es sich immer um einen Konkurrenten", unterbrach ihn Lucien lachend, als er, Godric und Charles zu ihnen traten und Stühle um den lackierten Kartentisch aufstellten.

„Obwohl dir die Taktiken deiner Konkurrenten normalerweise nicht sonderlich zu schaffen machen", bemerkte Godric nachdenklich.

„Ja, das liegt daran, dass meine Konkurrenten bisher alle Männer waren. Aber meine neueste Widersacherin ist eine Dame", erklärte Ashton mit einer Mischung aus Ärger und Verzweiflung.

„Eine Frau? Ich hätte es wissen müssen!" Charles kicherte wie ein Schuljunge nach dem besten Streich, den er sich jemals ausgedacht hatte. „Hoffentlich ist es nicht wieder die Tochter eines Bankiers. Du bist zu leicht zu durchschauen, alter Junge."

„Vorsicht, du Jungspund!" Ashtons scharfer Ton zog die Aufmerksamkeit der drei Damen auf sich, die ihre Köpfe nun in Richtung der Schurken drehten. Im Nu senkten die Männer die Köpfe und rückten näher aneinander, um ihre Unterhaltung besser vor den Frauen abzuschirmen.

„Wer ist diese äußerst ärgerliche Dame?", fragte Lucien. „Kenne ich sie? War sie schon einmal in meinem Bett?"

„Das glaube ich nicht, Lucien, obwohl die Liste der somit infrage kommenden Damen sehr kurz geworden ist", sagte Ashton erheitert. „Es handelt sich um Lady Rosalind Melbourne, die Witwe des verstorbenen Lord Melbourne, eine entfernte Cousine des Premierministers."

„Rosalind Melbourne... ich kenne diesen Namen von irgendwoher." Godric überlegte kurz, und dann hellte sich sein Gesicht auf. „Rosalind ist die Schwester dieser drei Schotten, mit denen ich mich vor einigen Jahren in Edinburgh angefreundet habe." Er lachte herzlich und schlug auf den Tisch. „Das war eine wilde Bande. Sie haben die Hälfte der Tische in der dortigen Bierstube zerbrochen, soweit ich mich noch erinnern kann."

„Und diese Haudegen sind die Brüder von Lady Melbourne?" Charles' Augen weiteten sich vor Erstaunen. „Einer von ihnen hat mir tatsächlich einen Schlag versetzt, und das ist mir nur einmal passiert."

Cedric schaltete sich ein. „Moment mal, was für Schotten? Davon habe ich ja noch nie gehört."

Jonathan schlug sich aufs Knie und lachte. „Das liegt wahrscheinlich daran, dass sie meinen Bruder zu Brei geschlagen haben und er neben ihrem Temperament wie ein verdammter Engel aussieht. Wie hießen sie nochmal, Godric?" Jonathan warf seinem Bruder ein verschlagenes Grinsen zu.

„Brock, Brodie und Aiden Kincade. Barbaren, alle drei. Ich habe gehört, dass ihr Vater letztes Jahr gestorben ist. Hat ihnen irgendwo in den Highlands eine Burg hinterlassen."

„Und was ist mit Rosalind? Ist sie eine Barbarin wie ihre Brüder?" Lucien hatte sein Augenmerk wie immer auf die Frau in der Geschichte gerichtet. Er war zwar ein geläuterter Schurke, aber er blieb eben doch ein Schurke.

„Lady Melbourne ist... bis zu einem gewissen Grad kultiviert, aber sie ist auch rücksichtslos", sagte Ashton. „Sie bringt mich um mein Geschäft, und das gefällt mir gar nicht."

„Endlich gibt es jemanden da draußen, der Ashton wütend macht. Ich dachte, nichts könnte dich jemals aus der Ruhe bringen", sagte Cedric.

„Ist sie hübsch?", fragte Jonathan.

„Leider ja", gab Ashton zu. „Aber sie scheint diese Tatsache nicht zu ihrem Vorteil zu nutzen, zumindest nicht, dass ich es gesehen hätte."

„Dann verführe die Frau. Sie ist Witwe, nicht wahr? Da solltest du leichtes Spiel haben", schlug Lucien vor. Plötzlich traf ihn etwas am Hinterkopf, und er wandte den Blick von Cedric ab.

„Wer hat das Kissen geworfen?", fragte Lucien und drehte sich um. „Horatia, benimm dich!"

„Warum sollte ich mich benehmen, wenn du es eindeutig nicht tust?", antwortete sie schlagfertig vom Kamin aus. Es war klar, dass sie das gesamte Gespräch belauscht hatte.

„Wofür war das?", fragte Godric.

Lucien keuchte, bevor er sich wieder seinen Freunden zuwandte. „Horatia neigt dazu, Kissen nach mir zu werfen, wenn sie wütend ist. Es könnte schlimmer sein, denke ich, sie könnte zum Beispiel Vasen werfen. Deswegen habe ich das Haus mit allen möglichen weichen Projektilen ausgestattet. So kann sie mich nach Belieben angreifen, um ihre wachsamen Ohren und ihr Gemüt zu besänftigen."

„Du hast es nicht anders verdient, Lucien", erwiderte Horatia laut. „Eine solche Verführungen vorzuschlagen. Unerhört!"

„Du hast recht, mein Liebling", rief Lucien über seine Schulter, und ein weiteres Kissen traf Jonathan.

„Warum zum Teufel hast du dich geduckt, Lucien?", murmelte Jonathan. „Du bist der Schuft, nicht ich. Ich bin nicht imstande, deine Frau zu verärgern. Weißt du, Cedric, ich glaube, deine andere Schwester gefällt mir besser. Zumindest wirft sie nicht willkürlich mit Sachen."

„Ha! Jonathan, du hast Audrey noch nie an Tagen gesehen, an denen sie keine passende Haube findet", sagte Cedric. „Großer Gott, der kleine Wicht kann das ganze Haus auf den Kopf stellen, um zu finden, was sie sucht." Diese Erinnerung brachte ein Lächeln auf seine Lippen. Er vermisste sie schrecklich. Hoffentlich würden sie und Luciens Mutter bald von ihrer Reise aufs Festland zurückkehren.

Jonathan warf das Kissen über seine Schulter, und es landete auf dem schlummernden Foxhound Penelope. Die

Hündin stieß ein überraschtes Jaulen aus, dann beschnüffelte sie misstrauisch das Kissen.

Cedric räusperte sich. „Wo wir gerade von Audrey sprechen... Ich sollte wohl mit dir reden, Jonathan. Ich habe ihr versprochen, dass ein Ehemann auf sie wartet, wenn sie von ihrer Europareise zurückkommt."

„Du, äh... meinst, sie will mich heiraten?" Jonathans Stimme wurde so schrill, wie es nur die Stimme eines Mannes werden konnte, dem die Ehe drohte.

„Sie hat Interesse an dir bekundet. Du musst natürlich nicht annehmen, und ich beabsichtige, auch andere Angebote bereitzuhalten. Ich möchte nur, dass du darüber nachdenkst, falls du glaubst, ihr ein guter Ehemann sein zu können."

„Ich fühle mich natürlich sehr geschmeichelt...", brachte Jonathan hervor. „Aber ich muss darüber nachdenken."

„Keine Eile. Sie wird nicht vor Juni zurück sein." Cedric wünschte, er hätte Jonathans Gesicht sehen können. Fast konnte er sich den Schrecken des jungen Mannes bildlich vorstellen. Jonathan war ein ebenso schlimmer Schurke wie sein Bruder, aber er hatte nicht den gleichen Ehrgeiz, Damen von Stand zu verführen, zumindest nicht mit längerfristigen Absichten.

„Cedric, gestattest du mir eine Frage?", fragte Godric leise, um nicht von den Damen belauscht zu werden.

„Frag frei heraus, alter Junge."

„Ist Anne bewusst, dass euer privates Abendessen Spuren an ihr hinterlassen hat?"

Cedrics Gesicht wurde rot. Lieber Gott, er hatte nicht daran gedacht, dass jeder seine leidenschaftlichen Liebesbisse sehen würde. Er hatte es aufgegeben, groß darüber nachzudenken, was sichtbar war und was nicht.

„Ist es sehr auffällig?", fragte Cedric leise.

„Nun, es scheint, dass sie entweder auf ihre Gabel gefallen ist oder du an ihrem Hals geknabbert hast." Luciens Ton triefte vor schelmischer Belustigung. „Dein fehlendes Sehvermögen macht dich zu einem nachlässigen Verführer, Cedric. Ich habe noch nie erlebt, dass du eine Frau so deutlich vernascht zurückgelassen hättest."

„Ich habe sie nicht vernascht..." Zumindest nicht bis zum Äußersten, verbesserte er sich im Stillen.

„Also ist sie tatsächlich auf ihre Gabel gefallen?", fragte Lucien spöttisch.

Cedric stöhnte und schlug sich resigniert mit der Hand an die Stirn.

„Wenn sie die Flecken nicht bemerkt hat, werden Emily und Horatia sie sicher auch nicht erwähnen", versuchte Godric ihn zu beruhigen. „Das würden sie ihr nicht antun."

Ashton kehrte zu einem sichereren Thema zurück. „Also, läuft es gut zwischen euch?"

Cedric zögerte, denn er schämte sich zu sehr, zuzugeben, wie ihn die Gegenwart seiner zukünftigen Frau aus dem Gleichgewicht brachte. Die Verführung war noch nie ein Problem gewesen. Doch jetzt hinterfragte er jede seiner Bewegungen und zweifelte, ob er die Dinge zu schnell oder nicht schnell genug anging.

„Ich bin mir nicht sicher, ob die Ehe wirklich das ist, was sie will. Ich wünsche es mir, so töricht das klingen mag, aber sie versucht, Abstand zu halten, als ob sie befürchtet, von mir verletzt zu werden." Cedric atmete mit einem langen Seufzer aus. „Ich wüsste nicht wie. In meinem Zustand verletze ich nur mich selbst."

„Vielleicht fürchtet sie eher ein verletztes Herz als einen verletzten Körper", sinnierte Godric. „Emily hat mich seinerzeit zum Teil zurückgewiesen, weil sie glaubte, dass ich sie irgendwann nicht mehr haben wollte, wenn sie sich in mich verliebte, und dass ich einfach die nächste Herausforderung bei einer anderen Frau suchen würde."

„Ein verletztes Herz?", wiederholte Cedric nachdenklich.

„Ich schätze, das würde ihre Zurückhaltung erklären. Wie kann ich sie davon überzeugen, dass ich sie nicht für eine andere Frau aufgeben würde? Ich meine, ich hatte meinen Spaß als Schurke, aber mein Leben hat sich verändert, und die Ehe ist eine ernste Angelegenheit. Ich würde diesen besonderen Bund nicht leichtfertig eingehen."

„Das wissen wir, Cedric, aber Anne weiß es nicht. Du musst einen Weg finden, dich zu beweisen. Bei Frauen sprechen Taten am lautesten", riet Ashton. „Tausend herrliche Versprechungen nützen nichts, wenn du in der einen Sache scheiterst, die sie sich von dir erhofft. Versichere ihr nichts mit Worten, sondern zeig ihr, dass sie zu dir gehört und dass nichts zwischen euch geraten wird."

Cedric legte seine Hände auf den lackierten Tisch und spürte die kühle Oberfläche unter seinen Fingern. „Wie um alles in der Welt soll ich das anstellen?"

„Das musst du schon selbst herausfinden."

„Weißt du, Ashton, eines Tages wird dich eine Frau so sehr in emotionale und körperliche Not bringen, dass du um meinen Rat betteln wirst. Dann werde ich dir schadenfroh sagen, dass du die Lösung schon selbst finden musst", sagte Cedric mit einem vorwurfsvollen Lachen.

„Sei nicht albern. Ashton ist viel zu standfest und vernünftig, um der weiblichen List zum Opfer zu fallen", neckte Lucien.

Ashton räusperte sich unbehaglich. „Natürlich. Es gibt keine Frau, die bei mir jemals die Oberhand gewinnen wird."

Cedric schmunzelte. „Du hast dich gerade selbst zum Scheitern verurteilt."


Anne hörte Emily und Horatia zu, wie sie verschiedene Anekdoten über ihre Hochzeiten erzählten, um sie zu erheitern.

„Godric erzählte mir, dass er auf dem Weg zur Kirche aus Nervosität drei Halstücher ruiniert hat. Sein Kammerdiener wäre fast in Tränen ausgebrochen." Emily warf ihrem Mann einen Blick zu und errötete, als er im selben Moment zurückblickte. Godrics Gesicht spiegelte seine Liebe und Hingabe wider, und es wärmte sie tief in ihrem Inneren, ihn so zu sehen.

„Lucien musste einen einstündigen Vortrag seiner Mutter über sich ergehen lassen, bevor sie ihn überhaupt in die Kirche gehen ließ. Offenbar wollte sie eine traditionelle Hochzeit für ihren Erstgeborenen. Stattdessen heiratete er mich innerhalb einer Woche, nachdem er beinahe bei einem Duell ums Leben gekommen war. Am meisten war sie darüber verärgert, dass es keine normale Hochzeitszeremonie gab. Als Lucien endlich in die Kirche kam, sagte mir Charles, dass Lucien bereit wäre, auf die Knie zu fallen und um meine ewige Vergebung zu bitten. Das brauchte er natürlich nicht zu tun, aber ich habe ihn nach der Hochzeit dennoch oft damit aufgezogen." Horatia umklammerte ein Kissen in ihrem Schoß, ein weiteres Geschoss, das sie werfen konnte, falls Lucien erneut einen unschicklichen Rat geben sollte. Jemand musste ihren geläuterten Mann ja in Schach halten.

„Kennt eine von euch diese Rosalind Melbourne?", fragte Emily. Horatia schüttelte den Kopf, aber Anne nickte.

„Sie ist die Witwe von Lord Melbourne. Ich habe gehört, dass sie eine gewiefte Geschäftsfrau ist, aber sie meidet die meisten gesellschaftlichen Veranstaltungen. Sie ist Schottin und fühlt sich, glaube ich, in Londoner Kreisen nicht immer willkommen, was ich schade finde. Sie ist eine reizende Frau und sehr freundlich."

Emily richtete sich in ihrem Sitz auf. „Du kennst sie persönlich, Anne? Könntest du für mich ein Treffen mit ihr arrangieren?"

„Ich denke schon. Woher rührt dein plötzliches Interesse an Lady Melbourne?"

Emily lächelte. „Ich habe Ashton noch nie so besorgt gesehen. Und eine Frau, die einem Mann wie ihm so etwas antun kann, fasziniert mich. Ashton braucht diese Art von Aufregung in seinem Leben."

„Dem kann ich nur zustimmen. Selbst als er angeschossen wurde, wahrte er ein beunruhigendes Maß an Höflichkeit, während dein Mann versuchte, seinen Blutfluss zu stoppen. Lord Lennox' Selbstbeherrschung ist übermenschlich."

„Also wirst du mich dieser Lady Melbourne vorstellen?" Emily wippte erwartungsvoll auf ihrem Sitz.

„Natürlich. Ich glaube, sie besucht gern die Oper. Wir könnten alle zusammen gehen, und ich werde dich ihr vorstellen."

„Oh, ich liebe die Oper." Horatia lächelte. Ihre warmen Augen waren denen ihres Bruders so ähnlich, und jetzt strahlten sie vor Vorfreude auf einen musikalischen Abend.

„Lady Rochester", begann Anne.

„Anne, bitte nenn mich Horatia. Wir werden bald Schwestern sein. Ich möchte nicht, dass Titel zwischen uns stehen."

Anne korrigierte sich schüchtern. „Horatia."

Als Einzelkind hatte sie nie die Freude erlebt, die Geschwister zu haben bedeutete. Nach dem Tod ihres Vaters von Cedrics Familie mit offenen Armen empfangen zu werden trieb ihr Tränen in die Augen. „Besucht dein Bruder auch gern die Oper?"

Anne wusste so wenig von Cedric, sie kannte ihn eigentlich kaum. Sie wusste von seinen Gewohnheiten, seiner Art, seine Mitmenschen zu faszinieren, und dem, was über ihn erzählt wurde. Sie hatte sich in ihrer ersten Saison zwar das Ziel gesetzt, ihn besser kennenzulernen, aber als Mann war er immer noch ein Rätsel. Welche Farbe bevorzugte er, was war sein Lieblingsessen? Mochte er die Oper? Es gab vieles, was sie wissen wollte, und ihr Lerneifer überraschte sie selbst.

„Cedric interessiert sich nicht besonders für Kunst, die Oper scheint die einzige Ausnahme zu sein. Er mietet eine Loge in Covent Garden“, sagte Horatia. „Er ist nicht mehr dort gewesen, seit…“ Sie verstummte, und es war auch nicht nötig, dass sie ihren Satz beendete. „Aber ich denke, er sollte wieder hingehen. In der Oper geht es mehr um Musik als um Bühnenbilder und Schauspieler.“

„Das ist wahr“, stimmte Emily zu. „Dann ist es also abgemacht. Wir müssen nur noch Cedric dazu bringen, in die Oper zu gehen. Du musst ihn fragen, Anne.“

„Ich? Warum ich?“

„Vielleicht fühlt er sich geschmeichelt, dass du mit ihm in der Öffentlichkeit gesehen werden möchtest.“

„Ich werde ihn heiraten, etwas Öffentlicheres als das gibt es nicht“, argumentierte Anne belustigt.

„Ja, aber ein Abend in Covent Garden mit ihm wird ihn glauben lassen, dass du dich nicht für ihn schämst.“

„Ich schäme mich nicht…“

„Wir wissen das, aber Männer können trotz ihrer Tapferkeit furchtbar eigensinnig und überempfindlich sein. Zeig ihm, wie du dich fühlst“, ermutigte Emily sie. „Worte haben für Männer wenig Bedeutung. Sie wollen keine verbalen Zusicherungen. Sie wollen Küsse im Regen, innige Umarmungen und gemeinsame genüssliche Nachmittage.“

Horatia lächelte sie wissend an. „Emily hat recht, Anne. Cedric fühlt sich wie eine Last für alle, aber wenn du ihn dazu bringen kannst, dich in die Oper auszuführen, wird er sich erwünscht und begehrt fühlen.“ Noch während Horatia sprach, schweiften Annes Gedanken zurück in die Bibliothek, wo Cedric geglaubt hatte, sie begehre ihn nicht. Konnte sein Selbstwertgefühl derart angeschlagen sein? Sie hatte halb geglaubt, er wollte sie damit nur in seine Arme locken, aber jetzt erkannte sie die traurige Wahrheit. Er hielt sich wirklich für unattraktiv und glaubte, dass ihn keine Frau haben wollte.

Die Frage, mit der Anne nun konfrontiert wurde, war, ob sie ihn lange genug in ihre Arme locken konnte, um sein Selbstwertgefühl zu stärken, ohne ihr eigenes Herz dabei zu verlieren. Ihm zu beweisen, dass er begehrenswert war, würde sie dem größten Herzschmerz aussetzen, den sie jemals erfahren würde. War sie stark genug, um einer solchen harten Probe standzuhalten, nachdem sie sich all die Jahre so in Acht genommen hatte?

Die letzte Person, die sie zu lieben gewagt hatte, war vor einer Woche gestorben. Anne wünschte, sie hätte keine Angst vor der Liebe, aber sie war für sie so erschreckend. Jemanden so vollkommen zu lieben bedeutete, ihm den Schlüssel zur eigenen Seele zu übergeben und ihm vollkommene Macht über sich zu verleihen. Ihr Vater war die einzige Person gewesen, der sie diesen Schlüssel anvertraut hatte. Er hatte sie nicht enttäuscht, aber sein Tod war umso schmerzlicher gewesen, gerade weil sie ihn so geliebt hatte.

„Los, Anne, frag ihn schon!", ermutigte Emily sie.

Anne sah über ihre Schulter, um einen Blick auf Cedric am Kartentisch zu erhaschen. Von seinen Freunden umgeben sah er gesünder und glücklicher aus, als ob ihre gute Laune ihn angesteckt hätte. Anne wünschte sich plötzlich, sie hätte dieselbe Wirkung auf ihn, könnte ihn zum Lächeln bringen und ihn genug lösen, dass er einfach er selbst und glücklich sein konnte.

Anne erhob sich und ging auf die Männer zu, die in ein Gespräch vertieft waren und sie nicht bemerkten. Das leise Murmeln ihrer Stimmen war wie der sanfte Donner nach einem leichten Sommergewitter. Es war ein friedliches Geräusch, dieses leise Grollen, aber ihre Anwesenheit brachte es unversehens zum Verstummen.

„Lord Sheridan", begann sie, und ihre Stimme versagte

fast vor Anspannung. Sie versuchte, die Last der fünf männlichen Blicke auf sich zu ignorieren. Cedric saß direkt vor ihr, sein Rücken war nur wenige Zentimeter von ihr entfernt, und seine plötzliche Nähe ließ den leidenschaftlichen Moment in der Bibliothek vor ihrem inneren Auge aufblitzen. Er drehte seinen Kopf zu ihr.

„Was gibt es, Anne?" Sein Ton war nicht irritiert, wie sie es erwartet hatte, sondern geduldig. Ohne nachzudenken legte sie eine Hand auf seine Schulter und spürte seine stählernen Muskeln unter ihrer Hand.

„Eure Schwester sagt, Ihr mietet eine Loge in Covent Garden."

Cedric zog überrascht die Brauen hoch. „Ja, das tue ich."

„Wäre es möglich... ich würde gern die Oper sehen, die morgen Abend spielt."

„Möchtet Ihr, dass ich Euch meine Loge zur Verfügung stelle?" Sein Ton war eisig, weil er annahm, dass sie ohne ihn in die Oper gehen wollte.

„Nein, nein. Ich möchte, dass Ihr mich begleitet." Sie drückte seine Schulter ein wenig, in der Hoffnung, ihn dadurch zu ermutigen.

„Ist das Euer Wunsch?"

„Natürlich."

„Möchtet Ihr auch mit mir zu Abend essen?", fragte Cedric hoffnungsvoll.

„Das wäre schön", antwortete sie in aller Aufrichtigkeit und wurde mit Cedrics Lächeln belohnt. Er legte seine Hand auf ihre.

„Dann ist es also abgemacht, meine Liebe." Er erwiderte ihren Druck und ließ dann seine Hand wieder auf den Tisch sinken.

„Euch ist klar, dass Emily und Horatia sicher auch in die Oper gehen wollen?", stöhnte Godric.

„Wir sollten uns alle einen netten gemeinsamen Abend

machen", schlug Charles mit einem respektvollen Blick in Annes Richtung vor. Anne glaubte zu sehen, wie er ihr zustimmend zunickte.

„Hättet Ihr etwas dagegen?", fragte Cedric Anne leise, während seine Freunde sich mit diesem neuen Vorschlag in ihre Unterhaltung einbrachten.

„Ich hatte gehofft, etwas Zeit mit Euch allein zu verbringen, aber eine gesellige Runde ist auch nett." Annes Finger strichen über seine Schulter, während sie sprach. Sie liebte die intimen Momente zwischen ihnen immer mehr, aber es war auch wunderbar, in die Liga und seine Familie aufgenommen zu werden. In diesem Fall war es vielleicht sogar besser, in ihrer Begleitung zu sein, da Cedric offenbar nicht imstande war, allein mit ihr zu sein, ohne sie mit seinen Küssen zu verführen. Es gab kein Entrinnen, sie erlag so oder so seinen geduldigen und sanften Liebkosungen.

„Keine Sorge, Anne. Selbst in einer Menschenmenge kann ich immer noch Wege finden, mit Euch allein zu sein." Und obwohl sie vermutete, dass er verwegen klingen wollte, waren seine Worte und der Tonfall eher jungenhaft charmant.

„Dankeschön." Sie hatte sich vorgebeugt, um ihm ins Ohr zu flüstern, und zu ihrer eigenen Überraschung hauchte sie ihm einen sanften Kuss auf die Wange. Es war höchst unangemessen, ihn vor den anderen zu küssen, aber in Cedrics Nähe fiel es ihr leicht, sich kess zu verhalten.

Cedric umfasste ihre Wange mit seiner warmen, starken Hand und streichelte ihre Unterlippe mit der Daumenkuppe, bevor er seinen Arm wieder fallen ließ. Es schien, als hätte er Angst, sie zu lange zu berühren.

„Ihr solltet zu den Damen zurückkehren. Ich möchte Euch nicht mit unserem Gerede über Geschäfte langweilen."

Anne erwiderte spöttisch aber in möglichst damenhaftem Ton: „Ich bezweifle stark, dass Ihr über Geschäfte sprecht. Außerdem solltet Ihr wissen, dass ich die letzten zwei Jahre die Investitionen meines Vaters mithilfe seines Anwalts selbst verwaltet habe."

„Hört, hört, Miss Chessley." Ashton kicherte und prostete ihr mit seinem Brandy zu.

„Nun dann, Ihr kleines..." Cedric packte seine zukünftige Braut um die Taille und zog sie auf seinen Schoß. Anne stieß ein empörtes kurzes Kreischen aus, aber es war nur gespielt.

„Oh je, du lässt sie besser frei, Cedric", warnte Lucien mit einem vergnügten Lachen. „Horatia sieht aus, als wollte sie ein weiteres Kissen schleudern."

„Na gut." Cedric ließ Anne sich aus seiner Umarmung befreien, aber nicht ohne ihr beim Gehen einen leichten Klaps auf den Hintern zu geben. Sie warf ihm einen entsetzten Blick über ihre Schulter zu, bevor sie sich daran erinnerte, dass er nichts sehen konnte.

„Die Dinge zwischen dir und Anne laufen besser, als ich erwartet hatte", sagte Godric sichtlich erleichtert.

„Ich glaube, sie taut langsam auf", prahlte Cedric.

Lucien kicherte. „Ich bin mir nicht so sicher. Ich glaube, dein freundlicher Klaps hat dich in deinem Werben gerade um eine Woche zurückgeworfen."

„Mir bleibt immer noch die Kutschfahrt nach Hause." Cedric seufzte vielsagend, worauf seine Freunde lachten.

„Gehen wir wirklich alle in die Oper?", fragte Jonathan. Sein hoffnungsvoller Ton brach beinahe Cedrics Herz. Nachdem Jonathan erst vor kurzem herausgefunden hatte, dass er der Bruder eines richtigen Dukes war und nicht etwa der Diener, als den er erzogen worden war, benahm er sich immer noch mit einer gewissen Zurückhaltung. Jonathan war nicht schlecht behandelt worden, aber er hatte auch nicht das verschwenderische Leben geführt, das sein Bruder Godric genossen hatte. Ereignisse, die die anderen für selbstverständlich hielten, betrachtete er immer noch als große Abenteuer.

„Natürlich", versicherte ihm Godric.

„Welche Oper wird denn gespielt?", fragte Charles. Er war nie ein großer Theaterliebhaber gewesen, aber er würde auf keinen Fall einen gemeinsamen Ausflug verpassen, der ein heiterer Abend auf Kosten seiner verheirateten Freunde zu werden versprach.

„Ich glaube, Gioachino Rossinis neuestes Werk, Matilde di Shabran, steht auf dem Programm", sagte Ashton.

Lucien sah den normalerweise auf seine Geschäfte konzentrierten Baron stirnrunzelnd an. „Ich wusste nicht, dass du dich über die neuesten Opern auf dem Laufenden hältst."

„Wir alle haben unsere kleinen Laster."

„Natürlich, aber die meisten von uns frönen ihnen in den Betten hübscher Frauen... äh, Ehefrauen", korrigierte sich Lucien hastig, als Cedric warnend hüstelte.

„Du hast Glück, dass ich dich für deine Untaten schon duelliert habe", erwiderte Cedric.

„Danke für diese freundliche Erinnerung." Das Duell mit Lucien um Horatias Ehre war einer der finstersten Episoden gewesen, die die Liga je erlebt hatte, aber Cedric hatte das ungute Gefühl, dass sie noch mehr solcher Momente erwartete.

# KAPITEL 11

Am folgenden Abend nahm Anne Cedrics angebotenen Arm und erlaubte ihm, sie durch die Menschenmenge zu führen, die sich im Foyer des Royal Opera House am Covent Garden versammelt hatte. Die durchdringenden Düfte ungewaschener Körper und die Gruppen von Dirnen mit tief ausgeschnittenen Kleidern, die sich an die Männer heranmachten, waren ein unwillkommener Anblick, aber Covent Garden bot seit jeher eine Mischung aus Mittel- und Oberschicht, der man nicht entgehen konnte.

„Um Himmels Willen", murmelte Cedric, als sich eine dralle Frau mit lautem Lachen an ihn presste. Er schob sie mit seinem Löwenkopfstock zur Seite.

„Ihr habt Glück, Mylord, dass Ihr nicht sehen könnt. Der Anblick ist höchst unangenehm", vertraute Anne ihrem Begleiter an. Cedric antwortete mit einem zustimmenden Brummen und ließ sich von ihr in Richtung der Treppe lenken, die zu seiner Loge führte.

Doch plötzlich versperrte ein großer, blonder Mann ihnen den Weg zur Treppe, und Anne erstarrte wie ein Kaninchen in einer Schlingfalle. Sie würde diesen Mann oder seine blassen Augen nie vergessen. Allein sein Anblick ließ ihr Blut gefrieren.

Crispin Andrews.

Er war der letzte Mann auf Erden, den sie sehen wollte. Ihr Magen drehte sich um, und sie versuchte panisch, sich ans Atmen zu erinnern.

Nicht hier. Nicht jetzt... Der Blick des Mannes schweifte über die Menge und stockte, als er Anne entdeckte.

„Was ist los, Anne?", fragte Cedric, als sich ihre Nägel in seinen Arm bohrten. Bevor sie antworten konnte, war Crispin auch schon bei ihnen.

„Miss Chessley, wie schön, Euch zu sehen. Es tut mir leid, vom Tod Eures Vaters zu hören. Mein tiefstes Beileid." Seine kalten Augen musterten sie mit einer solchen Vertrautheit von Kopf bis Fuß, dass sie fürchtete, sie müsste sich gleich hier auf der Stelle übergeben.

Er wartete darauf, dass sie ihm höflich antwortete. Was sie eigentlich tun wollte, war, sich auf ihn zu werfen, sein schönes Gesicht zu zerkratzen, ihn mit dem Mal des Teufels zu versehen und somit alle Frauen vor ihm zu warnen. Aber sie konnte es nicht. Stattdessen errichtete sie den eisigen Schutzwall um sich herum, an dem sie in den letzten zwei Jahren so hart gearbeitet hatte. Es war ihr dabei nie darum gegangen, Männer wie Cedric fernzuhalten, sondern nur darum, sich vor diesem einen Mann zu schützen.

Anne verzog ihr Gesicht zu einer höflichen Maske. „Danke, Mr. Andrews. Ihr kennt Lord Sheridan?"

Crispin richtete seinen Blick auf Cedric, und ein Grinsen breitete sich auf seinen Lippen aus, die einige Damen für küssenswert hielten. Doch Anne wusste nur zu gut, wozu dieser Mund fähig war, und es war nichts Gutes.

„Ich glaube, unsere Wege haben sich schon einmal gekreuzt, aber es ist schon ein paar Jahre her. Das letzte Mal sahen wir uns auf einem Ball, glaube ich. Ihr wart in Gesellschaft einer sehr attraktiven Witwe", antwortete Crispin. Sein beiläufiger Ton stand in starkem Kontrast zu dem lüsternen Blick, der erneut über Annes Körper schweifte. Sein höhnischer Ausdruck war eine grausame Erinnerung daran, was zwischen ihnen vorgefallen war. Er hatte seinen Spaß gehabt, aber für sie war es ein Albtraum gewesen.

„Ich muss sagen, es ist eine Überraschung, Euch hier anzutreffen, Miss Chessley. Ich dachte, angesichts der tiefen Zuneigung zu Eurem Vater würdet Ihr sein Andenken durch eine angemessene Trauer ehren."

Anne zuckte bei dieser Andeutung zusammen, und sie umklammerte ihren Handbeutel so fest, dass sie fürchtete, der Stoff könnte zerreißen.

Cedric sprang tapfer für sie ein. „Ich fürchte, das ist meine Schuld. Ich habe meine Verlobte gedrängt, mich in die Oper zu begleiten. Sie wollte in der Abgeschiedenheit ihres Hauses bleiben, aber Ihr kennt ja meinen Ruf. Ich halte wenig von gesellschaftlichen Verhaltensmaßregeln wie Trauerzeiten."

„Eure Verlobte? Oh, nun, Miss Chessley, ich hatte ja keine Ahnung, dass Ihr einen Ehemann suchen würdet, nachdem Ihr... Entschuldigt, ich sollte über solche Dinge nicht so offen sprechen." Die spöttische Ungläubigkeit in Crispins Stimme erschütterte Anne bis ins Mark. Es war offensichtlich, dass er sie nicht für fähig gehalten hatte, einen solchen Mann zu ehelichen, nicht nach dem, was er ihr angetan hatte. Crispin zog eine Augenbraue hoch, als ob er ihre Situation äußerst amüsant fand. Ihr Hass auf diese abscheuliche Kreatur wuchs ins Unermessliche.

„Wir werden diesen Samstag heiraten", fuhr Cedric fort, ohne sich des stillen Scharmützels zwischen Crispin und Anne bewusst zu sein.

„Oh, tatsächlich? Wie... gesegnet Ihr Euch fühlen müsst, Lord Sheridan, die Fülle von Annes... Temperament bald unter Eurer Gewalt zu haben." Crispin sprach zwar in Cedrics Richtung, aber seine Augen waren weiter auf Annes Gesicht gerichtet. „Ich habe keine Ankündigung in den Zeitungen gesehen. Wann habt Ihr Eure Verlobung bekanntgegeben?"

„Das haben wir nicht. Wir heiraten mit einer Sondererlaubnis." Cedrics Ton wurde eisig, und er neigte sich drohend vor. Obwohl er blind war, schien er die Gefahr, die von Crispin ausging, zu spüren und war bereit, Anne zu beschützen. Die Wut und der Hass, die sie auf Crispin empfand, ließen nach, als Cedric sie verteidigte. Cedric bewegte sich langsam auf Crispin zu, den Kopf leicht schräg geneigt, als würde er nun aufmerksamer zuhören... oder als wolle er ihn zur Strecke bringen.

Crispin hielt inne und warf Anne ein böses Lächeln zu, bevor er fortfuhr. „Nun, dann beglückwünsche ich Euch zu Eurer bevorstehenden Hochzeit. Gibt es noch ein anderes freudiges Ereignis, zu dem ich Euch gratulieren sollte, Miss Chessley?"

Bevor Crispin noch ein weiteres Wort sagen konnte, stürzte Cedric vor, rammte den Aristokraten gegen die vergoldete Wand und presste seinen Stock wie ein Messer an Crispins Kehle.

„Cedric, lasst ihn gehen!", flehte Anne und zupfte an seinen Schultern. Crispins Gesicht lief derweil violett an.

„Hütet Eure Zunge, Sir. Ich kann Euren verleumderischen Ton ignorieren, aber Ihr habt gerade meine zukünftige Frau beleidigt", fauchte Cedric und unterstrich seine Worte mit einem kehligen Knurren.

Anne, die verzweifelt versuchte, Cedric davon abzuhalten, Crispin zu verletzen und noch mehr Aufsehen zu erregen, schlang ihre Arme um Cedrics Körper und zog an ihm. Cedric ließ vom Mann ab, der wie ein Sack Mehl zu Boden sank. Er wirbelte zu Anne herum, nahm ihr Handgelenk und schritt mit ihr davon, wobei er mit seinem Stock über die

Teppiche schwenkte, als wäre er eine Sense. Er scheuchte die Leute aus dem Weg und eilte mit ihr die Treppe hinauf und in seine Opernloge. Trotz seiner Hast und Wut stolperte er den ganzen Weg über nicht ein einziges Mal. Er knallte die Tür hinter sich so fest zu, dass der Rahmen zitterte.

Die Vorhänge am Rand der Loge waren noch nicht geöffnet, was bedeutete, dass Anne und Cedric in einen dunklen Raum getreten waren. Er schob sie an die Wand, die warm von den Samtvorhängen war, und stellte sich vor sie. Sein Stock fiel polternd zu Boden und seine Hände umfassten ihr Gesicht. Seine Finger verschlangen sich in ihrem Haar, doch anstatt sie zu küssen, wie sie es erwartet hatte, drückte er sie an sich und legte sein Kinn auf ihren Kopf. Sein Atem ging unregelmäßig, und seine braunen Augen waren von innerer Zerrissenheit getrübt.

„Beruhigt mich, Anne. Sagt mir, dass zwischen Euch und Andrews nichts ist. Er hat es so klingen lassen, als ob Ihr und er sich nur allzu gut kennen würden." Seine Bitte war heiser vor Verzweiflung.

„Er bedeutet mir nichts. Er ist ein skrupelloser Kerl, und wenn ich ihn nie wiedersehen würde, wäre ich überglücklich." Anne legte ihre Hände um seine Handgelenke und rieb ihre Daumen hin und her. Sie hatte nicht so offen sprechen wollen, es war ihr einfach in der Aufregung herausgerutscht. Ihre Mauer schien in Cedrics Nähe zu bröckeln.

„Ich wollte ihn töten. Ich konnte ihn zwar nicht sehen, aber etwas an seinem Tonfall... ich wollte..." Cedrics düsteres Geständnis hätte sie entsetzen sollen, aber sie kannte Crispin und verachtete ihn. Sie legte ihre Fingerspitzen auf Cedrics Lippen und ließ ihn wissen, dass er kein Wort mehr zu sagen brauchte.

„Wir sind jetzt hier. Ihr und ich. Nur wir zwei. Setzen wir uns doch und genießen den Rest des Abends."

Cedrics Hände hielten ihr Gesicht fester, als fürchtete er,

sie würde entschwinden. Doch dann lockerte er seinen Griff und bückte sich, um seinen Stock aufzuheben. Anne half ihm auf seinen Platz, dann schob sie die Vorhänge beiseite. Eine unangenehme Stille breitete sich aus.

„Ich hoffe, ich habe Euch da unten nicht in Verlegenheit gebracht", sagte er nach einem langen Moment und wandte sein Gesicht von ihr ab.

„Das habt Ihr nicht. Mr. Andrews ist der letzte Mann auf Erden, um den ich mir Sorgen machen würde. Euer Instinkt war richtig. Er war heute Abend alles andere als gesittet, und daher wart Ihr ihm auch keine Höflichkeit schuldig."

Anne entging sein erleichterter Seufzer nicht. Sie wünschte, sie könnte Cedric sagen, wie sie sich wirklich fühlte. Zu sehen, wie er Crispin um ihrer Ehre willen beinahe erwürgte, trieb ihr Tränen in die Augen und erfüllte ihr Herz mit Zuneigung und Dankbarkeit. Sie wollte zwar nicht, dass Cedric jemandem wehtat, aber den Mann leiden zu sehen, der ihr so viele schlaflose Nächte bereitet hatte, verschaffte ihr doch eine gewisse Genugtuung. Anne öffnete den Mund und wollte noch mehr sagen, aber als sie auf die Galerie hinunter sah, entdeckte sie jemanden, den sie kannte.

„Oh, da ist Lord Lonsdale." Anne beobachtete, wie der goldhaarige Earl eine hübsche Begleitdame in einem schar-lachroten Kleid durch eine Reihe leerer Sitze jagte. Die Frau quietschte, während sie vor den Augen des wachsenden Publikums vor der Verfolgung des ihr nachstellenden Earls floh.

„Möchte ich wissen, was Charles im Schilde führt?" Cedrics Stimme war nun entspannter und klang sogar ein wenig amüsiert.

„Er scheint eine Dame durch die Galerie zu verfolgen. Und jetzt sind sie... hinter den grünen Bühnenvorhängen verschwunden." Anne kicherte, als Charles und seine neueste Geliebte prompt von der Bühne zurück in die laute Menge im unteren Teil des Theaters gedrängt wurden. Anstatt wegzulaufen, zog er die Frau einfach auf seinen Schoß und begann sie zu küssen. Himmel, dieser Mann war unverbesserlich.

Sie lächelte, unfähig zu verbergen, wie glücklich sie in diesem Moment war. Mit Cedric zusammenzusitzen und sich über seine Freunde zu unterhalten, und zwar wie eine Vertraute und nicht wie Außenseiterin, die sie bisher immer gewesen war.

*Das zwischen uns könnte doch noch funktionieren...*

CEDRIC LAUSCHTE DER MENGE, DIE SICH IM THEATER versammelte, und der Geruch von Bier, Körpern und Orangen stieg in seine Nase. Er konnte sich vorstellen, wie die Kerzen den Bühnenrand wie Lichterketten umsäumten und ihre flackernden Lichter auf die Darsteller, die die Bühne betreten würden, warfen. Die Leute redeten immer noch, selbst als die Kerzen und Lampen auf der Galerie gelöscht wurden und das Orchester zum Spielen ansetzte. Cedric erinnerte sich daran, was für eine sinnliche Freude diese Erfahrung in der Gesellschaft einer schönen Frau für ihn immer gewesen war.

„Anne", flüsterte er und hielt ihr seine linke Hand mit der Handfläche nach oben hin.

Er erwartete, dass sie ihn fragen würde, was er wollte, aber sie sagte nichts. Cedrics Herz machte einen Sprung, als sich ihre warme Hand, feinknochig, aber stark, in seine legte. War er bedauernswert, weil er diese schlichte Berührung, diesen seltsam friedlichen Moment genoss? In der Vergangenheit hatte er Frauen in seine Opernloge geführt, um sie inmitten mächtiger Arien zu verführen und zu beglücken. Warum wirkten diese vergangenen Momente jetzt weniger erfüllend und sinnlich als das bloße Gefühl von Annes Hand in seiner in der Dunkelheit? Cedric genoss die Vorfreude und das Einatmen, bevor der erste Ton erklang und die Oper begann.

Er schloss seine Augen und verlor sich in der grauen Weite, während die Musik über ihn hinwegspülte. Er sprach recht gut Italienisch, aber es war schwieriger zu verstehen, wenn es in einer Oper gesungen wurde. Er versuchte, sich die Schauspieler vorzustellen, versuchte, sich die Geschichte vorzustellen. Ashton hatte ihm am Vormittag die Zusammenfassung der Handlung vorgelesen, damit er sich auf diesen Abend vorbereiten konnte.

Es ging um den kalten, frauenhassenden Mann Corradino, der aufgrund eines Paktes mit dem Vater der jungen und schönen Matilde über Matildes Schicksal verfügen sollte. Cedric lauschte der tiefen, vollen Stimme von Corradino, der schwor, Matilde mit jemand anderem zu verheiraten, da er ihre Schönheit noch nicht selbst gesehen hatte. Als Mann, der sich geschworen hatte, von keiner Frau bezwungen zu werden, erkannte Corradino die herrliche Schönheit der wütenden Matilde erst, als sie mit Corradinos ehemaliger Verlobten, einer eifersüchtigen Countess, stritt.

Anne war seine Matilde, die eigensinnige, streitlustige Frau, die vom ersten Augenblick an eine ungekannte Begierde in ihm entfacht hatte. Sie wusste das nicht und hatte keine Ahnung, wie sehr er sie begehrt hatte, als er sie vor zwei Jahren in der zarten Röte ihres Debüts gesehen hatte.

Aber er hatte es sich zur Regel gemacht, keine Jungfrauen in sein Bett zu locken, weil er damals die Vorstellung nicht ertragen konnte, dass sie sich in ihn verlieben könnten. Denn das würde unweigerlich geschehen. Wenn er eine Jungfrau zum Höhepunkt brachte, dann begann sie kurz darauf zu schnurren und zu seufzen, wobei sie ihn mit verliebten Augen ansah, in der Erwartung, dass ein Hochzeitsantrag nur einen Atemzug entfernt war.

Aber Anne... Bei Gott, wie sehr er sie für sich haben wollte, als er sie zum ersten Mal gesehen hatte! Sein Verlangen hatte so gefährlich gebrannt, dass er sich eine ihm bekannte hübsche junge Witwe ausgesucht und sie in eine Nische neben dem großen Tanzsaal von Almacks gelockt hatte, um seine schmerzenden Lenden zu erleichtern. Er hatte die willige Witwe schnell und ungestüm genommen, und nach ein paar wenigen Beckenkreisungen und heftigen Stößen gegen die Wand war alles vorbei gewesen.

Doch selbst das hatte ihm nur eine kurze, vorübergehende Linderung von seiner Sehnsucht nach Anne verschafft. Seine Augen suchten sie zwar immer wieder im Tanzsaal, aber er wagte nicht, sie anzusprechen, wagte nicht, sich einzugestehen, was sein Körper von ihrem wollte.

Ich wollte dich schon damals und ich will dich jetzt mehr denn je, dachte er, ohne einen sinnlosen, blinden Blick in ihre Richtung zu riskieren. Er hatte sich von ihr ferngehalten, aber der Gewinn der Araberstuten hatte die Dinge verändert. Sie hatten ihm einen Vorwand gegeben, sie zu umwerben, und das hatte er auch getan.

Aber wie kalt sie gewesen war! Nur spöttisches Lächeln und ein Körper, der nicht auf seine verführerischen Blicke oder anzüglichen Worte reagierte. Er hatte fast aufgegeben und sich mit einem Leben ohne diese Frau abgefunden, die ihn wie keine andere faszinierte.

Und dann war sie zu ihm gekommen und hatte ihn gebeten, sie zu retten. Es war ihm egal, dass sie seinen Namen gebraucht hatte, nicht sein Herz. Er würde Anne auf jede erdenkliche Weise erobern. Auch wenn er bis jetzt nur ihre Hand halten konnte.

DAS PUBLIKUM BRACH IN TOSENDEN APPLAUS AUS, während die smaragdgrünen Vorhänge fielen und die Bühne verdeckten.

„Das war wunderbar", gab Anne begeistert zu.

„Ich fand die Geschichte äußerst fesselnd", antwortete Cedric.

„Ihr kennt die Geschichte?" Sie hatte nicht erwartet, dass er die Opern auch las, sondern hatte gedacht, dass er sie nur besuchte.

„Ich habe mir von Ashton die Zusammenfassung vorlesen lassen, damit ich mir etwas darunter vorstellen konnte. Ist Matilde für Corradino so schön, wie sie klingt?", fragte Cedric, und seine Mundwinkel hoben sich zu einem Lächeln.

„Ja. Sie ist sehr schön. Ich glaube, Corradinos Reaktion auf sie ist bezaubernd. Er sieht nur sie, will nur sie. Es muss etwas Besonderes sein, so ersehnt zu werden." Anne endete mit einem Seufzer und blickte wehmütig auf die leere Bühne.

Cedric hob ihre Hand und strich mit seinen Lippen über ihre offene Handfläche, worauf sie erschauderte. Sie drehte sich wieder zu ihm um, fasziniert von dem Anblick seines Mundes, der ihre Hand erforschte. Er leckte über die Mitte ihrer Handfläche, und die Spitze seiner Zunge erweckte auch die Stelle zwischen ihren Schenkeln zum Leben. Ihr Inneres wartete auf etwas, das sie sich immer wieder verwehrte. Aber ab diesem Samstag könnte sie Cedric nicht länger von ihrem Schlafzimmer fernhalten. Und in diesem Moment wollte sie es auch gar nicht mehr.

„Schließt die Logenvorhänge, Anne. Lasst Euch von mir um den Verstand küssen. Ich muss die süße Unschuld Eures Mundes schmecken und die Formen Eures Körpers in meinen Armen spüren." Anne war schon halb bereit, seiner Bitte nachzukommen, aber da schwang plötzlich die Tür zu ihrer Loge auf. Ein Lichtstrahl brach herein und erhellte Cedrics gereiztes Gesicht.

„Emily!" Anne zog hastig ihre Hand von Cedrics Mund, als Emily und Godric eintraten.

„Ich hoffe, wir stören nicht", entschuldigte sich Godric,

als er den missbilligenden Blick auf Cedrics Gesicht bemerkte.

„Keineswegs, Euer Gnaden“, versicherte Anne Godric.

„Doch, das tut ihr sehr wohl“, grummelte Cedric, obwohl ihn nur Anne hören konnte.

„Prächtig! Hat euch beiden die Vorstellung gefallen?“, fragte Emily mit ihrer natürlichen Fröhlichkeit.

„Ja. Lord Sheridan und ich haben gerade über die Geschichte gesprochen“, sagte Anne.

„Und wir waren im Begriff, unsere eigene Geschichte weiterzuspinnen“, sagte Cedric, wieder zu leise, als dass die anderen es hören konnten.

Ihr Lächeln wurde breiter, als sie an den kurzen Augenblick zurückdachte, den sie und Cedric geteilt hatten, bevor sie unterbrochen wurden. Sie hatte sich wie Matilde gefühlt, wenn auch nur für ein paar Sekunden.

„Nun, Anne, war da nicht jemand, den du vorhin gesehen hast und den du mir gern vorstellen wolltest?“, fragte Emily in einem dringlicheren und leiseren Tonfall.

Anne sprang auf. Natürlich! Der Grund, warum sie heute Abend überhaupt in die Oper gekommen waren, war doch, Emily Lady Rosalind Melbourne vorzustellen.

„Das hatte ich ganz vergessen“, sagte Anne entschuldigend und wandte sich an Cedric. „Emily und ich brauchen nur einen Moment. Wir müssen mit jemandem sprechen.“

„Möchtet Ihr, dass ich Euch begleite?“

Anne spürte, wie sich ihre Brust bei der Hoffnung in seiner Stimme zusammenzog. Wenn Emily nicht auf einem geheimen Spionagezug wäre, hätte Anne darauf bestanden, dass Cedric sie begleitete.

„Bitte bleib hier und leiste Godric Gesellschaft“, warf Emily ein. „Ich verspreche dir, dir deine Lady unverzüglich zurückzubringen, Cedric.“ Obwohl Cedric immer noch enttäuscht aussah, schien er weniger verletzt. Emily hatte diese Wirkung auf Menschen.

„Ich bin gleich wieder da", versprach ihm Anne, bevor sie sich von Emily in den Flur hinter den Logen ziehen ließ. Als sie die Treppe hinabstiegen, war keine Spur von Crispin zu sehen, und Anne fragte sich unsicher, wohin er wohl gegangen war. Hoffentlich weit, weit weg.

Anne und Emily schlenderten nicht durch die Gänge und plauderten über den neuesten Klatsch, wie es Damen in der Oper oft zu tun pflegten. Stattdessen schritt Emily mit einem erwartungsvollen Glanz in den Augen zielstrebig voran. Sie benahm sich wie ein Fährtensucher auf der Pirsch.

„Sag mir Bescheid, sobald du Lady Melbourne entdeckst", befahl Emily.

Anne blickte von einem Ende des Theaters zum anderen und entdeckte schließlich ihr Opfer. Aber Lady Melbourne war nicht allein.

Oh je...

„Nun, ich habe sie gefunden. Aber ich glaube, sie möchte lieber nicht gestört werden."

„Was meinst du damit?" Emily musterte die Menge und erkannte sogleich, worauf Anne hinauswollte. Sie schlug ihre Hand vor den Mund. „Ist sie das? Die Frau, die Ashton gerade in diese dunkle Nische führt?"

„Ja." Anne wusste nicht, ob sie die Lady und den Lord in Ruhe lassen oder Lady Melbourne zu Hilfe eilen sollte, denn Lord Lennox hatte einen besonders grimmigen Gesichtsausdruck. Anne war sich nicht sicher, ob sie seine Absichten richtig einschätzen konnte. Konnte ein Mann von einer Frau gleichzeitig erbost und fasziniert sein?

„Oh je, ich werde heute Abend wohl nicht das Glück haben, sie kennenzulernen. Ich muss gestehen, ich habe Ashton noch nie so gesehen. Ich weiß gar nicht, wie ich es beschreiben soll." Emily fand kein passendes Wort und wedelte stattdessen mit der Hand in der Luft.

„So verwirrt?", schlug Anne unsicher vor.

„Ja, so durcheinander. Und wütend. Glaubst du, sie braucht unsere Hilfe?"

Anne beobachtete, wie das Paar verschwand. „Du glaubst doch nicht, dass er ihr etwas antun könnte, oder?"

Emily kicherte. „Ashton? Um Himmels Willen, nein, er würde niemals... Zumindest würde er sie nicht körperlich verletzen", verbesserte sie sich nachdenklich. „Ihr Geschäft könnte allerdings in Gefahr sein. Wir sollten sie warnen, aber nicht heute Abend."

„Man muss sich schon fragen, was zwischen den beiden vor sich geht", grübelte Anne laut, nachdem im Theater keine Spur mehr von Lady Melbourne oder Lord Lennox zu finden war.

Was hatte der mysteriöse Baron vor?

ASHTONS GEDULDSFADEN WAR KURZ VOR DEM ZERREIßEN. Er hatte eine Hand auf Lady Rosalind Melbournes Arm gelegt und die Gelegenheit ergriffen, sie in die Abgeschiedenheit einer nahen Nische zu ziehen. Nun, da er sie hier hatte, fürchtete er sich vor dem, was er ihr antun könnte.

Jeder Muskel seines Körpers war angespannt, alle Sinne in höchster Alarmbereitschaft und, um ehrlich zu sein, auch in höchster Erregung. Das ergab keinen Sinn. Er war wütend auf diese Dame. Wut und Erregung waren bei ihm noch nie zusammen aufgetreten, warum also verspürte er den Drang, diese Frau gegen eine Wand zu drücken und sie so lange zu küssen, bis sie sich nicht mehr an ihren eigenen Namen erinnern konnte?

„Ich muss mit Euch sprechen, Madam“, sagte er in finsterem, warnendem Ton.

Rosalind wehrte sich gegen seinen Griff, und zu seiner Überraschung fiel es Ashton schwer, sie festzuhalten. Mit einem rebellischen Kopfschütteln flogen ihre rabenschwarzen Locken über eine Schulter. Das war seinem wachsenden Verlangen nicht gerade sonderlich abträglich. Dieser kleine schottische Teufelsbraten brauchte eine ordentliche Kissenschlacht, um diese Wildheit zu bändigen. Und er wollte, dass diese Schlacht in seinem Bett stattfand.

*Verdammt! Reiß dich zusammen, Lennox. Es geht hier ums Geschäft. Dies ist nicht der richtige Zeitpunkt, sich von sinnlicher Leidenschaft überrumpeln zu lassen.*

„Wir haben uns nichts zu sagen. Jetzt lasst mich los.“ Rosalind weigerte sich, ihn anzusehen und wandte ihr spitzes Kinn von ihm ab. Ihr Widerstand war äußerst reizvoll.

Reizvoll? Was zum Teufel war nur in ihn gefahren? Er mochte es nie, wenn Leute sich weigerten, zu tun, was er verlangte. Ein Nein war für ihn keine akzeptable Antwort. In der Schifffahrt war er ebenso unnachgiebig wie berechnend und zielstrebig, was seine Konkurrenten respektierten, auch wenn sie ihn dafür verabscheuten.

„Oh meine Liebe, da irrt Ihr Euch. Wir haben sehr viel zu besprechen.“ Ashtons freie Hand packte ihr Kinn und zwang sie, ihn anzusehen. Sie blinzelte überrascht, und ihre Augen blitzten im Halbdunkel.

„Ihr wart ein unartiges Mädchen.“

Sein düsterer Ton ließ sie erblassen. Hatte er sie vielleicht sogar ein bisschen erschreckt? Gut. Warum erhitzte der Gedanke, sie so in seinem Griff gefangen zu halten, nur sein Blut? Hatte sich Godric so gefühlt, als er seine geliebte Emily zu zähmen versucht hatte? Verlor sein Freund deshalb halb den Verstand, wenn es um Emily ging?

*So etwas kann mir nicht passieren. Schon gar nicht mit dieser Frau.*

Der Gedanke, so erschreckend er auch war, konnte ihn nicht von seinem ursprünglichen Vorhaben abhalten, die Dinge zwischen ihnen klarzustellen.

„Ich weiß nicht, wovon Ihr sprecht." Das Zögern in ihrem Ton sagte ihm alles, was er wissen musste.

„Gibt es einen bestimmten Grund, warum Ihr meine Handelsschifffahrtsklienten gestohlen habt? Oder werdet Ihr behaupten, es sei etwas rein Geschäftliches?"

Rosalind versuchte, ihr Gesicht abzuwenden, aber Ashton drängte sie in die Ecke der Nische. Er wusste, dass sein Verhalten unerhört war und er sich wie ein zum Angriff bereites Tier verhielt. Ihre schönen Augen weiteten sich, und sie versuchte tapfer zurückzuweichen, aber es gelang ihr nicht. Er hatte sie an der Wand gefangen, genau dort, wo er sie haben wollte...

„Nun? Gebt mir eine Antwort." Ashton ließ seine Hand über ihren Hals gleiten. Seine Finger legten sich sanft um ihren Hals, und Rosalind verspürte einen Anflug von Angst. Aber anstatt sie zu würgen, streichelte er sie. Sie bekam eine Gänsehaut, als ein Gefühl der Vorfreude in ihrem Körper aufwallte. Rosalind wusste nur zu gut über Ashtons Ruf Bescheid. Er war mehr als fähig, sie zu kompromittieren. Aber hier? Würde er es wagen?

Dies war nicht ihre erste Begegnung. Im vergangenen Dezember hatten sie einen verbitterten Kampf um den Kauf einer Reederei geführt. Sie hatte nur aufgrund ihrer Neugier darüber, zu erfahren, wie er seinen Arm verletzt hatte, nachgegeben. Als Gegenleistung für die Wahrheit hatte sie sein Angebot für die Reederei gewinnen lassen.

Aber sie hatte keineswegs zugestimmt, ihre anderen

Handelsinteressen aufzugeben. Das Geschäft ihres verstorbenen Mannes war ihr zu wichtig, denn es war ihr einziges Mittel, um unabhängig zu bleiben. Wenn er auch nur für einen Moment dachte, sie würde es aufgeben, weil er die gleichen Interessen hatte, dann irrte er sich gewaltig.

„Ich habe genauso viel Recht auf diese Verträge wie Ihr", argumentierte sie.

Sein Blick sprang von ihren Augen zu ihren Lippen. „Wenn Ihr damit meine Aufmerksamkeit erregen wolltet, mein Kätzchen, dann versichere ich Euch, dass es Euch gelungen ist."

„Ich bin nicht Euer Kätzchen", schnappte Rosalind.

Er drückte sie noch dichter an die Wand und presste seinen Körper mit einem leisen Knurren an ihren.

„Bald werdet Ihr es sein. Ich habe schon viele Frauen meinem Willen unterworfen und ihre eigenen Wünsche gegen sie eingesetzt. Ihr seid nicht anders." Ashton drückte seine Hüften gerade genug nach vorn, um deutlich zu machen, dass sie sich nicht so leicht befreien konnte.

„Es geht mir nur ums Geschäft, mehr nicht." Warum musste sie so atemlos klingen?

„Papperlapapp." Er benutzte seine gefährlich raue Stimme gegen sie. Das sonst so alberne Wort klang seltsam erregend aus seinem Mund.

„Es ist wahr."

„Lügnerin."

„Wie könnt Ihr es wagen, mich eine Lügnerin zu nennen!", zischte Rosalind empört. Dieser Schurke besaß tatsächlich die Unverfrorenheit, sie schamlos anzugrinsen. Ihr schottisches Temperament flammte auf, und ihr entfuhr in ihrem vertrauten Zungenschlag: „Ihr verdammter Dummkopf!" Sie befreite sich wütend aus seinem Griff und schlug mit einer Faust gegen seine Brust.

Er ächzte, zweifellos überrascht von ihrer Stärke, und

dann blickte er auf ihre Faust auf seiner Brust. Er hob sein Gesicht, um ihr in die Augen zu sehen, und zog herausfordernd eine blonde Braue hoch. „Ihr wetteifert gegen keine andere Reederei, nur gegen meine."

Nun hob sie ihre eigene dunkle Braue. „Woher wollt Ihr das wissen?"

„Es ist meine Aufgabe, solche Dinge zu wissen."

„Ihr habt mich ausspioniert, nicht wahr?" Sie hasste es, dass sie nicht verhindern konnte, wie eine Schottin zu klingen und nicht wie eine Engländerin, obwohl sie so hart daran gearbeitet hatte.

„Ihr gebt es also zu?" Er hatte immer noch seine Hand an ihrem Hals, und seine langen Finger streichelten ihre Haut, selbst als sie versuchte, sich aus seinem Griff zu befreien.

„Natürlich nicht. Ich möchte nur wissen, wie Ihr zu so einem unsinnigen Schluss gekommen seid."

Ashtons Hand an ihrem Hals verkrampfte sich ganz leicht. Es war der Hauch einer Drohung.

„Ich habe mich heute Nachmittag mit den anderen Reedereibesitzern getroffen. Ihnen zufolge scheine nur ich unter den Auswirkungen Eures schottischen Temperaments zu leiden."

Rosalind errötete eher vor Wut als vor Verlegenheit. Sie grub ihre Finger in das feste Handgelenk, das so nah an ihrem Hals ruhte, und versuchte, es fortzuziehen. Für einen Moment schien es ihr zu gelingen, und Ashton sah sie überrascht an, bevor er seine Bemühungen, sie festzuhalten, verdoppelte.

„Was habt Ihr Euch von Euren Plänen erhofft?", fragte Ashton. „Ich war bereit, Euch aus dem Weg zu gehen, wenn Ihr mir aus dem Weg geht. Aber nein, stattdessen reizt Ihr den Tiger mit einem kurzen Stock und wundert Euch noch, warum Ihr kurz davor steht, gebissen zu werden."

„Wollt Ihr mir etwa drohen, Lord Lennox?", fragte Rosalind erbost. Sicher würde er nachgeben. Sicher würde er sie in Ruhe lassen, nachdem er seinen Unmut kundgetan hatte.

„In der Tat, Lady Melbourne. Und ich fürchte, Euch wird meine Methode der Bestrafung nicht gefallen.“

„Ich habe von Euren Tricks gehört, Lord Lennox. Ihr werdet meine Firma nicht ruinieren. Meine Finanzen sind gesichert. Ich habe nur wenig Schulden, und alle meine Verträge sind wasserdicht. Eure ‚Bestrafung‘ wäre reine Zeitverschwendung.“ Rosalind war überzeugt, dass sie ihn damit endgültig in die Schranken gewiesen hatte. Er konnte sich nichts weiter ausdenken, was sie im Mindesten erschrecken würde.

Bis er sie küsste. Und zwar heftig.

Rosalind versuchte, ihn abzuwehren, aber der wilde Baron stand wie ein Fels im Angesicht ihres Widerstands. Es war, als würde man versuchen, einen Berg zu verschieben. Einen sehr schönen, warmen, virilen Berg...

*Der Baron will also dieses Spiel spielen?*

Rosalind würde Feuer mit Feuer bekämpfen. Er beabsichtigte, sie um den Verstand zu bringen und Vernunft durch Lust zu ersetzen? Hielt er sie für so wankelmütig? Jede Frau erwartete ein solch ungebührliches Verhalten von einem Mann. Aber hatte er jemals darüber nachgedacht, wie er reagieren würde, wenn er einer ebenso entschlossenen Frau gegenüberstünde?

Sie erwiderte seinen Kuss und beugte sich dabei vor, bis ihr Körper sich an seinen schmiegte. Sie konnte nicht leugnen, dass es angenehm war, aber sie konnte es sich nicht leisten, darüber nachzudenken, nicht jetzt. Es war ein Kampf im Gange, und sie würde den Sieg davontragen!

Als er seinen Oberschenkel zwischen ihre Beine schob und anfing, ihre Röcke um ihre Hüften hochzuziehen, biss sie auf seine Unterlippe. Er erhöhte den Einsatz. Seine Finger gruben sich in die nackte Haut ihrer Oberschenkel, als er ihr rechtes Bein anhob, um es um seine Hüfte zu legen. Der Geschmack von Blut und Brandy, der sich in ihren Mündern vermischte, steigerte Rosalinds Erregung nur.

Sie hatte es schon immer etwas wilder gemocht, aber ihr verstorbener Ehemann war viel zu alt und gutmütig gewesen, um ihr jemals das zu geben, wonach sie sich sehnte. Nicht wie dieser Mann, der sie in diesem Moment an die Wand presste. Mit seinen stürmischen Küssen und rauen Händen entfachte er das Feuer in ihrem Blut. Aber für ihn war es ein Werkzeug, eine Waffe, die er sich nicht zu benutzen scheute.

Sie zwängte eine Hand zwischen ihre fest aneinandergepressten Körper und krallte sich einen Weg entlang seines maßgeschneiderten Hemdes und seiner Weste, um die Ausbuchtung seiner Erregung zu fassen zu kriegen, die sich ihr in den Magen bohrte. Sie drückte sie und erwartete, dass er aufschreien würde. Stattdessen ertönte ein kehliges Knurren, als er sich wie eine gezähmte Dschungelkatze an ihrer Handfläche rieb.

„Gott, was macht Ihr mit mir?", stöhnte er, bevor er seine Zunge tief in ihren Mund stieß. Etwas an der schroffen Art, wie er diese Worte ausgesprochen hatte, ließ ihren Körper in Flammen aufgehen. Sie küsste ihn ebenso leidenschaftlich zurück. Die Schlacht ging weiter.

Rosalind presste sich an ihn und versuchte, noch näher an ihn heranzukommen, um das Ziehen in sich zu lindern. Es war ein Schmerz, von dem sie geglaubt hatte, sie würde ihn nie wieder für einen Mann empfinden. Sie hatte den verstorbenen Lord Melbourne gemocht, aber es hatte keine Liebe zwischen ihnen gegeben. Und schon gar nicht eine Lust wie diese. Hätten sie sich doch nur unter anderen Umständen kennengelernt! Aber es war an der Zeit, dem hier ein Ende zu setzen.

„Ihr nennt das hier eine Bestrafung?", fragte sie spöttisch und kämpfte gegen ihren Wunsch an zu lächeln. Sein keuchender und bebender Körper war alles, was sie brauchte, um zu wissen, dass er die Selbstbeherrschung verlor. Der vorsichtige, kontrollierte Baron Lennox war dabei, seine dunkle Seite zu entfesseln, von der er dachte, dass er sie so gut verbergen konnte.

Sie vermutete, dass sie in Wirklichkeit Seelenverwandte waren. Sie teilten tiefgründige, hungrige Begierden, die sie mit ihrem kühlen, zurückhaltenden Verhalten in der höflichen Gesellschaft überspielten. Und sie wollte sehen, wie weit sie ihn treiben konnte. Ob sie ihn so brechen konnte, wie er sie zu brechen versuchte.

„Ihr kleines Luder", knurrte Ashton und drückte ihren Rücken mit solcher Wucht gegen die Wand, dass es ihr kurzzeitig den Atem verschlug. Ihr Herzschlag beschleunigte sich erneut, und sie packte seinen Nacken und zog seinen Kopf für einen weiteren Kuss zu sich herunter.

„Ist das alles, was Ihr zu bieten habt?", spottete sie.

„Warum denkt Ihr, ich wäre schon fertig?"

Bevor Rosalind etwas erwidern konnte, drang er mit einer Hand in ihr Spitzenmieder und umfasste ihre Brust. Sie keuchte ungläubig. Dies war ein verzweifelter Akt, aber doch einer, der ihren Niedergang bedeuten könnte.

Trotz der groben Eroberung ihres Mundes durch seine Zunge waren seine Finger zwischen ihren Beinen sanft. Sie tasteten durch ihre zunehmende Feuchte und verteilten den warmen Honig ihres Innersten. Ihr verstorbener Ehemann hatte sie nie so berührt. Er hatte ihren Körper langsam genommen, immer darauf bedacht, sie nicht zu verletzen, aber er hatte sie auch nie wirklich beglückt.

Ashtons Berührung war im Vergleich dazu eine süße Qual. Sein sinnliches Spiel tauchte sie in glühende Lava. Die Sehnsucht nach ihm war intensiv, schmerzhaft sogar. Dieser Mann war ihr Konkurrent. Er war rücksichtslos und ein berüchtigter Schurke. Doch in diesem Moment war alles, was Rosalind empfand, die Freude, mit wilder Hingabe begehrt, verführt und geküsst zu werden. Sie war noch nie zuvor ein Objekt der Begierde gewesen, und dieser Moment stärkte die äußerste Spitze ihres weiblichen Selbstbewusstseins.

Ashton wusste nicht, wie er auf Rosalinds ebenbürtige Erwiderung reagieren sollte. Er war Nachgeben, Erliegen, sogar Ohnmachtsanfälle gewöhnt, aber Rosalind hatte sich stattdessen mit einer ihm in nichts nachstehenden Wildheit gewehrt und ihm Zug um Zug Paroli geboten. Am Ende hatte er dort angegriffen, wo er wusste, dass sie am verwundbarsten sein würde, und es schien sich auszuzahlen.

Er schob einen Finger in Rosalinds Enge und stöhnte vor sinnlicher Freude über den Sog und die Wärme. Ihre Innenwände klammerten sich um seinen Finger, und Ashton konnte sich kaum noch beherrschen. Der bloße Gedanke daran, sich selbst in ihr zu verlieren und nicht nur seinen Finger, ließ ihn nach Luft schnappen.

„Euer Körper will mich, Rosalind... er will, dass ich mich bis zum Anschlag in Euch vergrabe. Fühlt Ihr es?" Er steckte einen zweiten Finger in sie. Rosalind wimmerte, ihr Kopf fiel nach hinten und ihre Hände verkrampften und lockerten sich auf seinen Schultern, wie eine Katze, die mit ihren Pfoten knetet.

„Oh, das tut er, Mylord. Aber denkt Ihr, Euer Körper begehrt mich nicht genauso sehr?" Ihre Hand packte seine Erregung fester und drückte sich noch enger an seine Hose. Als sie sie leicht bewegte, rollten seine Augen mit einer Mischung aus Schmerz und Freude fast in seinen Kopf zurück. Wo hatte sie das gelernt...?

Bevor er Zeit hatte zu erkennen, wie ihm geschah, hatte die kleine Frau ihn an den Schultern gepackt und ihn gegen die Wand geschleudert. Ihr Mund war wieder auf seinem, und ihr süßer Geschmack explodierte auf seiner Zunge.

*Ich sollte sie wegschieben. Ich bin zu nah daran... Oh, zum Teufel damit! Ich will wieder böse sein...*

Ashton schlang seine Arme um ihren Körper und nutzte die Wand hinter ihm als Stütze. Mit jeder Bewegung ihrer Hand spürte er, wie seine Erregung wuchs, und die Enge in seiner Hose wurde fast unerträglich.

„Möchtet Ihr mich nicht in ihr Bett verfrachten, Lord Lennox? Wollt Ihr nicht sehen, wie sich mein Haar flammend von Eurem Kissen abhebt? Wollt Ihr nicht das schottische Temperament in mir zähmen?", murmelte sie. Ein Strahl heißer Lust schoss direkt in sein Glied, als sie seine Ohrmuschel leckte. Er stöhnte hilflos, denn das Bild, das sie gemalt hatte, war zu perfekt, um ignoriert zu werden. Dann stöhnte und keuchte sie, als würde er sie tatsächlich schon begatten. Noch einen Moment länger und er würde –

„Rosalind!" Er zischte ihren Namen, als sein Körper erstarrte und die Lust in ihm explodierte. Nachdem das Zucken nachgelassen hatte, sackte er nach hinten gegen die Wand.

Er blickte auf seine Hose hinunter. *Oh nein...*

Der kleine schottische Teufelsbraten trat einen Schritt zurück. Zuerst dachte er, es wäre aus Entsetzen oder Bedauern, aber nein. Stattdessen lächelte sie hämisch über ihr Werk und lachte heiser. „Nun, zumindest verdecken meine Röcke meine kleine Schandtat. Ich wünsche Euch viel Glück dabei, Eure zu verbergen, Mylord." Mit einem spöttischen Lächeln zog sie ihren schwarzen Handschuh aus und ließ ihn zu Boden fallen.

Wollte sie das Kleidungsstück entsorgen, das sein Glied berührt hatte, oder war es vielleicht eine Art Herausforderung? Immer noch grinsend strich sie ihre Röcke glatt und verließ die Nische erhobenen Hauptes.

Ashton steckte allein hier fest und versuchte, seinen Ärger zu zügeln, während er Lady Melbourne nur missmutig nachstarren konnte, als sie in der Menge verschwand, die sich auf den zweiten Akt der Oper vorbereitete. Wie zum Teufel hatte diese Frau nur die Oberhand über ihn gewinnen können? In diesem Zustand konnte er auf keinen Fall nach draußen gehen. Er würde warten müssen, bis die Oper zu Ende war und sich die Menge zerstreut hatte.

Ashton schlug mit der offenen Hand gegen die Wand hinter ihm und atmete tief ein. Dann warf er einen Blick auf den Handschuh, und mit rachsüchtiger Freude hob er ihn vom Boden auf und verstaute ihn in seiner Westentasche. Er würde einen Weg finden, es ihr heimzuzahlen, sobald sich die Umstände zu seinen Gunsten entwickelten. Sobald er dieses kleine Spiel beendet hätte.

*Du kleines Biest. Das wirst du mir büßen.*

# KAPITEL 12

Die kleine weiße Karte, die an ihrem Frisierspiegel lehnte, verkündete Annes Schicksal in zarter Schrift.

Ihr seid herzlichst nach Chessley Manor eingeladen

für ein Hochzeitsfrühstück zur Feier des Ehebündnisses von

Lady Anne Isabelle Chessley und

Lord Cedric Alexander Sheridan.

"Soll ich das wirklich tun?", fragte sie laut.

Emily stand hinter Anne. Ihre hübsche Figur wurde von einem Brautjungfernkleid aus hellblauer Seide hervorgehoben. „Anne, du trägst ein Hochzeitskleid und wartest auf eine Kutsche, die dich zu St. George's bringt. Entweder ist das hier ein ausgeklügelter Streich, den du dir ausgedacht hast, um ganz London zu schockieren, oder du tust es wirklich."

Anne strich unruhig mit den Händen über ihr silbernes Seidenkleid, das am Oberteil, an den Ärmeln und am Saum mit Honiton-Spitze besetzt war. Die Tür zu Annes Schlafzimmer öffnete sich und Horatia spähte hinein. Sowohl sie als auch Emily trugen passende Kleider mit kleinen Tüllschleiern.

„Emily, unsere Kutsche ist da. Cedric und die Männer sind bereits zur Kirche gefahren. Nun sind wir dran." Horatia schenkte Anne ein strahlendes Lächeln.

„Jetzt schon? Alles klar, ich bin bereit." Emilys Hände legten den Kranz aus Rosen und orangefarbenen Blumen über Annes dünnen Schleier und befestigten ihn mit ein paar Haarnadeln. Als sie zufrieden war, küsste sie Annes Wange und verließ das Zimmer. Horatia blieb jedoch zurück.

„Ich wollte mich noch bei dir bedanken, Anne."

„Wofür?"

Cedrics Schwester faltete die Hände vor sich, und in ihren Augen glänzten Tränen. „Mein Bruder ist der beste Mann auf der Welt. Er hat zwei Schwestern aufziehen müssen, den Verlust unserer Eltern betrauert und jetzt auch noch sein Augenlicht verloren. Die Welt hat ihm so viel genommen, und ich fürchte, ihm bleibt nicht mehr viel, was er noch verlieren kann. Aber mit dir an seiner Seite wird er der Welt nicht allein gegenübertreten. Ich bin mir nicht sicher, ob du meine Sorge verstehen kannst, da du keine Geschwister hast, aber als ich Lucien heiratete und er Audrey nach Europa schickte... hatte ich große Angst um ihn. Er war so schrecklich einsam."

„Aber jetzt ist er es nicht mehr." Anne wünschte, ihre Augen würden nicht brennen. Es fühlte sich töricht an, ausgerechnet jetzt weinen zu wollen. „Ich weiß vielleicht nicht, was es heißt, Geschwister zu lieben oder mit ihnen zu leiden, aber Einsamkeit ist ein Gefühl, das ich sehr gut kenne. Heute gebe ich deinem Bruder mein Gelübde ab, dass keiner von uns je wieder allein sein wird. Gemeinsam werden wir alles überleben." Anne hatte kaum zu Ende gesprochen, als Horatia sie in eine heftige Umarmung zog.

„Danke, Schwester." Horatia wischte sich eine Träne von

der Wange und küsste Anne, bevor sie das Schlafzimmer verließ. Anne holte tief Luft, aber ein Klopfen an ihrer Tür schreckte sie auf. Sie raffte ihre Röcke und öffnete die Tür. Dort wartete der Duke of Essex.

„Entschuldigt, Mylady, ich dachte, ich könnte Euch vielleicht zur Kirche begleiten? Cedric hat mir erzählt, dass Ihr keine männlichen Familienmitglieder habt, die Euch dem Bräutigam übergeben könnten." An diesem Punkt errötete Godric, aber er fuhr tapfer fort. „Es wäre mir eine Ehre, diese Aufgabe zu übernehmen, wenn Ihr es wünscht." Diese schüchterne, unbeholfene, unsichere Seite hatte Anne noch nie bei diesem Mann erlebt. Kein Wunder, dass Emily hoffnungslos in ihn verliebt war. Unter seiner strengen Miene steckte ein Mann tiefer Gefühle.

„Das würdet Ihr für mich tun?"

„Ihr seid jetzt Bestandteil von Cedrics Welt und daher ein Teil meiner Welt. Ich wünsche mir nichts sehnlicher, als Euch voller Stolz meinem Freund zu übergeben. Außerdem sollte niemand allein zu seiner eigenen Hochzeit fahren." Godric streckte ihr seinen Arm entgegen, und Anne legte ihre Hand darauf und ließ sich von ihm zur Kutsche geleiten.

Anne hatte erwartet, dass ihre Reise nach St. George einsam sein würde. Aber der charmante Duke, der ihr gegenüber saß, gestaltete die Reise unterhaltsam und machte sie weit weniger besorgniserregend. Sie erreichten die Kirche in kürzester Zeit. Godric stieg als erster aus und bot ihr seine Hand an. Sie hob ihre Röcke und stieg aus.

Vor ihr öffneten sich die Kirchentüren, und im Inneren sah sie Hunderte von neugierigen Zuschauern sowie Mitglieder der Familien von Cedrics engsten Freunden. Es schien kein Platz leer geblieben zu sein.

Ein plötzliches Angstgefühl überkam Anne, und sie erstarrte, unfähig, auch nur einen weiteren Schritt zu tun. Godric drehte sie zu sich um.

„Anne, hört mir gut zu. Schaut direkt zum Altar in der Kirche. Findet ihn. Er wartet auf Euch." Godric drehte sie wieder der gruftartigen Öffnung zu und tatsächlich, da war er! Cedric bewegte sich unruhig, als würde er ihren Blick auf sich spüren.

„Schaut ihn an, nur ihn allein. Heute geht es nur um Euch und Cedric. Niemand sonst ist in dieser Kirche. Geht zu ihm und zu ihm allein." Godric drückte ihre Hand, und sie merkte plötzlich, dass sie mit ihm den Gang entlangschritt. Ihre Füße bewegten sich wie von selbst und brachten sie ihrem Schicksal immer näher.

*Schau nur ihn an.* Genau das tat sie. Ashton stand an Cedrics Seite und beugte sich vor, um Cedric etwas ins Ohr zu flüstern. Was auch immer Ashton sagte, es vertrieb die Schatten aus Cedrics Gesicht, und er lächelte erleichtert. Anne spürte, wie sich ihre eigenen Lippen zu einem Lächeln formten.

Wir können das schaffen, sprach sie sich in Gedanken Mut zu.

Je näher sie kam, desto mehr bewunderte sie den Mann, den sie bald heiraten würde. Er stand groß und stolz in einem dunkelblauen Gehrock da. Die weiße Weste passte perfekt zu seiner athletischen Figur, ebenso wie seine helle, elfenbeinfarbene Hose. Sogar seine Krawatte saß perfekt. Sie war schlicht und elegant, nicht eine dieser seltsamen, mehrfach gekräuselten Kreationen, die die meisten Männer trugen. Sie war genau wie er. Kein Firlefanz, keine Spiele. Er kleidete sich so, wie die Welt ihn sehen sollte, als einen Mann mit Kraft und eigenem Willen. Er war kein zierlich gekleideter Aristokrat. Er war einfach Cedric, und er war alles, wovon sie in ihrem Herzen seit ihrer Kindheit geträumt hatte.

Anne würde sich auch später noch wundern, dass sie sich weder an die Musik noch an das Gesicht des Geistlichen erinnerte, der sie traute. Alles, worauf sich ihr Verstand und ihr

Herz konzentrierten, war das Gefühl von Cedrics warmer Hand, die sich um ihre schloss, als sie die Gelübde sprachen und die Eheringe tauschten.

Es war etwas Machtvolles, etwas Wundersames an der Erkenntnis, dass kein Mensch das, was sie heute vollbracht hatten, auseinanderbringen konnte. Nachdem sie zu Mann und Frau erklärt worden waren, gab Cedric ihr einen keuschen, aber verheißungsvollen Kuss auf die Wange, und die Zärtlichkeit der Liebkosung machte Anne schwindelig.

„Sollen wir gehen, meine Frau?" Cedrics Gesicht war verschmitzt und ernst zugleich.

Anne lachte, als er unterdrückt gluckste. „Führe mich voran, mein furchtloser Ehemann", antwortete sie und nahm seinen Arm.

Sie gingen den endlosen, von Gratulanten und Gaffern gesäumten Gängen entlang zur Hochzeitskutsche, die draußen wartete. Orchideen und Rosen waren in zarte Stoffe an den Seiten gefädelt worden, und die glänzend gestriegelten Braunen schnaubten und stampften ungeduldig. Cedric nahm Annes Hand, um ihr in die Kutsche zu helfen. Sie drehte sich zu ihm um und nahm seinen Arm, um ihm ebenfalls zu helfen. Ausnahmsweise schreckte er nicht vor ihrem Angebot zurück.

Kaum hatte er Platz genommen, stießen Charles und Lucien einen Jubelruf aus, und die Menge bewarf sie mit Reis. Cedric lachte und zog Anne enger an seine Seite, um sie vor dem Körnerregen zu schützen. Dann zog er einen blauen Samtmünzenbeutel heraus und warf den Inhalt in die Luft. Kinder stürzten nach vorn, um die glänzenden Münzen einzusammeln, die über die Steinstufen der Kirche rollten und klirrten.

„Lasst uns losfahren", rief Cedric dem Kutscher zu. Die Pferde setzten sich in Bewegung, und Cedric lehnte sich in den Sitz zurück, nachdem er einen Arm um Annes Taille gelegt hatte.

„Ich bin kurz vor dem Verhungern. Und du?", fragte er.

„Oh ja. Komisch, ich konnte heute Morgen nichts vertragen, aber jetzt habe ich großen Appetit", gab Anne zu.

„Ich hatte selbst eine kleine Panikattacke. Ich habe ein halbes Gebäckstück gegessen, bevor mir plötzlich klar wurde, dass ich keinen Bissen mehr herunterbekommen würde. Ich bin so erleichtert, dass das alles vorbei ist..." Er machte eine zögernde Pause. „Nun, das war wohl nicht gerade die romantischste Bemerkung, oder?"

Anne lehnte ihren Kopf an seine Schulter. „Nein, das war es nicht. Aber ich muss gestehen, dass ich ähnlich empfinde. Als Godric und ich an der Kirchentür ankamen, wäre ich fast davongelaufen. Kannst du dir das vorstellen? Der Anblick all dieser Leute, die mich anstarrten..."

„Wie hast du es bis zum Altar geschafft?" In Cedrics sanftem Ton schwang Besorgnis mit.

„Ich habe gesehen, dass du auf mich wartest. Danach war alles andere egal." Anne rügte sich innerlich dafür, etwas so Albernes und Sentimentales gesagt zu haben. Es ließ sie wie eine törichte Romantikerin klingen. Sie schloss die Augen und wünschte, sie könnte die Worte zurücknehmen, doch als sie ihre Augen wieder öffnete, war Cedrics Gesicht nur einen Zentimeter von ihrem entfernt. Er umschloss ihr Gesicht mit seinen weiß behandschuhten Händen und lehnte seine Stirn an ihre.

„Das liebe ich so an dir."

„Was liebst du?" Annes Blick fiel auf seine sinnlichen Lippen, die ihren so nahe waren.

„Dass du tief in deinem Inneren nicht eisig bist. Du birgst ein Inferno in dir, eine Flamme, die mich verzehrt."

„Ich bin kein −", begann sie, aber Cedric brachte sie mit einem genüsslichen, innigen Kuss zum Schweigen. Dieser eine

Kuss übertraf alle vorherigen. Sie fühlte sich frisch und neu, wie die errötende Braut, die sie schon vor Jahren hätte sein sollen. Als sich ihre Lippen endlich voneinander trennten, konnte sie sich an nichts von ihrem vorherigen Gespräch erinnern.

„Worüber haben wir geredet?"

Cedric strich federleicht mit seinen Lippen über ihre. „Ich kann mich beim besten Willen nicht daran erinnern." Seine Bemerkung brachte beide zum Lachen.

Die Kutsche hielt vor Chessley Manor, wo das Hochzeitsfrühstück stattfinden sollte. In der kurzen Zeitspanne, in der sie fort gewesen war, hatten die Diener das Herrenhaus in einen bunten Garten verwandelt.

„Ich rieche Blumen, und zwar jede Menge", bemerkte Cedric und drehte den Kopf wie ein Hund, der einen vertrauten Geruch schnüffelt.

„Meine Haushälterin hat sich heute selbst übertroffen."

Anne und Cedric betraten den Morgensalon, wo das Essen schon bereitstand. Fein gearbeitete Silbertabletts mit Delikatessen und Hummersalat warteten auf sie, und in der Mitte der großen Tafel thronte eine reich verzierte Torte.

„Sind wir allein, Anne?" fragte Cedric. Die Gäste waren noch auf dem Weg von der Kirche hierher, und die Dienerschaft hatte sich zerstreut, sobald das frisch vermählte Paar den Morgensalon betreten hatte.

„Ja, das sind wir."

„Ausgezeichnet. Führe mich zum Kuchen." Er zog seine weißen Handschuhe aus und steckte sie ein. Anne erfüllte seinen Wunsch, neugierig darauf, was er wohl vorhatte. „Jetzt tauche einen Finger in die Glasur."

„Was?"

„Bitte." Trotz der Leere in seinen Augen glühten seine Wangen.

„Na gut, obwohl ich nicht weiß, warum ich unsere Torte

ruinieren soll." Anne tauchte ihren Finger in eine diskrete Stelle in der Nähe des Kuchenbodens, wo es hoffentlich niemand bemerken würde. Ein Klecks weißer Zuckerguss bedeckte ihre Fingerkuppe.

Bevor sie Cedric aufhalten konnte, nahm er ihren Finger in seinen Mund und saugte daran. Sie fühlte die heiße Berührung seiner Zunge, und ihr entfuhr unverhofft ein Stöhnen.

„Soll ich das nochmal machen?", bot er heiser an.

„Nein", sagte sie und bedauerte es im selben Augenblick, als sein Lächeln verschwand. Da er sie nicht sah, konnte er nicht wissen, dass sie ihm den Gefallen erwidern wollte. Sie nahm seine Hand, fuhr mit seinem Zeigefinger vorsichtig den gleichen Weg, den sie selbst zurückgelegt hatte, und bedeckte seine Fingerspitze mit Zuckerguss. Sein Körper wurde steif, als sie seine Hand zu ihrem Mund führte. Anne leckte die Glasur von seinem Finger und genoss den Zuckergeschmack auf seiner Haut. Die Kombination war mehr als sündhaft. Sie könnte sich durchaus an einen so dekadenten Genuss gewöhnen, und an Cedrics Gesichtsausdruck merkte sie, dass er mehr tun wollte, als nur ihren Finger erneut zu lecken.

„Wie ich schon sagte, meine liebe Frau. Ein Inferno."

„ICH GLAUBE, HIER HAT SCHON JEMAND VOR MIR genascht", murmelte Charles vor sich hin, als er zwei verdächtige Rillen im Zuckerguss auf seinem Stück Hochzeitstorte bemerkte.

„Iss einfach", sagte Cedric barsch, während er einen Löffel in sein eigenes Stück vergrub. Die liebe, süße Anne hatte ihm einen Löffel gebracht, weil sie sich an seine Abneigung gegen spitzeres Besteck erinnert hatte.

„Du hast recht, alter Junge." Charles kostete den leckeren Kuchen und kaute genüsslich, bevor er wieder sprach. „Ich hatte nicht gedacht, dass du das wirklich durchziehen würdest, weißt du. Aber irgendwo zwischen dem Austausch der Ringe und den Gelübden habe ich erkannt, dass dir deine Frau wirklich etwas bedeutet."

„Natürlich bedeutet sie mir etwas."

„Ich meine, sie ist dir wirklich wichtig. Ich denke sogar, du könntest Gefahr laufen, dich ernsthaft in sie zu verlieben." Charles murmelte die letzten Worte in etwa mit der gleichen Begeisterung eines Arztes, der eben einen Pestausbruch entdeckt hatte.

Cedric fand Charles' Schulter und stieß ihn brüderlich an. „Nun, freu dich ja nicht für mich."

Der Morgensalon der Chessleys war voller Menschen, die um sie herum aßen und schwatzten. Cedric hatte seine Pflicht getan, die Hochzeitsgäste zu begrüßen und die zahlreichen Toasts auf die Gesundheit aller zu ertragen, bevor er endlich entkommen konnte. Er hatte sich in eine Ecke zurückgezogen, wo Charles zu ihm gestoßen war.

Charles wechselte das Thema. „Haben du und Anne schon darüber nachgedacht, was Ihr mit dem Manor machen wollt?"

„Ich habe noch keine Entscheidung getroffen. Es ist ein schönes Haus, aber ich frage mich, ob Anne es behalten möchte, nachdem sie ihren Vater verloren hat. Warum fragst du?"

„Nun, ich habe Jonathan gestern zu Drummond's Bank begleitet. Er wollte dort einen Kredit aufnehmen, um ein eigenes Haus hier in der Stadt zu kaufen. Ich glaube, er will sich niederlassen und sein Leben endlich in die Hand nehmen. Ich kann mir vorstellen, dass er es satt hat, zwischen Godrics und Ashtons Häusern hin und her geschoben zu werden."

„Glaubst du tatsächlich, dass er sich niederlassen will? In seinem Alter?" Cedric hatte da seine Zweifel. Er und seine Freunde hatten doch gerade erst begonnen, eigene Familien zu gründen, und Jonathan war fast ein Jahrzehnt jünger als sie.

„Vielleicht hat er ja doch Interesse daran, Audrey zu umwerben. Wenn er das Darlehen bis nächste Woche erhält, kann er bald damit beginnen, ein hübsches kleines Nest für seine Braut vorzubereiten."

Ein solcher Kommentar hätte noch vor ein paar Monaten Cedrics Beschützerinstinkt geweckt, aber jetzt dachte er ernsthaft darüber nach. „Meinst du? Ich könnte heute Abend mit Anne darüber reden."

„Habt ihr zwei heute Abend nicht schon genug andere Dinge vor, bei denen es nicht ums Reden geht?"

„Sei vorsichtig, Charles", warnte Cedric, aber sein Ton war scherzhaft.

„Denkst du, ihr passt zueinander?"

„Mit der Zeit werden wir das, denke ich. Aber vorerst werde ich sie langsam an die körperliche Leidenschaft heranführen müssen. Wahrscheinlich ist sie davon überfordert. Als Jungfrau wird sie beim ersten Mal Schmerzen haben. Gott, ich würde diesen Schmerz tausendmal auf mich nehmen, wenn sie damit verschont würde."

„Du bist weichherzig geworden, Cedric." In Charles' Stichelei lag Liebe, wie sie nur enge Freundschaften hervorbringen konnte.

„Wenn dem so ist, dann soll mein Herz nie wieder erhärten."

„Ein Hoch auf diesen Wunsch", lobte Charles, bevor er wieder ernst wurde. „Oh, du solltest besser deine Frau retten gehen. Lady Dalrumple und ihre Schwester scheinen sie um den Verstand zu schwatzen."

„Was? Führe mich zu ihr, ja?" Cedric hielt sich an Charles' Arm fest, während sich die beiden ihren Weg durch die Gäste bahnten. Cedric wusste, dass sie ihr Ziel erreicht hatten, als

Lady Dalrumples schrille Stimme ihm das Trommelfell zu zertrümmern drohte.

„Ihr! Lord Sheridan, Ihr habt etwas sehr Rücksichtsloses getan. Ich habe Eurer Frau gerade gesagt…"

„Entschuldigung, wie bitte?" Cedric musste laut sprechen, um ihr Kreischen zu unterbrechen.

„Wie konntet Ihr sie nur innerhalb einer Woche nach Lord Chessleys Tod heiraten? Das ist unerhört!"

„Ja, unerhört!", pflichtete die Schwester von Lady Dalrumple hastig bei.

„Es tut mir sehr leid, dass Ihr so denkt, Lady Dalrumple. Ich gebe zu, dass ich eine Vorliebe dafür entwickelt habe, neue Trends in der Gesellschaft zu setzen", antwortete Cedric vergnügt und warf ihr ein charmantes Lächeln zu. „Ich habe keinen Zweifel daran, dass das in der nächsten Saison der letzte Schrei sein wird."

„So eine Frechheit!" Lady Dalrumple wandte ihre Aufmerksamkeit wieder Anne zu. „Habt Ihr denn überhaupt keinen Anstand, Lady Sheridan? Ihr habt die Moral der vornehmen Gesellschaft mit Füßen getreten, und das werde ich nicht dulden. Ihr sollt wissen, dass ich mich darum kümmern werde, Euch aus der guten Gesellschaft zu verbannen!"

Cedric hörte Annes Atem stocken. Seine eigene Wut erhob sich in einem heftigen Sturm, aber er klammerte sich an den Rest seiner Selbstbeherrschung und nahm mit Mühe und Not seine höfliche Haltung wieder ein.

„Das bereitet mir nicht das geringste Kopfweh", sagte Cedric mit einem Grinsen. „Offen gesagt würde ich es als Gefallen betrachten, wenn Euer Einfluss eine solche Herkulesaufgabe fertigbringen könnte. Meine Frau und ich haben viel unterhaltsamere Dinge miteinander zu tun, als Bälle und Galas zu besuchen. Und nun glaube ich, dass ich Euch zur Tür begleiten sollte. Es wäre unerhört, wenn Euer tadelloser Ruf durch Eure Anwesenheit hier Schaden erleiden würde." Cedric ließ Charles los, und mit etwas Glück fand er Lady Dalrumples zarten Arm.

„Kommt, Madam, ich bringe Euch zur Tür", sagte er laut. Als er die stammelnde Matrone mit sich schleppte, betete er, dass ihm nichts im Weg stehen würde. Was die Dame hingegen betraf...

Lady Dalrumple kreischte plötzlich vor Schmerz.

„Oh, verzeiht vielmals. Ich fand schon immer, dass diese Türen zu eng sind." Cedrics höhnische Entschuldigung brachte ihm ein Lachen von Charles ein.

„Ihr seid ein – hmpf!" Lady Dalrumples Antwort wurde unterbrochen, als Cedrics Stiefel sie zum Stolpern brachte. Seine freie Hand fand blitzschnell die Türklinke, und er schwang die Tür auf.

„Ah, hier ist ja die Tür. Habt noch einen schönen Tag, Madam, und beehrt uns bitte nicht wieder!" Cedric schubste sie praktisch durch die Tür, während ihre Schwester ihr empört nacheilte.

„Ihr könnt nicht ohne die Gunst der Gesellschaft leben, Lord Sheridan!", zeterte Lady Dalrumple.

„Das können wir und werden es mit Freuden tun. Wenn Ihr mich jetzt entschuldigt, ich möchte jetzt in Ruhe meine frisch angetraute Frau vernaschen." Cedric knallte die Tür zu und seufzte, während er sich gegen den dicken Eichenrahmen lehnte. Dann nahm er den Duft wilder Orchideen in der Luft wahr.

„Anne?" Das Rascheln von Satinröcken glitt über den Boden in seine Richtung und bevor er noch ein Wort sagen konnte, war sein Körper von ihrem umhüllt. Sie vergrub ihr Gesicht an seinem Hals und schlang ihre Arme um ihn.

„Bist du sehr böse auf mich?", fragte Anne.

Cedric war sichtlich verwirrt. „Warum sollte ich dir böse sein?"

„Ich bin es gewesen, die mit diesem übereilten Heiratsplan zu dir gekommen ist, und jetzt hast du dir mächtige Feinde gemacht."

„Mächtige Feinde? Liebling, ich bitte dich. Lady Dalrumple ist nicht mehr als eine lästige Mücke. Sie brummt und nervt, ist aber völlig harmlos. Ich bin mir nicht einmal sicher, wie sie zu einer Einladung gekommen ist. Aber wenn du glaubst, dass du in irgendeiner Weise in meiner Schuld stehst, gebe ich dir nur zu gern ein paar Ideen, wie du dies wieder gut machen kannst."

„Warum habe ich nur das dunkle Gefühl, dass diese Ideen mit dem Vernaschen meiner Person zusammenhängen?" Anne lachte. Cedric genoss die Freude, ihren Körper vor Lachen beben zu spüren. Er legte seine Hände auf ihre Hüften und drückte sie an sich, während er seine Lippen gegen ihre Stirn presste.

„Ich würde dich um einen Kuss bitten, meine Frau."

„Nur um einen?"

„Einen langen, wenn du so gut sein möchtest", stellte er klar.

„Einverstanden." Annes Hände glitten über seinen Rücken, wobei sie über seine Muskeln und die Neigung seiner Schulterblätter strichen, während sie sich auf die Zehenspitzen stellte, um ihn zu küssen.

Als sich ihre Lippen trafen, schloss Cedric die Augen und versank tiefer in dem Grau, dem er niemals entkommen würde. Aber wenn er Anne in den Armen hielt, wenn er sie so küsste, konnte er fast fühlen, wie sein Sehvermögen zurückkehrte. Ein Kribbeln schien sich in ihm auszubreiten, und für eine kurze Sekunde glaubte er Sterne zu sehen. Anne vertiefte den Kuss, und er überließ sich bereitwillig ihrer sanften Süße. So sehr er es liebte, ihre Sinne zu beherrschen, so mochte er es noch lieber, wenn sie nicht nur auf ihn reagierte, sondern ihm zeigte, dass sie ihn genauso sehr begehrte wie er sie. Ihre

Lippen lösten sich mit einem sanften Schmatzen, und Anne seufzte verträumt.

„Müssen wir zum Frühstück zurückkehren?", murmelte Cedric und bedeckte ihren Hals mit Küssen. Er genoss es zu sehr, wie ihr Körper auf ihn wirkte.

„Ja, das müssen wir. Es wäre ungeheuerlich, wenn wir von unserem eigenen Hochzeitsfrühstück verschwänden. Vor allem, nachdem du einen Gast rausgeschmissen hast, Mücke hin oder her."

Cedric stöhnte niedergeschlagen und entließ Anne widerstrebend aus seinen Armen. Der Verlust ihrer Wärme fühlte sich an wie ein klaffendes Loch in seiner Brust.

„Nun gut." Cedric nahm Annes Arm, und sie kehrten in den Morgensalon zurück.

DIE LETZTEN GÄSTE GINGEN SCHLIESSLICH IRGENDWANN nach vier Uhr nachmittags. Anne und Cedric brachen erschöpft auf dem Wohnzimmersofa zusammen. Annes Kopf juckte fürchterlich von dem Schleier und dem Kranz, und sie erlaubte sich endlich, ihn abzunehmen. Während sie die Nadeln aus ihrer Frisur zog, beobachtete sie, wie Cedric sich neben ihr auf der Couch zurücklehnte.

„Ich finde, wir haben das verdammt gut gemeistert, mein Herz. Was denkst du?"

„Abgesehen von den Unannehmlichkeiten mit Lady Dalrumple kann ich dir nur beipflichten." Sie nahm den Kranz aus ihrem Haar und legte ihn auf den Boden. Als nächstes war der Schleier dran, und Anne ließ die Spitze zu Boden schweben, bevor sie erleichtert aufseufzte. Das Gewicht war von ihrem Kopf genommen worden, und die Anfänge heftiger Kopfschmerzen verschwanden, bevor sie sich festsetzen konnten.

„Ist alles in Ordnung?", fragte Cedric.

„Ja. Ich habe endlich den Schleier und den Kranz abgelegt."

„Komm her", forderte Cedric.

„Wieso?" Anne war eigentlich zu müde, um ihn abzuwehren, sollte er sich entschlossen haben, sie endlich zu seiner zu machen.

„Komm bitte her."

Er öffnete seine Arme, und die Geste bezauberte sie. Sie gab ihr das Gefühl, gebraucht zu werden, und das nicht nur auf fleischliche Art und Weise. Sie zögerte nur kurz, und sobald sie nah genug war, fasste Cedric sie an der Taille und zog sie auf seinen Schoß. Er rückte umher, bis er sich auf der Couch zurücklehnen konnte. Dann zog er Annes Körper auf seinen, mit ihrem Rücken an seiner Brust, und Anne legte ihre Hände auf seine Oberschenkel und streichelte sie sanft, während seine Hände ihre Schultern suchten, die Spannung wegrieben und die angespannten Stellen wegkneteten.

„Lass deinen Kopf zurückfallen."

Anne gehorchte bereitwillig, und ihr Kopf fand einen perfekten Platz an seiner Schulter, um sich auszuruhen.

„Das fühlt sich himmlisch an." Anne klang wie eine schnurrende Katze, die zufrieden war, sich von ihrem Herrchen für immer streicheln und massieren zu lassen.

„Wer hätte gedacht, dass sich meine Frau so leicht verführen lässt?" Cedric kicherte, und sein warmer Atem streifte ihr rechtes Ohr.

Annes Augenlider fühlten sich schwer an. „Es war ein schöner Tag, nicht wahr?" Sie kämpfte darum, wach zu bleiben, aber schließlich unterlag sie.

„Ich bin nur erleichtert, dass es keine Katastrophe war", murmelte er.

Sie schlief ein und ließ sich von seiner Berührung warm einhüllen.

. . .

Aṭs Aṭnne in seinen Aṭrmen erschlaffte, wusste Cedric, dass sie ihm völlig ausgeliefert war. Doch statt dies auszunutzen, wie es der alte Cedric getan hätte, verspürte er den Drang, sie zu beschützen. Cedric setzte seine sanften Liebkosungen fort, bis Annes Atem im Schlaf regelmäßiger ging. Er wollte sie gern auf seinem Schoß behalten, aber diese Position war nicht besonders bequem für ihn, wenn er sich ebenfalls ausruhen wollte.

„Zeit fürs Bett", flüsterte er, obwohl seine Braut ihn nicht hören konnte. Er schob sie vorsichtig von sich herunter und stand dann auf, um die Wohnzimmertür zu öffnen. Er bat ein Dienstmädchen, ihr Bett aufzuschlagen und Annes Nachthemd aus ihrem gepackten Koffer zu holen. Er würde sie heute Abend auf keinen Fall in sein Stadthaus in der Curzon Street bringen.

Cedric hatte in den letzten Tagen viel Zeit damit verbracht, sich mit dem Grundriss von Chessley Manor vertraut zu machen. Dies erwies sich jetzt als nützlich, als er Anne in seine Arme hob und eine vorsichtige Reise durch den Flur zu ihrem Zimmer antrat. Mit Hilfe des Dienstmädchens und ein paar leise geäußerten Warnungen legte er Anne auf die frisch bezogene Bettwäsche.

„Soll ich sie auskleiden?", bot die Magd an.

„Ja, vielen Dank. Ich würde es ja selbst versuchen, aber ich möchte sie nicht aufwecken." Cedric setzte sich auf einen Stuhl am leeren Kamin und lauschte dem Rascheln des Stoffes, während das Dienstmädchen Anne fürs Bett fertig machte.

„Sie ist bereit, Mylord", flüsterte die Magd und ging dann leise hinaus.

Cedric fand seinen Weg zurück zum Bett und zog seine Stiefel, den Gehrock und die Weste aus. Als er nur noch seine

Hose trug, fühlte er sich wohl genug, um sich zu entspannen, aber nicht nackt genug, um Anne zu erschrecken, wenn sie aufwachte und sich mit ihm unter der Bettdecke wiederfand.

Einen Schritt nach dem anderen, erinnerte er sich. Er deckte Anne zu und hielt kurz inne, als sie sich bewegte und etwas Unverständliches murmelte.

„Ruh dich aus." Er strich ihr das Haar aus dem Gesicht und legte sich dann zu ihr ins Bett, wo er sich an sie schmiegte. Sie kuschelte sich eng in seine Arme und seufzte wie ein müdes Baby. Sie an sich zu spüren war wunderbar, himmlisch. Nach all den Jahren, in denen er Frauen nachgestellt und in sein Bett gelockt hatte, hatte er endlich eine erwischt, die er nie mehr loslassen wollte.

ANNE WACHTE FRÜHMORGENS AUF, ALS DIE BLASSE Morgendämmerung hinter den Vorhängen noch ein trübgrauer Schleier war. Obwohl das Bett neben ihr leer war, hatte sie das seltsame Gefühl, dass dies noch nicht so lange der Fall war. Blinzelnd und leicht gähnend streckte sie ihre Glieder und stand auf.

Dann wurde ihr klar, dass sie sich immer noch in ihrem eigenen Haus befand, in ihrem Schlafzimmer in Chessley Manor. Sie hatten es gestern Abend nach der langen Feier nicht mehr zu Cedrics Stadthaus geschafft. Was war passiert? Ihr Mann hatte sich doch seine Hochzeitsnacht nicht nehmen lassen wollen? Anne erinnerte sich vage daran, wie sie sich im Wohnzimmer auf Cedrics Schoß gesetzt hatte und unter seiner sanften Berührung schläfrig geworden war. Danach verblasste ihre Erinnerung. Wo war ihr Ehemann jetzt?

Ehemann. Es war so ein seltsames Wort, und doch war es von nun an Teil ihres täglichen Wortschatzes.

„Madam?" Ein junges Zimmermädchen steckte den Kopf in Annes Schlafzimmer.

„Komm herein, Nellie."

Das Dienstmädchen brachte ein Tablett mit Tee und Gebäck, das köstlich roch, und Annes Magen knurrte erwartungsvoll.

„Seine Lordschaft dachte, Ihr könntet hungrig sein."

„Das bin ich in der Tat." Ihr Magen machte ein weiteres ungeduldiges Geräusch, als Nellie das Tablett auf dem Bett abstellte.

„Nellie, ist mein Mann noch hier?"

„Er ist erst vor zehn Minuten gegangen. Er hat mich angewiesen, Euch zu sagen, dass er Vorbereitungen für Eure Abreise nach Brighton in wenigen Stunden getroffen hat. Ich habe schon all Eure schönsten Kleider eingepackt. Seine Lordschaft hat gesagt, dass alles andere, was Ihr braucht, später in Brighton gekauft werden kann."

Anne trank einen Schluck Tee und versuchte ruhig zu bleiben. Sie reisten so bald ab? Der Gedanke, ihr Leben hier aufzugeben, auch wenn es nur für einen Monat in den Flitterwochen wäre, war beängstigend. Es gäbe nur Cedric und sie auf seinem Anwesen. Es war nicht so, dass sie sich diese ungestörte Zeit mit ihm nicht wünschte, aber sie hatte Angst, weil sie immer noch so wenig voneinander wussten. Anne konnte verlegenes Schweigen nicht ausstehen.

„Du hast schon alles gepackt?", fragte Anne Nellie, obwohl sie die Antwort bereits kannte.

„Ja, Madam. Oh! Ich hätte fast vergessen, dass Seine Lordschaft das hier für Euch hinterlassen hat." Nellie reichte Anne eine kleine blaue Samtschachtel. Anne nahm sie und öffnete sie aufgeregt. Darin befand sich ein wunderschöner Granatstein, umgeben von einem Ring aus winzigen Diamanten. Es gab keine Kette, nur ein schweres Satinband mit einem Metallverschluss hinten.

„Was ist das?", fragte Anne Nellie.

„Er sagte, ich soll Euch sagen, dass Ihr das vielleicht gern tragen würdet, wenn Ihr den Ring, den er Euch gegeben hat, abnehmen möchtet. Er weiß, dass Ihr gern reitet, und ein Ring würde sich an Euren Handschuhen verfangen, und deshalb befürchtet er, dass Ihr den Ring aus diesem Grund oft abziehen müsstet und er so verloren gehen könnte. Soll ich Euch beim Umlegen helfen?"

„Oh ja, bitte."

Anne staunte über das strahlende Burgunderrot des Granats und den dezenten Schimmer der eleganten Diamanten. Sie war nie eine Freundin teurer Juwelen gewesen, aber dieses schlichte, aber große Schmuckstück schien wie für sie geschaffen zu sein. Wie hatte er nur gewusst, dass es ihr gefallen würde? Wie konnte er ahnen, dass sie es wie kein anderes Juwel schätzen würde, mit Ausnahme des Ringes, den er ihr gegeben hatte und der seiner Mutter gehört hatte?

Nellie seufzte verträumt. „Seine Lordschaft hat einen guten Geschmack."

„Das hat er, nicht wahr? Ich wünschte nur, ich wüsste, was ich ihm schenken könnte." Sie wusste, dass eine Schachtel mit feinen Zigarren oder gravierte Schnupftabakdosen nicht die gleiche Wirkung haben würden. Sie wollte ihm etwas Wunderbares besorgen, etwas, das er nie mehr missen wollte. Aber welches Geschenk konnte diesen unmöglichen Erwartungen gerecht werden?

Anne verbrachte den Rest des Morgens damit, sich um Haushaltsangelegenheiten und die Bediensteten zu kümmern, bevor sie nach Brighton aufbrechen würden. Die Haushälterin hatte alles gut im Griff, und Anne wusste, dass sie sich während ihrer Abwesenheit keine Sorgen zu machen brauchte. Anne war gerade dabei, ihr Arbeitszimmer aufzuräumen, als sie draußen das Klappern von Hufen und Räder knarren hörte. Sie hüpfte wie ein aufgeregtes Hündchen die

Treppe hinunter und stieß im Eingangsbereich beinahe mit Cedric zusammen.

„Liebling, da bist du ja", lachte Cedric, als er sie festhielt, um sie davon abzuhalten, sie beide zu Boden zu werfen. Er legte einen Arm um ihre Taille und neigte seinen Kopf vorsichtig nach unten, um ihr einen zärtlichen Kuss auf die Stirn zu drücken.

Die Geste war zärtlich, brav, ganz anders als Cedrics übliche Küsse, aber nicht weniger liebenswert. Sie hatte nie gewusst, dass es mehre Arten von Küssen gab, und jetzt wollte sie sie alle, mehrere Hundert von jeder Art.

Cedric grinste. „Du hattest es aber eilig."

„Ich hörte die Pferde und rannte los. Ich wollte dich sehen..." Sie kam nicht weiter, denn Cedrics Lippen brachten sie zum Schweigen. Dieser Kuss war erheitert, doch dahinter brodelte ein langsam brennendes Feuer, wie ein zweites Glas Scotch mit seiner vollmundigen Wärme.

„Es tut mir leid, dass ich mit dir zusammengestoßen bin", murmelte sie zwischen zwei Küssen.

„Entschuldige dich nie für deine kindliche Ausgelassenheit. Ich finde sie charmant. Ich will kein anmutiges, schwanenähnliches Wesen. Ich will eine Frau, die mit mir über Wiesen springt und auf Waldwegen geht."

„Du klingst, als ob ich ein treuer Hund wäre", sinnierte Anne sarkastisch.

„Unsinn. Meine Hunde schlafen draußen im Stall, aber du gehörst immer an meine Seite. Was sagst du dazu?" Cedric kniff ihr in den Hintern, und Anne schlug ihm als Antwort mit geballter Faust auf die Brust.

„Du bist unverbesserlich."

„Ich bin ein Schurke, mein Herz, du solltest dich am besten daran gewöhnen."

Anne erlaubte Cedric, sie nach draußen in die wartende Kutsche zu führen. Sie verabschiedete sich vom Manor, dem einzigen Zuhause, das sie je gekannt hatte. Vor ihr lag ein neuer, unbekannter Weg.

*ZUM TEUFEL MIT DIESEM DUMMEN ENGLÄNDER. ICH WERDE diese Angelegenheit auf meine Weise regeln.*

Samir Al Zahrani war Sheridans Kutsche auf der verkehrsreichen Straße nach Brighton aus einer sicheren Entfernung gefolgt. Aber als die Kutsche des frischvermählten Paares über die weniger befahrenen Landstraßen zum Anwesen fuhr, war Samir gezwungen, sein Pferd zu zügeln und ihren Abstand zu vergrößern, damit Sheridans Kutscher nicht merkte, dass sie verfolgt wurden. Mit dem Unterholz der Straße als Deckung führte er sein Pferd am Wegesrand durch den Wald, um unbeobachtet zu bleiben.

Als die Kutsche endlich in die Auffahrt einbog, die zum prächtigen Landhaus von Rushton Steading führte, riss Samir an den Zügeln seines Pferdes und lenkte es tiefer in den Wald hinein.

*Der Engländer, dieser Sir Hugo Waverly...* Oh ja, Samir hatte eigene Nachforschungen angestellt und herausgefunden, wer der Mann war oder was man zumindest über ihn munkelte. Er hatte ihm geraten, auf den perfekten Moment zu warten, um Sheridan und seine Braut aus dem Haus zu entführen und zum Hafen zu bringen.

Aber Samir hatte nicht die Absicht, Waverlys Anweisungen zu befolgen. Wenn er Sheridan und seine Frau eher entführte, konnte er sein Schiff früher auslaufen lassen. Seine Männer waren bereits in der Stadt und warteten nur auf seine Befehle. Es wäre zu auffällig gewesen, sie mitzubringen, während er das Terrain seines Feindes erkundete und auskundschaftete, inwieweit Sheridan vor Angriffen geschützt war.

Nach einem misstrauischen Blick zum Himmel runzelte Samir die Stirn. Am Horizont zogen dichte Gewitterwolken auf, und ein kalter Wind begann aufzufrischen.

Das englische Wetter. Eisig, nass und trübselig. Es wäre für ihn eine Erleichterung, sich zu schnappen, weshalb er gekommen war, und gleich darauf nach Hause zurückzukehren.

Ich werde dieses Wetter heute Nacht noch ertragen, aber nicht länger. Er stieg von seinem Pferd ab und fing an, es durch den Wald zu führen, wobei er langsamer wurde, sobald er dem entfernten Haus näher kam. Er würde wahrscheinlich den richtigen Zeitpunkt abwarten müssen, aber er würde es sich nicht nehmen lassen, seine Stuten aus den Sheridan-Ställen zu holen und, was noch wichtiger war, sich zu rächen.

# KAPITEL 13

Anne hatte konnte nicht aufhören, hilflos ihre Hände zu ringen, seit sie und Cedric die Tore des Sheridan-Anwesen am Stadtrand von Brighton passiert hatten. Rushton Steading, der weitläufige Familiensitz der Sheridans, war wirklich beeindruckend. Das Anwesen bestand hauptsächlich aus Wäldern, in denen dunkle Baumgruppen wie stumme Wächter am Wegesrand lauerten. Anne holte erschrocken Luft, als ihre Reisekutsche um den nächsten bewaldeten Hügel herumfuhr und sich ihre neue Welt vor ihr ausbreitete. Das Haus war ein prachtvolles Herrenhaus aus weißem Stein, ein heller Schein inmitten der schweren smaragdgrünen Kulisse.

„Gefällt es dir?" Cedrics Stimme streifte sanft über ihren Hals, als er ihren Duft einatmete.

Anne konnte nicht anders, als sich in der Kutsche vorzulehnen und das Gebäude mit den vielen Fenstern zu bewundern. „Ich habe noch nie in meinem Leben etwas so Schönes gesehen. Ich kann verstehen, warum du das Jagen und Reiten magst, Cedric – dieses Land ist für einen solchen Zeitvertreib wie geschaffen."

„Mein Vater und ich verbrachten viele Stunden mit Gewehren und Hunden in diesen Wäldern." Cedrics Stimme war belegt, und sie hörte die Wehmut hinter seinen Worten.

Anne runzelte die Stirn über ihre eigene Taktlosigkeit. Seine Vergangenheit zur Sprache zu bringen, musste schmerzhaft für ihn sein. Sie hatte ihn gleichzeitig an den Verlust seines Vaters und an den seiner Sehkraft erinnert.

„Was ist los, Anne? Du bist angespannt", bemerkte Cedric.

Erst jetzt spürte Anne, dass er zu ihr aufgerückt und seine Arme um sie geschlungen hatte. Er bot ihr ständig Trost und alles, was sie ihm je geboten hatte, war kühle Gleichgültigkeit. Anne holte tief Luft, bevor sie sprach.

„Es tut mir leid, dass ich dich so lange von mir weggestoßen habe", gestand sie.

Cedrics Hände, die ihre Taille gestreichelt hatten, stockten bei ihren Worten.

„Du musst dich nie bei mir entschuldigen, weil du dich selbst beschützt." Cedric senkte den Kopf, um ihren Hals zu küssen.

„Bist du enttäuscht, dass wir letzte Nacht das Bett nicht miteinander geteilt haben?", fragte Anne.

„Sei nicht albern, mein Herz. Außerdem habe ich dein Bett geteilt, auch wenn wir nur geschlafen haben."

„Du warst also doch da! Ich dachte, ich hätte vielleicht nur geträumt, dass du geblieben warst."

„Heute Abend solltest du mich jedoch erwarten." Cedrics Hände glitten über ihre Rippen und drückten besitzergreifend zu. Anne erzitterte vor Vorfreude, und ihr Atem ging schneller. Heute Abend würde sie sich ihm hingeben und ihn ihre geheimen Wünsche entfesseln lassen. Sie hatte so lange darauf gewartet, auf jemanden, dem sie vertrauen konnte. Sie betete nur, dass er nicht wütend sein würde, wenn er entdeckte, dass sie nicht unberührt war. Mehr denn je bereute sie diese eine Nacht mit Crispin – nicht, dass sie eine Wahl gehabt hätte.

Die Kutsche hielt vor den Stufen des Herrenhauses, und ein Diener eilte ihnen entgegen.

„Willkommen, Mylord, Mylady." Der junge Diener reichte Anne die Hand, und sie stieg zuerst aus.

Anne achtete darauf, Cedric Zeit und Platz zu geben, um allein auszusteigen, aber sie und der Diener standen bereit, um ihn nötigenfalls aufzufangen.

„Bist du das, Hartley?", fragte Cedric, als er aus der Kutsche stieg.

„Jawohl, Mylord", antwortete Hartley mit seinem leichten irischen Tonfall und grinste, als sein Herr ihm auf die Schulter klopfte.

„Wie steht es um den Haushalt?" Cedric legte Annes Hand auf seinen Arm und stieg die Stufen hinauf, wobei sein Stock auf die Steine klopfte.

„Mr. Bodwin freut sich natürlich, Euch zu Hause zu haben. Mrs. Pickwick hingegen ist bis vor Kurzem noch in Panik durch das Haus gerast, weil sie besorgt ist, dass Lady Sheridan mit dem Zustand des Hauses nicht zufrieden sein wird."

„Ich?" Anne keuchte.

„Mach dir keine Sorgen, mein Herz. Unsere Haushälterin neigt zu solchen Panikattacken, ganz unabhängig von den zugrundeliegenden Umständen. Mein Butler, Mr. Bodwin, wird mehr nach deinem Geschmack sein. Er ist eine ruhige Seele im Vergleich zu unserer geschätzten Mrs. Pickwick."

Anne wurde plötzlich schüchtern, als Cedric sie in ihr neues Zuhause führte. Der Eingangsbereich war voller Dienstboten, die sich aufgereiht hatten, um ihr vorgestellt zu werden. Anne konnte sich kaum alle ihre Namen merken, aber Mr. Bodwin und Mrs. Pickwick waren leicht zu erkennen, sie waren die Ältesten unter ihnen.

„Mylord, wünscht Ihr lieber in Euren Gemächern oder im Esszimmer zu speisen?", fragte Mrs. Pickwick.

„In meinen Gemächern bitte. Serviert bitte für zwei. Meine Frau wird mir Gesellschaft leisten."

„Natürlich, Mylord." Mrs. Pickwick schien sehr erleichtert über ihre Absicht, oben zu speisen. „Es sind einige Briefe aus London mit der Nachmittagspost angekommen." Sie hielt ihm einen Stapel Briefe hin und legte sie Cedric in die ausgestreckte Hand.

„Komm, ich bringe dich nach oben, Anne. Ich kann dir morgen eine Führung durch das Haus geben. Heute Abend werden wir essen, uns ausruhen und uns einrichten." Das Grinsen auf Cedrics Gesicht war eher jungenhaft als anzüglich, und Anne lachte als Antwort.

„Ihr habt nicht gescherzt, als Ihr sagtet, dass Ihr hungrig seid."

„Ich scherze nie über die Wünsche meines Körpers."

Anne nahm Cedrics angebotenen Arm und ließ sich von ihm die große Treppe hinauf zu einem kunstvoll verzierten Schlafzimmer führen. Blaue Seide und cremefarbene Wände verliehen dem Raum eine geschmackvolle, sinnliche Ausstrahlung. Die Farben und das Ambiente des Zimmers überraschten Anne. Sie hatte Burgunderrot und dunkles Holz erwartet, etwas, das der Leidenschaft entsprach, die sie in seinen Armen gekostet hatte.

„Setz dich, Liebling." Cedric setzte sie in einen hohen Sessel neben dem Kamin und Anne wurde plötzlich bewusst, wie wohl er sich hier fühlte.

„Oh, ich brauche nur eine Minute, um mich frisch zu machen."

„Ah, natürlich." Cedric gestikulierte in Richtung Bad. „Dort entlang, mein Herz." Annes Schritte entfernten sich, und Cedric klopfte auf den Stapel Briefe in seiner Handfläche. Viel zu viele, als dass er sich jetzt damit beschäftigen wollte. Schließlich war heute Nacht seine wahre Hochzeitsnacht. Seine Hochzeitsnacht. Er gluckste.

*Ich bin ein Glückspilz.*

Er und Anne würden endlich die Gelegenheit haben, all ihre verborgenen Leidenschaften zu entdecken.

„Mylord, braucht Ihr noch etwas?", fragte Thomas Pennyworth, ein anderer Diener, von der Nähe der Tür aus.

„Thomas? Warum liest du mir nicht ein paar der Briefe vor, während ich auf meine Frau warte."

Meine Frau. Er lächelte. Was für wunderbare Worte, die er nun sagen konnte.

Thomas nahm Cedric den Stapel Briefe ab, und Cedric hörte das leise Rascheln von Papier.

„Der erste Brief ist von einem Mr. Crispin Andrews."

Der Name traf Cedric wie ein Schlag. Er wollte Thomas gerade sagen, er solle den Brief verbrennen, aber Thomas begann schon zu lesen.

„Meine liebste Anne. Es war mir eine große Freude, dich im Theater zu sehen. Schreib mir bald, denn wir haben viel zu besprechen, jetzt, wo du dich in einer so komfortablen Lage befindest. Ich glaube, Glückwünsche sind für uns beide angebracht. Crispin."

Cedrics Herz erstarrte. Der Brief war überhaupt nicht für ihn bestimmt. Das Atmen fiel ihm schwer, weil der Ton etwas andeutete... Das konnte doch nicht...

Meine liebste Anne?

Wir haben viel zu besprechen?

Was zum Teufel meinte Andrews damit?

„Thomas", unterbrach Cedric. „Das wäre alles. Bitte gib mir die Briefe."

Thomas ging zu ihm hinüber und legte die Briefe in seine ausgestreckte Hand, dann zog er sich zur Tür zurück.

„Ich werde Euch das Abendessen bringen, Mylord." Die Schritte des Dieners verklangen, und Cedric hatte kurz Zeit für sich, um nachzudenken und alle Möglichkeiten abzuwägen.

Ein paar Minuten später kam Thomas mit dem Abendessen zurück.

Cedric konnte bereits Rindereintopf, Fasan und Brotpudding in der Luft riechen.

„Danke, Thomas", sagte er, bevor der Diener ein Wort sagen konnte. „Du kannst gehen, sobald du den Tisch gedeckt hast." Cedric grübelte noch immer über den Brief und seine Bedeutung. Anne hatte ihm geschworen, dass sie Crispin verachtete, warum also erhielt sie einen solchen Brief? Was könnten sie und Andrews zu besprechen haben? Sollte er Anne direkt danach fragen? Oder würde sie ihm die Wahrheit verbergen und alles leugnen... Wenn er nur wüsste, worum es ging.

Leichte, weibliche Schritte verkündeten ihm Annes Rückkehr. Er schob den Stapel Briefe, den Thomas ihm gegeben hatte, kurzerhand unter die Kissen seines Sessels am Kamin.

ANNE WARF DEM JUNGEN DIENER, DER IN DER TÜR STAND und Cedric, der steif in seinem Sessel am Feuer saß, mit verstohlener Miene musterte, einen flüchtigen Blick zu. Der Diener, Thomas, hatte kastanienbraune Haare und war ungefähr in ihrem Alter. Er bemerkte, dass sie ihn ansah, senkte den Kopf und verschwand mit einem betretenen Lächeln aus dem Zimmer.

„Wie gelingt es dir, Hartley und Thomas zu unterscheiden?" Anne schenkte zwei Gläser Rotwein ein und reichte Cedric eines.

„Wie gelingt mir was?"

„Woher weißt du, mit wem du sprichst, wenn die andere

Person noch nichts gesagt hat. Ich könnte es ja verstehen, wenn du sie an ihren Stimmen erkennst, aber Hartley hatte noch kein Wort gesagt, als wir aus der Kutsche stiegen. Woher wusstest du, dass es nicht Thomas war?"

„Ach, das ist ganz einfach. Ich habe schlichtweg angefangen, sie alle Hartley zu nennen. Das vereinfacht die Dinge sehr, wie du dir vorstellen kannst." Cedric kicherte, und die Anspannung in seinen Schultern schien sich etwas zu lösen. Was auch immer ihn zuvor beunruhigt hatte schien etwas verblasst zu sein. Sie sah Gespenster, mehr nicht.

„Du scherzt!", keuchte Anne.

„Das tue ich in der Tat." Er lachte, als er sich in seinem Stuhl zurücklehnte. Anne folgte jeder Bewegung und bewunderte seine wohlgeformten Beine, die ausgestreckt und an den Knöcheln gekreuzt waren. Cedric war einfach wunderschön anzusehen.

„Frauen kann ich oft am Geruch erkennen. Bei Männern sind es entweder ihre Stimmen oder ihre Bewegungen. Sean Hartley hinkt leicht, seitdem ihn letztes Jahr ein Pferd getreten hat. Ich kann den Unterschied in seinen Bewegungen erkennen."

„Und woran erkennst du mich?", fragte Anne, und ihr Herz stand fast still, während sie gespannt auf seine Antwort wartete.

„Komm her zu mir und ich erzähle es dir." Cedric warf ihr ein verschmitztes Grinsen zu, und sie konnte nicht anders, als fröhlich zu lachen. Sie tat, was er verlangte, und erlaubte ihm, sie auf seinen Schoß zu ziehen. Sie hatte sich immer noch nicht an seine Berührung gewöhnt.

Cedric streichelte ihren Rücken in einem sanften kreisförmigen Muster, wie ein Vater, der ein zappeliges Kind beruhigt. „Mache ich dir Angst, Anne?"

„Ich habe keine Angst." Es war eine Lüge, und sie beide wussten es.

„Du sitzt da so still und atmest kaum, wie ein Kaninchen im Unterholz. Ich möchte dich auf keinen Fall erschrecken und in die Flucht schlagen." Der ernste Ausdruck in seinem Gesicht war herzzerreißend.

„Siehst du mich wirklich so?" Annes Stimme zitterte, als er gedankenverloren über ihr Schlüsselbein strich. Eine angenehme Wärme durchflutete ihren Körper bei dieser federleichten Liebkosung.

„Fragst du mich, ob ich dich als verängstigtes Kaninchen sehe?" In seinem Ton schwang Belustigung mit. „Anne, oh Anne, meine reizende, aber verwirrende Braut. Ich sehe so viele Dinge in dir, aber ein verängstigtes Kaninchen gehört nicht dazu. Du bist eher wie ein schreckhaftes Fohlen, das noch mit der Berührung seines Reiters umzugehen lernen muss."

„Ein schreckhaftes Fohlen?" Anne unterdrückte ein Lachen. Sein Sinn für Humor war ihrem eigenen schon immer ähnlich gewesen, und sie stellte nun fest, dass sie sich entspannte. „Ich glaube, ich habe womöglich den einzigen Mann in ganz England geheiratet, der seine Frau mit einem Pferd vergleicht."

„Das ist nicht wahr. Mancher Mann nennt seine Frau eine Zuchtstute", argumentierte Cedric, und seine blinden Augen erhielten einen schelmischen Glanz.

„Soll mich das überzeugen, Cedric?" Anne nahm sein Gesicht zwischen ihre Hände, und er lächelte charmant, was sie zum Schmelzen brachte.

„Ich liebe es, wenn du meinen Namen sagst." Er knurrte tief und sanft wie eine Dschungelkatze.

„Hat dich keine deiner früheren Geliebten Cedric genannt?"

Cedric runzelte die Stirn, als ob ihn das Gerede über die Vergangenheit störte, doch Anne strich mit ihrem Handrücken über seine Stirn, um seine Sorgenfalten zu glätten. Er schmiegte sich an ihre Berührung, und seine Wimpern flatterten über ihre Wangen.

„Die meisten von ihnen nannten mich lieber Sheridan. Ich vermute, sie erinnerten sich zu gern an meinen Titel. Ich habe das Gefühl, dass ich all die Jahre damit verbracht habe, Frauen ihres Körpers wegen in mein Bett zu holen, und sie sind im Gegenzug meines Titels wegen mit mir ins Bett gegangen. Ein fairer Handel, nehme ich an. Ich hoffe, dass ich eines Tages mit dir..." Er hielt inne, um sich leicht zu drehen und ihre rechte Handfläche zu küssen, „Dass wir einfach Anne und Cedric sein werden. Ohne Titel, ohne Distanz zwischen uns."

Anne sandte ein inbrünstiges Stoßgebet zum Himmel, dass er sie eines Tages genau so sehen würde, einfach als Anne. Sie legte ihren Kopf an seine Schulter, und er drückte sie an seine Brust.

„Ich habe dich melancholisch gemacht, Liebling. Ich schwöre, das war nicht meine Absicht."

„Du brauchst dich nicht dafür zu entschuldigen, dass du ehrlich über dich selbst oder deine Vergangenheit sprichst. Ich will nur Wahrheit zwischen uns." Ihre Worte schienen ihn missmutig zu stimmen, und sie erkannte, wie er versuchte, sich emotional von ihr abzuschotten. Er hatte es früher oft getan, als er gedacht hatte, sie würde ihn nicht heiraten oder nichts für ihn empfinden.

„Nur Wahrheit... ja, da hast du recht."

Sein Ton war so distanziert, dass Annes Magen sich vor Unbehagen verkrampfte.

„Anne, was ist die wahre Natur deiner Beziehung zu Crispin Andrews?"

„Cedric...", setzte sie an. Nicht jetzt. Sie wollte diese Unterhaltung nicht jetzt führen. Es war zu früh. „Ich habe dich auch nicht nach all den Frauen gefragt, mit denen du ins Bett gegangen bist, bevor du mich geheiratet hast."

„Wir haben uns Ehrlichkeit versprochen. Bitte beleidige mich jetzt nicht, indem du lügst. Es war offensichtlich, dass ihr eine gemeinsame Vergangenheit habt."

Annes Kehle schnürte sich zusammen, aber sie wusste, dass er recht hatte. Sie musste es ihm sagen. Er hatte die Wahrheit verdient.

„Es war vor zwei Jahren bei Almacks, an dem Abend, an dem wir uns zum ersten Mal begegnet sind."

„Du hast dort auch Crispin kennengelernt, wenn ich mich recht erinnere."

„Ich kannte ihn bereits, aber es war das erste Mal, dass wir ohne Begleitung zusammen waren. Die Anstandsdamen gaben mir die Erlaubnis, Walzer zu tanzen, und er bat mich um die Ehre, mich zu meinem ersten Tanz auf die Tanzfläche zu führen." Anne holte tief Luft bei der grauenhaften Erinnerung an diese Nacht. Sie dachte an die Sehnsucht, die sie nach einem bestimmten Mann verspürt hatte, während sie in den Armen eines anderen tanzte.

„Ich habe dich an diesem Abend mit ihm tanzen sehen." Cedrics Ton barg eine unausgesprochene Wut und einen alles verzehrenden Abgrund, die Anne dazu brachten, sich zusammenzuziehen.

„Ich habe dich auch gesehen. Du bist mit Mrs. Thornton davongegangen, der schönen jungen Witwe, die alle Männer in diesem Jahr umwarben." Ihr Kommentar war genauso anklagend wie seiner.

„Oh, ja. Mrs. Thornton. Ich bin sicher, du weißt inzwischen, dass ich sie in meinem Bett hatte." Sein Ton wurde zunehmend herausfordernd, als würde er sie irgendwie aufstacheln wollen.

„Da war kein Bett im Spiel. Ich habe euch gesehen. Du hast sie im Vorzimmer des Tanzsaals an die Wand genagelt."

Anne unterdrückte ein Keuchen, als seine Finger sich tief

in ihre Hüften gruben, um eine Flucht oder einen Rückzug zu verhindern.

„Das hast du also gesehen?" Sein Ton war finster, sarkastisch, schneidend. „Du kannst solche Dinge sicher gut beurteilen, *liebste Anne*." Ihr Name lag so kalt auf seiner Zunge wie der Fluch eines Zigeuners anstatt wie das zärtliche Raunen eines Liebhabers. Sie erwartete halb, Cedrics Augen zu Eis gefrieren zu sehen, als er sie fest anstarrte.

„Sag mir, Anne, hast du dich von Crispin verführen lassen? Ist das dein schmutziges kleines Geheimnis, das du mir verschweigst? Der Mann, den du angeblich verachtest, hat es nämlich gewagt, dir einen Glückwunschbrief zu schicken. Er hat dich seine liebste Anne genannt und gesagt, dass du und er viel zu besprechen hättet. Sag mir, was hast du vor, Frau?" In seinen Worten lag eine solche Grausamkeit, dass Anne ihn kaum als den Mann wiedererkannte, den sie erst am Tag zuvor geheiratet hatte.

Anne biss sich auf die Zunge und schmeckte Blut. Er verzog angesichts ihres Schweigens eine Grimasse.

„Sprich, verdammt! Sag mir, dass meine Vermutungen nicht wahr sind. Dass zwischen euch nie etwas passiert ist!" Der Schmerz in seinen Augen erfüllte sie mit erstickender Angst. Er hatte irgendwie die Wahrheit ans Licht gebracht, zumindest einen Teil davon. Sie musste es ihm sagen, ihm alles über diese Nacht erklären.

„Er war der einzige Mann vor dir..."

„Die ganze Zeit über hast du mir gegenüber die empfindliche Jungfrau gespielt. Dabei hatte Crispin dich in jener Nacht genommen, und jetzt sagst du es mir nur, weil es zu spät ist, dieses Unheil ungeschehen zu machen. War das dein Plan? Du hast einen wohlhabenden, adligen Mann in die Ehe gelockt, und nun kann er nicht mehr entkommen. Bravo. Wartet er darauf, mit dir in einem gemütlichen kleinen Gasthaus Champagner zu trinken, nachdem du mich in meiner dunkelsten Stunde verlässt?"

Ohne Vorwarnung warf Cedric Anne von seinem Schoß, und sie landete mit einem harten Schlag auf dem Boden.

Sie griff nach seinem Knie, wollte ihn berühren, aber er schlug ihre Hand weg. Diese abschätzige Geste schmerzte sie so, als hätte er ihr eine Ohrfeige gegeben.

„Das ist alles nicht wahr! Bitte, lass es mich erklären! Ich hatte keine Wahl!" Annes Augen brannten, und ihre kaum unterdrückte Pein brachten ihre Sinne zum Taumeln.

„Es gibt nichts zu erklären. Ich dachte, ich könnte dich nach der Wahrheit fragen, ohne mich aufzuregen. Aber Blut und Höllenfeuer, ich kann es nicht ertragen! Du benutzt mich nur als Tarnung, während du und dein Liebhaber eigene Pläne schmiedet!"

„Nein!"

„Ich werde meinen Namen nicht durch den Dreck ziehen lassen. Verschwinde! Um Gottes Willen, verschwinde von hier!", brüllte er. Anne stolperte auf die Füße, während ihre verletzte Hüfte protestierend pochte.

„Du musst verstehen, was mit Crispin passiert ist. Er hat mich..." Verzweifelt griff sie wieder nach ihm und in der Sekunde, in der ihre Hände seine Wade berührten, trat er nach ihr und verfehlte sie nur knapp, weil sie rechtzeitig zurückwich.

„Verschwinde oder ich werfe dich hinaus."

Anne hatte noch nie eine eindeutigere Drohung gehört. Seine braunen Augen waren tot, und seine Fäuste waren an seinen Seiten geballt. Wellen der Wut rollten über ihn und warnten Anne, dass sie in Gefahr wäre, wenn sie bliebe. Dennoch wollte sie ihn unbedingt durch den Nebel des Schmerzes über ihren Verrat erreichen.

„Bitte..."

„Ich habe noch nie eine Frau geschlagen. Bring mich

heute Abend nicht auch noch dazu, mich zu einer solchen Tat zu erniedrigen, nachdem du mich schon so gedemütigt hast."

Er machte einen bedrohlichen Schritt in ihre Richtung, und Angst breitete sich in Anne aus. Sie drehte sich um und floh aus dem Zimmer. Das Zerreißen ihres Kleides war der einzige Laut in der eisigen Stille zwischen ihnen. Anne rannte durch den Flur und die große Marmortreppe hinunter, bis sie die Haustür erreichte. Ein verwirrter Diener öffnete ihr, und sie eilte an ihm vorbei in die kalte Nacht hinaus.

Sie dachte nicht nach, lief einfach weiter. Frische Luft! Wenn sie nur ein paar Atemzüge davon bekommen konnte, konnte sie sich beruhigen, überlegen... Er hatte keine Erklärung darüber hören wollen, was Crispin ihr angetan hatte. Er hatte einfach angenommen, dass er ihr Liebhaber war.

Wenn sie morgen zu ihm ginge, nachdem er sich beruhigt hatte, konnte sie ihm sicherlich alles von Anfang an erzählen. Sie kannte Cedric und wusste tief in ihrem Herzen, dass er ihr nicht böse sein konnte, wenn er begriff, dass sie vergewaltigt worden war. Aber heute Nacht machte ihn sein Stolz blind für die Wahrheit, und er würde ihr nicht zuhören.

Die Dunkelheit der Nacht hatte das Anwesen verschluckt, bis nur noch Finsternis die Landschaft umhüllte. Fahle Mondlichtflecken beleuchteten einen Pfad in der Dunkelheit. Alles, was Anne in diesem Moment wollte, war, nie wieder eine andere lebende Seele zu sehen. Sie war sich nicht sicher, wie lange sie noch davonlaufen würde, aber sie behielt das Haus von ihrem Standort aus immer im Auge. Es war eisig kalt, dichte Gewitterwolken zogen über den Himmel und verdunkelten zeitweilig den Mond.

Als sie die Bäume erreichte, erfasste eine aus dem Boden ragende Wurzel die Spitze ihres Schuhs und sie stolperte. Ihre Arme flogen nach vorn, als sie zu Boden stürzte. Sie lag da, keuchend, verletzt, benommen. Und dann sah sie ihn, einen Schatten, der sich von einem der Bäume löste. Keinen Schatten, einen Mann.

„Mylady, ich hätte nicht erwartet, dass Ihr so leichte Beute sein würdet." Der Mann kam lachend näher. Seine Schritte waren auf dem weichen Waldboden kaum zu hören.

„Wer seid Ihr?"

„Ein Mann, der Gerechtigkeit sucht. Und Rache." Das Mondlicht spiegelte sich in seinen Zähnen, als er lächelte. In seiner Stimme lag ein leichter, kaum merklicher Akzent, und sie konnte ihn nicht zuordnen.

Jede Faser von Annes Körper schrie sie an, sich zu bewegen. Sie rappelte sich hoch und versuchte zu entkommen, aber er packte ihren Arm und stieß sie mit dem Gesicht voran gegen den nächsten Baum. Sie warf sich zurück, versuchte verzweifelt, sich zu befreien und brachte den Mann damit aus dem Gleichgewicht. Als sie sich zu ihm umdrehte, konnte sie seine Züge in der Dunkelheit nicht erkennen, abgesehen von einem schrecklichen, grausamen Lächeln.

„Ich hatte vor, Euch heute Abend nur zu beobachten", sagte er höhnisch lachend, „aber wie kann ich dem, was das Schicksal mir so bereitwillig anbietet, widerstehen?"

Sie schlug mit der Faust auf ihn ein, traf aber nur seine Wange.

„Mylady?" Ein Ruf in der Nähe ließ den Mann erstarren. Jemand rief nach ihr, jemand suchte sie. Sie weinte fast vor Erleichterung. Es war der Diener, Hartley.

„Hier drüben!", rief sie, aber der Mann stürzte sich erneut auf sie. Er versperrte ihr den Weg zurück zum Haus, was ihr nur wenige Fluchtmöglichkeiten ließ. Schnell wandte sie sich dem See hinter einem Hügel auf der anderen Seite des Anwesens zu.

Doch seine Hand legte sich eisern um ihre Schulter und hielt sie zurück. „Ha, ich hab dich, du kleines englisches Miststück –"

Er zerrte sie zur Anhöhe, und als sie die Spitze erreichten, knackte es plötzlich, und dann brach ein sengender Schmerz in ihrem Kopf aus. Unter ihr flogen Steine und Baumwurzeln am Boden vorbei, und nichts bremste ihren Sturz ab. Ein leises Stöhnen ertönte hinter ihr, es folgte ein weiterer Schlag, und dann sah sie nur noch Sterne.

# KAPITEL 14

Sean Hartley, der Diener, hörte ein lautes Krachen aus einer Etage tiefer, im Speisesaal, wo er das Silber polierte. Schreie hallten durch das Herrenhaus, aber es war nicht die Art von Schreien, die er in den Flitterwochen seines Arbeitgebers erwartet hatte. Dies waren wütende Schreie. Sean stand auf und ging zur Tür des Speisesaals. Viscount hin oder her – kein Mann würde Lady Sheridan etwas antun, nicht wenn Sean es verhindern konnte. Seine Mutter hatte ihn allein großgezogen, und er respektierte Frauen und wusste um ihre Wehrlosigkeit gegenüber dem allzu oft gewalttätigen Temperament der Männer. Er würde Lady Sheridan beschützen, selbst vor seinem eigenen Herrn, zum Teufel mit den Konsequenzen.

„Hartley!", brüllte Lord Sheridan. „Komm her!"

Sean ließ den Löffel fallen, den er in der Hand gehalten hatte, und rannte zur Treppe. Auf dem Weg nach oben kam ihm Lady Sheridan entgegen. Sie wirkte verzweifelt, und er hielt inne, um ihr zu folgen, aber da schrie sein Herr erneut. Mit einem Knurren drehte er sich um und setzte seinen Weg nach oben fort.

Lord Sheridan war in Rage. Wie ein eingesperrtes Tier lief er in seinem Zimmer auf und ab und trat dabei auf das zerbrochene Porzellangeschirr am Boden. Die feinen Scherben waren wie die Trümmer eines zerbrochenen Traums, nie wieder zu reparieren und somit völlig nutzlos.

„Ich bin hier, Mylord", sagte Sean von der Tür aus. Lord Sheridan fuhr in seine Richtung herum.

„Bereite sofort meine Reisekutsche vor. Die Diener sollen innerhalb einer halben Stunde zum Aufbruch bereit sein. Pack meinen Koffer. Ich fahre nach London zurück."

„Natürlich. Soll ich Lady Sheridans Koffer ebenfalls packen?", fragte Sean vorsichtig.

„Diese Frau ist hier nicht mehr willkommen. Ich möchte, dass sie morgen nach Chessley Manor zurückgebracht wird. Aber sei diskret. Ich will keinen Skandal, bis ich unsere Heirat annullieren lassen kann."

Sean runzelte die Stirn, widersprach seinem Herrn aber nicht. Er hoffte, dass das, was das frische Paar gespalten hatte, nur vorübergehend war. Vielleicht würden ein paar Tage Abstand ihre vom Streit erhitzten Gemüter abkühlen. Sean schlüpfte aus dem Zimmer und ging zurück nach unten zum Dienstbotenflügel. Er weckte den Kutscher Taylor Higgins, einen jungen Mann in Seans Alter.

„Was ist, Sean?", grummelte Taylor im Halbschlaf.

„Lord Sheridan wünscht, dass seine Kutsche innerhalb einer halben Stunde abfahrbereit ist."

„Du musst verdammt noch mal Witze machen." Taylor kroch schlaftrunken aus dem Bett, zog sich an und murmelte dabei die ganze Zeit etwas über verrückte Viscounts.

Sean blieb nicht bei ihm – er hatte ein ungutes Gefühl. Stattdessen weckte er Cedrics Kammerdiener, schickte ihn hinauf, um einen Koffer zu packen, und wandte seine Aufmerksamkeit wieder seinem wachsenden Unbehagen zu. Er machte sich große Sorgen um Lady Sheridan.

Das neue Zimmer der Viscountess war leer. Ihr Koffer war noch nicht einmal geöffnet worden. Seans Stirnrunzeln vertiefte sich. Als er die Treppe wieder hinunterkam, bemerkte er einen Diener, der unschlüssig durch die offene Eingangstür in die Dunkelheit starrte.

„Was ist los, Henry?", fragte Sean den anderen Diener.

„Es geht um Lady Sheridan. Sie ist vor Kurzem weinend nach draußen gestürzt. Ich habe nicht gesehen, wohin sie gegangen ist, nur, dass sie fort ist. Soll einer von uns ihr nachlaufen?" Henry biss sich auf die Unterlippe und starrte weiter in die Dunkelheit.

„Ja. Ich gehe. Bleib du hier." Sean schritt entschlossen an Henry vorbei durch die Tür.

Er erreichte den Wald gegenüber von Rushton Steading gerade als Wolken den Mond verdeckten. Er konnte kaum etwas erkennen, aber etwas trieb ihn dennoch in den Wald hinein. Der Anblick von Lady Sheridans tränenüberströmtem Gesicht, als sie auf der Treppe an ihm vorbeigeeilt war, schoss durch seinen Kopf.

Dann hallte ein Schrei durch die Nacht.

„Gott im Himmel!" Sean rannte los, obwohl er seit seinem Unfall nicht mehr so schnell laufen konnte. Aber er behielt ein gleichmäßiges Tempo bei, als er anfing, den Wald um das Grundstück herum abzusuchen. Weit hinter sich hörte er das Hufklappern der Pferde und die Ankunft von Sheridans Kutsche, aber Sean kehrte nicht um. Er musste Lady Sheridan finden.

„Lady Sheridan?", schrie er.

„Hier!" Der ferne Schrei hallte von den Bäumen wider und machte es ihm unmöglich, sie zu orten.

Sean glaubte mehr als einmal, frische Fußabdrücke zu sehen, aber in der Dunkelheit war er sich nicht sicher. Donner rumpelte über ihm wie ein Wolf, der hungrig danach war, die Erde zu verschlingen, aber Seans Instinkt trieb ihn weiter voran. Er betete nur, dass es nicht zu regnen beginnen würde, denn sonst wäre die Suche nach seiner Herrin noch gefährlicher und schwerer. Etwas stimmte hier nicht, und er würde nicht ruhen, bis er Lady Sheridan gefunden hatte.

Bald zitterte er vor Kälte und verfluchte den aufsteigenden Wind. Er würde im Dunkeln nicht mehr lange durchhalten können.

Aber genau da sah er sie.

In einen kurzen Blitz getaucht sah sie klein und zerbrechlich aus. Sie lag halb im seichten See, ihre Kleidung war völlig durchnässt.

Als Sean sie erreichte, war sein erster angstvoller Gedanke, dass sie tot war. Ihr Gesicht, zu aristokratisch, um hübsch genannt zu werden, war angespannt. Ihre Lippen waren leicht geöffnet, als wäre ihnen der letzte Atemzug längst entwichen. Nah ihrer Schläfe sickerte Blut aus einer Wunde. Er blickte den kleinen Hügel hinauf und sah die unzähligen Felsen und Baumwurzeln, die die Ursache für ihre Verletzung gewesen sein könnten.

Er beugte die Knie und schob einen Arm unter Lady Sheridans Rücken und den anderen unter ihre Knie, um sie in seine Arme zu heben. Bei dem engen und plötzlichen Kontakt ihres Körpers mit seinem regte sie sich.

„Cedric... Bitte verzeih mir...", murmelte sie leise, bevor ihr Kopf zurück an Seans Schulter fiel.

„Haltet durch, Mylady. Ich bringe Euch nach Hause", beruhigte Sean sie heiser. Er hoffte nur, dass er nicht zu spät kam.

CEDRIC BRACH IM BETT DES GASTHAUSES ZUSAMMEN, DAS seine Kutsche am frühen Morgen erreicht hatte. Er war erschöpft, aufgewühlt und zitterte immer noch am ganzen Körper. Wie hatte sich nur alles innerhalb von wenigen Minuten von Glückseligkeit in einen Albtraum verwandeln können? Alles wegen eines verdammten Briefes.

*Meine Frau liebt mich nicht. Sie benutzt mich nur.*

Diese Gedanken gingen ihm immer wieder durch den Kopf, und die niederschmetternden Worte des widerwärtigen Briefes hallten in ihm wider. „Liebste Anne... wir haben viel zu besprechen...“

Anne hatte ihn verraten. Sie hatte ihn geheiratet und ihm Hoffnung auf ein glückliches Leben gemacht, obwohl sie in einen anderen verliebt war. Crispin Andrews. Ihre Reaktion, als er seinen Namen nannte, hatte gereicht, um ihm alles zu sagen. Sie und Crispin waren ein Liebespaar.

*Sie wollte nicht, dass ich davon erfahre, und deshalb geriet sie in Panik, als wir ihm an diesem Abend im Theater begegneten. Es ergab jetzt alles einen Sinn. Ich war solch ein Narr. Anne hätte nie jemanden wie mich lieben können. Ich bin ein gebrochener Mann. Ich habe sie für immer verloren. Nein. Sie hat nie wirklich mir gehört.*

Er hatte solche Hoffnungen und Träume an ihr Bündnis geknüpft, aber jetzt war alles vorbei. Die Dunkelheit um ihn herum war so bedrückend wie immer, vielleicht sogar noch beklemmender. Er wollte sterben, um dem Schmerz und der Einsamkeit ein Ende zu setzen. Vorher hatte ihn immer irgendetwas davon abgehalten, seine Schwestern, seine Freunde. Aber ohne Anne war er leer. Sein Schmerz saß tief, war grenzenlos und zerstörend. Seine Zukunft sah nicht besser aus.

„Oh, Anne, wie konntest du nur!“, fluchte er und rollte sich auf den Bauch, das Gesicht im Kissen vergraben. Trotzdem fragte er sich, wo sie in diesem Moment wohl sein mochte. Packte sie ihre Sachen und schrieb ihrem Geliebten einen Liebesbrief? Heftige Wut stieg in ihm hoch.

*Ich hätte ihn an jenem Abend in der Oper töten sollen.* Er knurrte mit Behagen bei dem Gedanken, seine Hände ein zweites Mal um Crispins Hals zu legen.

Das Geräusch von nahem Donner erregte Cedrics Aufmerksamkeit. Die Holzwände des Gasthauses vibrierten unter der wütenden Kraft der Natur, und das Prasseln des heftigen Regens war wie ein Lockruf für den gebrochenen Viscount. Cedric stand mühsam auf und tastete sich über den Boden zum Fenster. Der Verschluss gab unter seinen nervösen Händen nach und die Glasscheiben öffneten sich.

Regen peitschte in sein Gesicht, und das kalte Brennen war ein willkommenes Gefühl nach dem betäubenden Schmerz über Annes Verlust. Donner und Blitz erschütterten die Erde um ihn herum, aber Cedric spürte nur Regen, sah nur Dunkelheit. Er stand da und ließ sich vom Sturm einnehmen, bis er sich zu einem einschläfernden Nieselregen beruhigte.

„Cedric!" Eine Stimme hallte aus der Ferne wider wie die eines blökenden Lammes.

Ein Frösteln setzte sich tief in seinen Knochen fest. „Anne?"

„Cedric!" Der Schrei wurde tiefer, rauer.

Cedric schüttelte den Kopf, um seine verwirrten Gedanken zu klären. Anne war fort. Er war allein. Niemand suchte ihn, niemand wollte ihn. Erschöpft sackte er gegen das Fenstersims, und seine Knie knickten unter ihm ein. Es krachte, dann schrie jemand auf, und kurz darauf hoben ihn zwei starke Arme hoch und schleiften ihn zu seinem Bett.

„Was in Gottes Namen machst du da?", fragte eine bekannte Stimme.

Cedric blieb schlaff und reglos, als derbe Hände ihm die durchnässten Kleider auszogen und ihn in die Wärme des trockenen Bettes steckten.

„Verdammter Narr", murmelte die Stimme.

Cedric erkannte endlich seinen Freund. „Ash?"

„Natürlich. Für wen hast du mich denn gehalten?"

Cedric hätte gelächelt, wenn er die Kraft dazu gehabt hätte. Er steckte eindeutig in Schwierigkeiten, wenn Ashton böse auf ihn war. Andererseits waren die Sorge und die Wut seines Freundes ein beruhigender Balsam für sein geschundenes Herz.

„Was machst du, Cedric? Du wirst krank werden, wenn du so im Regen stehen bleibst. Warum bist du überhaupt hier? Und wo ist Anne?"

Cedric zuckte bei der Erwähnung ihres Namens zusammen.

„Weg", war alles, was er herausbringen konnte.

„Weg?", wiederholte Ashton ungläubig.

„Was machst du hier, Ash?" Cedric hörte, wie sein Freund im Zimmer herumschlurfte. Das Knistern und Knacken frischer Holzscheite im Kamin brachte wieder Wärme in Cedrics Körper.

„Ich war auf dem Weg zu dir."

„Während meiner Flitterwochen?"

„Ja. Leider ist die Angelegenheit, die mich zu dir führt, dringend."

„Bei dir ist immer alles dringend." Cedrics Tonfall war sanfter, als er es beabsichtigt hatte. Hatte Charles recht? Wurde er zu weichherzig?

„Ich hatte heute einen ziemlich unangenehmen Nachmittag bei Berkleys."

„Und was hat das mit mir zu tun?"

„Alles, fürchte ich. Hier, trink einen Schluck." Ashton legte Cedric einen Flachmann in die Hände.

„Ist es so schlimm?"

„Ja. Jetzt trink."

Cedric schluckte den Whisky und hustete, bevor er ihn Ashton zurückgab.

„Mach es kurz und schmerzlos."

„Es geht um Anne und Crispin Andrews." Ashton klang zögerlich.

Cedric lachte bitter. „Du kommst zu spät. Ich kenne die Wahrheit bereits. Sie hat mir schon gestanden, eine Affäre mit ihm zu haben."

„Was? Hat sie das tatsächlich gesagt? Oder bist du nur auf deine übliche, hitzköpfige Art zu einem voreiligen Schluss gekommen?"

Es war ein Fluch, wenn einen die eigenen Freunde so gut kannten, dachte Cedric grimmig.

„Sie hat einen Brief von ihm erhalten, der fälschlicherweise an mich adressiert gewesen war. Ein Glückwunschschreiben mit Andeutungen auf ihre Beziehung. Sie gab zu, mit ihm geschlafen zu haben. Sie hat nicht viel mehr gesagt, bevor..."

„Bevor du davongestürmt bist, ohne auf eine Erklärung zu warten? Cedric, du bist einer meiner engsten Freunde, aber manchmal könnte ich dich wegen deiner Unbesonnenheit erwürgen." Die Wut seines Freundes sirrte in jeder Silbe.

„Warum geißelst du mich so? Was weißt du, was ich nicht weiß? Ich habe einen verdammten Brief, der ihre Beziehung schwarz auf weiß beweist!"

Ashton seufzte. „Es ist eine lange Geschichte, aber zuallererst will ich dir sagen, dass Anne der schrecklichen Dinge, derer du sie anklagst, nicht schuldig ist. Sie und Crispin sind kein Liebespaar."

„Und woher weißt du davon?"

„Von Crispin selbst, als er zugab, ihr vor ein paar Jahren Gewalt angetan zu haben."

„Was?"

„Du hast mich schon richtig gehört, Cedric. Er hat sie an

dem Abend, an dem du sie bei Almacks kennengelernt hast, vergewaltigt."

Unter Cedric gab der Boden nach.

*Nein...*

SEAN UND MR. BODWIN beobachteten, wie der ältere Arzt Lady Sheridans Zustand begutachtete. Sie hatte eine schlimme Kopfwunde und eine ausgekugelte Schulter, wahrscheinlich vom Sturz den steilen Hügel zum See hinab, wo Sean sie gefunden hatte. Die Augen des Arztes verengten sich, und er winkte Sean heran. Er reichte dem Jungen ein dickes Stück Leder.

„Klemm das zwischen ihre Zähne. Falls sie zu Bewusstsein kommt, wenn ich den Arm wieder einrenke, kann sie sich leicht die Zunge abbeißen."

Sean öffnete Lady Sheridans Mund und schob das Leder hinein. Sie war immer noch bewusstlos, immer noch grässlich blass. Sean sah Mr. Bodwin zu, wie der Arzt Annes Arm ergriff, ihn langsam anhob, drehte und ihn dann wieder in Position brachte. Bei der letzten Bewegung flogen Lady Sheridans Augen auf, und sie stieß einen markerschütternden Schrei aus, der Seans Ohren fast zum Bluten brachte. Der Lederriemen fiel ihr auf die Brust. Sie fing an zu keuchen und schnappte nach Luft, während sie erst auf ihren Arm und dann zum Arzt hinaufstarrte.

„Ich bitte tausendmal um Verzeihung, Madam. Ich hatte gehofft, Ihr würdet hierfür bewusstlos bleiben." Der Arzt legte ihr eine Schlinge um und fing an, sie um Hals und Schulter zu befestigen. Lady Sheridan, verschreckt von der unsanften Behandlung des Arztes, wandte ihren Blick Sean und Mr. Bodwin zu.

Sean konnte nicht anders – er nahm ihre unverletzte Hand

und begann leise mit ihr zu sprechen, obwohl er bezweifelte, dass das, was er sagte, für sie Sinn machte. Sie seufzte erschöpft, und dann fielen ihre Wimpern wieder auf ihre Porzellanwangen hinab.

Während Sean Lady Sheridan beim Schlafen zusah, dachte er, wie seltsam es war, und doch auch wunderbar, dass er bereitwillig sterben würde, um sie zu beschützen, obwohl sie erst seit einem Tag seine Herrin war.

ANNE AHNTE NICHTS VON IHREM NEUEN BESCHÜTZER. SIE war in einer Schattenwelt gefangen, in der furchtbare Träume ihre ganze Aufmerksamkeit in Anspruch nahmen. Sie sah Cedrics grausame Lippen und seine blinden Augen, die scheinbar leblos aber doch voller Schmerz waren. Sie sah die Flucht aus seinem Schlafzimmer, die vorbeigleissenden Wandleuchten, den mondlichtdurchfluteten Wald, dann die zunehmende Schwärze und den Schmerz. Den endlosen, unerträglichen, seelenzerreißenden Schmerz ihres Verlustes.

*Cedric. Crispin.* Ihr schreckliches Geheimnis. Es hatte sie alles gekostet. Ein dummer, törichter Fehler mit dem falschen Mann hatte sie der einen Sache beraubt, die ihr am teuersten war.

*Mein liebes Herz, mein Geliebter.* Sie liebte ihn. Aber das war keine Überraschung. Sie hatte ihn immer geliebt, seit dem ersten Blick auf seinen Namen in ihrer Ausgabe des *Debretts Peerage*, als sie erst siebzehn gewesen war. Damals war er nur der Tagtraum eines albernen Mädchens gewesen. Sie hätte nie gedacht, dass sie ihn so sehr lieben würde wie sie es jetzt tat. Sie hatte ihn geliebt, bis er sie vor Wut aus seiner Umarmung verbannt hatte.

*Wenn du mir nur zuhören würdest... wenn du nur die Wahrheit wüsstest.*

*LONDON, APRIL 1819*

ANNES FINGER GRUBEN SICH IN DEN ARM IHRES VATERS, als er sie in den großen Tanzsaal von Almacks führte.

„Kopf hoch, Anne. Du bist eine intelligente, liebenswerte Frau. Die Tochter eines Barons. Es ist dein Recht, zur feinen Gesellschaft zu gehören“, versicherte ihr Vater ihr mit seiner gewohnten Zuversicht. Er hatte das derbe, schroffe Aussehen eines einschüchternden Bären, aber tief in seinem Inneren verbarg sich ein weiches Herz.

„Ich weiß, Papa. Aber was ist, wenn die Anstandsdamen mich heute Abend nicht zum Walzer lassen? Das wäre eine fürchterliche Demütigung.“ Anne gestand dies in einem zitternden Flüstern, während ihr Vater sie in den Saal geleitete.

„Ich habe schon mit ihnen gesprochen. Du darfst Walzer tanzen. Offen gesagt schienen die Damen ziemlich beeindruckt von dir zu sein.“ Ihr Vater lächelte auf sie herab, und seine natürliche Wärme und Zuneigung vertrieben Annes unmittelbarste Ängste.

„Was würde ich nur ohne dich tun, Papa?“, fragte sie.

Er grinste frech. „Du würdest einen Mann heiraten, der Pferde fast genauso liebt wie dich, und du hättest hundert schöne Kinder.“

Sie kicherte. „Hundert? Papa, für so viele Kinder bleibt nicht annähernd genug Zeit. Ich verspreche dir... sechs oder sieben?“

„Nun, das ist wohl auch eine akzeptable Zahl.“

Anne äußerte noch eine weitere Befürchtung. „Papa, was ist, wenn keiner mit mir tanzen will?“ Mit achtzehn war sie zwar schon eine Frau, aber bis zum heutigen Abend hatte ihr Leben nur daraus bestanden, die Schule zu beenden.

„Du machst dir zu viele Sorgen, Liebling“, sagte Baron Chessley. „Da bist du wie deine Mutter. Sei mutig. Nimm dir im Leben, was du willst. Lauf nie davon.“

„Sei mutig.“ Anne wiederholte die Worte mit Überzeugung.

In diesem Moment teilte sich die Menschenmenge und enthüllte eine Gruppe großer, unglaublich gutaussehender Männer, die neben den tanzenden Paaren standen. Es waren insgesamt fünf Männer, aber einer erregte besonders ihr Interesse. Er hatte ihr den Rücken zugewandt, aber während er sprach, drehte er den Kopf zur Seite und zeigte ein schönes aristokratisches Profil. Seine breiten Schultern gingen über in eine schlanke Taille und lange, feine Beine. Anne errötete, als sie merkte, dass sie ihn wie einen Hengst begutachtete. Sein braunes Haar hatte kastanienbraune Strähnen, und Anne stellte fest, wie sich ihre Hände an ihren Röcken verkrampften, als sie sich vorstellte, wie ihre Finger durch diese seidigen Strähnen glitten. Anne ließ ihren Vater stehen und schlich näher und die Gruppe heran, denn sie wollte wissen, was diesen Mann zum Lachen gebracht hatte.

„Und so sagte ich zu ihm: ‚Du kannst nicht einmal ein Kutschpferd von einem Rennpferd unterscheiden.‘ Der verdammte Narr forderte mich darauf zu einem Duell heraus und ich erwiderte, er schulde mir ein Duell dafür, dass ich seine schreckliche Einschätzung über englische Rennpferde ertragen musste.“

Anne verstand wenig von dem, was der braunhaarige Mann gerade gesagt hatte, aber es war offensichtlich, dass er Pferde mochte. Sie fügte dieses Wissen einer ständig wachsenden Liste von Fakten über diesen verlockenden Fremden hinzu.

„Nun, Cedric, es scheint, als hättest du ein Kaninchen in deinen Fuchsbau gelockt", murmelte ein rothaariger Mann, während er Anne mit solcher Unverfrorenheit von oben bis unten musterte, dass sie errötete.

Der andere Mann, Cedric, drehte sich neugierig zu ihr um, und da wusste Anne, dass es um sie geschehen war. Die Musik verblasste zu einem leisen Summen, und das Kerzenlicht an den Wänden des Saales flackerte in der Dunkelheit. Alles Licht, alles Leben hörte in dem Moment auf zu existieren, als Cedric ihrem Blick begegnete. Seine braunen Augen waren warm wie Zimt. Er verschränkte seine Arme vor der Brust, um sie zu mustern, und wanderte mit seinen durchdringenden Augen über ihre Gestalt. Er schien sie angenehm genug zu finden, um ihr charmant zuzulächeln.

„Und wer seid Ihr, Kleine?", neckte er.

Annes Körper ging praktisch in Flammen auf, als seine sinnliche Stimme sie einhüllte. Sie war sich bewusst, dass er ihr gegenüber viel zu aufdringlich war, aber sie konnte dem feinen Zucken seiner vollen Lippen nicht widerstehen, als er lächelte.

„Ich bin Anne Chessley." Sie war froh, dass sie nicht stotterte.

„Baron Chessleys Tochter?"

„So ist es." Sie sah ihn weiter verzückt an.

„Es ist mir ein Vergnügen, Anne, Kleine." Er nahm ihren Vornamen und schmückte ihn mit einer verführerischen Zärtlichkeit, als hätte er jedes Recht der Welt dazu. Cedrics Lächeln war breit, wie das einer Katze, die eine Schale Milch beäugt. Er hob ihre rechte Hand an seine Lippen und küsste ihre Fingerknöchel leicht, aber feurig, ohne seinen Blick von ihrem zu lösen.

„Ich bin Viscount Sheridan." Der Name versetzte sie ins Wanken. Das war der junge Viscount, den sie im *Debretts* so eifrig studiert hatte? Der, dessen Name sie von anderen jungen Damen im Flüsterton gehört hatte. Der traumhaft küsste und wie ein Prinz tanzte. Sie hatte sich eingeredet, dass er ein blonder, feingliedriger Aristokrat sein musste, der zu akribischen Studien von Schriften in einer gemütlichen Bibliothek neigte. Sie hatte noch nie so falsch gelegen. Cedric war mehr als lebendig und strotzte vor Männlichkeit und purer, roher Leidenschaft.

„Ich freue mich, Eure Bekanntschaft zu machen, Mylord", erwiderte sie sichtlich atemlos. Die Männer, die Cedric flankierten, wechselten ein heimliches Lächeln, als ob ihre Reaktion etwas war, mit dem sie nur allzu vertraut waren.

Cedric schob seine Freunde beiseite, um ihre Schüchternheit zu lindern. „Genießt Ihr die Saison, Anne?"

„Oh ja, Mylord. Es ist meine erste. Heute Abend ist mein Debüt." Ihre Hoffnung und ihr Eifer auf einen wundervollen ersten Abend brachten ihr Gesicht zum Glühen, und ihre Stimme war aufgeregt. Bei dieser Ankündigung verfinsterte sich Cedrics Blick. Irgendwie hatte ihre Antwort ihn verändert.

„Ach ja?" Die plötzliche Kühle seiner Worte verwirrte sie. War es falsch gewesen, das zuzugeben?

Der rothaarige Mann stupste Cedric aufmunternd an. „Frag sie, ob sie tanzen möchte. Mach schon, sie ist ein süßes kleines Wesen, es schadet nicht, mit ihr zu tanzen."

Cedric warf seinem Freund einen ungeduldigen Blick zu, bevor er sich wieder auf sie konzentrierte.

„Möchtet Ihr...", begann Cedric, aber in diesem Moment gesellte sich Annes Vater mit einem anderen Mann an seiner Seite zu ihnen.

„Anne, Liebling, ich habe Mr. Andrews mitgebracht. Du erinnerst dich... Oh, guten Abend, Lord Sheridan." Ihr Vater lächelte Cedric herzlich an, und dieser erwiderte die Geste mit gleicher Zuneigung.

„Ich hatte gerade das Vergnügen, Eure Tochter kennenzulernen."

„Ausgezeichnet!" Baron Chessley wandte sich an Mr. Andrews, einen blonden jungen Mann, der ein paar Jahre älter war als Anne.

„Mylord, darf ich Euch Mr. Crispin Andrews vorstellen? Er ist der Sohn eines Geschäftspartners."

Cedric nickte Crispin zu, aber Anne spürte bereits das Abflauen seines Interesses. Etwas hatte den verführerischen Flirt ruiniert, den er nur kurz zuvor begonnen hatte.

„Ich habe gehört, dass Ihr die Erlaubnis zum Walzer bekommen habt, Miss Chessley? Euer Vater hat mir das Privileg und die Ehre zugestanden, Euch zu begleiten." Der zugegebenermaßen attraktive Mr. Andrews zog sie ohne zu zögern von Cedric und seinen Freunden weg. Sie sah noch, wie einer von Cedrics Freunden sich zu Cedric hinüberbeugte, um ihm etwas ins Ohr zu flüstern, aber Cedric schob ihn weg und stolzierte davon. Anne verlor ihn aus den Augen, als die Menge um sie herumwirbelte und sich auf den nächsten Walzer vorbereitete.

„Es ist ein schöner Abend", bemerkte Crispin.

Anne lächelte. Einen Moment mit Cedric allein zu haben war einfach zu viel verlangt. Vor ihr stand ein perfekter Gentleman, der aufrichtig an ihr interessiert zu sein schien, und es wäre unhöflich, ihm ihre Aufmerksamkeit zu verweigern. Leider fand sie ihn zwar höflich aber auch ziemlich eingebildet. Er war zwar attraktiv, aber weder seine Züge noch seine Stimme konnten sie so fesseln wie Cedric Sheridan.

„Ja", antwortete sie geistesabwesend, als sie Cedric wiederfand. Aber jetzt war er nicht mehr allein. Eine hübsche Frau mit feurigem Haar lehnte sich aufreizend an seinen Arm, während er in einer abgelegenen Nische gegen ihren Hals flüsterte. Bedauern und Kränkung kämpften in ihr um die Vorherrschaft, als sie beobachtete, wie der Mann, nach dem sie sich so sehnte, mit einer anderen Frau den Saal verließ.

*Er gehört nicht dir. Aber ich wünschte, er täte es.*

„Verschwendet Eure Zeit nicht mit einem Mann wie Sheridan, Miss Chessley. Er interessiert sich nur für erfahrene Frauen wie Mrs. Thornton." Crispins Kommentar lenkte ihre Aufmerksamkeit wieder auf ihren Tanzpartner.

„Mrs. Thornton?"

„Die hübsche Witwe, die Sheridan gerade hinausgeführt hat."

Ein stechender Schmerz durchfuhr sie bei diesem Gedanken.

„Ent… entschuldigt mich, bitte." Anne riss sich aus seinen Armen und schaffte es nur knapp, der Tanzfläche zu entkommen, ohne von Walzerpaaren umgeworfen zu werden. Eine teuflische Stimme in ihrem Kopf drängte sie, Cedric nachzugehen, um mit eigenen Augen zu sehen, ob er in den Armen einer anderen Frau war.

*Es sollte mir egal sein, denn ich kenne ihn nicht einmal wirklich, aber ich hatte gehofft…* Vielleicht hatte Crispin übertrieben oder Cedrics Absichten falsch eingeschätzt, und die beiden waren nicht wirklich ein Liebespaar.

Anne folgte ihnen und fand sich in einem dunklen Vorzimmer gleich neben dem großen Tanzsaal wieder. Musik hing gedämpft und gespenstisch in der Luft. Sie hörte Gemurmel, ein Keuchen, und die Vorhänge am anderen Ende des Raumes wurden zurückgeworfen.

Anne duckte sich in eine kleine Nische in der Ecke neben der Tür und sah zu, wie Mrs. Thornton vor dem lachenden Cedric davonlief, der ihr eifrig nachjagte. Er packte sie um die Taille und zog sie an seine Brust. Sie seufzte, als Cedric an ihrem Ohr knabberte und mit seinen Händen ihre Brüste umfasste. Seine Finger machten sich an den Schnüren ihres Kleides zu schaffen und lockerten den vorderen Verschluss, um eine Brust in seine Hand zu nehmen. Ohne zu zögern drehte Cedric die Frau gegen die Wand und stemmte ihre Beine mit seinen Schenkeln auseinander. Er zog ihre Röcke hoch, schob ihre Unterröcke beiseite und streichelte sie zwischen den Beinen.

An Annes ganzem Körper brach Schweiß aus, und ihr Bauch verkrampfte sich. Sie wollte an Mrs. Thorntons Stelle sein, mit dem Gesicht zur Wand gedreht, während Cedric ihren Körper vorbereitete.

„Bitte, Mylord, bitte. Nehmt mich hart." Cedric kniff in ihre Brustspitzen, bevor er an seiner Hose herummachte.

„Hart ist meine Spezialität", knurrte er und zog ihre Hüften zu sich hin.

Anne sah mit entsetzter Faszination zu, wie Cedric Mrs. Thornton gegen die Wand gedrückt nahm. Es wirkte gewalttätig und sinnlich zugleich, wie ein stürmischer Kuss bei einem Ritt in vollem Galopp. Als es vorbei war, richteten die Liebenden wortlos ihre Kleider und verließen die Ecke nacheinander und getrennt.

Anne sank fassungslos zu Boden, und ihre Brust hob und senkte sich. Sie konnte unmöglich einen Mann lieben, der mit ihr flirtete und dann eine andere Frau direkt im Nebenzimmer nahm.

*Wenn ich ihn nicht liebe, warum tut es dann so weh?*

Eine Stimme störte ihr Weinen. „Ich habe Euch gewarnt, Miss Chessley."

Crispin Andrews trat aus der Tür, und seine Augen glühten wie Quecksilber. „Er würde Euch nie respektieren. Er würde nie die Schönheit einer Frau wie Euch erkennen. Aber ich tue es."

Crispin war über ihr, bevor sie reagieren konnte. Ihr Körper wurde zu Boden gedrückt, und Annes Angst- und Schmerzensschreie wurden von Crispins Mund verschluckt. Er schien plötzlich sechs Paar Hände zu haben, denn ihre

Röcke waren im Handumdrehen bis zu ihrer Taille hochgeschoben und sein Körper senkte sich auf ihren.

„Mr. Andrews! Nein!" Sie legte ihre Hände auf seine Brust und drückte gegen ihn, ohne Erfolg.

„Ja, berührt mich", ermutigte er sie schroff, als er ihre Unterwäsche herunterzog und seine Hose öffnete.

„Hört auf! Bitte!"

„Gebt mir nur ein paar Minuten und ich schwöre Euch, dass Ihr Eure Meinung ändern werdet." Crispin presste seinen Mund auf ihren, und Anne konnte ihn nicht abwehren, er war zu stark. Crispin stieß ohne Vorwarnung in sie hinein, und ein brennender Schmerz schnitt durch ihren Unterkörper.

Die Freveltat dauerte kaum länger ein paar Hüftstöße. Danach rappelte sich Crispin auf die Beine, schloss seine Hose und ging ohne ein weiteres Wort davon. Anne blieb zerzaust, verwirrt und verletzt zurück, und verzweifelte Tränen kamen in ihr hoch. Blut bedeckte die Innenseiten ihrer Oberschenkel, und Anne hätte beinahe geschrien.

*Warum ist da Blut?* Tief zwischen ihren Schenkeln fühlte sich alles wund, geschunden und zerrissen an.

Hatte Crispin etwas in ihr verletzt? Anne versuchte verzweifelt, ihre Panik zu zügeln. Sie verglich ihr Erlebnis mit dem von Mrs. Thornton. Mrs. Thornton schien die Intimität genossen zu haben, sie hatte geschrien und gestöhnt. Aber Anne? Sie hatte nur Schmerzen und die Reibung zwischen ihren Beinen gespürt und war beschämt, angewidert und verwundet zurückgeblieben. Sie hatte überhaupt kein Vergnügen dabei empfunden.

Vielleicht lag es an ihr, und sie hatte es nicht in sich, zu lieben. Vielleicht hatte sie kein Talent für körperliche Leidenschaft. Der ernüchternde Gedanke ließ ihre Seele kalt werden. Vielleicht war sie nicht für das Liebesspiel gemacht...

*Bin ich eine Frau aus Eis? Nein, das bin ich nicht. Aber ich werde nie wissen, wie es sich anfühlt, so geliebt zu werden, wie diese andere Frau heute Abend geliebt worden ist...*

Anne stand benommen auf, strich ihr Kleid mit zitternden Fingern zurecht und kämpfte gegen eine neue Tränenflut an. Sie hatte heute Abend etwas Kostbares verloren, und es war mehr als nur ihre körperliche Unschuld. Sie war der Unschuld ihres Herzens beraubt worden.

# KAPITEL 15

Cedric rang nach Luft. „Du meinst, an dem Abend, an dem ich sie kennenlernte, wurde sie vergewaltigt?"

„So wie Andrews es erzählt hat, hat er sich in einem leeren Raum auf sie gestürzt. Er gab Anne keine Chance sich zu wehren oder zu fliehen." Trotz der ruhigen Art, mit der er sprach, mischte sich Empörung in Ashtons Unterton.

Cedrics Fäuste waren so fest geballt, dass seine Hände taub wurden. „Wie hast du davon erfahren, Ash?"

„Er sah, wie ich bei Berkleys etwas zu trinken bestellte, und er selbst war bereits betrunken. Er forderte mich auf, ihn zu beglückwünschen. Entweder hatte er vergessen, in welchem Verhältnis ich zu dir stehe, oder er hat mich mit jemand anderem verwechselt. Andrews behauptete, dass er bald über dein Vermögen verfügen würde, wenn er androhte, bekanntzumachen, dass dein Erstgeborener eigentlich von ihm stammt. Er hatte vor, euch beide zu erpressen. Er sagte, er wisse, dass Anne entweder alles tun würde, um ihr Geheimnis zu wahren, oder dass du dafür zahlen würdest, damit er über die Vergangenheit deiner Frau schweigt."

„Der verdammte Narr hat den Brief an mich adressiert", sagte Cedric. Sein Plan musste im Suff entstanden sein.

*„Liebste Anne, wir haben viel zu besprechen..."*

Sie hatte an jenem Abend im Theater nicht so auf Crispin reagiert, weil sie ihre Affäre verbergen wollte, sondern weil sie sich vor dem Mann fürchtete, der sie verletzt hatte. Der ihre Unschuld geraubt hatte.

*Wenn ich ihm jemals wieder begegne, wird es ein Duell geben, blind oder nicht. Ich werde wenn es sein muss ein Glöckchen über seinem schwarzen Herz an seine Weste heften.*

Cedric kämpfte um Ruhe. Furcht und grimmiges Entsetzen stiegen in ihm hoch. Er hatte Anne für immer verloren, weil er sich geweigert hatte, ihr zuzuhören. Aber er war so wütend gewesen, hätte er ihr überhaupt geglaubt? Oder wäre er so töricht wie der Rest der Gesellschaft gewesen und hätte dem Wort eines Schuftes mehr Glauben geschenkt als ihrem?

Er hatte sie des schlimmsten Verrats beschuldigt, dabei war er es, der sie verraten hatte.

„Cedric... was hast du getan?", fragte Ash leise.

„Sie hat versucht, es mir zu sagen... aber ich wollte nicht zuhören. Ich habe so viel in diesen Brief hineingelesen und eine Geschichte erfunden, die zu meinem zerstörerischen Selbstmitleid passt. Ich habe das Schlimmste von einer Frau gedacht, die nie vorhatte, mir zu schaden. Ich verlor die Beherrschung und schrie sie an, sie solle mein Haus verlassen. Ich habe sie in ihrem verletzlichsten Moment rausgeworfen." Ein Schauder durchlief seinen Körper. „Ash, wenn ich einen Platz in der Hölle verdiene, dann sicherlich für das, was ich heute Nacht getan habe. Das war schlimmer als all meine anderen Sünden."

„Wo ist sie jetzt?"

„Vielleicht auf dem Weg nach London. Ich gab Anweisung, sie früh am Morgen in das Haus ihres Vaters zurückbringen zu lassen. Ich selbst hatte vor, ein paar Tage hier zu verbringen. Ich konnte den Gedanken nicht ertragen, in Rushton zu bleiben, solange sie noch dort war."

„Ich bin gerade von der Hauptstraße nach London gekommen. Wegen des Sturms waren keine Kutschen unterwegs. Sie ist mir nicht entgegengekommen." Ash begann sich im Raum zu bewegen und sammelte Cedrics Kleidung ein.

„Dann muss sie immer noch in Rushton Steading sein."

„Gut. Zieh dich an! Wir brechen sofort auf. Wir müssen selbst reiten, da die Kutschen nicht durch den Schlamm kommen." Ash fing an, Cedric seine Kleidung in die Hände zu drücken, und wandte sich dann zur Tür, um ein ausgeruhtes Pferd zu besorgen.

„Ash...", zischte Cedric. „Du weißt, dass ich seit dem Unfall nicht mehr geritten bin."

„Verdammt noch mal, Mann. Du wirst hinter mir auf meinem Pferd aufsitzen."

Innerhalb weniger Minuten bestiegen Cedric und Ashton im strömenden Regen ein robustes Pferd. Cedric klammerte sich an Ashtons Hüfte, denn sein Freund war der einzige Halt im Sturm um sie herum und in der Dunkelheit, der er nie entkommen würde.

Ashton trieb das Pferd zu einem rasenden Galopp an, der das Tier in wenigen Minuten ermüden würde, aber Ashton verweigerte ihm jede Ruhe. Das Pferd hielt fast eine halbe Stunde lang sein halsbrecherisches Tempo, bevor Cedrics Familiensitz in Sicht kam. Cedric konnte ihn zwar nicht sehen, aber er konnte den dichter werdenden Wald riechen und das langsamere Tempo der Pferdehufe auf dem Kiesweg spüren, der zu den Stufen des Herrenhauses führte.

Mr. Bodwins Stimme hallte durch den auf den Steinboden prasselnden Regen. „Mylord! Gott sei Dank seid Ihr zurückgekehrt. Ich wollte einen Reiter losschicken, aber niemand wusste, wohin Taylor Euch gebracht hatte."

Er hatte Bodwin noch nie so aufgelöst gehört. „Bodwin, was ist passiert?"

„Es ist Mylady. Sie hatte einen Unfall..."

Cedric und Ashton stürmten die Eingangsstufen hinauf, wobei Cedric sich auf Ashtons Arm stützte, aber seine regen- und schlammbeschmierten Stiefel rutschten auf dem Marmorboden aus und er wäre beinahe gestürzt. Ashtons Arme fingen ihn rechtzeitig auf und hielten ihn auf den Beinen.

„Wo ist sie?", rief Cedric.

„In ihrem Zimmer. Sean Hartley ist bei ihr. Er weicht nicht von ihrer Seite, Mylord. Er fand sie verletzt am See. Er sagte, Ihr hättet mit ihr gestritten und es sei Eure Schuld."

„Meine Schuld?" Daran war vielleicht etwas Wahres, aber solch eine Anschuldigung vom eigenen Personal zu hören...

„Er sagte recht kühn, dass er ein ernstes Wörtchen mit Euch reden würde. Ich sagte ihm, dass Ihr ein solches Verhalten in diesem Haus nicht tolerieren würdet. Ich habe versucht, ihn aus dem Zimmer eskortieren zu lassen, aber Mylady lässt seine Hand nicht los und..."

„Hartley kann seinen Kopf in seinen Nachttopf stecken und sich gleich eine neue Arbeitsstelle suchen. Kein Mann wird sich zwischen meine Frau und mich stellen." Cedric war es egal, dass er wie ein Ungeheuer klang. Alles, was in diesem Moment für ihn zählte, war, zu Anne zu gelangen.

„Was ist mit ihr passiert? Ihr sagt, er hätte sie am See gefunden?", warf Ashton ein.

„Soweit wir das beurteilen können, stürzte sie oben auf dem Nordhügel und landete am Ufer des Sees. Sean kann Ihnen mehr dazu sagen, schätze ich."

Cedric hörte kaum mehr zu, während Ashton ihm half, die Treppe zum Zimmer hinaufzueilen, das er für sie ausgesucht hatte. Er riss beinahe die Tür aus dem Rahmen und stürmte in Annes Quartier.

„Anne?", rief er. Ein harter Körper versperrte ihm den Weg.

„Sie wird Euch nicht empfangen, Mylord. Nicht heute." Seans irische Stimme, triefend vor Verachtung, versetzte Cedric in Wut.

„Geh mir aus dem Weg, Sean." Er versuchte, den Diener aus dem Weg zu drängen. Doch der verdammte Mann war so unbeweglich wie ein Felsen.

„Nein, Mylord. Ihr könnt mich entlassen, wenn Ihr wollt, aber ich werde nicht gehen. Und Ihr kommt nicht hier hinein."

Ashton versuchte, den Widerstreit zu schlichten. „Warum führen wir diese Diskussion nicht draußen, um die Dame nicht zu stören?"

„Ich lasse sie hier nicht allein", erklärten Sean und Cedric gleichzeitig.

„Na schön. Wir bleiben also hier. Aber ich will kein Geschrei mehr." Ashton schlug seinen üblichen diplomatischen Ton an. „Nun, Mr. Hartley, Eure Loyalität ist lobenswert, aber dies ist Lord Sheridans Frau. Ihr werdet ihn sie zumindest sehen lassen."

Cedric spürte, wie Sean widerstrebend zur Seite trat.

„Uns wurde auch gesagt, dass Ihr am besten erklären könnt, welche Tragödie Anne ereilt hat."

„Das kann ich", antwortete Sean kühl.

„Also bitte", brummte Cedric schroff.

„Sie ist die Treppe an mir vorbeigelaufen, nachdem Ihr sie angeschrien und nach mir gerufen habt. Als ich dann Euer Zimmer verlassen und Euren Kutscher geweckt hatte, sagte mir Henry, sie sei nach draußen gelaufen. Ich habe ewig gebraucht, um sie zu finden. Sie war in den Wald gerannt und gestolpert. Sie hat sich die Schulter ausgekugelt und den Kopf gegen einen Baum gestoßen. Sie war kaum noch am Leben, als ich sie endlich fand. Ich habe sie selbst zurückgetragen, und Mr. Bodwin hat den Arzt gerufen."

Cedric sank an Annes Bett auf die Knie, und seine Hände suchten nach ihr. Als seine Finger eine Schlinge berührten, zuckte er zusammen.

„Anne, ich bin hier, Liebling, wach auf." Seine Worte stießen auf taube Ohren, seine Frau rührte sich nicht.

Er streichelte ihre Hand und drehte den Kopf zu den Männern. „Was ist mit ihr passiert? Warum wacht sie nicht auf?"

„Der Arzt hat ihr etwas gegen die Schmerzen und zum Schlafen gegeben", erklärte Sean.

„Was hat der Arzt gesagt?", fragte Ashton.

„Er sagte, die Schulter sei ausgekugelt, aber er hat sie wieder eingerenkt, und er versicherte mir, sie würde mit der Zeit heilen. Die Kopfverletzung beunruhigt ihn jedoch. Sie wird immer wieder bewusstlos, und er befürchtet, dass ihr Gehirn Schaden genommen haben könnte."

„Was für einen Schaden?" Cedrics Stimme war kaum hörbar. Er fühlte sich wieder wie der Junge, der seine Eltern eben verloren hatte und der Prüfung entgegensah, nach dem Verlust derer, die er am meisten liebte, die Verantwortung für sein Haus übernehmen zu müssen.

„Sie hat auf unsere Fragen nicht reagiert, wenn sie wach war. Der Arzt glaubt, dass ihr Gedächtnis beeinträchtigt wurde."

Sie reagierte nicht. Die Diagnose war so verheerend wie ein Axthieb in seine Kehle. Cedric setzte sich auf das Bett und wandte sich an seinen Diener.

„Kann sie bewegt werden?"

„Mylord?"

„Kann ich sie in meinen Armen halten?"

„Ich glaube nicht, dass Ihr das verdient, so wie Ihr sie behandelt habt", antwortete Sean abweisend.

„Jetzt hör mir mal zu!", zischte Cedric. „Ich habe dich immer gemocht, Hartley, aber wenn du mir weiterhin widersprichst, werde ich dich nicht nur entlassen. Ich werde dafür sorgen, dass du keine Referenzen kriegst und somit keine Hoffnung auf weitere Anstellung haben wirst. Drücke ich mich verständlich aus?" Cedrics Wut war ihm selbst fremd. Er hatte noch nie zuvor einen Diener bedroht. Es war ihm immer ein Anliegen gewesen, denen zu helfen, die nicht mit den gleichen Privilegien gesegnet waren wie er.

Vielleicht lag es daran, dass Hartley in diesem Moment der Mann war, der Cedric nicht war. Der Mann, der Cedric die ganze Zeit hätte sein sollen. Loyal. Vertrauenswürdig. Mutig. Der Mann, der Anne hinausgeworfen hatte, war nichts von alledem gewesen.

„Oh, ich verstehe durchaus, Mylord. Aber das Leben und die Sicherheit der Lady sind mir wichtiger als Euer verdammter englischer Stolz oder Eure Referenzen", erwiderte der Diener kalt.

Ashton wusste wie immer, wann er eingreifen musste.

„Hartley, ich kann Euch versichern, dass Anne nichts zustoßen wird. Es gab ein folgenschweres Missverständnis zwischen ihnen. Ein Brief voller Lügen und Verleumdungen gab Eurem Lord leider Anlass, Anne zu misstrauen. Lord Sheridan kennt jetzt die Wahrheit und weiß, dass Anne unschuldig ist. Sie ist bei ihm in Sicherheit, und Ihr könnt Euch sicher vorstellen, welche Schuldgefühle ihn nun plagen. Eure Worte sind ihm auch nicht gerade eine große Hilfe. Kann die Lady bewegt werden?"

Sean schien immer noch zu zögern. „Ja."

Cedric zog Anne in seine Arme und vergrub sein Gesicht in ihrem Haar. Ihr Orchideenduft war schwach, als würde er Annes schwindende Lebenskraft widerspiegeln. Er flüsterte ihr sanfte, zärtliche Worte zu und flehte sie an, ihm zu vergeben, in der Hoffnung, sie dazu zu bringen, ums Überleben zu kämpfen.

„Bitte, mein Herz, kämpfe für dein Leben. *Bitte*." Die Tiefe seiner Verzweiflung machte seine Stimme brüchig. Ein Teil von ihm erwartete, dass sie sich bewegte, sich rührte und die Augen öffnete. Aber als Anne weiter regungslos in seiner Umarmung lag, zerschmetterte seine letzte Hoffnung.

Ein maßloses, quälendes Schluchzen kratzte in seiner Kehle und brannte in seiner Lunge. Noch nie in seinem Leben war seine Trauer so groß gewesen. Nicht einmal der Verlust seiner Eltern hatte ihm so großes Leid zugefügt. Diesmal war er am Unglück Schuld.

Cedric brauchte Zeit zum Trauern und um mit dem Verlust seiner letzten Hoffnung fertig zu werden.

WÄRME. SAMTIGE WEICHHEIT IN EINEM DUNKLEN KOKON der Sicherheit. Ein sanftes Feuer ergoss sich über ihre Haut, doch Nadelstiche plötzlicher Kühle störten die Umarmung dieser dunklen Wärme. Druckpunkte glätteten das Brennen dieser kalten Stellen. Ein fortwährendes Grollen von Geräuschen in der Ferne kitzelte ihre Sinne. Sie wollte zurück in die Dunkelheit gleiten, aber etwas an diesen Geräuschen störte sie, wühlte sie auf. Blendend weißes Licht versengte ihr Gesicht und ihre Augen und brachte wieder ein Gefühl von Körperlichkeit mit sich.

*Was ist passiert?* Die Stimme in ihrem Kopf kam ihr bekannt vor, aber in der Finsternis ihrer schrecklichen Lethargie tauchte kein geeigneter Name auf. Die tiefen Geräusche, die ihre Ohren gereizt hatten, hielten inne. Sie kämpfte darum, mit dem Schöpfer der Worte zu sprechen... ja. Jemand hatte mit ihr gesprochen. Sie kämpfte nun darum, eigene Worte zu finden.

„Hilfe…"

Sie hoffte, dass die andere Person ihre Bitte verstehen konnte. Etwas Warmes und Festes strich über ihren Mund, dann über ihre Augenlider und lockte sie zu einer Reaktion. Eisige Kühle sickerte zwischen ihre Lippen, eine Flüssigkeit füllte ihren Mund und linderte ein Unbehagen, von dem sie nicht gewusst hatte, dass sie darunter litt.

„Trink aus. Braves Mädchen." Die Worte hatten jetzt eine Bedeutung. Eine Handlung, ein Lob. Aus irgendeinem Grund wollte sie darüber lächeln, aber die Anstrengung war zu groß.

„Bitte mach die Augen auf. Erlaube mir nur noch einen Blick in den Himmel." Die Worte weckten in ihr gleichermaßen Wärme und Schmerz.

*Ich muss es versuchen.* Ein weiterer Kampf, aber das Sprechen kostete weniger Anstrengung. Ihre Augen öffneten sich und enthüllten eine verschwommene Welt. Als sich ihre schweren Wimpern hoben, wurden die Dinge endlich klar.

Eine Schar von Männern stand um sie herum. Ein grimmiger älterer Mann beobachtete mit Argusauge jede ihrer Bewegungen. An einer Wand zu ihrer Rechten stand ein junger Diener. Argwöhnisch und seltsam eindringlich sah ihr sein hübsches Gesicht entgegen. Ein großer Mann mit aschblondem Haar lehnte mit einer Schulter am linken Bettpfosten ihres Bettes. Er war elegant gekleidet, und sein strahlend blauer Blick war hypnotisierend, aber er konnte ihre Aufmerksamkeit nicht halten. Sie sah zu dem Mann, der an ihrer Seite saß. Dieser Mann bedeutete ihr mehr. Viel mehr.

Etwas verkrampfte sich in ihrer Brust, als sie seine markanten aristokratischen Züge betrachtete, die kultivierte Art eines Gentlemans vermischte sich mit der Gelassenheit eines Mannes, der mit einem kurzen Heben einer Braue alles haben konnte, was er wollte. Er war so schön, dass es wehtat.

Aber sie wagte nicht wegzuschauen, besonders als sie bemerkte, dass etwas an ihm nicht stimmte.

In den braunen Tiefen seiner Augen lag eine seltsame Leere. Ein Schmerz durchfuhr sie, als sie hineinsah. Sie waren wie Wälder eines uralten Landes. Eine Erinnerung? Sie wusste, dass der Mann, der ihre Hand jetzt so nachdrücklich hielt, sich in ihrer einzigen Erinnerung stark von dem Besitzer dieser zimtbraunen Augen unterschied.

„Anne, Liebes, wie fühlst du dich?" Der blinde Mann sprach sanft und voller Sorge. Sein Gesicht war so schmerzerfüllt, dass sie sich fragte, ob er nicht an ihrer statt im Bett liegen sollte.

„Wer seid Ihr?" Sie sollte die Antwort darauf wissen. Sie versteckte sich irgendwo in ihrem Hinterkopf. Ihre Frage versetzte den Raum in einen Zustand wortlosen Chaos‘, das aus betretenem Schuhe schlurfen, schweren Seufzern und verstohlenen Blicken bestand.

Der ältere Mann kam wieder auf sie zu. „Ich hatte befürchtet, dass das passieren könnte."

Der Rest der Männer wartete schweigend, während er eine Reihe von Fragen stellte, auf die sie nur vage Antworten wusste. Welches Jahr hatten wir? In welchem Land war sie? Diese Antworten kamen von selbst, aber wer sie war und wer die Männer um sie herum waren, das kam nicht an die Oberfläche.

„Nun, ich muss sagen, ich bin erstaunt, wie gut Ihr mit Eurem Zustand umgeht", sagte der ältere Mann. „Die meisten Frauen an Eurer Stelle hätten Angst."

„Ich sehe darin keinen Sinn", sagte Anne. „Sagt mir einfach, was ich tun muss, um zu genesen."

Der Arzt lächelte und nickte, bevor er ansetzte, ihr zu erklären, was ihr am besten helfen könnte. Vieles davon beinhaltete Ruhe. Als der Arzt und der Diener endlich aufbrachen und der blonde Mann sich anerbot, sie zu begleiten, hatte sie plötzlich Angst, mit dem Blinden, der immer noch ihre Hand umklammerte, allein zu sein.

„Was für ein feines Paar wir abgeben." Er murmelte die Worte so leise, dass sie sie fast nicht gehört hätte.

„Wer seid Ihr?", fragte sie noch einmal.

„Ich bin Cedric Sheridan, Viscount Sheridan. Aber vor allem bin ich dein Ehemann."

„Mein Ehemann?" Das Wort fühlte sich auf ihrer Zunge fremd an. „Wie lange sind wir schon verheiratet?"

„Erst ein paar Tage."

„Oh." Die Erleichterung, die sie durchfuhr, war immens.

„Du magst mich also nicht?" Sein trockener Ton ließ sie zusammenzucken. Das war nicht ihre Absicht gewesen.

„Das ist es nicht. Ich habe mir nur Sorgen gemacht, dass wir schon seit einiger Zeit verheiratet wären und ich alle meine Erinnerungen an Euch vergessen hätte."

„Wir kennen uns seit Jahren, Anne."

„Anne. Ist das mein Name?" Der Hauch einer Erinnerung huschte in ihrem Kopf wie an einem leeren Fenster vorbei. *Anne, Liebes.* Jemand hatte sie einmal so genannt, da war sie sich sicher.

„Du bist Anne Chessley, Tochter des verstorbenen Baron Chessley."

„Verstorben... Er lebt nicht mehr?" Die Worte kamen zitternd von ihren Lippen.

„Er starb vor etwas mehr als einer Woche."

Etwas in ihr zerbrach. Ein Schutzwall, von dem sie nicht wusste, dass sie ihn immer noch aufrecht erhielt. Ihr Vater, an den sie sich nicht einmal erinnern konnte, war tot.

„Habe ich ihn vermisst?" Tränen traten ihr bei dem Gedanken an den gesichtslosen Mann, der nicht mehr in ihrem Leben war, in die Augen.

Der Viscount war für sie da und hielt sie in seinen Armen fest, als wäre sie aus demselben Leib wie er geformt. Das sehnsüchtig geborgene Gefühl, sich in seine Umarmung zu schmiegen, war erschreckend. Sie wusste nichts von sich selbst, außer dass sie immer stark gewesen war, und doch fühlte sie sich in den Armen dieses Mannes verletzlich. Der letzte Rest ihrer Kraft war erschöpft, und sie konnte sich nicht zurückziehen, war nicht in der Lage, Abstand zu ihm zu schaffen.

Als die Tränen begannen, seine Weste zu durchnässen, murmelte sie eine Entschuldigung an seinen Hals. Warme, beruhigende Lippen berührten ihre Stirn und brachten sie zum Schweigen, während der Mann ihren Körper langsam wiegte. Ihre angespannten Schultern lockerten sich, und eine Welle der Erschöpfung, die eher emotional als körperlich war, überwältigte sie.

„Ich wünschte, ich könnte mich an dich erinnern", hauchte sie an seinem Hals.

„Ich glaube, du würdest mich hassen, wenn du dich erinnern könntest, Anne. Es ist meine Schuld, dass dir das passiert ist. Ohne meine gefühllose Art und meinen fürchterlichen Stolz wärst du in Sicherheit, und wir würden die Freuden eines frisch verheirateten Paares genießen. Stattdessen..." Der Viscount klang unentschlossen darüber, ob er wütend oder enttäuscht sein sollte.

Sie streichelte seine Wange und wollte etwas von der Wärme zurückgeben, die er ihr geschenkt hatte, doch er zuckte zurück, als hätte ihn ihre Berührung verbrannt.

„Nicht! Ich verdiene deinen Trost nicht."

Anne spürte plötzlich den heftigen Drang, ihn zu beschützen, und schlang ihren ungebundenen Arm fest um seinen Hals, während sie sich an ihn schmiegte. Ihre Schlinge machte es ihr schwer, aber die Umarmung war ihr wichtig. Sie musste unbedingt an ihm festhalten, auch wenn er versuchte, sie fortzustoßen.

„Wenn jemand Liebe und Trost anbietet, geht es ihm nicht darum, ob der Empfänger es verdient oder nicht."

„Liebe?" Cedrics Augen weiteten sich überrascht. „Liebst du mich?"

Anne runzelte die Stirn, als sie darüber nachdachte. „Das muss ich wohl. Ich kann mir nicht vorstellen, dass ich jemanden andernfalls geheiratet hätte." Davon war sie überzeugt. Liebe war lebenswichtig für die Ehe, zumindest ihrer Meinung nach.

„Wie kannst du das wissen, wenn du dich nicht einmal an deinen Namen erinnern kannst?" Sein Misstrauen traf sie härter, als sie erwartet hatte.

„Ich nehme an, es ist dasselbe wie die Tatsache, dass ich weiß, dass ich weder eingelegte Eier noch Lachs mag. Es ist instinktiv und sitzt zu tief, um es aus meinem Kopf zu entfernen." Ihn zu lieben fühlte sich genauso an, tief eingegraben in der Essenz ihrer Seele. „Liebst du mich?" Die Worte waren aus ihrem Mund entwischt, bevor sie darüber nachdenken konnte.

Ihr Mann, der vertraute Fremde, lächelte nur.

„Nun? Tust du es?"

„Wie wäre es, wenn ich dir statt einer Antwort eine Geschichte erzähle, Anne. Vor zwei Jahren war ein Mann mit seinen engsten Freunden auf einem Ball. Er hatte alles, was er vom Leben zu erwarten glaubte: Geld, Häuser, Titel, bewährte Gefährten. Aber in ihm war eine Leere, weit wie das Meer und aufgewühlt von den Stürmen des Leids und der Einsamkeit. Er lachte über andere, die behaupteten zu lieben oder verliebt zu sein. Aber in Wirklichkeit war er eifersüchtig auf sie. An jenem Abend, umgeben von sich drehenden Tänzern, kam eine junge Frau zu ihm. Entgegen allen Anstandsregeln und aller Sitte starrte sie ihn an wie ein süßes Küken, das gerade aus seiner Schale geschlüpft war."

„Sag mir nicht, dass ich dieses Küken bin." Sie unterbrach ihn mit einem zaghaften, aber belustigten Lächeln.

Cedric ignorierte sie und sprach weiter.

„Als der Mann sich umdrehte und sie vor sich fand, schien die ganze Welt um ihn herum stillzustehen. Ihr Anblick brachte den Lebensfunken wie eine helle Flamme in seinem Körper zum Lodern. Er reagierte wie jeder Mann im Angesicht solcher Schönheit und Unschuld. Er flirtete mit ihr, versprach ihr mit seinem Blick Leidenschaft. Aber als er erfuhr, wie unschuldig sie wirklich war, fürchtete er, er würde sie verderben. Er zwang sich zum Rückzug und zeigte sich kühl und distanziert. Aber seine Freunde ermutigten ihn, sie zu erobern, so unwürdig er ihrer auch war. Ein Tanz war alles, was dieser Mann wollte, alles, was er sich jemals zu erlauben hoffen konnte. Ein Walzer und er könnte mit der Erinnerung an ihren Körper in seinen Armen davongehen, mit einem Andenken, das ihn für den Rest seines einsamen Lebens tragen könnte."

„Und haben sie getanzt?" Anne war von seinen Worten gefesselt, die Emotionen in ihr regten sich, als sich ihr Gedächtnis tapfer in Richtung des Lichts ihres Bewusstseins vorkämpfte.

„Nein. Ein anderer nahm sie ihm weg. Und dieser Mann reagierte darauf auf furchtbare Art und Weise. Wut und Eifersucht tobten in ihm. Er fand eine andere Frau, die zugänglich war und keine Erwartungen an ihn stellte. Er nahm sich diese Frau, wenn auch nur kurz, statt der, nach der er sich so sehr sehnte. Es war ein Fehler, den er für immer bereute. Aber die Frau, die er wirklich liebte, gab ihm eine zweite Chance. Sie rettete ihn."

Anne zuckte zusammen, als sie von den Erinnerungen, Eindrücken und Empfindungen überwältigt wurde. Eine lachende Schönheit, die von dem vertrauten Fremden eine harte Handhabung forderte, und das Zerreißen ihrer eigenen

Unschuld unter den besitzergreifenden Händen eines anderen Mannes. Kränkung, Eifersucht, Verzweiflung. Sie konnte kaum atmen.

„Ich habe dich aufgebracht. Das tut mir leid." Cedric sah aschfahl aus, als ob ihre Reaktion ihm mehr Schmerzen bereitete, als sie sich vorstellen konnte.

„Nein. Ich bin froh, dass du es mir gesagt hast." Ihre Arme fielen von seinem Hals ab, und ihr Körper sackte niedergeschlagen zusammen. Die Wahrheit stand jetzt zwischen ihnen wie ein unüberwindliches Hindernis, das sie bewegungsunfähig machte.

„Möchtest du, dass ich dich allein lasse?"

Anne hatte noch nie zuvor eine solche Verwirrung empfunden. Wie konnte sie ihn wieder in ihre Arme ziehen und verlangen wollen, dass er sie für die Ewigkeit festhielt, und ihn gleichzeitig nie wiedersehen wollen? Diese widersprüchlichen Emotionen ergaben keinen Sinn und brachten nur die Kopfschmerzen zurück, die vorübergehend aufgehört hatten.

„Ja. Ich denke, es wäre das Beste, wenn du gehen würdest... vorerst."

Sie beobachtete, wie er sich mit formeller Kälte von ihrem Körper löste. Aber ihr Herz erwachte zum Leben, als er sie wieder in den Kissenberg bettete und ihr die Decke bis zum Kinn hochzog, als wäre sie ein kostbares Kind, um das er sich kümmerte.

„Ruh dich jetzt aus. Wenn du etwas brauchst, kannst du mit dieser Schnur am Bett einen Diener herbeirufen."

*Was ist, wenn ich dich brauche?*

„Gute Nacht, Cedric." Sein Name auf ihren Lippen schien ihr ein gewisses Maß an Frieden zu bringen, aber ihre Kehle schnürte sich trotzdem zu, und sie musste den Drang zu weinen unterdrücken.

„Gute Nacht, Anne, Liebes." Seine Antwort schien so

natürlich, so richtig, dass Anne gegen den Wunsch ankämpfen musste, ihn unvermittelt zurückzurufen. Cedric Sheridan aus ihrer Schlafzimmertür gehen zu lassen war das Schwerste, was sie je getan hatte.

Die Einsamkeit ihres Zimmers war eine Qual, aber sie brauchte sie. Es gab viel zu bedenken, viel über sich selbst und ihren Mann zu begreifen, bevor sie abwägen konnte, was sie mit der Zukunft tun sollte, ihrer gemeinsamen Zukunft... wenn es denn eine gab.

# KAPITEL 16

Cedric sackte am nächsten Morgen beim Frühstück schwer in seinem Stuhl zusammen. Er hatte letzte Nacht kaum geschlafen. Bedauern und Reue hatten ihn unaufhörlich geplagt und ihm schreckliche Kopfschmerzen bereitet, die Lichtstiche in seiner ansonsten grauen Sicht verursachten, als wollten sie ihn zusätzlich strafen. Das leise Knarren der Esszimmertür machte ihn darauf aufmerksam, dass er nicht mehr allein war.

„Wie ist es gestern Abend gelaufen?", fragte Ashton besorgt.

Cedric lächelte fast. Seit er erblindet war, erhoben die Leute oft ihre Stimme, als wäre sein Gehör betroffen und nicht etwa sein Sehvermögen. Dabei war der Sinn, der sich nach dem Unfall mit Abstand am meisten geschärft hatte, sein Gehör. Er nahm jetzt selbst die kleinsten, leisesten Dinge wahr.

Da war das leise Summen einer Hummel, die hinter ihm immer wieder gegen das Esszimmerfenster stieß. Da war das Knarren im alten Herrenhaus, das Ächzen von Holz und das Dehnen der Mauern wie das müde Seufzen eines älteren

Mannes. Ohne seine Augen wurde Cedric der Welt auf eine Weise gewahr, wie er sie nie zuvor erfasst hatte.

„Entsetzlich", antwortete Cedric auf die Frage seines Freundes. „Sie erinnerte sich nicht an ihren Vater oder daran, dass er vor Kurzem gestorben war. Als ich es erwähnte, brach sie in Tränen aus, als ob es gerade eben passiert wäre. Dann behauptete sie, sie muss mich geliebt haben, wenn sie mich geheiratet hat. Ich konnte ihr nicht sagen, dass ich sie liebe. Stattdessen habe ich ihr die Wahrheit darüber erzählt, was an dem Abend passiert ist, an dem wir uns kennengelernt haben. Danach schickte sie mich fort." Cedrics Hände suchten nach seinem Morgentee, und er fluchte, als er ihn verschüttete.

„Aha. Es sieht so aus, als ob du es gründlich vermasselt hättest." Ashton legte Cedric sanft eine Hand auf die Schulter und hielt ihn in seinem Stuhl fest, damit er nicht aufstehen konnte. „Ich werde dir eine neue Tasse besorgen."

„Danke", grummelte er. „Hast du gut geschlafen?"

„Sehr gut, alles in allem gesehen. Ein paar Probleme in London beschäftigen mich mehr als mir lieb ist."

„Möchtest du das näher erläutern, Ash?"

„Es ist nicht wichtig. Ich habe nur Ärger mit Lady Melbourne."

„Immer noch?" Cedric konnte nicht glauben, dass sein Freund es nicht geschafft hatte, mit ihr wie mit all seinen anderen Rivalen fertigzuwerden. Sie sollte inzwischen keine Bedrohung mehr darstellen.

„Ich habe sie vor jeglicher weiterer Einmischung gewarnt, aber sie scheint die Absicht zu haben, meine Anweisung, sich aus meinen Angelegenheiten herauszuhalten, in den Wind zu schlagen. Ich habe noch nie eine rücksichtslosere Frau kennengelernt. Wenn ich nicht so wütend wäre, könnte ich sie zugegebenermaßen fast dafür bewundern, dass sie mir die Stirn bietet."

„Sieh einer an! Es gibt also eine Frau auf dieser Welt, die

nicht dem berühmten Lennox-Charme verfallen ist und deinen Forderungen nicht nachgibt." Cedric meinte das nur im Scherz, aber Ashtons Teetasse klapperte auf einmal heftig.

„Was hast du gehört?"

Cedric war von seinem Tonfall verwirrt. Welchen wunden Punkt hatte er da unwissentlich getroffen? „Nichts. Nur, dass viele Männer vor dir zurückschrecken und noch mehr Frauen dir erliegen."

„Du klingst so, als wäre sie eine Rarität wie etwa ein Einhorn."

„Oh, sie ist sogar etwas noch Selteneres. Du solltest sie heiraten, bevor sie ins Land der Feen zurückkehrt."

„Ganz gewiss nicht." Ashtons Ton war entschieden und viel zu kalt. Cedric seufzte, als er merkte, dass sein alter Freund offensichtlich seine wahren Gefühle verbarg.

„Warum nicht?" Cedric war unglücklich und hatte in solchen Momenten die Neigung, seinen Freund so lange zu reizen, bis auch dieser trübsinnig wurde. Elend blieb eben nicht gern allein.

„Ich kann keine Frau heiraten, der ich nicht vertrauen kann. Meine Frau muss bereit sein, dem zuzustimmen, was ich für das Beste halte. Ohne dieses Vertrauen brechen Imperien und Dynastien auseinander, ebenso wie Unternehmen. Außerdem scheint Lady Melbourne Freude daran zu haben, mich zu provozieren."

Cedric spielte mit seiner Tasse auf dem Tisch. „Du scheinst nichts aus Emilys Entführung letztes Jahr gelernt zu haben."

Ashton schnaubte empört. „Ich weiß nicht, was du damit meinst."

„Alle Frauen neigen dazu, zu tun, was sie wollen, und oft macht unsere Einmischung die Sache nur noch schlimmer. Wenn Godric Emily früher gesagt hätte, dass er sie liebt, wäre sie an jenem Abend in meinem Haus vielleicht sicher gewesen. Stattdessen stritten sie sich, und sie wurde direkt unter unserer Nase entführt. Und wenn ich Anne die Gelegenheit gegeben hätte, sich zu erklären..." Diese letzten Worte trübten Cedrics Stimmung so sehr, dass er seinen eigenen Gedanken nicht zu Ende führen konnte.

Ashtons einzige Antwort war ein Grunzen, als er sich neben Cedric setzte.

„Hast du Anne heute Morgen schon gesehen?"

„Noch nicht. Ich dachte daran, ihr das Frühstück zu bringen. Der Arzt riet, sie unter ständiger Aufsicht zu halten. Wenn ihre Erinnerung zurückkehrt, könnte das schmerzhaft sein."

„Darf ich dir einen Rat geben?", fragte Ashton vorsichtig.

„Ich denke schon."

„Nimm dir Zeit für sie, so wie sie es tut. Umwirb sie richtig. Lass dies die Zeit der Brautwerbung sein, die ihr übersprungen habt. Falls ihre Erinnerung zurückkehren sollte, wird sie vielleicht feststellen, dass die Vergangenheit ihre Meinung über dich nicht so schwer belastet."

„Ich soll meine Frau umwerben? Was für eine originelle Idee." Cedric lächelte lakonisch. „Ich hoffe für uns beide, dass das noch möglich ist."

„Leidenschaft ist immer möglich, wenn zwei Herzen dazu bereit sind."

„Immer? Was ist mit Lady Melbourne?" Cedrics Mundwinkel zuckten, als er seinen Freund weiter neckte.

„Sie stammt, wie du selbst sagst, aus dem Land der Feen und unterliegt daher nicht den Gesetzen unserer Realität", entgegnete Ashton.

„Hast du vor, bei uns auf Rushton Steading zu bleiben, oder hast du andere Dinge zu erledigen?" Cedric zeichnete beim Wort ,Dinge' mit seinen Händen die Kurven einer Frau in die Luft.

Als Antwort auf Cedrics Scherz brummte Ashton nur.

„Ich möchte deine Gastfreundschaft nicht überstrapazieren, Cedric. Sag mir ruhig, dass ich gehen soll, wenn das dein Wunsch ist."

Cedric setzte sich in seinem Stuhl aufrechter hin, und aller Schalk war aus seiner Miene verschwunden. „Das ist es nicht. Ich würde deine Gesellschaft sogar begrüßen. Du würdest mir ehrlich gesagt helfen, nicht den Verstand zu verlieren, während meine Welt um mich herum zusammenbricht."

Er meinte es ernst, denn in diesem Moment schien alles um ihn herum zu zerfallen, und er hatte Angst, allein zu sein, wenn das passierte.

„Dann bleibe ich hier." Ashtons Stimme war voller Wärme, die von Jahren tiefer Zuneigung herrührte.

Cedric war erleichtert und konnte wieder atmen, solange Ashton hierblieb und ihn bei Verstand hielt.

„Ausgezeichnet. Wenn es das Wetter zulässt, könnten wir heute am See angeln." Cedric hoffte, dass Ashton zustimmen würde. Er musste ein bisschen an die frische Luft, aber das konnte er nicht allein, es sei denn, er wollte ertrinken und auf dem Grund des Sees enden. Er könnte zwar einen Diener mitnehmen, aber das war nicht dasselbe. Nichts ersetzte den beruhigenden Trost eines vertrauten Freundes an seiner Seite in einem sanft schaukelnden Boot, die Angelruten über dem Wasser haltend.

„Gern", sagte Ashton. „Ich brauche eine Ablenkung von meinen Gedanken an Lady Melbourne. Sie hat mich in eine düstere Stimmung versetzt."

„Sollen wir uns in einer halben Stunde im Foyer treffen?"

„Ja, so kannst du dich vorher um Annes Frühstück kümmern."

„Ja, ich muss dafür sorgen, dass sie alles hat, was sie braucht." Cedric wollte diesen Vorwand nutzen, um sie zu besuchen, auch wenn sie ihn nicht sehen wollte.

Vor dem Esszimmer trennten sich die beiden Männer. Cedric stieg die Haupttreppe hinauf, dankbar, wieder zu Hause zu sein. Seine Füße kannten dieses Haus in- und auswendig. Die Unbeholfenheit, die er oft in London empfand, wo es mehr Menschen gab und auch mehr Gefahren für jemanden, der nicht sehen konnte, spürte er hier in diesem Haus nicht. Sein Körper und seine Bewegungen waren hier sicherer, und er verhielt sich weit weniger ungeschickt. Er wusste, wo sich die Treppen befanden, wo jedes Zimmer zu finden war, das er häufig benutzte. Rushton Steading war sein sicherer Hafen.

Es war Jahre her, dass er mehr als ein paar Tage hier verbracht hatte, denn das vergangene Jahrzehnt war von Frauengeschichten, Pferderennen und anderen schurkischen Unternehmungen ausgefüllt gewesen. Das alles hatte natürlich in London stattgefunden. Dass Rushton so lange leer geblieben war, hatte auch ihn ausgehöhlt. Das kühle Treppengeländer unter seiner Hand weckte schöne Erinnerungen an seine Jungenjahre.

Gott, wie er diesen Ort vermisst hatte. Dies war sein eigentliches Zuhause. Rushton Steading war schon immer sein Zuhause gewesen. Horatia und Audrey waren diese Treppe hinaufgekrabbelt, und er war über das Gelände gerannt und hatte Frösche und Kaulquappen gesammelt, um seine Lehrer zu quälen.

Die Flure trugen noch immer den geisterhaften Duft des Parfüms seiner Mutter. Cedric rechnete jeden Moment damit, das dröhnende Lachen seines Vaters aus der Bibliothek zu hören. Er war gesegnet gewesen, Eltern zu haben, die aus Liebe geheiratet und ihre Kinder vergöttert hatten. Es gab nichts Wunderbareres, Besondereres als die Liebe der Eltern zu ihrem Kind und die Erwiderung der Liebe ihres Kindes. Und Cedric hatte seine Eltern von ganzem Herzen geliebt.

Er vergaß immer, dass er mehr Glück gehabt hatte als

seine Schwestern. Keine der beiden hatte ihre Eltern so gut gekannt wie er. Sie waren noch Kinder gewesen, als ihre Eltern bei dem Kutschenunfall gestorben waren. Horatia war bei dem Zusammenstoß ebenfalls verletzt worden. Bis heute sprach sie nicht über den Unfall, und Cedric drängte sie nicht dazu.

Er musste auch daran denken, wie glücklich seine Kindheit gewesen war. Sein Freund Godric hatte nicht unter so einem guten Stern gestanden. Godrics Mutter war im Kindbett gestorben, und ihr Verlust hatte Godrics Vater daraufhin in ein dunkles Dasein voll brutaler Wut getrieben. Verglichen mit Godrics Leid hatte Cedric ein wahres Märchen erlebt. Das wünschte er sich mit Anne, ein gemeinsames Leben, das auf Liebe und Vertrauen aufbaute.

*Es ist doch sicher noch nicht zu spät für uns?*

Cedrics Hände schlossen sich um den Türknauf zu Annes Schlafzimmer. Er hatte eben begonnen, den Knauf zu drehen, als die Tür plötzlich nachgab. Er stolperte unerwartet vorwärts und stürzte. Er erwartete Schmerzen, die immer nach dem Fall kamen. Aber sie kamen nicht. Es gab nur einen weichen Körper, der seinen Sturz abfederte. Ein plötzliches Keuchen erfüllte seine Ohren, als der Körper unter ihm zuckte und der vertraute Duft von wilden Orchideen um ihn herum explodierte.

„Anne!" Cedric hatte Mühe, von ihr herunterzuklettern und war so erschrocken, dass er sie zerquetscht haben könnte. Aber Annes Winden unter ihm presste ihre Körper nur noch enger zusammen. Cedric versuchte verzweifelt, seine plötzliche Erregung unter Kontrolle zu bringen, aber ihre Laute und ihr Winden machten es ihm unmöglich.

„Anne, Liebes, bitte hör auf damit... ich kann nicht sehen, wohin... ich versuche...", murmelte Cedric verzweifelt, bis Anne unter ihm schlaff wurde. Er unterdrückte ein Stöhnen, als sein Körper auf diese neue Körperlage mit Begeisterung reagierte, und versuchte sich zu konzentrieren. Der Druck ihres Busens gegen seine Brust und ihre keuchenden Atemzüge waren nicht im Geringsten hilfreich, als er versuchte, seine Selbstbeherrschung wiederzuerlangen.

*Ich muss ein verdammter Trottel sein, sie so sehr zu begehren.* Aber er konnte es nicht leugnen. Cedric wünschte sich nichts sehnlicher, als sie gleich hier auf dem verdammten Boden zu nehmen, selbst nach allem, was sie in den letzten Wochen durchgemacht hatte.

Annes nächste Worte überraschten ihn. „Ich erinnere mich daran. Du nennst mich *Anne, Liebes*." Es war kaum ein Flüstern, aber er hatte richtig gehört. Anne legte ihre Hände auf seine Schultern. Cedric wünschte, er könnte ihr Gesicht sehen, aber seine Erinnerung daran war alles, was ihm geblieben war.

„Mir hat es immer gefallen, wenn du mich so genannt hast." Ihr Geständnis war bezaubernd in seiner Schüchternheit.

„Verdammt", fluchte er vor sich hin.

Danach konnte er sein Verlangen nicht länger zügeln. Er senkte den Kopf und fand ihre Lippen. Annes Hände strichen über seinen Hals, bevor sie sich auf seinen Rücken legten. Freude durchströmte ihn, als sich ihre Finger in seine Schulterblätter gruben und ihn näher an sich heranzogen. Er wollte mehr, wollte sie ganz kosten, aber das Zittern ihrer Lippen und das Zögern ihrer Berührung verwandelten sich in Spannung. Sein brennendes Verlangen nach ihr erlosch in eisiger Erkenntnis. Er konnte sie nicht haben, noch nicht.

„Was ist los?" Ihr warmer Atem wehte an seine Kehle.

„Es scheint, dass wir zwei Schritte vorwärts und einen Schritt zurück machen." Er sammelte seine Gedanken, die sich wie Soldaten einer besiegten Armee in alle Winde verstreut hatten. Vom Kampf gezeichnet und müde kehrte seine Vernunft zurück, und er stieg von ihr herunter.

„Es tut mir leid, Cedric. Ich würde dir nicht widerstehen, wenn du deine ehelichen Rechte geltend machen willst. Ich bin bereit, meine Pflicht zu erfüllen." Cedric half ihr aufzustehen und nahm ihr Gesicht in seine Hände.

„Deine Pflicht? Wenn du dich auch an nichts anderes von mir erinnern kannst, so sollst du eins nie vergessen: Ich begehre dich, verzweifelt sogar, ich sehne mich nach dir wie nach frischer Luft in meinen Lungen. Aber ich werde mir niemals nehmen, was du mir nicht freiwillig gibst."

„Aber ich habe doch gerade gesagt..."

Cedric brachte sie mit einem Finger an ihren Lippen zum Schweigen.

„Du sagst, dass du keinen Widerstand leisten wirst, aber das genügt nicht, ich will gemeinsame Leidenschaft, gegenseitiges Verlangen."

Er gab ihr einen federleichten Kuss auf die Stirn und trat einen Schritt zurück.

„Ich habe dafür gesorgt, dass dein Frühstück heraufgebracht wird. Ash und ich werden bald aufbrechen."

„Aufbrechen?"

Cedric war erstaunt, als Annes Hände seine Weste umklammerten und ihn festhielten.

„Wir gehen nicht weit. Der See ist ganz in der Nähe, und wir werden nur ein paar Stunden angeln gehen."

„Angeln? Oh, ich dachte, du würdest mich hier allein zurücklassen."

Cedric war gerührt von der Erleichterung in ihrer Stimme.

„Ich würde nicht im Traum daran denken, dich hier allein zurückzulassen, Liebes. Dafür will ich dich zu sehr." Cedric zog ihre Hüften dicht an sich heran und ließ sie seine immer noch pochende Erektion spüren. Es war wohl ein bisschen hinterhältig, ihr verblüfftes Keuchen zu genießen, aber er tat es.

„Ich dachte, ich könnte mich beherrschen. Aber ich kann

nicht mehr lange warten. Bald werden wir als Mann und Frau zusammenkommen. Aber ich möchte, dass du es genauso sehr willst wie ich." Er hielt inne, als sie erstarrte. „Keine Angst. Ich werde schon dafür sorgen, dass du mich ebenfalls willst."

Er neckte ihre Lippen mit einem letzten Kuss, und nachdem sie ihm leidenschaftlich geantwortet hatte, löste er sich von ihr und ließ sie allein.

# KAPITEL 17

Anne legte eine Hand auf ihre Lippen. Der Geschmack und das Gefühl von Cedrics Mund auf ihnen verweilten angenehm. Sie war hin- und hergerissen, ob sie ihm nachlaufen oder vor ihm davonlaufen sollte. Obwohl sie sich weder an ihn noch an irgendetwas über sich selbst erinnern konnte, war sie sich sicher, dass sie ihn begehrte. Ihr Körper reagierte mit loderndem Feuer auf seine Berührung, seinen Kuss, sogar auf seine Stimme. Jede von Cedrics Taten ihr gegenüber schrie nach der instinktiven Verflechtung ihrer Körper und Seelen. Wäre es so schlimm, ihren Wünschen nachzugeben? Schließlich waren sie Mann und Frau.

Sie hätte ihnen nachgeben können, aber sie beschloss, Cedric ihre Absichten nicht zu verraten. Noch nicht. Anne hatte ihren Stolz wie jede andere Frau auch, und Cedrics Geschichte hatte einige Fragen aufgeworfen, die sie zuerst beantwortet haben musste. Sie war jedoch fasziniert von der Vorstellung, dass Cedric sie mit seiner zarten, aber aufregenden Leidenschaft vollständig beherrschte.

„Mylady?" Eine Stimme riss sie aus ihren Gedanken. Es

war der junge Diener Sean Hartley, der geduldig an der Tür wartete.

„Komm herein, Hartley. Mir wurde gesagt, dass ich dir mein Leben verdanke. Da wollte ich dir meinen aufrichtigen Dank aussprechen.“

Hartley errötete und warf den Blick zu Boden. „Keine Ursache, Mylady. Ich freue mich, dass Ihr Euch gut erholt.“

„Ich scheine keine Erinnerungen an frühere Ereignisse zu haben, abgesehen von kurzen Lichtblitzen, aber darüber hinaus fühle ich mich schon viel besser. Nur meine Schulter schmerzt noch ein wenig.“

Hartley sah bei ihren Worten leicht besorgt aus, und seine Brauen zogen sich zusammen. Dann fing er an, in seinen Hosentaschen zu kramen und zog etwas heraus. Es war ein wunderschöner Granatstein, umgeben von winzigen Diamanten. Er war nicht an einer Kette befestigt, sondern durch ein schwarzes Satinband gefädelt.

„Ich musste Euch das hier abnehmen, als sich der Arzt um Eure Schulter kümmerte. Ich wollte es Euch seiner Bedeutung wegen persönlich zurückgeben.“

Anne trat näher. Neugier und Verwirrung erfüllten sie beim Anblick des schönen Schmuckstücks. „Was ist das?“

„Mir wurde gesagt, dass es Euer Hochzeitsgeschenk von Seiner Lordschaft ist.“

„Eine Halskette?“ Etwas daran weckte eine Sehnsucht in ihr. Ein Sonnenstrahl traf den roten Granat, und hinter ihr tanzten rubinrote Lichtpunkte an der Wand.

„Ich habe von Eurer Zofe gehört, dass Seine Lordschaft glaubte, Ihr würdet den Ring, den er Euch gegeben hat, beim Reiten oft abziehen, damit er Eure Handschuhe nicht ruiniert. Er wollte, dass Ihr dies an seiner statt tragt.“

Anne verspürte ein kurzes Aufblitzen und den Drang, so viel Fürsorge gleichermaßen zu erwidern. Hatte sie ihm für ein so schönes Geschenk auch etwas gegeben? Ihr flaues

Gefühl verriet ihr, dass sie es nicht getan hatte, und der Gedanke erfüllte sie mit Scham. Ein Mann wie Cedric verdiente etwas Wunderbares. Während sie sich erholte, würde sie sich ein geeignetes Geschenk für ihn ausdenken.

„Hartley, wärst du bitte so nett, mir beim Umlegen zu helfen?“

Hartley legte ihr das Band mit dem Verschluss im Nacken um, und der Granat fiel gegen Annes Schlüsselbein, als ob er immer dorthin gehört hätte.

„Ist Brighton sehr weit von hier entfernt?“

„Etwa eine halbe Stunde mit der Kutsche.“ Hartley hielt respektvoll den Kopf gesenkt, den Blick zu Boden gerichtet.

„Du musst nicht nach unten schauen, wenn du mit mir sprichst, Hartley.“ Ihre Stimme war sanft, während sie versuchte, ihn aus seiner verschlossenen Schüchternheit herauszulocken.

„Ihr seid meine Herrin und die Viscountess Sheridan.“ Nach seinem Ton zu schließen genügte diese Erklärung, um sein Verhalten umfassend zu rechtfertigen.

Anne runzelte leicht gereizt die Stirn. Sie wollte nicht, dass ihre Diener sich weigerten, ihrem Blick zu begegnen.

„Und tust du, was deine Herrin befiehlt?“

„Immer.“

„Dann möchte ich, dass du mir immer in die Augen schaust, wenn du mit mir sprichst. Hast du das verstanden?“ Anne stemmte die Hände in die Hüften und wartete.

„Ja, Mylady.“ Hartley begegnete ihrem Blick. Sein schüchternes Erröten war äußerst anziehend. Anne zweifelte nicht daran, dass er ein Herzensbrecher war.

„Nun zu Brighton. Ich möchte dorthin fahren. Würdest du bitte die Kutsche für mich rufen?“

Hartleys Gesichtsausdruck wurde düster und entschlossen. „Ich wurde angewiesen, Euch hier auf dem Anwesen zu behalten. Der Arzt möchte nicht, dass Ihr Euch weit vom

Haus entfernt, falls Euer Gedächtnis zurückkehrt. In einem solchen Fall kann es zu starken Schmerzen kommen.“

„Der Arzt?“ Anne seufzte. „Darf ich denn überhaupt etwas machen?“

„Es tut mir leid. Der Arzt und seine Lordschaft sorgen sich lediglich um Euer Wohlergehen.“ Seans niedergeschlagener Blick ließ sie ihren etwas gereizten Ton bereuen.

„Aber nicht um mein Glück, wie es scheint“, murmelte Anne. „Wird Lord Sheridan lange weg sein?“

„Ich bin nicht sicher. Er war seit seinem Unfall nicht mehr auf dem See“, antwortete Hartley.

„Was ist ihm passiert? Habe ich ihn gekannt, bevor...“ Anne konnte es nicht über sich bringen, ihren Satz zu beenden.

„Es steht mir nicht zu, dazu etwas zu sagen, Mylady.“

*Noch ein Geheimnis um mein Leben.* Sie versuchte verzweifelt, sich zu erinnern, schloss die Augen und konzentrierte sich auf Cedric und seine blinden braunen Augen. Aber nichts tauchte auf außer stechende Schmerzen direkt hinter ihren Schläfen.

„Ist der See sehr weit? Der, wo mein Mann angelt?“

„Nur eine Viertelmeile.“ Hartleys eifrige Antwort zeigte, wie erleichtert er war, über etwas anderes sprechen zu können.

„Dann bring mich bitte dorthin.“

Hartley blinzelte entsetzt. „Ihr möchtet angeln?“

„Um Himmels willen, nein. Aber ich würde gern schwimmen gehen.“ Ihr Arm war noch immer in einer Schlinge, aber sie hatte heute Morgen probiert, ihn zu bewegen, und war angenehm überrascht, dass sie nur geringe Schmerzen verspürte. Etwas leichte Bewegung könnte ihrer Genesung zuträglich sein, wenn sie darauf achtete, es langsam anzugehen.

Anne unterdrückte ein Lachen über Hartleys stotternde Proteste, während sie ihn vorangehen ließ. Er gehorchte, wie jeder Mann in seiner Position und wohl wissend, dass sie sich nicht von ihrem Vorhaben abbringen lassen würde. Anne holte ihn im Flur ein und marschierte neben ihm her, ganz und gar nicht wie das wohlerzogene, vornehme Geschöpf, das sie sein sollte. Ihr Vater hatte immer gesagt, sie solle sich zielstrebig bewegen, auch wenn sie überhaupt kein Ziel hatte.

Diese plötzliche Erinnerung ließ ihr den Atem in der Brust stocken. *Ihr Vater.* Diese kurze Erinnerung versengte ihr Herz. Sie biss sich auf die Unterlippe. Es war, als verbargen sich die Erinnerungen an ihn hinter einem hauchdünnen Schleier, hinter dem sie schwache Umrisse ausmachen, aber nichts vollständig erkennen konnte.

*Ich darf mich nicht drängen. Ich sollte alles auf mich zukommen lassen.* Sie atmete aus und besann sich auf die wenigen Erinnerungen, die zurückgekommen waren: Die an ihren Vater, wie er ihr am Abend vor dem Kaminfeuer im Wohnzimmer bei wärmenden Gläsern Schnaps Ratschläge gab, daran, wie Cedric sie *Anne, Liebes* nannte, und an seine Küsse. Diese durchbrachen jede Schranke in ihrem Kopf. Ein Mann, der eine solche Wirkung auf sie hatte, war kein Unbekannter; deshalb glaubte sie ihm auch alles, was er ihr von ihrer Vergangenheit erzählte. Sie hatte ihm damals vertraut und würde es auch weiterhin tun. Ihr Körper würde sie nicht verraten, das wusste sie.

Sobald sie draußen in der Natur waren, war es leicht, ihre Traurigkeit abzuschütteln. Der Tag war sonnig, und es waren keine Spuren des Sturms der vergangenen Nacht zu sehen. Es war ein Apriltag wie er im Buche steht, die Bäume waren mit smaragdgrünen Blättern bedeckt, und die Wildblumen bildeten eine leuchtend bunte Decke auf den Feldern, die zum See führten.

Weit draußen auf dem Wasser konnte Anne die Umrisse eines kleinen Fischerbootes ausmachen. Es war nur ein brauner Fleck auf dem dunklen Spiegel des Sees. Der Fang wäre heute gut, das wusste Anne. Der gestrige Regen hatte das Wasser aufgewühlt und getrübt, genau die Voraussetzungen, die Fische und Fischer bevorzugten. Die glänzenden Haken konnten bedenkenlos mit Ködern eingeworfen werden, und der vom Seeboden aufgewirbelte Schlamm nahm den Fischen die Sicht, sodass sie den Köder leichter mit echter Beute verwechselten.

Ausnahmsweise war Anne dankbar für die Blindheit ihres Mannes. Er würde sie nicht sehen, wenn sie sich auszog und in den See tauchte. Obwohl sie sich nicht an Cedric erinnern konnte, hatte sie das vage Gefühl, dass er aus einer Vielzahl von Gründen ihr Verhalten missbilligen würde.

„Hartley, kehr mir bitte den Rücken. Ich rufe dich, wenn ich dich brauche."

„Ja, Mylady." Hartley machte kehrt und trat in den Schatten, um dort auf weitere Anweisungen zu warten.

Als sie überzeugt war, dass der junge Diener sich nicht umdrehen würde, öffnete sie die Knöpfe ihres Kleides und zog ihre Schuhe aus. Sie legte ihre Kleider zu einem ordentlichen Stapel auf einen trockenen Grasfleck einige Meter vom Ufer entfernt und ließ die Schlinge darauf fallen. Nur mit ihrem Unterhemd bekleidet ging sie zum Wasser.

Cedric hielt die Angelrute locker in einer Hand, während er mit der anderen träge Muster über die Wasseroberfläche zog. Winzige Fische schwammen neugierig herbei und knabberten hoffnungsvoll an seinen Fingerspitzen. Der schwere Sturm hatte das Wasser aufgewühlt, und die Fische waren furchtlos in ihren Bewegungen.

„Ich vermisse das hier.", gestand Cedric seinem Freund.

Ashton kicherte leise. „Was vermisst du?"

„Das." Cedric fuhr mit der Hand durch die Luft und

deutete auf die Welt um sie herum. „Ich vermisse es, Zeit mit dir und den anderen zu verbringen. So etwas haben wir seit Jahren nicht mehr gemacht."

„Es ist lange her, nicht wahr?" Es lag ein wehmütiger Ton in Ashtons Stimme, ein Hauch von Traurigkeit, bei dem sich Cedrics Herz zusammenzog. „Der Tag, an dem wir fünf unseren Bund schlossen, scheint auch die Totenglocke für unser altes Leben eingeläutet zu haben. Unsere unbeschwerte Kindheit war vorbei, und wir mussten nach vorn schauen, um die Männer zu werden, die wir heute sind."

„Nicht alle von uns konnten nach diesem Tag nach vorn schauen." Cedric konnte nicht anders, als sich an das Leben zu erinnern, das in jener Nacht, in der sie Charles vor dem Ertrinken gerettet hatten, verloren gegangen war.

Ashtons Stimme wurde finster. „Nein, nicht alle von uns."

Cedric seufzte zustimmend. Ashton war schon immer derjenige unter ihnen gewesen, der die Wahrheit als solche erkannte, selbst die düstereren Wahrheiten über sie alle.

„Ich dachte gerade, wie seltsam es ist, dass keiner von uns seinen üblichen Launen weiterfrönt. Nun, keiner außer Charles."

„Was meinst du?" Cedric setzte sich etwas aufrechter hin.

„Nimm zum Beispiel Godric. Normalerweise würde er mit einer seiner arroganten Geliebten in Schwierigkeiten geraten. Lucien wäre im Midnight Garden, um weiß der Himmel was zu tun. Und du wärst bei Tattersalls oder bei einem Rennen und würdest auf Pferde wetten."

Cedric erkannte schnell den Zweck dieser Unterhaltung. „Und du würdest in deinem Büro sitzen und den ganzen Tag auf deine Investitionszahlen starren."

„Genau. Doch nun sitzen wir, du und ich, hier und genießen unseren Angelausflug. Es ist, als wären wir wieder Jungen, oder eher, als würden wir die Essenz unseres jüngeren

Ichs zurückgewinnen." Ashtons Stimme war belegt. „Verzeih mir, Cedric. Ich rede Unsinn."

„Nein. Du hast recht. Dinge verändern sich. Wir können nicht wieder zu den Männern werden, die wir früher waren. Nicht einmal zu den Knaben, die wir einmal waren. Was bleibt uns? Der einzige Weg führt nach vorn, aber was liegt vor uns?" Cedric äußerte die Frage, von der er wusste, dass sie Ashtons Herz plagte.

„Ja, was?"

„Ich für meinen Teil gebe Emily die Schuld an allem. Dieser kleine Teufelsbraten hat uns alle in diesen Schlamassel hineingeritten. Natürlich muss ich ihr auch danken, denn ohne die süße Em hätte ich jetzt Anne nicht." Der Gedanke an eine Welt ohne Anne ließ ihn erschaudern.

„Ich finde diesen Umstand sehr amüsant. Sie zu entführen war das Törichteste und doch irgendwie auch das Klügste, was wir je getan haben. Ich wage nicht mir vorzustellen, mit wem Godric ansonsten heute zusammen wäre, oder Lucien. Er wurde immer verkappter in seinen Begierden. Ich fing langsam an, mir Sorgen zu machen." Ashtons Geständnis überraschte Cedric.

„Was? Ich hatte ja keine Ahnung..."

„Oh ja. Er suchte sich immer neue Partnerinnen. Er fand keine Befriedigung mehr im Liebesspiel. Männer wie er können ausbrennen, und ohne Liebe, die ihre Leidenschaft anheizt, schwinden sie dahin. Horatias Liebe rettete seine Seele. Er wird ihr nie überdrüssig werden, denke ich. Eine Liebe wie die ihre verblasst nicht."

„Das will ich hoffen", grummelte Cedric. Der Gedanke daran, dass sein bester Freund seine Schwester mit anderen Frauen ins Bett holte, brachte einen säuerlichen Geschmack in seinen Mund. Er wollte nicht glauben, dass Lucien dazu fähig war, aber er kannte den Mann nur zu gut. Doch bis jetzt schienen seine Schwester und sein Freund über beide Ohren ineinander verliebt zu sein, und jetzt, da sie ein Baby erwarteten, hatte Cedric das Gefühl, dass ihre Zukunft nur noch besser werden konnte.

„Oh je...", hauchte Ashton überrascht.

„Was ist?" Cedric richtete sich so abrupt auf, dass das Boot von einer Seite zur anderen schaukelte und kühles Wasser über die Bordkante spritzte und seine Schienbeine durchnässte. „Was ist los, Ash?"

„Du musst mir versprechen, nicht wütend zu werden."

Cedric knurrte warnend. „Ash..."

„Es ist deine Frau."

Cedrics Herz begann unvermittelt zu rasen und Panik erfasste ihn. „Was ist mit ihr?"

„Sie schwimmt auf der anderen Seite des Sees."

„Sie schwimmt?", wiederholte er fassungslos, während sein Gehirn versuchte zu entscheiden, ob dies nun eine schlechte Nachricht war oder nicht.

„In nichts weiter als ihrem Unterhemd. Ich bezweifle stark, dass der Arzt gutheißt, wenn sie ihre Schulter wieder verletzt." Ashton fügte diese letzte Bemerkung amüsiert hinzu.

Cedric tastete nach einem Ruder und schob es Ashton zu. „Rudere! Schnell!"

# KAPITEL 18

Nur mit ihrem Unterhemd bekleidet ging Anne zum Wasser. Sie fühlte sich ziemlich schamlos, so spärlich gekleidet herumzuspazieren, aber dieses Anwesen war dank ihrer Ehe jetzt ihr Eigentum, und sie wollte im See schwimmen gehen. Nur ihr Mann hatte die Macht, sie daran zu hindern, und er war weit weg auf der anderen Seite des Sees. Der Gedanke brachte sie fast zum Lachen. Er würde zweifellos wütend sein, aber anstatt sie zu erschrecken, amüsierte sie diese Vorstellung.

Es war schon eine Weile her, seit sie sich so unschicklich verhalten hatte und in Unterwäsche schwimmen gegangen war. Obwohl sie sich kaum an ihr früheres Leben erinnerte, konnte sie nicht leugnen, wie befreiend sich das Wasser um ihre nackten Beine anfühlte. Als sie tiefer in den kalten See vordrang, tauchte plötzlich eine Erinnerung auf.

*Im seichten Wasser eines ähnlichen Sees herumtollend beobachtete sie ein älterer Mann mit einem nachsichtigen Lächeln auf seinem freundlichen Gesicht. Sie lachte ein fröhliches Kinderlachen, während ihr Vater in der Nähe über sie wachte.*

Der Schmerz, das Gesicht dieses Mannes nur für einen

Moment zu sehen, schnitt ihr tief ins Herz.

*Papa.* Er war erst eine Woche tot gewesen, bevor sie zum Altar geeilt war? Was hatte sie nur dazu gebracht, so etwas zu tun? Warum hatte sie Cedric geheiratet? Und warum in aller Welt hatte Cedric zugestimmt? Zweifellos würde dieser Skandal der feinen Gesellschaft Gesprächsstoff für das nächste Jahrzehnt bieten. Anne legte eine Hand auf ihren Bauch, um die schleichende Angst zu lindern, die sich dort niederzulassen drohte.

Sie konzentrierte sich stattdessen wieder auf ihren Wunsch zu schwimmen und watete auf Zehenspitzen weiter, bis sie hüfthoch im Wasser stand. Die Kälte des Wassers bildete einen starken Kontrast zur warmen Luft. Es würde bei ihrem Tempo eine Ewigkeit dauern, bis sie die richtige Tiefe zum Schwimmen erreichen würde. Es gab keine andere Möglichkeit, als unterzutauchen, also hielt sie die Luft an, zog ihre Beine an und keuchte unter der eisigen Kälte.

Doch bald tat ihr das kalte Wasser gut gegen das heiße Brennen ihrer heilenden Schulter. Sie benutzte ihren gesunden Arm, um ein Stück weiter zu schwimmen und strampelte dann mit den Beinen. Sie war in ihrem Element, dem körperlichen Vergnügen, den eigenen Körper zu kennen und zu verstehen, wie er funktionierte.

Sie streckte ihre Glieder und spürte, wie sich ihre Muskeln anspannten und arbeiteten – es fühlte sich so gut an. Anne war keine zartgliedrige Frau. Sie war kurvenreich mit natürlicher Stärke, was dazu führte, dass Schneiderinnen missbilligend murmelten, dass sie sich an den falschen Stellen wölbte. Ihr Körper wurde nicht als schön empfunden, nicht nach den Maßstäben der Gesellschaft, aber sie hatte schon vor langer Zeit aufgehört, sich um solche Dinge zu kümmern. Dessen war sie sich sicher.

Anne schwamm weit in den See hinaus und vergaß für einen Moment, Cedrics Fischerboot im Auge zu behalten.

Erst nachdem sie ein paar Mal untergetaucht war, bemerkte sie, dass das Fischerboot am Ufer angelaufen war und ein finster dreinblickender Viscount daneben stand und in ihre Richtung starrte.

Cedric stapfte mit dem Stiefel im matschigen Gras, das seltsam quietschte. Anne unterdrückte ein Kichern, als sie seinen leeren Blick las. Er verhieß ihr eine Rüge für ihre mutwillige Tollkühnheit. Weiter hinten unterhielt sich Lord Lennox mit Hartley. Beide kehrten ihr den Rücken zu. Anne schwamm so lautlos wie möglich und benutzte ihre Beine und ihren gesunden Arm, um zum Ufer zu gelangen.

„Ich weiß, dass du da bist, Anne. Komm sofort da raus. Du solltest dich nicht in Gefahr bringen, nicht mit einer verletzten Schulter." Er unterstrich seine Worte, indem er mit seinem Zeigefinger auf den Boden in der Nähe seiner Füße zeigte, als wollte er sie wie ein Hündchen bei Fuß rufen.

„Ich werde nicht herauskommen", antwortete sie und versuchte, nicht über ihr plötzliches Bedürfnis, Schabernack zu treiben, zu lachen.

„Ich kann dich nicht sehen, und die anderen schauen nicht zu."

„Nein", sträubte sie sich entschieden. So, wie er seine Fäuste ballte, wusste sie, dass sie in Schwierigkeiten geraten würde, sobald sie in seiner Reichweite wäre. Sie wusste nicht, was sie genau erwartete, aber sie bezweifelte, dass er ihr wehtun würde.

„Schwimm ihr nach, Cedric", rief Ashton über seine Schulter.

Anne keuchte über seinen unverfrorenen Vorschlag. Sie war fast nackt, und die Vorstellung, dass Cedric sie in nichts anderem als ihrem Hemd beim Schwimmen erwischte, war aufregend und beängstigend zugleich.

„Bitte, Anne. Ich bin nicht mehr geschwommen, seit ich mein Augenlicht verloren habe."

„Seit wann muss man sehen, um schwimmen zu können?“ Sein Geständnis beruhigte sie ein wenig, und sie versuchte ihn zu provozieren. Beide fürchteten sich, auch wenn ihre Ängste unterschiedlich waren.

„Bitte lass mich dich nicht herausziehen. Es wäre für uns beide äußerst unangenehm.“

„Cedric, warte.“ Anne wünschte sich mehr als alles andere, ihm näher zu kommen, um die Gründe zu entdecken, die sie dazu gebracht hatten, ihn zu heiraten. „Warum kommst du nicht ins seichte Wasser, komm nur für eine Minute zu mir. Wenn du meiner Bitte nicht Folge leistest, könnte ich versucht sein, hierzubleiben und mir einen Fischschwanz wachsen zu lassen. Willst du das, mein Gemahl? Willst du mich in meiner Unterwassergrotte suchen müssen?“ Vertrau mir, flehte sie innerlich.

„Nein.“

Jetzt war er derjenige, der sich weigerte. In was für einer misslichen und doch amüsanten Lage sie sich befanden!

„Planst du, dich für den Rest deines Lebens in einer Muschel zu verstecken? Komm bis zur Hüfte ins Wasser, lerne deinen See neu kennen.“

„Sie hat recht, Cedric“, mischte sich Ashton ein.

„Du kannst mit Hartley zum Herrenhaus zurückkehren“, sagte Cedric mit mürrischer Stimme.

„Sehr gut. Besuch mich heute Abend.“ Ashton drehte sich um und ging mit dem Diener davon.

„Willst du mich wirklich dazu bringen, dir ins Wasser zu folgen?“ Cedric setzte sich ins Gras, um seine Stiefel auszuziehen und seine Hose hochzukrempeln.

„Aber ja doch.“

Annes beäugte Cedrics muskulöse Waden, als er vorsichtig ins Wasser watete. Er ging knietief, bevor er innehielt und den Kopf schief legte, als lauschte er auf das Anzeichen einer Bewegung von ihr. Anne hatte plötzlich das

Gefühl, dass er sie jagte. Sie hielt den Atem an und schwamm etwas weiter zurück, aber ein erschrockener Fisch platschte an ihrer Schulter. Cedric stürzte sich auf das Geräusch und fiel dabei ins Wasser. Sein erschrockener Schrei brachte sie dazu, hastig zu ihm zu schwimmen. Sie erwischte ihn um die Taille, während er panisch um sich schlug.

„Stell die Füße auf den Boden. Hier ist es seicht", rief sie.

„Ich weiß." Plötzlich richtete er sich auf, packte sie und zog sie an sich. Er lächelte wie ein siegreicher Jäger, schlang seine Arme um ihren Rücken und umarmte sie.

Cedric entspannte sich endlich. Er blinzelte, denn Wasser strömte in Rinnsalen über sein Gesicht, während er sich an sie klammerte. Als seine Atmung langsamer wurde, neigte er seinen Kopf und legte sein Kinn auf ihren Kopf.

„Du wirst mir noch den Tod bringen, Anne", murmelte er. Sein warmer Atem an ihrer Schläfe bereitete ihr eine Gänsehaut.

Zitternd streichelte sie seine Wange und beobachtete, wie seine leeren braunen Augen etwas in der Ferne fixierten. Dieser weite, verlorene Blick war von unglaublicher Schönheit, wie bei einem tragischen Opernhelden. Er rief nach ihr, bat sie, ihn mit Liebe und Licht zu erfüllen.

„Warum vertraue ich dir?", flüsterte sie. „Ich sollte erschrocken sein, dass ich mich so wenig an mein Leben erinnere, aber die Gedanken an dich verscheuchen meine Ängste. Warum?"

Cedric schwieg für einen Moment. Seine großen Hände umfassten ihren Rücken und ließen sie sich so klein fühlen, wie sie sich noch nie zuvor gefühlt hatte.

„Von dem Moment an, als ich dir begegnete, hast du mich gefesselt. Du warst klug, aber auch süß und unschuldig. Dann wurde dir diese Unschuld gewaltsam genommen und du bliebst stark, aber allein. Ich habe mich in dir gesehen, wie bei einer Seelenverwandten. Wir tragen unsere Lasten und kämpfen darum, dass unsere Lieben glücklich und sicher sind. Es war unvermeidlich, dass ich mit dir zusammen sein wollte und dich so begehren würde, wie ich es tue."

Sie kämmte mit den Fingern durch sein nasses Haar und strich es ihm aus den Augen. „Wie war unsere Hochzeit?"

Er lächelte jungenhaft. „Perfekt. Du warst die schönste Braut, die St. George's jemals betreten hat."

„Eine Schmeichelei von einem Blinden?", neckte sie. „Ich frage mich, ob ich mich auf dein Urteil verlassen kann."

„Ich wusste, wie du aussehen würdest, und dann hielt ich dich in meinen Armen, spürte deinen Duft, deine Berührung. Du warst perfekt. Wir waren beide glücklich."

„Wir *waren* es?"

„Wir haben uns vor ein paar Tagen gestritten. Ich bin fortgegangen, und du bist in die Nacht geflohen. So kamst du zu deinen Verletzungen." Cedric massierte ihre Schulter und seufzte.

Anne drückte ihren Körper an seinen, schmiegte sich eng an ihn und er stöhnte. „Können wir das nicht alles vergessen? Können wir nicht von vorn anfangen?"

„Liebes, ich gebe wirklich mein Bestes, um dich in diesem Moment nicht zu verführen. In deinem Zustand wäre es dir gegenüber unfair. Ich will nicht, dass du mich als Ungeheuer in Erinnerung behältst." Cedrics tapfere und ehrenhafte Worte wurden durch den beharrlichen Druck seiner Erregung gegen ihre Hüfte unter Wasser etwas abgeschwächt.

„Haben wir uns schon einmal geliebt?" Sie wollte, dass er ja sagte. Es würde erklären, warum ihr Körper seinen erkannte und warum sie dieses Verlangen spürte, wann immer er sie berührte.

„Beinahe. In der Bibliothek von Godrics Stadthaus."

Eine Erinnerung flackerte auf. *Eine Couch, auf der sich zwei Körper verschlangen, seine Zähne knabberten an ihrem Hals, als sie unter ihm gekommen war.* Anne schauderte in Cedrics Armen.

„Ich glaube, ich erinnere mich daran, oder zumindest tut es mein Körper." Es erstaunte sie immer wieder, wie einfach es war, so offen und ehrlich zu ihm zu sein.

Cedric antwortete mit einem köstlichen Lachen. „Das hoffe ich, du kleiner Teufel. Es war eine ziemlich eindrückliche Erfahrung für uns beide. Ich habe noch nie zuvor ein solches Vergnügen dabei verspürt, wenn eine Frau in meinen Armen die Kontrolle verliert."

Anne war dankbar, dass er sie nicht erröten sah. Trotz der anfänglichen Wärme ihres Körpers begann sie im kalten Wasser zu frieren. Cedrics Hände strichen über ihre Arme, als er versuchte, sie zu wärmen.

„Ich glaube, wir sind für heute genug geschwommen. Sollen wir gehen?" Es war weniger eine Frage als vielmehr eine höflich formulierte Aufforderung. Aber das machte ihr nichts aus, denn ihr wurde von Minute zu Minute kälter.

„Ja, lass uns zum Hause gehen." Anne führte ihn aus dem Wasser und ging zu ihrem Kleiderstapel. Er zog seine Stiefel an und wartete geduldig, während sie ihr Kleid überzog. Sie ignorierte das Unbehagen darüber, dass der Stoff an ihrer nassen Haut klebte. Sobald sie ihre Schuhe angezogen und ihre Granatkette um ihren Hals gelegt hatte, nahm sie seine Hand. Sie gingen in gemütlichem Schweigen zum Haus zurück, bis das Kreischen der Haushälterin die Luft durchdrang.

„Das ist mir ja in all meinen Jahren noch nie untergekommen!" Die ältere Frau hielt inne, um Cedric mit dem Stock anzustupsen, den er im Herrenhaus zurückgelassen hatte. „Ihr wart schwimmen, ohne dass jemand auf Euch aufpasst? Und in Eurer Kleidung noch dazu?"

Anne wartete darauf, dass Cedric die Haushälterin wegen ihrer Rüge in die Schranken wies, aber der Viscount lächelte nur.

„Uns geht es gut. Schick jemanden in mein Schlafzimmer,

um im Kamin Feuer zu machen und bringt uns in einer Stunde etwas zu essen."

Die Haushälterin schnaubte hörbar und ging davon. Cedric legte einen Arm um Annes Taille, zog sie an seine Seite und küsste ihre Stirn. Diese zärtlichen, liebevollen Gesten, die er so oft und unverhofft benutzte, ließen sie dahinschmelzen. War das Liebe? Oder zumindest etwas, das ihr sehr nahekam? Sie hoffte es von ganzem Herzen. In dieser neuen Welt, in der sie so allein war und ihre Erinnerungen so verschleiert waren, war der Gedanke, geliebt zu werden, ihre Oase in der Wüste.

„Du bist nachdenklich. Was geht dir durch den Kopf?", fragte Cedric, als sie die Treppe hinaufstiegen.

Anne kaute auf ihrer Unterlippe und überlegte, was sie ihm antworten sollte.

Cedric tätschelte ihre Taille. „Komm, Liebes, rede mit mir."

„Ich möchte glücklich sein, und ich habe das starke Gefühl, dass wir es vielleicht sein werden. Findest du das albern?"

„Weil du auf Glück hoffst? Niemals, mein Herz, niemals."

„Wie schaffst du das nur immer?", flüsterte sie, wobei ihre Stimme vor Emotionen, die sie fürchtete, an die Oberfläche zu lassen, zitterte.

Cedrics Gesicht war besorgt. „Wie schaffe ich was?"

„Wie kannst du mir das Gefühl geben, stark zu sein, obwohl ich noch nie schwächer war als jetzt?"

Feine Fältchen zogen sich um seine Augenwinkel, als er lächelte. „Wir ergänzen uns. Wenn ich bei dir bin, Anne, dann durchdringt die Dunkelheit in meinen Augen nicht länger meine Seele."

Anne traten plötzlich Tränen in die Augen. Was für eine Tragödie es für ihn gewesen sein musste, das Leben, wie er es geliebt hatte, für immer aufgeben zu müssen. Es gab so viele

Dinge, die er nicht mehr tun konnte. Der Wunsch, ihm zu helfen, war überwältigend und wunderbar.

Cedric führte sie in sein Zimmer. Es war dunkel, denn die Vorhänge vor dem Fenster waren zugezogen, sodass Anne das Gefühl hatte, es sei eher Abend als Mittag.

*Abend.* So eine intime Zeit des Tages. Sie konnte nicht anders, als sich vorzustellen, wie er sie endlich in sein Bett holen würde, obwohl er darauf bestanden hatte, es nicht zu tun, bis es ihr besser ging. Er zog an einer Schnur und sofort erschien ein Dienstmädchen. Ihre Augen weiteten sich, als sie die durchnässte Kleidung ihres Herrn und ihrer Herrin sah.

„Molly, wärst du so freundlich, Annes Nachthemd zu holen und einen Diener hier in meinem Zimmer ein Bad vorbereiten zu lassen?"

Anne errötete, als Cedric sie zu seinem Ankleidezimmer zog. Hinter einem Sichtschutz stand eine Metallwanne, die groß genug für zwei Personen war.

„Warte hier." Cedric ging um den Paravent herum, um sich umzuziehen.

Durch das trübe Licht konnte Anne nur Stoff rascheln hören, als die Kleidung über seine Haut glitt. Ihr Körper begann zu schmerzen. Nur einen kurzen Blick, versprach sie sich und spähte hinter die Trennwand. Cedric war splitternackt und stand mit dem Rücken zu ihr gewandt, während er einen Stapel sauberer Hemden durchsuchte. Seine Hände rieben den Stoff sanft zwischen Daumen und Zeigefinger, als würde er die Qualität der unterschiedlichen Stoffe beurteilen.

Anne konnte ihre Augen jedoch nicht von seinen Hüften und seinem Gesäß abwenden. Die wohlgeformten Pobacken sahen fest aus, und sie verspürte plötzlich den Drang, ihre Finger darin zu vergraben und ihn zu drängen, sie hier und jetzt zu nehmen und das Warten zum Teufel zu jagen. Anne gab unwillkürlich einen Laut von sich, und er fuhr herum, wobei er ihr seine Vorderseite enthüllte. Als sie sein Glied erblickte, musste sie unwillkürlich schwer schlucken. Es war unglaublich groß. *Zu* groß.

Ihre Oberschenkel verkrampften sich. Das würde nie in sie hineinpassen!

„Alles in Ordnung, Liebling?", fragte er, ohne zu merken, dass sie ihn sehen konnte.

Anne duckte sich hinter die Wand zurück und antwortete. „Ja, mir war nur kalt." Eine schamlose Lüge, denn ihr Körper war heiß genug, um den ganzen See zum Kochen zu bringen.

Es folgte noch ein leises Rascheln, die Schritte nackter Füße, und dann kam Cedric in einem weiten Hemd und einer enganliegenden Hose hervor. Anne bemerkte fasziniert, dass seine Füße groß und schön waren. Sie hätte nie gedacht, dass Füße schön sein könnten, aber seine waren es. Es waren die Füße eines athletischen Mannes. Er tappte zu ihr hinüber und küsste sie auf die Stirn.

Anne war überwältigt. Dieser schöne, verführerische Mann gehörte ganz ihr. Womit hatte sie ihn nur verdient?

„Ein heißes Bad und eine warme Mahlzeit werden dir gut tun. Wie geht es deiner Schulter? Ich möchte, dass der Arzt dir eine neue Schlinge anlegt, sobald du hier fertig bist."

„Sie tut nur ein bisschen weh. Der Arzt hat die Schulter gut eingerenkt."

„Dem Himmel sei Dank." Cedric seufzte an ihrer Wange, bevor er sie leicht küsste.

Ein paar Minuten später zog Anne sich aus und stieg ins dampfende Bad. Cedric blieb in der Nähe, und obwohl er sie nicht sehen konnte, fühlte sich Anne doch entblößt und verletzlich.

„Fühlst du dich besser?", fragte Cedric, der neben der Wanne kniete, mit seinen Händen am Wannenrand entlangglitt und sich langsam auf ihren Oberkörper zubewegte, als würde er versuchen, sie zu finden.

„Viel besser." Anne rieb sich den wunden Hals. Er schmerzte gelegentlich, wahrscheinlich von ihrem Unfall. In der Sekunde, in der sie die Augen schloss, legten sich Cedrics Hände von hinten auf ihre Schultern. Sie wollte schon protestieren, aber er brachte sie mit einer entspannenden Massage zum Schweigen. Die Intimität des Augenblicks fühlte sich seltsam vertraut an. Eine blitzschnelle Erinnerung, weiße Spitze und der Duft von Rosen und Orangenblüten und Cedrics heilende Hände.

„Du bist so wunderbar darin", sagte sie schläfrig. Er massierte eine verspannte Stelle und antwortete mit einem kehligen Lachen, bevor er ihren Hals küsste.

„Bist du müde?"

„Ein bisschen", gab sie zu und hielt eine Hand vor ihren gähnenden Mund. „Aber es ist erst Nachmittag, und ich kann noch nicht schlafen."

„Ich möchte, dass du viel schläfst, Anne. Du musst dich ausruhen, um gesund zu werden. Soll ich Hartley bitten, dir einen Schlaftrunk zu bringen?" Er begann aufzustehen, aber sie legte eine Hand auf seinen Arm.

Anne lehnte sich leicht nach vorn und setzte sich so seinem blinden Blick aus, während das Wasser über die Wannenwände schwappte. „Nein."

„Keine Sorge, Ich möchte dir nichts aufzwingen. Dazu kenne ich dich zu gut."

Anne spürte, dass seine Bemerkung aus einer früheren Erfahrung stammen musste, aber sie schien sich nicht an die Einzelheiten zu erinnern.

„Darf ich eine andere Methode vorschlagen?" Cedric grinste, als seine Hände von ihren Schultern über ihre nassen Brüste bis zu ihren Brustwarzen wanderten.

Sie keuchte, überrascht von seiner Kühnheit. Er drückte sie zu sich und nach unten, sodass sie wieder in die Wanne sank. Er küsste ihren Hals und knabberte an der empfindlichen Stelle unter ihrem Ohr, was ihr einen lustvollen Schauer den Rücken hinabjagte.

„Ist das akzeptabel, Anne?", flüsterte er, während er ihre Brüste streichelte und umfasste. Anne nickte und seufzte, als eine seiner Hände über ihre Rippen und ihren Bauch hinunter bis zum Ansatz ihrer Oberschenkel glitt. Das Gefühl seiner Hände auf ihrem Körper, die zärtliche Art, wie er sie berührte und streichelte und auf jedem Zentimeter seines Weges ein Feuer hinterließ, war unglaublich sinnlich. Jeder Teil von ihr war auf seine Berührung abgestimmt, wie die Tasten eines Klaviers, die von den Händen des Spielers aufgewärmt werden, um wunderbare Musik zu machen.

Seine Stimme war seidig wie die Fäden eines Spinnennetzes und samtig wie Mitternacht, als er sich weitervorwagte und mit einem Finger sanft zwischen ihre Falten glitt. „Und das? Darf ich dich hier berühren?" Sie hätte nie gedacht, dass sie sich wünschte, von einem Mann dort berührt zu werden, geschweige denn dass er in ihren Körper eindrang, wenn auch nur mit seinen Fingern, aber mit Cedric war ihr das nicht genug. Sie wollte auf jede erdenkliche Weise mit ihm eins werden.

Er spielte mit ihr, streichelte, schnippte, rückte vor und zog sich wieder zurück. Sein Finger war groß, und ihr Körper umklammerte ihn fest, und als sie unbewusst ihre inneren Muskeln um ihn anspannte, antwortete er ihr mit einem leisen, tiefen Knurren. Dieser Laut vibrierte durch ihren Körper, und sie hob ihre Hüften und versuchte, seinen Finger tiefer in sich zu ziehen.

„Ja, berühr mich, bitte." Die Sehnsucht und der Hunger nach ihm war ungestüm.

„Lass mich dich küssen, Anne, Liebes. Überlass dich mir." Seine Stimme raubte ihr den Verstand, und seine Worte brachten sie dazu, allem zuzustimmen, worum er bat.

Cedric berührte ihre Lippen mit seinen, neckend und

verführerisch. Seine Zunge stieß zur gleichen Zeit in sie, als er mit zwei Fingern in sie glitt und sie ausfüllte. Anne wölbte sich in der Wanne und Wasser klatschte über die Seiten. Cedrics Kuss wurde leidenschaftlicher, und seine Finger steigerten ihren gleichmäßigen Rhythmus. Anne kreiste ihre Hüften, um das Verlangen nach etwas zu stillen, das sie nicht einmal benennen konnte. Als Cedrics Daumen über ihr Nervenbündel strich, wimmerte sie vor Vergnügen. Er wiederholte es, während er sich immer noch mit den Fingern in ihr bewegte, und innerhalb von wenigen Augenblicken stöhnte sie auf und klammerte sich mit weißen Knöcheln an den Wannenrand.

„Noch nicht, mein Herz, ich möchte dich richtig erschöpfen."

Cedric drosselte seine Bewegungen und nahm seine gemächlichen Liebkosungen wieder auf.

Doch sie packte sein Handgelenk und zwang seine Hand wieder zwischen ihre Beine. „Bitte, Cedric. Ich brauche dich."

„Du brauchst mich?" Staunen lag in seinem Tonfall, und es schmerzte sie, dass er ihr vielleicht nicht glaubte.

„Mehr als alles in der Welt."

Cedric stöhnte, als ob ihre Worte ihn überwältigt hätten. Er küsste sie und begann sie wieder zu streicheln. Sofort war Annes Körper wieder empfindlich für seine Berührungen und sehnte sich nach mehr. Kurz darauf brach sie unter seiner Liebkosung zusammen, und Nachbeben der Freude durchströmten sie in Wellen. Sie fühlte sich schwach und schwer wie ein Berg riesiger Steine. Sein rauer Atem an ihrem Ohr sagte ihr, dass er genauso erregt war wie sie. Sie begannen eins zu werden, wenn auch in kleinen Schritten.

*Wir können es schaffen. Diese Ehe kann funktionieren, und wir können zusammen glücklich sein.*

Sie mussten es schaffen. Der Gedanke, Cedric zu verlieren oder aufzugeben, war unerträglich.

# KAPITEL 19

Cedric küsste Annes Stirn und war stolz darauf, die Abwehrhaltung seiner Frau geschwächt zu haben. Er fühlte sich wie der Eroberer früherer Zeiten, der seine Partnerin vollkommen befriedigt hatte. Seine eigenen Bedürfnisse hatte er sich jedoch versagt, aber es hatte ein wunderbares Feuer in ihm gebrannt, als er spürte, wie sie in seinen Armen die Kontrolle verlor. Sie war viel weniger zurückhaltend als zuvor, und er musste die Wogen seiner eigenen Lust glätten, die ihn drängten, sie ganz für sich zu beanspruchen.

Er stahl einen weiteren Kuss von ihren Lippen. „Ich liebe es, wenn du so mit mir verschmilzt." Er knabberte an ihrer Unterlippe und fühlte sich verspielt und doch entspannt. Anne antwortete mit einem müden Seufzer und glitt tiefer in die Wanne, zweifellos zu geschwächt, um sich aufrecht zu halten.

„Ich denke, es ist an der Zeit, dass wir dich da herausholen, Liebes."

„Jetzt schon?"

Cedric hob sie auf die Füße und begann sie abzutrocknen.

Anne gab nicht einmal vor, zu protestieren. Er nahm sich Zeit und widmete sich jedem Zentimeter Hautoberfläche. Nachdem er sie zu seinem Bett geführt hatte, half er ihr, ihr Nachthemd anzuziehen und die Schlinge wieder um ihren Arm zu legen. Anne war erschöpft und leistete keinen Widerstand, als er sie in sein Bett legte. Er strich ihr das Haar zurück und gesellte sich zu ihr unter die Bettdecke, wo er sie an seine Seite zog.

„Meine liebe Anne", sagte er und wünschte sich zum tausendsten Mal, er könnte sie sehen. Ob sie im Schlaf entspannter war?

Anne schmiegte sich an ihn, ihre Hände an seinen Rippen, und ihr Kopf ruhte in der Beuge zwischen seinem Arm und seiner Brust. Cedric konnte nicht glauben, wie erfüllt sich sein Leben in diesem Moment anfühlte. Wie sehr er es liebte, diese Frau in der Nähe zu haben, ihren vertrauten Geruch einzuatmen und zu wissen, dass sie jetzt und für immer ihm gehörte.

Cedric döste eine halbe Stunde, bis Hartley mit Suppe und Tee kam. Mit Widerwillen, Annes Seite zu verlassen, erhob er sich aus dem Bett und weckte sie mit ein paar Küssen.

„Das Essen ist da, und ich muss mich um ein paar Dinge kümmern. Wenn du mich brauchst, schick Hartley nach mir."

Anne drehte sich auf den Rücken, nahm sein Gesicht zwischen ihre Hände und erhaschte einen letzten Kuss. Die Tatsache, dass sie diesen zärtlichen Moment herbeigeführt hatte, raubte ihm beinahe den Atem. Er wünschte sich nichts mehr, als sie wieder ins Bett zu werfen und mit ihr zu schlafen, bis keiner von ihnen mehr aufrecht gehen konnte.

„Darf ich in ein paar Tagen nach Brighton fahren?"

Cedric runzelte die Stirn. „Nur, wenn du dich dazu imstande fühlst. Hartley muss dich begleiten. Ich möchte nicht, dass du allein und schutzlos bist."

„Schutzlos? Gibt es etwas, worum ich mir Sorgen machen sollte?"

Cedric spürte, wie Anne sich aufsetzte und seine Arme packte.

„Vielleicht ist es nichts, aber erinnerst du dich an letzte Weihnachten, als ich mein Augenlicht verlor?"

„Tut mir leid, aber ich erinnere mich nicht."

„Nun, dieser Unfall war nicht wirklich ein Unfall, sondern vielmehr ein Anschlag auf mein Leben und das meiner Schwester. Ashton wurde letztes Jahr von jemandem ange-schossen, und wir glauben, dass dies alles zusammenhängt. Zweifellos lässt unser Feind uns alle beobachten, aber seit deinem Unfall mache ich mir größere Sorgen, weil du eine Zeitlang geschwächt sein könntest. Wenn er es bemerkt, könnte er diese Schwäche ausnutzen."

„Aber wer würde dich töten wollen?"

Cedric lachte, aber es lag keine Belustigung darin. „Viele Männer wollen mich gern tot sehen, aber nur wenige würden es wagen, ihre Wünsche in die Tat umzusetzen. Nur ein Mann hat geschworen, mich und die anderen Mitglieder der Liga zu töten. Hugo Waverly."

„Sir Hugo Waverly? Ich kenne diesen Namen von irgendwoher."

Cedrics Hände ballten sich zu Fäusten. „Ja. Er hat geschworen, uns alle tot zu sehen, und sein Attentat auf Horatia führte zu meiner Erblindung."

„Wie das?"

„Im Gärtnerhaus war ein Feuer gelegt worden, und als ich gerettet wurde, fiel ein Balken auf mich herab. Der Schlag hat mich erblinden lassen und mich in dieses tollpatschige, herumstolpernde Wesen verwandelt."

„Oh, Cedric." Annes Stimme war ganz leise. Er zuckte zusammen, als sich ihre Hände um seinen Hals legten, aber er entspannte sich, als sie anfing, seinen Kiefer und seine

Wangen zu küssen. Seine Arme schlangen sich um ihre Taille und zogen sie kurz an sich, bevor er sie losließ.

„Versprichst du mir also, dass du Hartley immer mitnimmst, wenn du das Haus verlässt? Selbst auf meinem Grundstück bist du vielleicht nicht sicher. Waverlys Auftragsmörder hat Horatia aus ihrem eigenen Schlafzimmer entführt." Beinahe hätte er seinen besten Freund und seine Schwester an dieses Ungeheuer verloren. Er würde Anne nicht auch noch verlieren. Selbst jetzt fragte er sich, ob ihre Verletzungen wirklich von einem versehentlichen Sturz herrührten oder ob womöglich etwas Unheilvolleres dahintersteckte.

Anne tätschelte seine Brust zärtlich. „Das verspreche ich. Ich bin nicht leichtsinnig. Und ich möchte nicht, dass du dir jemals Sorgen um mich machen musst."

„Dem Himmel sei Dank, denn es scheint, als seien die meisten Frauen in meinem Leben entschlossen, mein Haar ergrauen zu lassen, bevor ich vierzig werde." Er nahm ihre Hand und führte sie für einen Kuss an seinen Mund. „Ich muss jetzt wirklich gehen. Ruhe dich aus, mein Herz."

Cedric verließ Anne und machte sich auf die Suche nach Ashton. Er fand seinen Freund in der Bibliothek, nachdem er sich bei einem vorbeigehenden Diener erkundigt hatte.

„Ash?" Cedric betrat die Bibliothek und lauschte auf das vertraute Knistern einer Zeitung, die gefaltet wurde. Ashton war ein Gewohnheitstier.

„Hier auf dem Sofa", antwortete Ash.

Cedric durchquerte den Raum und wich Stühlen und Bücherregalen geschickt aus, bis er zu seinem Freund gelangte.

„Wie geht es deiner Herzensdame?" fragte Ashton, und sein normalerweise ernster Tonfall enthielt einen Hauch von Heiterkeit.

Cedric grinste. „Sie ruht sich nach einem Bad aus." Nach

so einem aufregenden Höhepunkt würde sich Anne ein paar Stunden erholen müssen.

„Freut mich, das zu hören. Ich habe mir Sorgen gemacht, dass ihr zwei euch nach dem Vorfall am See gestritten haben könntet."

„Unsinn. Ich bin blind. Sie hat kein Gedächtnis. Es ist praktisch unmöglich, etwas Anständiges zu finden, über das man sich streiten könnte."

„Sehr gut." Ash klang seltsam zerstreut. Cedric legte den Kopf schief und dachte über den Tonfall seines Freundes nach. Etwas stimmte nicht, und es störte ihn, dass er Ashtons Mienenspiel nicht mehr so deuten konnte wie früher.

„Du warst nie einer, der seine Sorgen vor mir verheimlichen konnte, Ash. Sag schon, was dich belastet."

„Es geht um Waverly."

„Hugo?" Was für ein Zufall, dass er Anne gerade vor diesem Mann gewarnt hatte.

„Gibt es noch einen anderen Waverly, der uns Kummer bereitet?"

„Nun, was ist mit ihm?" Cedric klopfte herum, bis er einen Ohrensessel vor dem Sofa fand. „Hast du etwas über ihn gehört?"

„Nein, aber wir sollten etwas gegen ihn unternehmen. Der Angriff auf dich und Lucien zu Weihnachten und die Kugel in meinem Arm waren keine Unfälle."

„Natürlich nicht, aber wir können nicht beweisen, dass Waverly dahinter steckt", erinnerte ihn Cedric.

„Die ertrunkene Katze in Charles' Haus trug eindeutig seine Unterschrift, denkst du nicht auch?"

Cedric runzelte die Stirn. Diese Tat hatte nicht nur den Drahtzieher, sondern auch die Motive seines Handelns mehr als deutlich gemacht. Hugos Absicht war die Zerstörung, aber sein Motiv war Rache. Es schien, als würden die vergangenen Sünden der Liga sie endlich einholen.

„Doch, doch. Aber niemand außerhalb der Liga würde das verstehen." Cedric sackte in seinem Stuhl zusammen, als ob das Gewicht jahrzehntelanger Sorgen auf seinen Schultern lastete. „Ich habe Anne gerade seinetwegen davor gewarnt, das Haus nicht unbeaufsichtigt zu verlassen. Was würdest du uns noch raten, außer wachsam zu sein?"

„Das ist ja das Problem. Ich habe nicht die leiseste Ahnung."

Ashton war ebenso ein Stratege wie Cedric, und der Umstand, dass nicht einmal er wusste, wie sie mit der Situation umgehen sollten, war beunruhigend.

„Ich war in letzter Zeit sehr beschäftigt, und Waverlys Beteiligung an diesen Angriffen war so verdeckt, dass ich kaum Beweise habe. Man kann nicht nur mit seinem Instinkt und vagen Vermutungen zu einem Richter gehen. Zu allem Überfluss hat Waverly London wieder verlassen. Ich glaube, er bereitet sich auf seine nächste Schandtat vor."

„Wenn wir nur wüssten, wer von uns sein nächstes Ziel ist." Cedric stieß einen verärgerten Seufzer aus.

„Das kann man leider nicht voraussehen. Ich habe immer geglaubt, dass Charles sein wahres Ziel ist, aber es scheint, als ob er vorhat, uns alle zu vernichten."

„Dafür, was mit Peter geschehen ist? Diese Sünde ist nicht allein uns zuzuschreiben."

„Nein, aber er macht uns dafür verantwortlich."

„Was zum Teufel ist mit diesem Mann los, dass er seinen Groll nicht überwinden kann?", murmelte Cedric.

„Du weißt, dass mehr dahintersteckt. Es hat mit den Vätern von Charles und Hugo zu tun. Es war böses Blut zwischen ihnen, wie ich hörte. Unser Einschreiten zu Charles' Gunsten hat uns in seinen Augen zum Scheiterhaufen verurteilt. Und dass Peter im Fluss ertrunken ist, lieferte Waverly nur noch mehr Brennholz." Ashton rutschte unruhig auf seinem Stuhl hin und her.

„Ich würde keine Sekunde dieser Nacht ändern. Ich würde Charles wieder nachspringen."

„Ich auch. Aber ich wünschte..." Ein langer Moment angespannter Stille folgte, als beide Männer von düsteren Erinnerungen geplagt wurden, bei denen sie das Leben eines Mann gerettet, aber das eines anderen geopfert hatten.

„Wie geht es eigentlich Charles?" Cedric hatte in den letzten Monaten nicht viel Zeit mit ihm verbracht. Der Mann spielte viel zu gern Streiche in der Hoffnung, Cedrics Stimmung aufzuhellen, was jedoch fast immer nach hinten losging.

Ashton seufzte. „Er hat immer noch Albträume, aber in letzter Zeit geht es ihm besser. Dennoch mache ich mir Sorgen um ihn."

„Glaubst du, du kannst ihn von seinen Albträumen befreien?"

„Nein. Zumindest nicht so schnell. Und im Moment bin ich viel zu beschäftigt damit, mich mit Lady Melbourne auseinanderzusetzen."

„Womit wir wieder bei Lady Melbourne wären. Anne hat mir erzählt, dass du am Opernabend mit ihr in eine dunkle Nische verschwunden bist." Cedric genoss das entsetzte Schnauben seines üblicherweise so gefassten Freundes.

„Und was hast du mit Lady Melbourne in besagter Nische gemacht, hmm?"

„Ich... wir... das heißt..." Ashton, sonst so redegewandt, rang um die richtigen Worte.

„So, so. Ich bin sicher, du und sie haben es genossen... was auch immer es war." Cedric konnte das Grinsen nicht unterdrücken, das sich auf seinem Gesicht ausbreitete.

Ashton fasste sich und antwortete ernst: „Ich habe mit ihr verhandelt."

„Du hast mit ihr verhandelt? So nennt man das also heutzutage?" Cedric kämpfte gegen den Drang an, laut loszulachen.

„Ich dachte, ein bisschen körperliche Überzeugungskraft wäre die klügste Vorgehensweise", argumentierte Ashton, aber seine Stimme klang hohl. Wenn Cedric es nicht besser wüsste, könnte er schwören, dass dem Mann etwas peinlich war. „Sie ist ein bisschen... widerstandsfähiger, als ich dachte. Ich muss verhindern, dass ihre Possen meine Reedereien zerstören. Extreme Maßnahmen könnten erforderlich werden."

Cedric wurde nachdenklich. „Dabei warst du immer der geschickteste Verführer von uns allen."

Es war die Wahrheit. Ashton war der einzige der fünf Gründungsmitglieder der Liga gewesen, der nie die Kontrolle verlor und sich nie von seinen Leidenschaften beherrschen ließ. Seine berechnenden Verführungen hatten unzählige Opfer gefordert. Fast alle seine Eroberungen standen in irgendeinem Zusammenhang mit seinen Erfolgen in der Geschäftswelt. Einen Abend schlief er mit einer Opernsängerin, die die Geliebte eines Werftbesitzers war. Am nächsten Abend heftete er die Tochter eines Bankiers an eine Wand in der Nähe eines Tanzsaals und überredete sie, die Geheimnisse ihres Vaters preiszugeben. Ashton schreckte vor nichts zurück.

„Nun, ein Leopard kann seine Flecken nicht ablegen", murmelte Ashton.

Cedric verschränkte die Arme vor der Brust. „Bist du dir da so sicher? Godric und Lucien haben bewiesen, dass das nicht stimmt."

Ashton schwieg lange.

„Manchen Männern verheißt das Schicksal Glück. Ich zähle mich nicht zu ihnen."

„Zum Teufel mit dem Schicksal, Ash. Du bist deines eigenen Glückes Schmied. Sieh nur mich und Anne an. Allen Widrigkeiten zum Trotz stolpern wir allmählich unserem

Glück entgegen. Wer sagt, dass du nicht dasselbe tun kannst?"

Ashton lachte laut auf und entgegnete amüsiert: „Die Ehe tut dir gut, Cedric, wirklich. Nun geh schon. Geh zu deiner Frau und mach Lucien Konkurrenz darin, einen Erben zu zeugen."

Nun war Cedric an der Reihe, zu lachen. „Nur du könntest es so taktlos formulieren, dass ich wie ein Zuchthengst klinge." Cedric stand auf, holte seinen Stock und ging zur Tür. Es war an der Zeit, in sein Arbeitszimmer zu gehen und sich von seinem Verwalter bei der Korrespondenz helfen zu lassen. Wenn er mit dem Geschäftlichen fertig war, würde er seine Frau finden und all seine Selbstbeherrschung aufgeben. Er wollte mit ihr schlafen, egal ob sie sich an ihn erinnerte oder nicht. Er wollte sie lieben und sie dazu verführen, ihn zurückzulieben. Wenn ihn das zu einem Bösewicht machte, dann sei es drum. Er war schließlich ein Schurke.

ANNES ZOFE SCHNÜRTE IHR GOLDFARBENES KLEID ZU UND steckte noch ein paar Nadeln in die Locken auf ihrem Kopf.

„Fertig, Mylady. Ihr seht hübsch aus."

„Danke, Becca."

„Braucht Ihr noch etwas?", fragte die Frau mit respektvoll gesenktem Kopf.

„Ich frage mich, ob du mich zur Bibliothek führen könntest. Ich werde dort bis zum Abendessen warten."

Becca machte einen Knicks und führte Anne die Treppe hinunter zur Bibliothek.

Der Raum war wunderschön. Vergoldete Stühle und Tische waren mit Büchern übersät, aber die Bücher waren, wie sie bemerkte, mit Staub überzogen. Sie hatte den Eindruck, dass sich vor langer Zeit jemand regelmäßig hier aufgehalten hatte. Jemand, der gern las. Anne fiel ein schwerer Wälzer auf und sie drehte ihn um. Der vergoldete Schriftzug lautete *Die Geschichte der Englischen Monarchie*. Anne wusste, dass Cedric dieses Buch nie aufgeschlagen hätte, genauso wenig wie eines der anderen. Lesen war auch vor dem Unfall nicht seine Sache gewesen.

Diese stille Szene, die in der Nachmittagssonne glänzte, fühlte sich an wie ein Denkmal für jemanden, der schon lange fort war. War es möglich, dass sich Cedrics Eltern in diesen Stühlen niedergelassen und interessiert in die Seiten vertieft hatten? Annes Kehle wurde eng, als sie daran dachte, dass Cedric die Bücher hier verstauben ließ. War er nicht in der Lage gewesen, sie wegzuräumen? Wollte er das Gefühl haben, dass seine Eltern jeden Moment zurückkommen könnten? Oder kam er einfach nie in dieses Zimmer, und die Diener hatten es nicht übers Herz gebracht, die Bücher wegzuräumen?

„Wenn Ihr etwas zum Lesen sucht, Lady Sheridan, dürfte ich Euch das hier vorschlagen?"

Anne drehte sich überrascht um und sah sich dem großen, hellhaarigen Lord Lennox gegenüber. Sie nahm den kleinen Band, den er ihr hinhielt, entgegen.

*„Lady Briana und der geplagte Viscount?"* War der Titel seine besondere Art, ihr etwas Bestimmtes zu sagen?

„Cedric ist einer der besten Männer, die ich kenne", sagte Lord Lennox.

Anne war von dem Licht in seinen leuchtend blauen Augen verzaubert. Plötzlich sah sie Ashton vor ihrem inneren Auge mit nacktem Oberkörper und einer blutigen Schulterwunde. Seine Züge waren von entsetzlichen Schmerzen verzerrt. Annes Kopf drehte sich und sie schwankte. Ashton packte sie an der Taille und stützte sie.

„Ist alles in Ordnung, Lady Sheridan?"

„Ich habe Euch gesehen... blutüberströmt. Warum habe

ich Euch bluten sehen?" Sie umklammerte seine Weste, um Halt zu finden, während sie eine Welle von Übelkeit zurückdrängte.

Ashton sah sie neugierig an. „Ihr habt mich blutüberströmt gesehen?"

„Ja... Eure Brust war entblößt und Eure Schulter war... verletzt", fügte sie mit einem Anflug von Verlegenheit hinzu. Sie hätte nie zugeben sollen, ihn halbnackt gesehen zu haben.

„Das ist eine Erinnerung, nichts weiter, Lady Sheridan", beruhigte Ashton sie. „Im vergangenen Dezember besuchtet Ihr Eure Freundin Emily Parr, jetzt Duchess of Essex. Ich glaube, Cedric hat Euch erzählt, dass ich letztes Jahr angeschossen wurde. Godric hat sich um meine Schulter gekümmert, und Ihr seid ins Zimmer geplatzt. Es tut mir leid, dass die Erinnerung Euch erschreckt hat."

Anne blinzelte verwundert, während die Erinnerung schärfer wurde und alles von diesem besonderen Tag zurückkehrte. Sie erinnerte sich an Emily, ihre gute Freundin. An Godric, den grüblerischen und gutaussehenden Duke of Essex. Das waren keine leeren Titel mehr. Es waren Freunde, an die sie sich erinnerte. Wenn nur der Rest zurückkäme! Annes Herzrasen beruhigte sich, und ihre Schultern sackten erleichtert zusammen.

„Gott sei Dank. Ich hatte schon Angst, ich könnte unter Visionen leiden." Sie rieb sich mit der Hand über die Stirn.

„Erinnert Ihr Euch noch an etwas anderes?"

Anne schüttelte den Kopf. „Es ist alles verschwommen. Ich wünschte, ich könnte es."

„Erinnert Ihr Euch an den Abend, an dem Ihr Cedric zum ersten Mal bei Almacks begegnet seid?"

Anne wollte nein sagen, aber Ashton hob ihr Kinn, damit sie ihn ansah. „Denkt scharf nach. Ich war dort. Es begann ein Walzer. Cedric drehte sich zu Euch um..." Der sanfte Erzählton von Ashtons Stimme durchströmte sie, suchte nach dunklen Flecken in ihrem Kopf und tauchte sie in Pfützen schimmernder Erinnerungen.

„Er lächelte mich an und ich fühlte…"

Ashton konzentrierte sich noch stärker auf sie. „Stellt Euch vor, wie er sich zum ersten Mal umdrehte, um Euch anzusehen. Der Blick, den er Euch zuwarf. Das Lächeln. Was habt Ihr gefühlt?"

Sie versank in seinen Augen und sagte, woran sich ihr Herz erinnerte, obwohl ihr Verstand darauf bestand, dass die Erinnerung verschwunden war. „Ich hatte das Gefühl, dass alles, was ich je für wahr gehalten hatte, nicht mehr wichtig war. Dass mein Leben in der Kurve seines Lächelns begann und der erste Atemzug in meiner Lunge im Glanz seiner Augen geboren wurde. Dass mein Herz ihm gehörte."

Ashton ließ ihr Kinn los und legte seine Hand an ihr Gesicht. Er strich mit seinen Fingerspitzen über ihre Wange, beruhigend und zärtlich. Erst jetzt bemerkte Anne, dass Tränen über ihre Wangen liefen und er sie wegwischte.

„Ich wollte Euch nicht zum Weinen bringen, Lady Sheridan."

Anne schniefte und wischte sich das Gesicht ab.

„Jetzt erinnere ich mich daran." Etwas an Ashtons Beharrlichkeit, an diesen Abend zurückzudenken, hatte in ihr eine Menge Erinnerungen wachgerufen – an ihren Vater, an Cedric und an Emily. So viel von dem, was sie war, war zurückgekehrt, und ihr Kopf pochte vor Schmerzen.

„Fühlt Ihr Euch unwohl?", fragte Ashton besorgt.

„Ich brauche nur etwas frische Luft." Anne wandte sich abrupt von ihm ab, um vor der Bibliothek und dem Ansturm der wiederkehrenden Erinnerungen zu fliehen. Aber ihren Gefühlen zu entkommen war unmöglich. Sie stieß beinahe mit ihrem Mann zusammen, der gerade ein paar Meter von der Bibliothek entfernt um die Ecke kam.

„Da bist du ja, mein Herz. Ich würde deinen Geruch überall wiedererkennen."

Anne warf sich gegen ihn und schlang ihre Arme um seine Taille. Sie vergrub ihr Gesicht an seiner Brust und nahm seinen Geruch auf, den Geruch von Leder, Stall und Sandelholz.

„Ist etwas geschehen? Hast du geweint?"

„Ich erinnere mich an den Abend, an dem wir uns zum ersten Mal begegnet sind", antwortete sie.

„Gott im Himmel... Kein Wunder, dass du weinst. Es tut mir leid. Ich wünschte, ich könnte diese Erinnerungen auslöschen. Wie Andrews dir wehgetan hat oder von mir und dieser anderen Frau." Er hielt sie fest und schlang seine Arme um sie.

„Cedric, bitte hör mir zu. Das ist es nicht, woran ich mich erinnere. Ich habe mich daran erinnert, wie es sich angefühlt hat, dich zum ersten Mal zu sehen. Wie tief ich für dich empfunden habe..."

„Du spricht in der Vergangenheitsform?" Seine Hände versteiften sich ein kleines bisschen.

„Ich empfinde immer noch viel für dich."

„Und das hat dich zum Weinen gebracht?"

Anne schmiegte sich fester an ihn. „Ja und nein."

Ein Lachen erschütterte seine Brust, und das Gefühl in ihrem Gesicht war entzückend und beruhigend. „Es muss das eine oder das andere sein."

„Cedric, wenn es um die Liebe geht, ist nichts so einfach."

Sein Griff lockerte sich, aber er zog sie näher und die Umarmung wurde viel weicher.

„Mich zu lieben bringt dich zum Weinen?"

„Auf wunderbare Weise." Sie versuchte ihn zu necken, aber es klang immer noch tränenerstickt. „Aber du darfst dir nichts darauf einbilden oder dein Selbstwertgefühl damit steigern."

„Nun, wir wissen beide, wie viel Selbstwertgefühl ich schon habe." Er presste seine Hüften gegen ihre, gerade genug, dass sie die Ausbuchtung in seiner Hose spürte.

„Mein lieber Ehemann." Ein Lachen entfuhr ihren Lippen. Sie liebte seinen natürlichen Hang zur Verspieltheit. Er beruhigte sie damit immer.

„Nun, trockne deine Tränen, Liebes. Ich habe beschlossen, den Tag mit dir zu verbringen. Was würdest du gern tun?"

„Können wir den Tag in den Ställen verbringen?"

„Wozu um alles in der Welt?"

Anne unterdrückte ein Kichern angesichts seines verstörten Gesichtsausdrucks. „Ich möchte, dass du mir endlich deine Araberstuten zeigst."

„Oh, natürlich. Deine Erinnerung scheint tatsächlich zurückzukehren, wenn du dich an deine Besessenheit diesen Stuten gegenüber erinnerst. Und ich dachte schon, ich würde dich in einen Heuhaufen locken und mich mit dir vergnügen können." Cedric schmiegte sich seufzend an ihren Hals.

„Vielleicht solltest du genau das tun", antwortete sie verschmitzt.

# KAPITEL 20

Der Himmel war wieder von schwarzen Wolken bedeckt, die tief genug hingen, um den fernen Horizont zu berühren. Anne betrachtete den unheilvollen Anblick, als die Schatten des aufkommenden Sturms sie und Cedric erreichten. Die Luft war erfüllt vom schweren Duft spätblühender Blumen und vom nahenden Regen. Ihre Haut kribbelte, als eine warme Brise um sie herum wehte. Die Ställe waren direkt vor ihr, der muffige Duft von Heu und poliertem Leder reizte sie und erinnerte sie an eine noch etwas verschwommene, glückliche Vergangenheit.

Cedric schwang seinen löwenköpfigen Gehstock über dem Kiesweg hin und her, während sie auf die breite Doppeltür der Stallungen zugingen.

„Wie viele Pferde hast du?"

Er lächelte nachsichtig. „Du meinst, wie viele Pferde haben wir? Sie gehören jetzt auch dir. Wir haben vierzehn, einschließlich meiner vier gesprenkelten Grauen für die Kutsche."

„Und die Araber? Wie heißen sie?" Annes Hand schloss sich fester um seinen Arm, als sie die Stalltüren erreichten.

Cedric hielt inne und strich mit seinem Stock über die Schwelle, um festzustellen, ob er freien Zugang hatte, bevor er sie hineinführte.

„Ihr Vater war der berühmte Firestorm. Die beiden Stuten, die ich habe, heißen Winter's Heart und Autumn's Flame. Ich nenne sie einfach Heart und Flame."

Anne hielt vor Aufregung den Atem an, als Cedric die Stände zählte, wobei sein Stock leicht gegen jede Stalltür klopfte, an der sie vorbeikamen. Neugierige Pferdegesichter lugten aus den Holzställen hervor.

Dann lehnte Cedric seinen Stock gegen eine bestimmte Stalltür. „So, hier sollte sich Winter's Heart befinden."

Eine schneeweiße Stute streckte den Kopf heraus, und ihre Nase streifte Cedrics Handfläche. Er zuckte bei dem plötzlichen Kontakt zusammen und entspannte sich sofort wieder, als die Stute an seinen Fingern schnüffelte.

Anne spähte in den Stall, um die Stute besser sehen zu können. „Ich kann es nicht glauben. Sie ist schneeweiß. Nicht einmal der leiseste Hauch von Grau." Sie hatte noch nie zuvor ein so beeindruckendes Tier gesehen. Die Zucht, die in Winter's Heart eingeflossen sein musste, war unvorstellbar. Kein Wunder, dass der arabische Kaufmann Cedrics Leben bedroht hatte. Der Verlust dieser beiden Pferde musste ihn seinen Seelenfrieden gekostet haben.

„Oh, Cedric, sie ist wunderschön." Anne fuhr mit einer Hand über Hearts Nacken. Die großen Augen des Pferdes waren wie Onyx, in dem sich ihr Gesicht widerspiegelte. Mit einem ungeduldigen Schnaufen und einem schweren Stampfen näherte sich Heart und stupste Cedrics Schulter an. Grinsend kramte er in seiner Tasche und holte ein Stück Zucker hervor. Heart nahm es vorsichtig aus seiner Handfläche und kaute es auf die damenhafteste Art, die Anne je gesehen hatte. Sie unterdrückte ein Kichern.

Cedric hörte sie und schnaubte. „Heart ist meine brave Dame. Flame hingegen...“ Er deutete auf einen Stall zwei Türen weiter, wo eine atemberaubende rotbraune Stute sie beobachtete, die Ohren nach vorn gerichtet.

„Flame ist mein kleiner Teufelsbraten. Voller Feuer und Temperament.“

Anne blinzelte, als sie das leise Flüstern einer Erinnerung ergriff. Cedrics Stimme nannte sie „einen kleinen Teufelsbraten“ und sprach von ihr als einem „Inferno“. Ihre Wangen röteten sich, aber sie konzentrierte sich auf die zweite Stute und lachte, als Flame an Cedrics Arm zu knabbern begann, um an die versteckten Zuckerstückchen zu gelangen.

Anne hörte mit entzückter Faszination zu, wie Cedric ihr Geschichten aus seiner Jugend erzählte. Seine Liebe zu seinen Eltern, seinen Schwestern und seinen Pferden zeigte sich in seinem Tonfall und in der Freude auf seinem Gesicht. Er sah lebhafter aus, als sie ihn in Monaten gesehen hatte. Wie sie sich an seine Dunkelheit im Herzen erinnerte, konnte sie nicht sagen, aber sie kannte diesen Mann. Diesen glücklichen Mann hatte sie geliebt, sie liebte ihn immer noch. Es war dieser Cedric, den sie geheiratet hatte. Annes Herz verkrampfte sich, als er sie anblickte. Es war fast, als könnte er sie sehen.

*Ich wünschte, ich könnte dir mein Augenlicht geben. Ich wünschte, ich hätte an deiner Stelle gelitten.*

„Nun, sollen wir zum Haus zurückgehen?“ Cedric tastete nach seinem Stock, als Donner die Stille durchbrach. Einen Augenblick später prasselte eine Regenflut auf das Stalldach herab.

„Vielleicht sollten wir warten“, schlug Cedric vor.

„Es ist nur Regen.“

Cedric verstärkte seinen Griff um sie. „Wo Donner ist,

gibt es auch Blitze, und dieses Risiko möchte ich nicht eingehen, nicht mit deinen Verletzungen."

„Nun gut. Was sollen wir also tun?"

„Hinten ist ein leerer Stall. Wir können uns dort ausruhen, bis der Sturm vorbei ist."

Cedric führte sie den breiten Gang hinunter. Sie und
Cedric allein in einem warmen, mit Heu gefüllten Stall. Es
konnte so viel passieren, bevor der Sturm vorüber war.

Cedric rief einen der Stallknechte, und der Mann holte
ihnen mehrere saubere Decken, bevor er in der Sattelkammer
verschwand und die Tür fest verschloss. Anne beobachtete,
wie Cedric seinen Stock ablegte und die Decken auf dem
frischen Heuhaufen ausbreitete.

„Komm und setz dich." Sein Ton war so sanft, dass sie
nicht widerstehen konnte.

Nachdem Anne bequem in der Mitte der großen Wollde-
cken Platz genommen hatte, ließ er sich neben sie nieder.

Cedric strich mit der Hand über die Decke und sah von
ihr weg. „Früher habe ich es gehasst herzukommen. Das heißt
nach dem Unfall. Es erinnerte mich daran, wie viel ich
verloren habe. Es ist schon komisch, sich endlich einen
Herzenswunsch zu erfüllen, ihn aber nie genießen zu
können."

Anne spürte einen Kloß im Hals, als sie den verwirrten
Ausdruck in seinem Gesicht sah.

„Aber mit dir hierherzukommen..." Er hielt inne und
suchte nach ihrer Hand. Dann verschlang er seine Finger mit
ihren. „Es macht den Verlust des Reitens weniger
schmerzhaft."

„Wie meinst du das?"

Cedric fuhr sich mit der Hand durchs Haar. „Mit dir
zusammen zu sein... es ist, als würde ich die Welt wiedersehen, obwohl ich schon dachte, ich wäre für immer in der
Dunkelheit gefangen. Ich musste heute nicht auf den Pferden

reiten, um mich glücklich zu fühlen. Einfach hier zu sein, sie zu berühren und mit ihnen zu sprechen, bereitet mir eine Freude, die ich für immer verloren geglaubt hatte. Das verdanke ich dir, Anne. Ich verdanke dir alles. Nenn deinen Herzenswunsch und ich werde ihn dir erfüllen. Es ist das Mindeste, was ich tun kann, nachdem du mir einen Teil meines Lebens zurückgegeben hast."

Cedric hob ihre Hand an seine Lippen, küsste ihre Fingerknöchel und die Innenseite ihrer Handfläche, während er auf ihre Antwort wartete.

„Ich will nur dich. Alles von dir." Sie hatte keine Ahnung, woher diese Kühnheit kam, aber die Zeit war gekommen und das Warten würde ihrer Meinung nach ihr Glück nur gefährden. Sie küsste seine Hand und wollte, dass er die Tiefe ihrer Liebe in ihrem Kuss spürte.

Cedrics leere Augen schienen sich zu verdunkeln. Seine Lippen öffneten sich, und er ließ ihre Hand vorsichtig und bedacht los.

„Anne, ich verfüge nur über eine geringe Selbstbeherrschung. Stell sie nicht auf die Probe. Ich möchte dich zu nichts zwingen."

„Ich stelle dich nicht auf die Probe. Ich meine es ernst. Begreifst du denn nicht? Ich will dich." Sie legte seine Hand an ihre Brust und hoffte, er würde verstehen, was sie meinte.

Er überraschte sie, indem er sich von ihr abwandte und aufstand. Er ging zur Stalltür, tastete nach der Klinke und zog sie zu. Dann holte er zitternd Luft und drehte sich zu ihr um. Die Intimität dieses Augenblicks, sie beide vom Rest der Welt abgeschottet, machte Anne in ihrer Bedeutung ergriffen. Sie standen zusammen am Rand einer Klippe, und die kleinste Brise konnte sie in die Tiefe stürzen.

„Vertraust du mir?", fragte er leise, und ein Schimmer blitzte in seinem Blick auf, ein Licht, das sie seit seiner Erblindung nicht mehr gesehen hatte.

„Mit jedem Atemzug. Aus tiefster Seele."

Cedric lehnte sich gegen die Stalltür. Sie hatte das Selbstvertrauen und die Macht vergessen, die er ausgestrahlt hatte, bevor er sein Augenlicht verloren hatte. Er war eine Naturgewalt gewesen, ein Wirbelwind der Leidenschaft. Jetzt war er ein gedämpfter Sturm, ein leiser Regen, aber sie war immer noch hoffnungslos in ihn verliebt.

„Hast du schon einmal gesehen, wie jemand einen jungen Wallach zähmt?"

„Ja..." Anne erinnerte sich daran, wie der Stallmeister ihres Vaters mehrere Stunden in einem einsamen Stall verbrachte und jeden Zentimeter des Körpers des Wallachs streichelte, damit das Pferd mit der Berührung und dem Umgang des Stallknechts vertraut wurde.

Cedric trat langsam vor, wobei ein Hauch seiner Anmut und seines Vertrauens in seinen kraftvollen Schritten mitschwang. Es gab nichts in diesem Stall, was ihn verletzen konnte, wenn er hinfallen sollte. Hier beherrschte er seine Umgebung, und er wusste es.

„Indem er das Wohlgefühl und die Freude der Berührung des Stallmeisters erlebt, lernt der Wallach, ihm zu vertrauen, und der Meister kann ihn satteln und reiten."

Anne war so auf Cedrics Lippen fixiert, dass sie nicht einmal bemerkte, dass er sich bewegt hatte, bis er zu ihren Füßen kniete. Seine Finger suchten die Schnürsenkel ihrer Schuhe und öffneten sie. Sie hielt ihn nicht auf. Zu ihrer Überraschung hob sie hilfsbereit ihren Fuß, damit er ihr den Schuh ausziehen konnte.

„Pferde sind wie Menschen. Man muss sich ihr Vertrauen verdienen." Ihr zweiter Schuh gesellte sich zu dem ersten, ein paar Meter entfernt auf dem Boden.

„Hast du schon einmal einen Wallach gezähmt?", fragte Anne. Ihr Körper zitterte, als Cedric sich hinter sie setzte. Seine Finger tasteten sich langsam durch die komplizierten

Haken auf der Rückseite des Kleides. Ihr Atem stockte bei jedem sanften Ziehen, als er das Kleid erst enger zog, um dann die Spannung zu lösen und die Häkchen zu öffnen.

„Das habe ich. Als er älter wurde, wurde er mein bestes Kutschpferd. Die meisten Männer denken, ein Pferd zu zähmen bedeutet, sein Temperament zu brechen."

„Aber du bist anderer Meinung?" Anne schloss die Augen und genoss es, wie Cedrics Hände über ihre Schultern glitten, während er das Kleid von ihrem Körper streifte. Sie richtete sich auf, um ihren Oberkörper von dem schweren Musselinstoff zu befreien.

„Bei der Zähmung einer Kreatur geht es nicht darum, ihr die Wildheit zu nehmen. Es geht vielmehr darum, ihr Temperament zu nutzen, damit die Kreatur ihr volles Potenzial entfalten kann."

Anne hielt den Atem an und erwartete, dass er anfangen würde, ihr Unterhemd auszuziehen, aber stattdessen kroch er zurück und schob eine Hand über ihre Wade, bis er ihr Strumpfband an ihrem Oberschenkel fand. Fasziniert von der Geschicklichkeit und Sanftheit seiner Hände sank Anne in das Heubett zurück, vollkommen zufrieden damit, sich von ihm ausziehen zu lassen. Draußen fiel der Regen in stetigem Rhythmus flüsternd aufs Holz, und ihr Herz schlug im gleichen Rhythmus, als sie sich Cedrics langsamer Verführung hingab.

Cedric rollte ihren zweiten Strumpf ab, bevor seine Hände zu ihren nackten Beinen zurückkehrten. Er öffnete sie leicht und streichelte die Innenseiten ihrer Schenkel. Seine Handflächen strichen sanft über ihre empfindliche Haut, was ihr nur noch deutlicher machte, wie rau und stark er war.

„Du hast keine Ahnung, wie du dich für mich anfühlst. Deine Haut ist weich wie Seide. Ich habe nie gewusst, dass eine bloße Berührung von solcher Schönheit sein kann." Sein heiseres Raunen ließ ihre Beine zittern, und ihre Reaktion schien ihm zu gefallen. Noch nie hatte sie jemand so berührt, als wäre sie kostbar, zart und begehrenswert.

Cedric fuhr mit seiner Erkundung fort, und seine Hände bahnten sich einen Weg durch ihre Unterröcke. Sie bewegte sich ruhelos vor wachsendem Verlangen.

„Ganz ruhig, Liebes."

Anne kämpfte darum, ruhig zu bleiben, als er ihre Röcke um ihre Taille raffte. Panik stieg in ihr auf, als seine Finger über ihre nackten Hüften strichen. Sie war entblößt. Auch wenn er sie nicht sehen konnte, konnte er sie trotzdem berühren.

„Jemand könnte uns sehen." Ihre Worte sollten ihn nicht abschrecken, nur warnen.

„Niemand wird uns sehen. Meine Stallburschen wissen, wann sie sich fernzuhalten haben."

„Dann wissen sie, dass wir…"

Cedric beugte sich vor und drückte ihr einen Kuss auf den Mund, um sie zum Schweigen zu bringen. Als seine Lippen über ihre strichen, vergaß Anne ihre Sorgen und verschmolz mit seiner samtenen Wärme. Sie stöhnte protestierend, als er sich von ihr löste, aber er tat es nur, um ihr Hemd auszuziehen.

Bevor sie ihn aufhalten konnte, hatte er sich auf ihr niedergelassen, und ein Bein glitt zwischen ihres, um sich auf die empfindliche, schmerzende Stelle zwischen ihren Schenkeln niederzulassen. Er schluckte ihr erregtes Stöhnen mit einem weiteren Kuss. Sie war völlig nackt und verletzlich unter ihm, und doch war er noch immer vollständig bekleidet. Das hatte etwas sündhaft Lüsternes an sich, aber Anne konnte nicht den Willen aufbringen, sich darüber zu entrüsten.

Der glatte Stoff seiner Weste und der raue Stoff seiner Hose reizten ihre Sinne und sandten lustvolle Blitze durch ihren ganzen Körper. Cedrics Hände waren überall, wanderten über ihre Hüften, strichen besitzergreifend über ihren Po, erkundeten das dunkle Lockendreieck zwischen ihren Beinen und kneteten ihre schweren Brüste. Das ständige Streicheln zähmte sie, so wie er es zweifellos beabsichtigt hatte.

„Ich wünschte, ich könnte dich sehen, Anne. Es zerbricht mich innerlich, nicht dazu in der Lage zu sein." Cedrics Stimme war heiser und ungleichmäßig, als er sie auf die Stirn küsste.

Anne küsste seinen Hals und begann, ihm die Weste von den Schultern zu streifen. „Du siehst mich. Du hast mich immer gesehen. Ich bin diejenige, die blind gewesen war."

Cedric zitterte. „Die ganze Zeit warst du direkt vor mir, und ich konnte dich nicht sehen. Aber jetzt gehörst du mir."

Sie lächelte und knabberte an seinem Ohr. „Das tue ich."

Cedric stöhnte und fand ihre Brust mit seinem Mund. Er umspielte ihre Brustwarze mit seiner Zunge, bevor er sie in seinen Mund saugte. Anne wölbte sich ihm entgegen, hungrig nach dem sinnlichen Vergnügen, das er ihr bereitete.

Alles bei Cedric fühlte sich rein und voller Leben an. Jedes Lecken seiner Zunge, jedes Knabbern seiner forschenden Zähne an ihrer Haut ließ sie vor Freude nach Luft schnappen. Am ganzen Körper verspürte sie eine schmerzliche Sehnsucht. Sie wollte Dinge, die sie nicht verstand.

„Bitte, Cedric, ich brauche dich."

„Noch nicht, Liebling, ich möchte noch so viel mit dir tun." Er küsste sich an ihrem Nabel vorbei nach unten und kostete sie zwischen ihren Beinen, noch bevor sie überhaupt begriff, was er da tat. Anne hob den Kopf, als sie sah, wie er sich an ihr labte. Seine breiten Schultern hielten sie offen und verletzlich.

„Oh Gott", stöhnte sie. Seine weichen Lippen verbrannten ihre Haut, und sie wand sich hilflos.

„Du schmeckst himmlisch. Nach Zimt und Sahne." Er zog

seine Zunge über ihr Innerstes, und Anne konnte den kurzen Aufschrei nicht zurückhalten, der ihr entfuhr, als die Lust in ihr explodierte. Er schlang seine Arme um ihre Schenkel und hob ihre Knie über seine Schultern, wodurch er sich einen besseren Zugang zu ihr verschaffte.

Er stieß seine Zunge tief in sie, ein Vorgeschmack auf das, was noch kommen würde. Als Anne dachte, sie könne es keine Sekunde mehr aushalten, zog er das Nervenbündel, das zwischen ihren Falten hervorlugte, in seinen Mund und saugte fest daran.

Sie verlor den letzten Rest ihrer Selbstbeherrschung gegen ein Lauffeuer aus Lust und Panik. Als sie seinen Namen rief, verschwamm alles andere. Der Boden schien unter ihr zu verschwinden. Rohe, sündige Ekstase, wie sie es sich nie vorgestellt hatte, verzehrte sie. In diesem Augenblick wurde sie von mehr als nur von Leidenschaft überwältigt. Erotische Magie zog sie in ihren Bann, und starke Empfindungen überfluteten ihre Sinne. Gerade noch hatte sie sich wie ein bockendes Pferd gewölbt und versucht, die Kontrolle nicht zu verlieren, aber nun flog sie dahin. Sie wurde von einer tosenden Welle verschlungen, bevor sie in ihren Körper zurückkehrte.

Vage nahm sie wahr, wie sich Cedric auszog. Anne kämpfte schwach, um sich aufzusetzen, aber schon war er wieder über ihr, und sein köstlicher Mund küsste sich wild und hungrig einen sengenden Weg von ihrem Bauch zurück zu ihrem Mund. Sie legte eine Hand flach auf seine Brust und spürte, wie sich seine Muskeln anspannten. Darunter enthüllten sie seinen rasenden Herzschlag. Sie war noch nie jemandem so nah gewesen, weder körperlich noch emotional. Das Gefühl dieses pochenden Herzens, das wild wie ihr eigenes schlug, schien sie miteinander zu verflechten und einen untrennbaren Bund zwischen ihnen zu schmieden.

„Berühr mich. Berühr mich überall", ermutigte er sie mit

einem leisen Knurren und ließ sich zwischen ihren Beinen nieder. Sie strich mit ihren Händen über seinen Rücken, seine Arme, seinen Bauch und prägte sich die Formen seiner Muskeln und die Kraft seines Körpers unter ihrer Berührung ein.

Der massive und beharrliche Druck seiner Erregung rieb sich, an ihr, und ihre Sicht trübte sich mit der köstlichen Reibung. Anne schlang ihre Arme um seinen Hals und vergaß für einen Moment den störenden Schmerz in ihrer Schulter. Alles, was zählte, war, Cedric in sich aufzunehmen. Sie wollte, dass er die Leere füllte, mit der sie so lange hatte leben müssen.

Seine Hände packten ihre Hüften, und er sah sie mit halb geschlossenen Augen an, als er sich etwas von ihr zurückzog. „Sag mir, dass du mich einlässt, Anne. Bitte." Das raue Verlangen in seiner Stimme machte sie rastlos, und sie wand sich unter ihm. Ihr Körper schrie nach ihm.

„Ja, ich bin bereit. Beeil dich." Sie hatte die Bitte kaum ausgesprochen, als Cedric auch schon in sie eindrang. Sie stöhnten gleichzeitig auf, als er erneut bis zum Anschlag in sie fuhr.

„Du bist so himmlisch, mein Herz, wie du dich anfühlst... Gott, wenn du es nur wüsstest!", keuchte Cedric und begann sich an ihr zu wiegen. Seine Bewegungen waren ehrfurchtsvoll, bewundernd, völlig im Widerspruch zu der Verzweiflung, mit der er in sie eingedrungen war.

„Warum bist du langsamer geworden?", keuchte Anne.

„Hältst du mich für einen ungeduldigen Mann?" Cedric kicherte und senkte seinen Kopf zu ihrer Brust, während er an ihren empfindlichen Brustwarzen saugte.

„Aber du musst..." Anne verstummte, als er spielerisch in eine harte Knospe biss.

Das Gefühl seiner Haut an ihrer verschmolz mit dem rhythmischen Rascheln ihrer Körper auf den Decken im Heu.

Die raue Wolle kitzelte verlockend an ihrem Rücken und Po, als Cedric sie ritt. Seine Stöße waren flach und neckend, bis sie die Geduld verlor und das Verlangen in ihrem Innersten überhandnahm. Er ließ eine Hand zwischen sie gleiten und sein Daumen fand das harte Nervenbündel in ihrem Hügel. Er umkreiste es und rieb es, bis Anne zu zucken begann. Seine langsamen, flachen Stöße und die schnellen Reibungen ihrer Perle bildeten eine wunderbare Kombination.

„Komm für mich, Liebes", hauchte er gegen ihre Lippen.

Sie kam in einer rauschenden Welle der Lust und zerschmolz unter ihm, aber Cedric ließ ihr keine Zeit, sich zu erholen, sondern zog sich aus ihr zurück, ignorierte ihren enttäuschten Schrei und drängte sie, sich auf den Bauch zu legen. Widerwillig drehte sie sich im Heubett, wobei sie ihren Körper auf ihren gesunden Unterarm stützte und Cedric erlaubte, ihre Hüften anzuheben.

„Was machst du da?" Anne war halb entsetzt, halb fasziniert, als er jeden Zentimeter von ihr von hinten streichelte. Die Hitze seiner Handflächen, die über ihre Haut glitten, ließ sie erschaudern und ihr Verlangen nach ihm erwachte erneut.

„Ich werde dich besteigen." Er küsste sich einen Weg von ihrem Hintern ihre Wirbelsäule entlang bis zu ihrem Hals hinauf. Dann umfasste er besitzergreifend ihr Geschlecht und rieb seinen Handballen gegen sie. Der Druck war herrlich, und sie reagierte instinktiv, indem sie ihm ihren Hintern entgegenstreckte. Sie suchte ihn, brauchte ihn tief in sich. Sie hatte zwar nur wenige Augenblicke zuvor einen Orgasmus gehabt und dennoch sehnte sich schon wieder nach ihm.

„Ich habe hiervon geträumt, von dir und mir." Seine Stimme war leise und dunkel wie eine sternenlose Winternacht.

Anne selbst hatte längst die Kontrolle über ihre Stimme verloren. Sie keuchte nur, als er ihre Hüften nahm und sich vor ihrem feuchten Eingang in Position brachte. Er nahm sie mit einem kräftigen Stoß. Sie wölbte erschrocken ihren Rücken, als er tief genug in sie fuhr, um ihren Schoß zu berühren, aber Ekstase durchfuhr sie, als sie sich ihm hingab.

CEDRIC FLUCHTE LEISE UND ZOG SICH ZURÜCK, BEVOR ER wieder in die fuhr. Sein Becken klatschte gegen den runden Hintern seiner Frau. Er hatte schlanke, feenhafte Frauen nie gemocht, sondern bevorzugte Frauen, die eher seiner eigenen Größe entsprachen. Anne passte perfekt zu ihm – ihr muskulöser Körper mit den eleganten Linien und üppigen Kurven war das Sinnlichste, was er je unter sich gefühlt hatte. Sie antwortete auf seine Energie mit Begeisterung, und er war erleichtert und erregt. Er hatte befürchtet, dass es sie erschrecken würde, sie so zu nehmen, aber jetzt brauchte er seine Tat nicht zu bereuen.

Sie endlich so zu haben, wie er es sich seit Jahren ersehnt hatte, war einfach zu viel für ihn, die Lust war zu überwältigend. Jede Faser seines Daseins schrie ihm zu, sie für immer an ihn zu binden. Sie war nun sein, und er besaß sie, wie ein Mann eine Frau besitzen sollte. Männer irrten sich so oft in dem Glauben, das schönere Geschlecht beherrschen zu müssen, sei es im Bett oder in der Ehe allgemein. Die Wahrheit war, dass eine Frau fast so ungreifbar war wie der Wind. Und Anne war ein Sturm, den er nie zähmen, sondern in all seiner Wucht willkommen heißen wollte.

„Mehr!“ Annes verzweifeltes Keuchen brachte ihn fast zum Lächeln, und er konnte sich schon ohne ihre Bitte kaum noch beherrschen.

Es erforderte all seine Konzentration, sie in die Glückseligkeit zu reiten, bevor er seine eigene Erlösung zulassen konnte. Er wurde kurz langsamer, dann ließ er sich über sie fallen und bedeckte ihren Rücken mit seinem Oberkörper. Seine Arme umschlossen ihre Schultern und seine Finger verschlangen sich mit ihren, als er seine wilden Stöße von hinten wieder aufnahm.

Sie warf ihren Kopf in den Nacken, wobei ihre dunklen Locken auf eine Seite fielen und ihren Hals entblößten. Er suchte mit den Zähnen ihre empfindliche Stelle und biss sanft zu. Mehr brauchte es nicht. Sie zog sich um sein Glied zusammen, während sie einen hemmungslosen Schrei sinnlicher Erregung ausstieß und ihn noch tiefer in sich zog, als wollte sie ihn für immer in sich behalten. Sein eigener Höhepunkt entfesselte sich zusammen mit einem heiseren Schrei von seinen eigenen Lippen.

Anne sank unter ihm auf den Bauch. Er selbst war zu schwach, um sich zu regen, und so blieb er eine Zeitlang auf ihr liegen, unfähig, sich aus ihr zu zurückzuziehen. Nachdem es ihm endlich gelungen war, kuschelte sich Anne an ihn. Er holte mehrmals tief Luft, erstaunt über das Wunder, das er eben erlebt hatte.

Er hätte schwören können, dass er ein paar kurze Sekunden lang Anne und ihre Kurven vor sich gesehen hatte.

Unsinn. Wie hätte das sein können? Seine Vorstellungskraft musste ihm einen Streich gespielt und die Grenzen zwischen Vorstellungskraft und Wirklichkeit verwischt haben. Seine Empfindungen und der Höhepunkt waren ganz anders als bei jeder anderen Frau gewesen.

„Habe ich dir wehgetan?" Er sprach leise, aber sein Atem ging immer noch unregelmäßig.

„Nein... ich glaube, ich habe die raue Leidenschaft sogar genossen."

Er kannte sie gut genug, um die Scham in ihrem Ton herauszuhören. Er freute sich, dass sie zugab, was ihr bei ihrem Liebesspiel gefiel. Es war ein gutes Zeichen dafür, dass ihre Beziehung, ihr Vertrauen heilte.

„Ich wollte mich nicht mitreißen lassen", gab er zu. „Ich gebe der Umgebung die Schuld. Die Geräusche und Gerüche hier lassen einen Mann vergessen, dass er kein Tier ist. Ich schwöre, ich wollte dich nicht wie eine Zuchtstute behandeln."

Er war völlig verblüfft, als auf seine Bemerkung ein mädchenhaftes Kichern folgte. Das sah Anne, oder zumindest der Anne, die er zu kennen glaubte, gar nicht ähnlich. Könnte es sein, dass noch ein junges Mädchen in ihr steckte, dass ihre eisigen Mauern endlich abgetaut waren und sie eines Tages sanft und süß zu ihm sein würde?

Annes Hände legten sich auf seine Brust, und ihre Finger zeichneten unsichtbare Muster. „Wenn man so mit Zuchtstuten umgeht, dann kommen wir auf jeden Fall öfter in den Stall." Sie hielt inne, plötzlich nachdenklich. „Ich nehme an, dass ich mich als schlechte Ehefrau erwiesen habe. Ich benehme mich eher wie eine Geliebte. Ich sollte dich beim nächsten Mal schelten und regungslos daliegen, nicht wahr?"

„Wag es ja nicht!" Cedrics Antwort war halb neckend, halb ernst. „Ich mag dein dreistes Verhalten. Es ist äußerst befriedigend für einen Mann, wenn sich seine Frau in seinem Bett wie ein Luder benimmt." Er hob eine ihrer Hände an seinen Mund und küsste ihre Fingerknöchel.

„Wie ein Luder?" Anne keuchte vor gespielter Empörung. „Wenn ich eine Reitgerte hätte, würde ich dir jetzt den Hintern versohlen." Wieder konnte er die Andeutung eines kaum wahrnehmbaren Lachens hören.

Cedric zog sie auf sich, packte ihren Hintern und kniff ihr in eine Pobacke. „Wo wir schon von Strafen sprechen, meine liebe Frau, ich verpasse dir auch gern einen ordentlichen Klaps, wenn es nötig ist." Er schlug ihr klatschend auf den Hintern, und an dem Zischen, das ihr entwich, wusste er, dass zwischen ihren Beinen ein neues Feuer brannte.

„Wie kannst du es wagen?", protestierte sie spielerisch, bevor er ihre Hüften hob und sie auf seine frische Erektion senkte.

Annes Brüste rieben sich an ihm, und das Kitzeln ihrer harten Brustwarzen war ein sündhaft köstliches Gefühl. Dann richtete sie sich auf, und ihr Körper bewegte sich gegen seinen. Cedric benutzte seine Hände auf ihren Hüften, um sie in den richtigen Winkel und den richtigen Rhythmus zu führen. Als Anne langsam zu schaukeln begann, suchte er nach ihren Brüsten. Er berührte ihre Brustwarzen und kniff sie, bis ihr Körper zuckte. Cedric wusste, dass sie kurz davor war, wieder zu kommen. Ihr Ritt endete in einer köstlichen Mischung aus Schreien und heftigem Stöhnen. Seine Frau sank auf seiner Brust zusammen, wobei ihre Körper noch immer miteinander verbunden waren. Ihr Gewicht auf ihm war seltsam beruhigend, eine körperliche Erinnerung daran, dass er nicht mehr allein war.

„Das war... das war so..." Annes Worte streiften kitzelnd über seine Brust und seinen Hals bis zu seinen Ohren.

„Atemberaubend. Perfekt. Unglaublich", schlug er vor. „Versteh das bitte nicht falsch, Anne, Liebes, aber ich denke, dass wir eben ein Baby gezeugt haben."

„Du meinst, der zukünftige Viscount Sheridan wurde im Stall gezeugt? Das ist selbst für dich zu skandalös."

„Unsinn, Christus wurde in einem Stall geboren, nicht wahr? Das hier ist nicht viel anders."

„Ich bezweifle stark, dass eines unserer Kinder so heilig sein wird. Unser Kind wird sicher ein kleines Teufelchen. Ich werde einen kleinen Heiden mit einer schurkischen Ader zur Welt bringen."

„Und wir beide werden das Kind verwöhnen, nicht wahr?" Er lachte, entzückt über die Vorstellung, dass ein kleiner Junge ihr Leben in Aufruhr versetzte.

„Dann bete ich, dass unser erstes Kind ein Mädchen ist. Sie wird mehr von mir in sich haben müssen und deshalb vernünftiger und fügsamer sein." Annes warmer Atem strich über seinen Hals, als sie ihn küsste.

Cedric kicherte. „Fügsamer?" Belustigt strich er über Annes Rücken. „Du hast meine Schwestern kennengelernt, nicht wahr? Die Sheridan-Frauen sind berüchtigt für ihre Unfähigkeit, sich anderen zu fügen. Wenn ich eine Tochter bekomme, werde ich sie schlimmer verwöhnen als jeden Jungen. Audrey kann dir bestätigen, dass ich unfähig bin, einem Mädchen etwas abzuschlagen."

„Also werde ich die Regeln durchsetzen müssen, während du der Kleinen hinter meinem Rücken Süßigkeiten zusteckst? Nun gut, dann werde ich nur Söhne gebären."

Anne kicherte wieder, und Cedric war versucht, ihr einen weiteren Klaps auf den Hintern zu geben, um die Leidenschaft wieder anzufeuern, aber er war zu müde, um viel mehr zu tun, als in ihrem provisorischen Bett zu liegen und seine liebe, kostbare Frau in den Armen zu halten.

Bald schlief Anne ein, und ihr Atem an ihm war unglaublich lieblich. Cedric legte sie sanft neben sich und griff über sie hinweg, um die Decken über sie beide zu ziehen. Der Sturm draußen dauerte an, als ob die Wolken und der Regen entschlossen wären, sie in den Ställen zu halten. Noch nie zuvor in Cedrics Leben hatte er Dankbarkeit für Regen empfunden. Bis jetzt.

# KAPITEL 21

Charles konnte nicht atmen. Seile schnitten in seine Handgelenke und Knöchel und machten ihn bewegungsunfähig. Er kämpfte, weil keine Luft in seine brennenden Lungen drang. Er würde im Fluss sterben, ertrinken, von ewiger Dunkelheit verschluckt werden...

„Hilfe!", schrie er heiser. „Helft mir! Bitte!" Sein Schrei erstarb in einem verzweifelten Wimmern, als Wasser seine Lungen füllte.

Plötzlich berührte eine Hand sein Gesicht. „Schon gut, Mylord. Ihr seid in Sicherheit. Wacht auf", flüsterte eine Stimme dicht an seinem Ohr. Charles verkrampfte sich und erwachte. Schweißperlen standen auf seiner Stirn und durchnässten seine Kleidung.

„Atmet tief durch, Mylord. Es ist nur ein Traum. Ihr müsst jetzt aufwachen."

Er holte noch einmal tief Luft und atmete dann langsam wieder aus. Luft, nicht Wasser, füllte seine Lungen. Der Albtraum verflüchtigte sich.

Er war in Sicherheit.

„Danke", sagte er zu demjenigen, der ihn geweckt hatte. Sein Körper erschlaffte, und die Erschöpfung holte ihn wieder ein.

Er schlief noch ein paar Stunden lang unruhig, bevor er die Kraft hatte aufzustehen. Er war nicht allein. Tom Linley lag zusammengekauert auf einem Sessel neben seinem Bett und schlief fest. Sein Gesicht war vor Sorge angespannt, und Charles sah ihn voller Dankbarkeit an.

Der Junge leistete ihm gute Gesellschaft und hatte keine Angst, das Richtige zu tun, selbst wenn dies einen schwierigeren Weg einzuschlagen bedeutete. Charles respektierte einen solchen Mann. Es war eine erfrischende und willkommene Abwechslung, dass der Junge ihn durch die Stadt begleitete, nachdem die Liste seiner unverheirateten Freunde immer kürzer wurde.

Tom hatte ein schweres Leben gehabt. Er hatte seine Mutter früh verloren und zog seine kleine Schwester allein groß. Charles war bei Berkleys auf den Jungen gestoßen und hatte ihn davon überzeugt, seine Anstellung dort aufzugeben, um für Charles zu arbeiten. Der Gesichtsausdruck seiner Haushälterin, als er Toms kleine Schwester Katherine mit nach Hause gebracht hatte, war ziemlich belustigend gewesen.

„Ein Baby? Hier? Mylord..." Die dicke Frau hatte angefangen zu protestieren, aber dann hatte die kleine Katherine einen herzhaften Schrei ausgestoßen, und seine Haushälterin hatte dann nur noch geschnaubt und sofort nach dem Baby gegriffen. „Gebt sie mir, ich habe etwas Milch, die ich ihr aufwärmen kann."

Für Linley und seine Schwester war ein Zimmer unter der Treppe vorbereitet worden, und die anderen Diener schienen sowohl den Jungen als auch das Baby sofort in ihr Herz zu schließen.

Charles musste zugeben, dass es... interessant war, ein Baby um sich zu haben. Er hatte nicht gemerkt, wie sehr er es manchmal vermisste, mit Kindern zusammen zu sein. Er hatte geholfen, seine eigene Schwester Ella aufzuziehen, die über ein Jahrzehnt jünger war als er. Trotz seiner tiefen Abneigung gegen die Ehe hatte er nichts gegen Kinder oder Babys.

Das einzige Problem mit dem Baby unter seinem Dach war, dass sich das Verhalten der Zimmermädchen im Obergeschoss geändert hatte, denen er gelegentlich einen Kuss oder mehr entlockt hatte, wenn ihm danach war und sofern sie sein Lächeln erwidert hatten. Jetzt liefen sie ins Zimmer des Babys, um es zu beruhigen, wenn es weinte, anstatt zu ihm zu eilen, wenn er ihre Aufmerksamkeit für sich in Anspruch nehmen wollte.

Ein Grund mehr für ihn und Linley, Charles' übliche Etablissements auf der Suche nach Vergnügen zu besuchen.

Charles setzte sich im Bett auf, schob seine Decke zurück und schwang die Füße über die Kante. Er trug noch seine Hose und ein weißes Baumwollhemd.

Verdammt, ein weiteres Mal, dass er zu tief ins Glas geschaut hatte. Zu wenig, und er konnte überhaupt nicht schlafen. Zu viel, und seine Träume führten ihn unweigerlich zurück in die dunklen Gewässer, zu noch dunkleren Abgründen und verlorenen Freunden.

Er strich sich mit den Fingern durchs Haar, seufzte und legte den Kopf zurück, um aufzuwachen. Sein Herzschlag hatte sich beruhigt, nachdem sich die letzten Überreste seines Traums wie Teeblätter auf dem Boden einer Tasse gesetzt hatten.

Er warf einen Blick über die Schulter, überrascht, dass er den Jungen auf dem Stuhl nicht geweckt hatte. Charles hatte ihn als Kammerdiener anheuern wollen, aber er hatte sich außerdem als unentbehrlicher Begleiter in der Stadt erwiesen.

Linley wählte Kleidung aus, die Charles selbst ausgesucht hätte, und ihr modischer Geschmack war mehr als abgestimmt.

Charles überlegte, was er den Rest des Abends tun sollte. Er konnte nicht wieder einschlafen. Er hätte eigentlich überhaupt nicht mitten am Tag schlafen sollen, aber nachdem er an diesem Nachmittag im Club etwas zu viel getrunken hatte, war er gegen vier Uhr im Bett gelandet.

Avery Russell, einer von Luciens jüngeren Brüdern, hatte ihn heute Abend in den Dandy Club eingeladen, und das nicht nur zum Trinken und Spielen. Avery war ein Spion. Es war ein gut gehütetes Geheimnis in Luciens Familie. Nur die Liga wusste etwas mehr als die vagen Angaben, die er anderen gegenüber zu seiner Tätigkeit machte.

Charles hatte mehr als einmal an Averys Missionen teilgenommen, vorzugsweise wenn es darum ging, eine Person mit Alkohol, Glücksspielen oder Frauen dazu zu verleiten, gesprächig zu werden und wichtige Informationen preiszugeben. Wie Avery ihm einmal unverblümt erklärt hatte, war Charles nicht die Art von Mann, den man jemals für einen Agenten halten würde, weshalb er die perfekte Person war, um jemanden diskret auszufragen.

Sogar Cedrics jüngste Schwester, Audrey, hatte ihm ein oder zwei Mal geholfen, indem sie die Frauen oder Geliebten bestimmter Zielpersonen beim Tee befragte. Der kleine Teufelsbraten hatte ein Händchen dafür, sich mit jeder Frau anzufreunden und sie zum Reden zu bringen, besonders wenn es um ihre Ehemänner oder Liebhaber ging. Sie hat wahrscheinlich mehr Klatsch gehört als *The Quizzing Glass Gazette*.

Charles ging zum Nachttisch und spritzte sich Wasser aus einem kleinen Porzellanbecken ins Gesicht, bevor er Hose, Hemd, Weste und Mantel auf dem Bett ausbreitete. Sobald er angezogen war, rüttelte er an Linleys Schulter, um ihn aufzuwecken.

„Komm schon, Junge, wir gehen in den Dandy Club."

Linley rieb sich die Augen und blinzelte müde. „Wie spät ist es?"

„Kurz nach acht." Charles zupfte an seinem Mantelsaum und strich ihn glatt. „Ich denke, heute Abend sollten wir dir eine Frau suchen. Du bist auf jeden Fall alt genug."

„Mylord!" Der junge Mann schnappte entrüstet nach Luft. „Meine Aufgabe ist es, Euch zu begleiten, nicht mich Euch anzuschließen."

Charles sah ihn an und legte beide Hände auf Linleys Schultern. „Ich dulde keine Widerrede. Ich habe vor, heute Nacht mit mehreren Frauen ins Bett zu gehen, und das werde ich nicht allein tun." Er zog eine morbide Befriedigung aus der aufblitzenden Panik in den Augen des jungen Mannes. Es erinnerte ihn an einige seiner Freunde auf dem College, besonders an Peter...

Der Gedanke drohte seine Stimmung zu trüben, also erhob er seine Stimme mit übertriebener Begeisterung. „Du brauchst eine Frau, Junge. Es ist an der Zeit, vor allem, wenn du mit mir Schritt halten möchtest. Ich gebe dir hiermit die Erlaubnis, Schürzen zu jagen, während wir in der Stadt herumziehen."

Linley fiel zwar die Kinnlade herunter, aber er äußerte kein weiteres Wort der Widerrede.

Charles eilte zur Tür, begierig darauf, seine Nacht der sinnlichen Laster zu beginnen. „Hol deinen Mantel und los geht's."

Der Dandy Club war eine Spielhölle, die vor allem von Armeeoffizieren und Soldaten auf der Suche nach Vergnügen und Nervenkitzel besucht wurde, um die Erinnerungen an das Schlachtfeld zu verjagen. Charles fühlte sich zwischen ihren gequälten Seelen wohl, denn er hatte mit seinen eigenen Schrecken und Albträumen zu kämpfen. Öllampen tauchten die Räume in ein glänzendes Gold und beleuchteten Szenen der Ausschweifungen und des Glücksspiels. Charles sah sich um und suchte nach bekannten Gesichtern. Linley an seiner Seite tat dasselbe, die Augenbrauen angsterfüllt zusammengezogen.

Was war der Junge doch für ein Grünschnabel!

„Mylord! Was für eine angenehme Überraschung." Eine reizende Frau in einem roten Satinkleid schlenderte zu ihnen herüber. Ihr üppiges dunkles Haar hing locker in ihrem Nacken, als hätte sie sich erst kürzlich aus den Laken geschält.

„Mrs. Hollingberry, wie geht es Euch?" Er gab ihr einen innigen Kuss auf die Innenseite ihres Handgelenks, was Mrs. Hollingberrys braune Augen zum Leuchten brachte.

„Seid Ihr allein hier, Mylord?" Bevor er antworten konnte, nahm sie seinen Arm, wobei sie Linley keines Blickes würdigte, als dieser ihnen folgte.

„Wenn ich in Eurer Gesellschaft bin, kann ich wohl kaum allein sein." Charles kicherte und genoss den Gedanken, die lustvolle Witwe auf den nächstbesten Tisch zu legen.

Ihr Griff um seinen Arm wurde fester. „Und möchtet Ihr in meiner Gesellschaft sein?"

Charles befreite seinen Arm, schlang ihn um die Taille der Witwe und zog sie näher an sich, um sich hinunterzubeugen und ihr etwas ins Ohr zu flüstern.

„Es wäre mein sehnlichster Wunsch" – er hielt inne und lauschte ihrem Atemzug – „Euch vor Lust zum Schreien zu bringen." Ihm entging nicht, wie sich plötzlich ihre Brüste hoben und sich gegen ihr enges Mieder drückten.

„Ich werde uns ein Zimmer suchen." Die eifrige Witwe zerrte ihn von den Spieltischen fort und zu einem Gang, der zu einem leeren Zimmer führte.

„Sagt Eurem Jungen, er soll draußen warten, es sei denn, er will zusehen." Mrs. Hollingberry packte Charles' Erektion und übte genau den richtigen Druck aus.

Verlangen durchflutete ihn. Purer Instinkt. Es war nichts mehr als ein Bedürfnis, ein Drang, sich zu vergnügen und dann weiterzuziehen. Er wusste, dass es sich für Godric oder Lucien nicht so anfühlte – sie hatten oft genug über die Unterschiede in den Empfindungen gesprochen, mit der Frau, die sie liebten, ins Bett zu gehen, und den anderen Frauen ihrer Vergangenheit. Aber Charles fürchtete solche Gefühle. Da war es besser, sich mit Frauen wie Mrs. Hollingberry zu begnügen, als das Risiko einzugehen, sich zu verlieben.

„Hier, Junge, such dir eine eigene Frau." Charles warf Linley eine schwere Geldbörse zu, dann zerrte er die kichernde Witwe in das Privatzimmer und knallte die Tür zu.

Sobald er mit Mrs. Hollingberry allein war, pirschte er auf sie zu. Sie stieß einen entzückten Schrei aus, als er sie fing und sie hochhob, um sie auf das Bett zu legen. Es war ein Leichtes, ihre Röcke um ihre Taille zu raffen. Die Haut ihrer Oberschenkel war glatt, als er seine Hände über ihre Beine gleiten ließ. Die Witwe rückte näher an ihn heran, schlang ihre Beine um seine Taille und griff nach seiner Hose.

„Wie wollt Ihr es?", fragte er. „Hart und schnell?"

„Oh ja", stimmte sie zu und strich mit ihren schlanken Händen über seine inzwischen befreite Erektion. „Das macht Ihr so gut."

Er stöhnte bei ihrer festen, kundigen Berührung und rückte näher. Bald waren sie umeinander verschlungen, und er stieß tief in ihren Körper. Aber es war nicht befreiend. Er fand Befriedigung, genau wie sie, aber es war... schal. Ein Aufblitzen momentaner Lust, die schnell erlosch.

Er zog sich aus ihr zurück und rückte seine Kleidung zurecht, bevor er der Dame mit ihrer half. Sie schenkte ihm ein schiefes Lächeln und streichelte seine Brust. Sie saß immer noch auf der Bettkante und stützte sich ein wenig auf einen Arm.

„Ihr wart immer ein guter Bettgefährte, Mylord."

„Ich ahne, dass sich hinter Eurer Aussage mehr verbirgt."
Charles biss die Zähne zusammen und musterte sie.

Mrs. Hollingberry warf ihm einen ruhigen Blick zu. Ihre feinen Züge, die normalerweise so attraktiv waren, wirkten heute Abend berechnender, aber nicht in einer Weise, die ihn beunruhigte. Er war eher verwirrt. Wenn er eine Frau wie sie ins Bett holte, konnte sie nachher normalerweise nicht klar denken, geschweige denn ihn so interessiert ansehen.

„Ihr wirkt heute Nacht distanziert."

„Ich nehme an, das bin ich", gab er zu. In Gedanken war er ziemlich weit von diesem Freudenhaus entfernt.

„Was könnte den Earl of Lonsdale so beschäftigen und ihn melancholisch machen?" Mrs. Hollingberrys Augen glitzerten, als sie ihn weiterhin mit offener Neugier musterte. Ihre Frage bereitete Charles Unbehagen. Warum kam ihm das bekannt vor?

„Ich habe keine Ahnung", antwortete er mit einem schiefen Lächeln. Doch das war nicht die Wahrheit. In den letzten Monaten war er durchs Leben gesegelt wie ein Kahn, der auf dem Meer trieb, vom Wind geschüttelt und ohne Ruder. Hilflos den Stürmen der Veränderung ausgeliefert. Wenn er nur ein Gefühl von Kontrolle oder zumindest die richtige Richtung fände, würde er sich vielleicht nicht so verdammt schwach fühlen.

„Nun, das hat Spaß gemacht, meine Liebe, aber ich verspüre den seltsamen Drang, mich unter den nächsten Tisch zu trinken." Er riss die Tür auf und stolperte dabei fast über Linley.

„Sind wir hier fertig, Mylord?" Linleys Art war kühl, distanziert und ihm gar nicht ähnlich.

„Ja."

„Sehr gut, ich warte draußen bei den Kutschen auf Euch und schließe mich Euch an, sobald Ihr bereit seid." Er stapfte den Flur entlang und verschwand in der Menge.

„Was zum Teufel ist in ihn gefahren?" Linley hatte noch nie Anzeichen von Temperament gezeigt.

„Vielleicht hat ihn eine Frau, die er angesprochen hat, verschmäht?", sagte Mrs. Hollingberry, trat zu Charles an die Tür und beobachtete die Menge. „Welche Schande. Wenn er gewartet hätte, hätte ich ihm vielleicht eine Chance gegeben. Er ist ein hübscher Junge."

„Ich glaube, ich brauche diesen Drink wirklich dringend. Gute Nacht, Mrs. Hollingberry."

Charles küsste ihre Hand und ging direkt auf den nächsten Spieltisch zu, von wo er einen Kellner heranwinkte.

Vielleicht hatte die Witwe recht. Charles ließ das Verführen leicht aussehen, aber selbst mit einem Geldbeutel voller Münzen brauchte es Charme und Können, um eine Frau hier zu umwerben. Er konnte sich gut vorstellen, dass Linley eine wenig taktvolle Abfuhr erhalten hatte.

Armer Bursche. Es war Charles nicht einmal in den Sinn gekommen, ihn vorher zu beraten. Kein Wunder, dass er es so eilig hatte, von hier fortzukommen.

# KAPITEL 22

E s dauerte zwei Stunden, bis Charles sich unter einen Kartentisch getrunken hatte.

„Sieht so aus, als ob Ihr Hilfe braucht, Lonsdale." James Fordyce, Earl of Pembroke, griff unter den Tisch und reichte ihm die Hand. Charles ergriff sie und ließ sich auf die Beine helfen. Sein Blickfeld drehte sich plötzlich, und er blinzelte schnell, um das Gesicht des Mannes zu fixieren.

„Bereit, nach Hause zu fahren, Lonsdale?", fragte Pembroke.

„Das sollte ich wohl tun. Verdammt noch mal, was für eine Nacht."

Pembroke legte einen Arm um Charles' Taille und half ihm nach draußen, um eine Droschke zu rufen, die ihn nach Hause bringen sollte. Linley tauchte aus dem Schatten eines nahen Stalls auf und half Pembroke dabei, Charles auf der anderen Seite zu stützen, indem er sich unter seinen linken Arm duckte.

„Da bist du ja, Junge", begrüßte Charles den Jungen.

Linleys missbilligender finsterer Blick schaute über ihn

hinweg, als er Pembroke fragte: „Wie viel hat er heute gebechert?"

Charles' Freund lachte. „Genug, um nach Frankreich zu schwimmen, glaube ich, aber morgen wird es ihm wieder gut gehen."

„Wisst Ihr, Pembroke, Ihr seid ein guter Mann... wirklich ein guter Kerl", murmelte Charles.

Pembroke lachte. „Danke, Lonsdale. Ihr seid auch nicht verkehrt."

„Nein, das stimmt nicht, ich bin ein verdammter Narr und ein Feigling." Charles' Worte wurden undeutlich, als er über einen lockeren Pflasterstein stolperte. Pembroke verlor ein wenig den Halt und Charles glitt von ihm ab, aber Linley fing ihn auf, bevor er mit dem Gesicht nach unten auf die Straße fallen konnte.

Pembroke bekam Charles wieder zu fassen und rief eine wartende Droschke. Dann half er Linley, Charles hineinzumanövrieren und gab dem Fahrer die Adresse, wobei er ihm eine Handvoll Münzen zusteckte. Als die Droschke nach vorn ruckte, sank Charles im Sitz zurück und kämpfte gegen eine Welle der Übelkeit an.

„Es wird nicht lange dauern, bis wir zu Hause sind, Mylord. Dann könnt Ihr Euren Rausch ausschlafen."

Es überraschte Charles nicht, dass Linley genau wusste, wie unwohl er sich fühlte. Der Junge hatte ein Talent dafür zu wissen, was sein Herr fühlte. Er hoffte, dass ihm, das was im Club passiert war, nicht allzu peinlich gewesen war. Er hatte den Jungen nicht verärgern wollen.

Charles war kaum noch ansprechbar, als die Droschke vor seinem Stadthaus hielt. Der Fahrer zerrte ihn zur Tür und murmelte die ganze Zeit etwas über betrunkene Lümmel.

„Mylord, könnt Ihr gehen?" Linleys Stimme durchschnitt den dichten Nebel von Charles' Trunkenheit.

„Ah." Er zuckte zusammen, denn die Welt drehte sich

wieder um ihn herum, während er versuchte, einen Fuß vor den anderen zu setzen. „Linley, sei ein guter Junge und sag dem Boden, dass er aufhören soll, sich zu drehen, ja?"

Er glaubte, seinen Diener leise glucksen zu hören, bevor eine höfliche Antwort kam. „Natürlich, Mylord, das sollte nicht zu schwer zu bewerkstelligen sein."

Charles' Beine gaben auf der untersten Stufe der Treppe nach, und er sank lachend zu Boden.

„Mylord, wie viel habt Ihr getrunken?"

„Nur eine unbe... unbedeu... Mehr als genug, nehme ich an. Bring mich zu den Dienstbotenquartieren. Ins leere Zimmer. Ich werde heute dort schlafen."

Linley zögerte, half ihm aber schließlich wieder auf die Beine und führte ihn in besagtes Zimmer. Charles' Sicht verschwamm immer wieder, bis er sanft zu einem schmalen Bett gelangte.

„Es tut mir leid wegen heute Abend, Tom. Ich werde dir alles beibringen, was du für das nächste Mal wissen musst, um eine Dame zu umwerben. Das ist eine Frage der Ehre." Er schlug sich mit einer Hand aufs Herz, aber Linley schnaubte nur.

„Verwirrter Narr", murmelte Linley. „Wenn ich nicht auf Euch aufpassen würde, würdet Ihr Euch noch im Suff umbringen."

„Da hast du recht." Charles lachte, als er auf das Bett fiel. „Man kann nicht vorsichtig genug sein. Die Gefahr lauert an jeder Ecke, Junge. Ich verspreche, dir morgen das Boxen beizubringen."

„Ich brauchen keine Lektionen, Mylord. Ich wette, ich kann besser kämpfen als Ihr."

Charles' Lachen brachte ihn fast wieder zu Bewusstsein. „Ha! Ich wurde von den besten Bux... Box...Boxern in London unterrichtet."

„Ja. Und Ihr seid ein wahrer Schrecken im Ring. Aber es

gibt einen Unterschied zwischen dem sportlichen Kampf und dem Kampf ums Überleben, Mylord. Jetzt ruht Euch aus."

Der Junge murmelte noch etwas über Charles' Dickköpfigkeit, bevor die Dunkelheit und der Schlaf ihn auch schon überwältigten.

Jonathan St. Laurent betastete die beiden gefalteten Blätter eines Briefes und den Klecks geschmolzenen Wachses, den er zerbrochen hatte. Ashtons Anweisungen waren in einem Code niedergeschrieben, den die Liga vor Jahren erfunden hatte und in den er erst eingeweiht worden war, als Godric ihn letzten September gebeten hatte, sich ihrem Bund anzuschließen.

Es war eine Ehre, die er nie vergessen würde. So viele Jahre hatte er seinen Halbbruder und die anderen Lords aus der Ferne beobachtet. Jetzt war er einer von ihnen, kein Kammerdiener mehr, nicht einer, der im Zimmer unter der Treppe schlief oder außerehelich geboren war. Er war nun ein legitimer Sohn eines Dukes, auch wenn seine Mutter nur die Zofe einer Herzogin gewesen war. Sein Vater hatte Jonathans Mutter ordnungsgemäß geheiratet, wenn auch heimlich, nachdem Godrics Mutter im Kindbett gestorben war, zusammen mit einem Geschwisterkind, das Godric nie hatte kennenlernen dürfen.

Von seinem Geburtsrecht zu erfahren hatte Jonathan verändert. Viele junge Männer in seinem Alter hätten ihr Erbe eingefordert, die verlorene Zeit mit Glücksspielen und Dirnen nachgeholt und ihr Leben in Exzessen vergeudet. Aber nicht er. Die Versuchung war anfangs durchaus da gewesen... aber diese Sehnsüchte waren schnell verblasst. Es hatte zu viel auf dem Spiel gestanden. Emily Parr, Godrics Frau, war in großer Gefahr gewesen, und die Liga hatte sich zusammengetan, um sie zu retten. Jonathan hatte sich ihnen angeschlossen und das törichte Bedürfnis, seinen unverhofften Reichtum und die damit einhergehende Macht auszuleben, war fast über Nacht verschwunden. Stattdessen war der Wunsch, diejenigen zu schützen, die ihm wichtig waren, zu seiner obersten Priorität geworden.

So war er nun auch am Hafen in einem Pub namens Devil's Eye gelandet, wo er eine geheime Mission für Ashton erfüllen sollte. Der Baron hatte zwar seine Finger in fast allen wichtigen Geschäften in London, aber seine wichtigste Unternehmung war die Schifffahrt. Die Lennox-Linien waren eine robuste Flotte von Handelsschiffen, die Ashton kürzlich durch den Erwerb eines Konkurrenzunternehmens erweitert hatte. Ashtons Brief hatte mögliche Aktivitäten im Zusammenhang mit Hugo Waverly auf einem angedockten Schiff namens Maiden Fair erwähnt. Jonathan sollte alle Matrosen aufspüren, die an Land kamen, und ihre Gespräche belauschen.

Ashtons Brief hatte erwähnt, dass Waverly dieses Schiff, das angeblich mit dem illegalen Sklavenhandel in Verbindung stand, aufgesucht hatte. Angesichts dessen, was die Liga ihm über diesen Mann erzählt hatte, schien dies genau die Art anrüchiger Geschäfte zu sein, in die sich dieser Taugenichts verwickeln würde.

Die Tür zur Taverne flog krachend auf und drei betrunkene Kerle in Matrosenhosen stolperten lachend und schubsend herein. Jonathan trat in den Schatten und stibitzte sich einen Krug vom Tablett einer vorbeigehenden Bardame. Anstatt ihn zu schelten, hielt sie inne und warf ihm einen Luftkuss zu. Eine Einladung. Eine, die er noch vor letzte Weihnachten nur zu gern angenommen hätte. Schade, aber er hatte immer noch den Geschmack einer gewissen jungen Dame auf den Lippen. Besagte Dame hatte ihr Interesse an ihm damals überdeutlich zum Ausdruck gebracht.

„In einer Stunde bin ich mit meiner Schicht fertig", sagte die Ausschankdame mit einem hoffnungsvollen Blick.

„Ich kann leider nicht. Aber ich bin geschmeichelt, denn du bist eine wahre Schönheit." Er nahm ihre freie Hand, küsste sie flüchtig und steckte ihr eine Münze für den Krug zu, den er genommen hatte.

*Verdammt!* Er wünschte sich so sehr, mit einer Frau ins Bett zu gehen, aber nach Audrey Sheridans rücksichtslosem Angriff auf ihn wollte er keine andere mehr. Wenn er eine Dame wie Audrey zur Frau nehmen wollte, konnte er nicht länger in Tavernen Schürzen jagen. Das Einzige, was er in den letzten Monaten von seinem Bruder und Lucien gelernt hatte, war, dass Loyalität gegenüber der eigenen Frau nicht nur erwartet wurde, sondern durchaus auch erstrebenswert war.

Charles beharrte zwar darauf, dass Jonathan zu jung war, um sich jetzt schon mit dem zufrieden geben zu wollen, was Godric und Emily hatten, aber Jonathan sehnte sich dennoch danach. Audrey, das temperamentvolle kleine Wesen, war wie ein warmer Windstoß an einem kalten Tag und genauso unberechenbar. Und genauso, wie sich die Winde nicht bändigen ließen, würde er die junge Dame kaum zähmen können. Stattdessen wollte er sich mit ihr ins unvermeidliche Abenteuer stürzen, das sie ihm zweifellos verhieß.

Jonathan wandte seine Aufmerksamkeit wieder den Matrosen zu. Die Maiden Fair war das letzte Schiff, das im Hafen eingelaufen war, und diese drei Männer schienen bereit für ein Gelage zu sein. Der salzige Geruch des Meeres haftete an ihrer Kleidung. Er rückte näher und beobachtete sie, als sie sich auf den Hockern an der Theke niederließen.

„Also sage ich zu ihm: ‚Was sollen wir denn in Brighton? Da gibt es doch nichts als hochnäsige enge Kniehosen und keine Mädchen, die man besuchen kann", dröhnte der alte Matrose mit einer Stimme, die für das Geschichtenerzählen wie gemacht war. Die Männer zu beiden Seiten johlten vergnügt.

„Und was hat er dazu gesagt?", fragte einer von ihnen, während er seine graue Wollmütze abnahm und sich damit das verschwitzte Gesicht abwischte.

Der Erzähler knallte seinen Krug auf die Theke, und der trübe Inhalt schwappte über die Seiten auf das abgewetzte Holz. „Er sagte: ‚Das geht dich zwar nichts an, aber ich wurde angeheuert, um dort einen englischen Lord und seine neue Frau abzuholen.'"

„Was?" Der Mann rechts von ihm blinzelte. „Das ist doch nicht sein Ernst, oder? Soll das heißen..."

„... wir bekommen noch mehr... Fracht?", vollendete der dritte Mann die Frage.

„Ja."

Der mit der grauen Mütze schüttelte den Kopf. „Für so viel Aufwand werden wir nicht gut genug bezahlt."

Der Alte schnalzte mit der Zunge. „Ist er von Sinnen? Wir haben ohnehin schon zu wenig Besatzung, und die Hälfte derjenigen, die heute Abend auftauchten, sind Grünschnäbel."

„Er sagt, wir werden für die Mehrarbeit alle doppelt bezahlt."

Die drei Männer wechselten bedeutungsvolle Blicke, bevor sie ihre Köpfe zusammensteckten und ihre Stimmen leiser wurden. Der Name Waverly fiel zwar nicht, aber irgendetwas an den drei Männern störte Jonathan trotzdem.

Er konnte sie nicht falsch verstanden haben, oder? Fracht? Das mochte einfach nur Seemannssprache für Passagiere sein, aber ihr Ton und ihre Besorgnis ließen etwas anderes vermuten. Hatte ihr Kapitän vor, einen englischen Gentleman und seine Frau zu entführen? Das klang gar nicht gut. Jonathan konnte nicht einfach dasitzen und das geschehen lassen. Und wenn es eine Verbindung zu Waverly gab, dann war es durchaus denkbar, dass diese Angelegenheit die Liga betraf.

Das würde eine lange Nacht werden. Er spritzte sich etwas Ale auf seine Kleidung, zerknitterte seine Krawatte und seinen Mantel und stolperte dann zu den Matrosen hinüber. Er setzte sich neben sie und bestellte mehr Ale. Nachdem er die Aufmerksamkeit der Männer erregt hatte, grinste er sie an.

„N'Abend." Er nickte und zeigte auf die Bardame. „Hübsches kleines Ding, was?"

„In der Tat", stimmte der Geschichtenerzähler zu.

„Eine Runde für meine lieben neuen Freunde." Jonathan zwinkerte dem Mädchen zu und beugte sich dann verschwörerisch zu dem Trio vor. „Lasst uns auf reizende Damen anstoßen, hm? Ich konnte nicht anders, als zu hören, dass ihr auf der Maiden Fair anheuert. Ich habe gerade meine Fahrkarte für die Überfahrt auf dem Schiff gekauft. Da gebe ich doch den Herren, die mich auf der Reise begleiten, gern ein paar Krüge aus."

Das schien die Männer zu überzeugen, und nach mehreren feuchtfröhlichen Runden waren sie äußerst gesprächig geworden, und was sie zu erzählen hatten, war sowohl sehr interessant als auch höchst besorgniserregend.

Jonathan rief die Magd zu sich, während die Matrosen in ein Gespräch vertieft waren. „Liebchen, du musst eine Nachricht für mich verschicken." Er drückte dem Mädchen ein paar Münzen in die Hand und wartete darauf, dass sie mit einem Stück Pergament und einer Feder zurückkam. Als die Matrosen ein zotiges Lied anstimmten, kritzelte Jonathan seine Nachricht, reichte dem Mädchen den Brief und flüsterte ihr die Adresse zu. Danach folgte er den Matrosen, die sich auf den Rückweg zum Hafen machten.

Jonathan seufzte. *So viel zu der Hoffnung, heute Abend in meinem eigenen Bett zu schlafen.*

✳

GODRIC WIEGTE EMILY IN SEINEN ARMEN UND KÜSSTE IHRE köstlichen Lippen.

„Was ist mit Abendessen?", fragte sie.

„Zum Teufel mit dem Abendessen, ich habe alles, was ich will, Liebling." Er drückte sie gegen das Sofa im Wohnzimmer, und eine Hand strich ihr Bein hinauf, während er ihre Röcke bis zu ihrer Taille hochschob. Im schwachen Kerzenlicht war sie noch begehrenswerter.

Ihr Gesicht errötete, als sie nach Luft schnappte, und ihre violetten Augen, die er so liebte, funkelten. Emily war so schön, dass es manchmal wehtat, sie anzusehen. Seine Brust schmerzte, und dennoch wurde ihm ganz weich und warm ums Herz.

„Ich liebe dich, Godric", hauchte sie gegen seine Lippen. Jedes Mal, wenn sie diese Worte sagte, brachte sie ihn damit um den Verstand. Er stöhnte und ließ seine Hand zwischen ihre Beine gleiten.

Doch ein zaghaftes Klopfen an der Tür ließ sie beide hochschrecken und zum Eingang des Salons blicken.

„Entschuldigt." Ein Diener stand da und konnte sein Erröten nicht verbergen. „Das hier wurde gerade geliefert. Es ist eine Nachricht von Mr. St. Laurent. Der Botenjunge sagte, es sei dringend."

Godric zog Emilys Röcke herunter und sprang vom Sofa, um dem Diener den Brief abzunehmen. „Danke, Nelson."

Der Mann verschwand den Flur hinunter in Richtung der Dienstbotenzimmer. Godric brach das Wachssiegel, faltete das Pergamentblatt auseinander und las die Zeilen.

„Was ist passiert?" Emily beugte sich über die Rückenlehne des Sofas und musterte ihn mit verschränkten Armen.

Sein Herz hämmerte vor Angst.

„Jonathan ist an Bord eines Schiffs gegangen, das mit

Waverly in Verbindung steht und nach Brighton fährt. Gott weiß, wie er das fertiggebracht hat. Er wird wahrscheinlich in ein paar Tagen dort ankommen. Ich muss sofort nach Brighton." Er wollte Emily nicht erschrecken, denn jetzt, wo sie sein Kind erwartete, war sein Beschützerinstinkt noch stärker als vorher.

„Godric", warnte sie in einem Ton, der keinen Widerspruch duldete. „Du erzählst mir nicht alles, oder?"

„Anscheinend hat Jonathan von einigen angeheuerten Matrosen gehört, dass jemand entführt werden soll – möglicherweise Cedric und Anne. Ich muss sie warnen. Ich muss Charles holen und sofort aufbrechen." Er drehte sich um, aber Emily legte von hinten die Arme um ihn.

„Ich werde euch begleiten."

Er sah über seine Schulter zu ihr hinab. „Em, es kann gefährlich werden."

„Wir haben schon früher zahlreiche Gefahren überstanden", erinnerte sie ihn.

„Und ich hätte dich dabei fast verloren, hast du das vergessen? Denn ich erinnere mich nur zu gut daran." Er hasste es, wie heiser seine Stimme wurde, aber die Erinnerung an die kaum atmende Emily auf einem Bett erschreckte ihn immer wieder aufs Neue.

„Das ist nicht dasselbe, Godric. Jetzt bin nicht ich diejenige, die in Gefahr ist", beharrte sie. „Anne ist meine Freundin, so wie Cedric dein Freund ist."

„Ja, aber wir sind nicht mehr nur zu zweit. Ich will mir keine Sorgen um unser Baby machen müssen." Er drehte sich um und legte eine Hand auf ihren immer noch flachen Bauch. Jeder Traum, den er bereits begraben geglaubt hatte, war mit dieser willensstarken Frau in Erfüllung gegangen. Er würde es nicht zulassen, sie oder das Kind zu verlieren. Er verstand mehr denn je, was seinen Vater nach dem Verlust seiner geliebten Frau dazu getrieben hatte, sein Dasein fortan wütend und melancholisch zu fristen. Godric wusste, dass er ohne Emily verloren wäre.

„Mir wird nichts passieren." Emily berührte ihren Bauch. „Weder mir noch unserem Kind."

Godric war versucht ihr zu widersprechen, aber es blieb keine Zeit.

„Wenn du mitkommst, wirst du tun, was ich sage, zu deinem Schutz und zum Schutz unseres Kindes."

„Natürlich." Emily raffte ihre Röcke und rannte die Treppe hinauf, während sie nach Libba, der Zofe, rief. Godric orderte einen Diener herbei, damit er die Kutsche bringen ließ und der Stallknecht die Pferde für ihre Reise nach Brighton vorbereitete. Charles und Lucien mussten sofort benachrichtigt werden und umgehend nach Brighton kommen.

„Bist du bereit?" rief Emily, als sie die Treppe wieder herunterkam. Sie trug eine Hose, ein locker sitzendes Hemd und einen Mantel.

„Was trägst du da?", fragte Godric.

„Warum fragst du?" Emily drehte sich um ihre eigene Achse und sah an sich herunter.

Er winkte ihr zu. „Du trägst Männerkleidung."

„Ach so, ja. Sie ist viel besser geeignet für ein Abenteuer, findest du nicht auch?"

„Abenteuer?" Godric stöhnte verzweifelt, aber es war keine Zeit zum Streiten.

„So ist es. Jetzt lass uns gehen."

Er nahm ihren Arm und half ihr zur wartenden Kutsche hinunter. Er betete, dass sie nicht zu spät kämen.

WAR ES WIRKLICH ERST ZWEI WOCHEN HER, DASS ANNE Cedric geheiratet hatte? Wie war es möglich, dass sie in so kurzer Zeit solches Glück erleben konnte? Das Leben mit Cedric hatte einen perfekten Rhythmus gefunden. Sie unternahmen so viel zusammen: Sie aßen, spielten und liebten sich. Lange Gespräche endeten in den Armen des anderen, und meistens vergaßen sie sogar, worüber sie gerade gesprochen hatten. Jeder Tag brachte neue Entdeckungen, während sie den Körper und die Seele des anderen erkundeten. Es war fast unfassbar, dass sie so glücklich sein konnte.

Anne lehnte sich in Cedrics Bett zurück. In ihrem Bett. Sie hatte aufgehört, in ihrem eigenen Zimmer zu schlafen. Sie betrachtete das Chaos, das sie dieses Mal angerichtet hatten. Jede Oberfläche war mit hastig ausgezogenen Kleidern bedeckt. Sie kicherte. Sie waren in ihrem neuesten Liebesspiel wohl ein wenig zu eifrig gewesen. Cedric lag ausgestreckt auf dem Bauch, nackt und entspannt. Seine Augen waren geschlossen und er hatte einen Arm unter sein Kissen gesteckt, während er den anderen um ihre Taille schlang.

„Worüber lachst du?", fragte er müde.

„Über uns. Ich fürchte, dein Kammerdiener wird über das neue Durcheinander, das wir angerichtet haben, nicht sehr erfreut sein."

„Ein paar zerknitterte Hemden und Hosen werden den Kerl nicht aus der Fassung bringen. Er freut sich, mich glücklich zu sehen."

Anne legte eine Hand über seinen Arm um ihre Taille. „Was war vor dem Unfall? Warst du damals unglücklich?"

Cedrics Seufzer sagte ihr alles. „Ein wenig. Seit meine Eltern gestorben sind, war das Leben hart. Sie hatten mir viel bedeutet. Dank ihnen gab es so viel Liebe in unserem Haus. Meine Eltern haben sich aufrichtig geliebt, weißt du. Dass ihnen das Leben auf diese Weise genommen wurde..." Cedric konnte nicht fortfahren.

„Wir müssen nicht darüber reden."

Cedric hob seinen Kopf vom Kissen. „Nein. Ich muss es

tun. Deshalb hast du einen solchen Einfluss auf mich, Anne. Was ich für dich empfinde, ist das, was mein Vater für meine Mutter empfand. Eine Liebesheirat ist in unserer Gesellschaft selten. Was ich sagen will ist, dass du meine Liebe bist, Anne. Ich habe dich aus Liebe geheiratet. Und ich brauche dich, alles an dir, für immer."

Er setzte sich im Bett auf und zog sie an sich, sodass sich ihre Hüften berührten und er seine Arme um sie legen konnte.

„Ich will Kinder, viele Kinder. Ich möchte, dass wir in vielen Jahren beim Nachmittagstee sitzen, umgeben von Gelächter und Enkelkindern. Ich möchte bei dir sein, wenn wir alt geworden sind, wenn das Leben uns endlich Frieden schenkt. Die letzten Wochen waren ein solcher Segen." Er rieb mit seinen Händen so sanft über ihren Rücken, dass Anne nicht widerstehen konnte, sich zu ihm zu beugen und ihn zu küssen. Cedric beugte sich ebenfalls vor und zog sie enger in seine Arme. Ihre Lippen trafen sich, berührten sich leicht und verfielen dann in einen sehnsüchtigen Kuss, der beide benommen machte. Mit einem erstickten Lachen sank sie zurück, als er sie auf das Bett legte und sich in der Wiege ihrer Hüften niederließ.

Anne streichelte seine Wange, und die sanften Stoppeln auf seinem Kinn, die ihre Haut kitzelten, ließen sie erschaudern. „Ich glaube, ich liebe dich mehr denn je. Ist das möglich? Es ist, als würde ich mich jeden Tag neu in dich verlieben."

Cedric küsste ihre Mundwinkel und zwang ihre Lippen zu einem Lächeln. „Ich könnte den Rest meines Lebens damit verbringen, neben dir aufzuwachen und mich immer mehr in dich zu verlieben."

Anne wölbte ihre Hüften und ermutigte ihn, in sie einzudringen. Cedric eroberte ihren Mund und glitt in ihre einladende Mitte. Mit jedem sanften Stoß schienen sie mehr miteinander zu verschmelzen, bis sie sich in einem perfekten Rhythmus bewegten. Vor Kurzem war sie noch ein einsames Wesen gewesen, aber nun war sie Teil von etwas Größerem, etwas Geheimnisvollem, das sie nicht erklären konnte. Jeder unmögliche Traum, den sie jemals gehabt hatte, schien plötzlich zum Greifen nah. Mit Cedric an ihrer Seite konnte sie alles erreichen.

Sein warmer Mund legte sich über ihre Brust, und seine Zähne knabberten an ihrer sehnsüchtigen Brustwarze, was sie dazu brachte, ihre Hüften fest gegen seine zu pressen. Was so süß und sinnlich begonnen hatte, wurde jetzt heftig und hemmungslos. Anne musste ihn in sich begraben spüren, musste fühlen, wie er ihre Seele erreichte. Als ihr Tempo zu schnell wurde, verlangsamte Cedric es, und Anne schüttelte wild den Kopf, verzweifelt nach Erlösung suchend.

„Bitte, Cedric!", weinte sie fast, so sehr brauchte sie den Höhepunkt.

Er keuchte und kämpfte gegen seine eigene Erlösung an, als er sich zu ihrem Hals neigte.

„Keine andere Frau könnte sich jemals mit dir vergleichen, Anne. Ich gehöre für immer dir."

Seine Worte verursachten eine Explosion von Sternen und Licht in ihrem Inneren, und sie konnte der Wucht von Lust und Liebe nicht widerstehen, als sich der Orgasmus in ihr ausbreitete. Sein eigener Erlösungsschrei wurde leiser, während er tief in sie eindrang. Diesmal wünschte sie sich, sie hätten ein Kind gezeugt. Es schien nur richtig, dass eine solche Liebe, solche Freude ein Wunder wie ein Kind erschaffen würde.

Cedric rollte sich von ihr herunter und drückte sie an sich, wobei er die Decke eng um ihre Körper zog.

„Ich liebe dich, Anne." Er küsste ihre Nasenspitze und seufzte.

„Ich liebe dich auch." Sie brauchten keine weiteren Worte.

ANNE BLIEB VOR EINER SCHNEIDEREI AN THE STEINE unweit von Donaldsons Bibliothek stehen. Überall um sie herum waren Menschen in bunten Kleidern. Schaufenster schmückten die Straßenränder und Menschen flanierten in Scharen. Viele kamen nach Brighton, um das Meer zu sehen, andere, um in ihren Kutschen durch die malerischen Straßen zu fahren und sich der Gesellschaft zu zeigen. Anne fand das alles sehr amüsant und seltsam entzückend anzusehen.

„Was hältst du davon, wenn ich ein paar neue Kleider kaufe?", fragte sie.

Cedric lächelte. „Nur solange sie bunt sind."

*Gott sei Dank sind wir nicht in London geblieben. Mein Mangel an angemessener Trauer und der damit verbundenen Trauerkleidung würde alle schockieren.* Anne spähte durch das Fenster und studierte die Stoffe und Schnitte.

„Nun, wenn du hineingehen willst, warte ich gern hier draußen auf dich."

Bevor Anne antworten konnte, trat Ashton vor dem Ladeneingang zu ihnen.

„Cedric, ich gehe zu Donaldson, wenn du mich begleiten möchtest."

Anne lächelte erleichtert über Ashtons Feingefühl. Sie ließ Cedric nicht gern allein, wenn sie nicht im Haus waren. Er war mit den Straßen hier nicht vertraut und konnte sich leicht verlaufen oder von Fußgängern angerempelt oder sogar von einer Kutsche angefahren werden. Die Sorgen, was ihm alles passieren könnte, waren fast endlos, und es war schwer, nicht dauernd daran zu denken und den Ausflug zu genießen.

„Du solltest ihn begleiten, Cedric, und aufpassen, dass sich Lord Lennox nicht in Schwierigkeiten bringt. Ich komme dann in die Bibliothek." Anne stellte sich auf die Zehenspitzen und küsste seine Wange.

„Bist du sicher?“

„Ja, ganz sicher.“

Anne wandte sich wieder dem Laden zu, als die beiden Männer sich abwandten.

„Verzeihung. Ich will nicht anmaßend sein, aber seid Ihr nicht Viscountess Sheridan?“ Eine vollbusige Dame mit fröhlichem Gesicht und dunklen Haaren lächelte sie an.

Anne blinzelte. „Das bin ich.“

„Bitte entschuldigt meine Unverfrorenheit. Ich bin Lady Pickering, die Frau von Sir Edward Pickering. Wir wohnen nicht weit von Euch und Eurem Mann entfernt. Ich wollte Euch später einen Brief schicken, um Euch heute Abend zum Essen bei uns einzuladen. Ich entschuldige mich für die kurzfristige Einladung, aber ich konnte nicht widerstehen, nachdem ich Euch nun zufällig hier angetroffen habe.“

„Es ist mir ein Vergnügen, Lady Pickering. Ich schäme mich, dass ich noch nicht dazu gekommen bin, Euch selbst zu schreiben. Cedric hat mir ausführlich von Euch erzählt. Mein Mann und ich würden uns freuen, Eure Einladung zum Abendessen anzunehmen.“

„Wunderbar! Edward wird begeistert sein.“ Lady Pickering gesellte sich zu ihr ans Schaufenster. „Hübsch, nicht wahr? Die Schneiderin hier ist so viel besser als die in London. Geht Ihr hinein? Ich begleite Euch gern. Ich brauche selbst ein paar neue Kleider.“ Lady Pickerings Blick schweifte über das Schaufenster voller edler Stoffe und modischer Hüte.

Die Frau hatte etwas Warmes, Mütterliches an sich, womit Anne wenig Erfahrung hatte, aber sie hatte sich seit ihrer Kindheit danach gesehnt.

„Wenn Ihr möchtet“, nickte Anne zustimmend. „Ich wäre sehr froh, Gesellschaft zu haben.“

Lady Pickering klatschte in die behandschuhten Hände. „Wunderbar! Sollen wir?“

Anne folgte der Frau in den Laden, und die Schneiderin

und ihre Assistentin empfingen sie gleich an der Tür. Sie nahmen abwechselnd ihre Maße und zeigten ihnen dann einige Schnittmuster und verschiedene Modestile.

„Darf ich offen mit Euch sprechen?" Lady Pickerings Ton war vorsichtig, als sie nebeneinander auf einem Sofa saßen und durch die Modezeitschriften blätterten.

Anne sah die Frau ein wenig besorgt an, nickte aber.

„Ich habe gehört, dass Euer Vater nur eine Woche vor Eurer Hochzeit gestorben ist." Lady Pickering spielte mit einem blauen Band an ihrem Ärmel, während sie sprach. „Ich bin mir nicht sicher, wie ich das sagen soll."

Annes Magen verkrampfte sich. „Bitte, Lady Pickering, sagt, was Ihr sagen wollt."

Ihre Wangen wurden rot. „Nun, Lady Sheridan, die verstorbene Lady Sheridan, war eine liebe Freundin von mir. Ihr Tod hat mir das Herz gebrochen. Wir waren seit unserer Jugend befreundet, ebenso unsere Ehemänner. Die beiden zu verlieren war verheerend, nicht nur für Edward und mich, sondern für alle, die sie kannten. Die Familie Sheridan war geschätzt und beliebt. Ihr Junge − verzeiht mir." Sie räusperte sich. „Viscount Sheridan hängt mir in vielerlei Hinsicht genauso am Herzen wie ein eigener Sohn. Er mag ein Schurke sein, aber er ist ein guter Mann, und er verdient eine Frau, die ihn liebt."

Anne seufzte erleichtert auf. Sie streckte die Hand aus und bedeckte Lady Pickerings Hand mit ihrer eigenen.

„Ich liebe meinen Mann abgöttisch. Trotz der unorthodoxen Anfänge unserer Verbindung liebe ich ihn jeden Tag mehr, als ich es je für möglich gehalten hätte."

Lady Pickering lächelte, obwohl es ein wehmütiges Lächeln war.

„Das war alles, was ich wissen wollte. Was würde Seine Lordschaft wohl am liebsten zum Abendessen speisen? Ich passe das Menü gern an, da ich vermute, dass gewisse

Lebensmittel für ihn schwieriger zu handhaben sein müssen."

Anne war angenehm überrascht von der Feinfühligkeit dieser Frau. Es gab tatsächlich viele Gerichte, die Cedric das Essen erschwerten, aber Lady Pickering war aufmerksam genug, um das zu erkennen, und dies steigerte Annes Wertschätzung für die neue Bekannte.

„Alles, was leicht mit einem Löffel gegessen werden kann, ist hilfreich", antwortete sie, obwohl es ihm nun schon leichter fiel, mit Messer und Gabel umzugehen.

„Das sollte nicht allzu schwer sein." Lady Pickering gab der Schneiderin die Muster zurück und zeigte ihr, welche sie interessierten. Anne tat dasselbe.

Nach einer Stunde hatten die Damen mehrere wunderschöne Kleider bestellt. Anne wollte Lady Pickering nicht alleinlassen, während diese noch in einem Schaufenster des Hutgeschäfts nebenan ein paar Hüte betrachtete, aber sie hatte das Gefühl, es wäre an der Zeit, zu Cedric zurückzukehren.

„Lady Pickering, ich gehe nur ungern, aber ich muss zu meinem Mann zurück."

Die Frau lachte. „Natürlich, meine Liebe. Geht nur. Das Abendessen ist um acht."

„Vielen Dank!" Anne verabschiedete sich und überquerte die belebte Straße in Richtung von Donaldsons Bibliothek.


SAMIR AL ZAHRANI BESTIEG SEIN PFERD UND RITT gemächlich eine der Hauptstraßen von Brighton entlang, während er sein Pech in den letzten Tagen verfluchte.

Er hatte erfahren, wo seine geliebten Stuten gehalten wurden, direkt neben minderwertigen englischen Gäulen. Aber er konnte sie nicht allein zurückholen. Er hatte auch die Gelegenheit verpasst, Sheridans Frau im Wald am See zu entführen, und danach war sie immer im Haus gewesen, wo es vor Dienern nur so wimmelte.

Aber heute war der erste Tag, an dem das Paar ihren Zufluchtsort verlassen hatte und nach Brighton gefahren war, und er hatte eine neue Gelegenheit gerochen. Bald würde sein Schiff eintreffen, und er könnte diese elende Insel endlich verlassen. Aber zuerst musste er sich holen, wofür er hergekommen war.

*Diese dummen Engländer und ihr alberner Stolz, der sie glauben macht, sie könnten in einer überfüllten Stadt nicht angegriffen werden. Wie wenig sie wussten...*

Sheridan und ein Mann mit hellblondem Haar hatten sich von Sheridans Frau getrennt und sie damit verwundbar gemacht. Sie war ihm ausgeliefert.

*Wenn ich sie töten kann, wird Sheridan den Boden unter den Füßen verlieren.*

Er wartete. Gerade im rechten Augenblick verließ Lady Sheridan eine Schneiderei und winkte einer älteren Dame zum Abschied zu, bevor sie die Straße überquerte. Samir gab seinem Pferd die Sporen und das Tier schnellte vorwärts...

EIN SCHWARZER HENGST STÜRZTE VON DER SEITE AUF Anne zu, als sie die Straße überquerte. Das Pferd bäumte sich vor ihr auf, und Anne schrie erschrocken auf und fiel zu Boden.

Das Tier beruhigte sich, und sein Reiter, ein gutaussehender Mann mit olivfarbener Haut, dunklem Haar und noch dunkleren Augen, glitt aus dem Sattel, um ihr auf die Beine zu helfen.

„Ich bitte tausendmal um Verzeihung. Ihr seid so schnell vor mir aufgetaucht, dass ich Euch nicht gesehen habe." Sein Blick wanderte über ihren Körper. „Ihr seid doch hoffentlich nicht verletzt?"

Verwirrt und mit Schmerzen von ihrem Sturz schüttelte Anne hastig den Kopf. „Nein, nein, mir geht es gut. Danke." Sie versuchte, sich aus seinem Griff um ihre Taille zu befreien. „Bitte, Sir, lasst mich gehen."

Einen Moment lang fürchtete sie, dass er ihrer Aufforderung nicht nachkommen würde, aber ihr Sturz hatte die Aufmerksamkeit zahlreicher Passanten auf sich gezogen, die nun herbeieilten, um zu sehen, ob sie verletzt war.

Er senkte die Hände. „Ich entschuldige mich vielmals. Es ist schon einige Zeit her, dass ich in der Gegenwart einer so schönen Frau war. Wo sind nur meine Manieren geblieben?" Das Leuchten in seinen Augen bereitete ihr zusehends Unbehagen.

„Verzeihung." Sie trat abrupt um ihn herum und zurück auf die Straße. Es war unhöflich, das wusste sie, aber er hatte irgendetwas an sich... sie wollte nicht bleiben. Doch dann tat sie ihr ungutes Gefühl mit einem Schulterzucken ab und redete sich selbst ein, dass es Unsinn war.

Donaldsons Bibliothek war ein holzverkleideter, mit weißer Farbe frisch gestrichener Bau. Eine große Galerie überblickte einen Teil der Bibliothek, und eine Gruppe von Damen hatte sich dort wie ein bunter Vogelschwarm zum Klatsch versammelt. Anne mied sie. Ihr Geplapper würde zweifellos später in den beiden beliebten Gesellschaftsräumen von Brighton, dem Castle Inn und dem Old Ship Inn, zu Ärger führen.

Gott sei Dank war Cedric kein Freund von Bällen und Tänzen mehr. Allerdings musste Anne zugeben, dass sie sich wünschte, sie hätte nur einmal mit ihm tanzen können. Ihre erste Gelegenheit hatten sie verpasst, und in den Jahren, die sie ihn kannte, hatten sie nie wieder eine Chance dazu gehabt.

Sie betrat die geräumigen Säle von Donaldsons Bibliothek und versuchte nicht daran zu denken, dass sie sich nur eine alberne Quadrille oder einen Walzer mit ihrem Mann wünschte. Obwohl er jeden Tag sicherer in seinem Schritt wurde, wusste sie, dass er Angst hätte, bei einer öffentlichen Veranstaltung hinzufallen oder ihr auf die Zehen zu treten. Die Gesellschaft konnte ein grausamer Haufen sein, wenn jemand Schwäche zeigte. Ihre Nase brannte ein wenig vor Gefühlsregungen. Vor Traurigkeit, Enttäuschung. Es war ein kleinlicher Wunsch, aber da er unerfüllbar war, sehnte sie sich umso mehr danach.

Die Bücherregale waren bis zum letzten Platz gefüllt, und die Buchrücken glänzten im Sonnenlicht, das durch die Fenster fiel. Sie blieb an einem nahen Lesetisch stehen und legte ihre Hände auf das polierte Holz, um ihren Atem zu beruhigen. Zwei junge Damen gingen mit Büchern in den Armen an ihr vorbei und flüsterten lächelnd miteinander.

„Hast du diesen Gentleman gesehen? Den Blinden?", fragte die größere der beiden Damen ihre Freundin.

Jeder Muskel in Annes Körper spannte sich an. Sie mussten über Cedric sprechen. Wie hoch standen die Chancen, dass es einen weiteren Blinden in einer Bibliothek in Brighton gab? Wollten sie ihn verspotten? Wenn dem so war, so helfe ihnen Gott! Ihr Mann hatte genug ertragen und verdiente es nicht, dass sich andere über seinen Zustand lustig machten.

Die andere Frau errötete und zog den Kopf ein. Ihre Haube verbarg ihr Gesicht. „So ein gutaussehender Mann."

„Nicht wahr? Und sein Freund, der Blondhaarige..." Sie seufzte sehnsüchtig. „Aber ich konnte unmöglich darum bitten, einem Fremden vorgestellt zu werden. Welch eine Schande." Die Damen verschwanden hinter einer Reihe von Bücherregalen.

Anne entspannte sich, sammelte sich und eilte in die Richtung, aus der die Damen gekommen waren. Sie fand ihren Mann und seinen Freund neben einem Lesetisch sitzend vor. Cedric beugte sich vor, die Ellbogen auf die Knie gestützt, während er mit Ashton sprach. Als sie in Sichtweite kam, sah Ashton erst zu ihr und dann wieder zu Cedric. Cedric sprach weiter, ohne sich ihrer Nähe bewusst zu sein.

„Es ist eine völlig neue Welt, Ash. Glaube mir, die Ehe ist überraschend wunderbar. Bist du dir sicher, dass du es nicht versuchen willst?"

Ashtons Lippen zuckten, als er einen Finger auf seinen Mund legte, um Anne zu bedeuten, dass sie schweigen sollte. Sie blieb ein paar Meter entfernt stehen und hielt den Atem an.

„Und was genau ist daran so wunderbar? Ich gebe zu, ich bin ziemlich fasziniert von deinem neu entdeckten Eifer." Ashton zwinkerte ihr zu, und sie hatte Mühe, ein Kichern zu unterdrücken.

Cedric lehnte sich in seinem Stuhl zurück und verschränkte die Finger hinter dem Kopf.

„Es gibt nichts Besseres, als das schönste Geschöpf der Welt zu jeder Zeit in seinem Bett haben zu können. Das ist viel besser, als eine Geliebte zu haben. Und ich bin sicher, meine Frau würde dem zustimmen. Jederzeit mit mir zusammen sein zu können ist einer der Vorteile, ewig aneinander gekettet zu sein."

Cedrics selbstgefälliger Tonfall löste bei Anne eine halb belustigte, halb irritierte Reaktion aus.

„Bist du etwa anderer Meinung, meine liebe Frau?" Cedric kicherte und drehte seinen Kopf in ihre Richtung.

„Oh! Du durchtriebener Mann." Anne lachte und eilte zu ihm hinüber und schlug ihm mit einer behandschuhten Hand auf die Schulter. Als er sie auf seinen Schoß zog, quietschte sie überrascht. „Du wusstest die ganze Zeit, dass ich da war, nicht wahr?"

Cedric nickte nur, und sein verschmitztes Grinsen brachte

sie zum Schmelzen. Sie liebte es, wie er sie rückhaltlos anlächelte.

„Es ist dein Duft, erinnerst du dich?" Er streichelte ihre Wange. „Er verrät dich."

Für einen langen Moment gab sie sich einfach seiner Umarmung hin und genoss das Gefühl seiner Arme um sie herum.

Eine alte Frau mit einer mit welken Straußenfedern bedeckten Haube keuchte entrüstet, als sie ein Bücherregal umrundete und Anne auf Cedrics Schoß und in seine Arme gesunken erspähte.

„Das ist eine Bibliothek", sagte sie sichtlich entrüstet.

„Entschuldigt, Madam", erwiderte Cedric höflich. „Aber meine Frau und ich brauchen etwas Abgeschiedenheit. Bitte verschwindet einfach."

Die alte Frau schnaubte empört und schlug mit der Spitze ihres Sonnenschirms auf den Holzboden.

„Wie könnt Ihr es wagen, Sir!", polterte sie und stapfte davon.

„Oh je", sagte Ashton lachend. „Das war Lady Beach, eine von Prinnys Bekannten."

Cedric umarmte Anne nur noch fester. „Zum Teufel mit Lady Beach, verdammt noch mal. Ich möchte meine Frau einfach umarmen."

Anne sah sich um und vergewisserte sich, dass niemand sie beobachtete, bevor sie Cedrics Wange küsste. Es war etwas, dessen sie nie müde wurde, diese herrliche Fähigkeit, ihn zu berühren und zu küssen, wann immer sie wollte. Der Mann hatte recht gehabt, was die Vorteile der Ehe anging.

„Wie war dein Kleiderkauf, Liebes?"

„Gut, danke. Ich habe Lady Pickering kennengelernt. Wir sind eingeladen, heute Abend bei ihr zu Hause zu speisen. Ist das in Ordnung? Sie ist so nett. Ich wollte ihre Einladung nicht ausschlagen."

„Lady Pickering", grübelte Cedric. „Sie war wie eine zweite Mutter für mich und hat immer versucht, mich zu mästen."

Anne wurde wieder ernst. „Nun ja, sie täte gut daran. Du bist nämlich zu dünn geworden, mein Gemahl. Ich mag es nicht. Wenn ich herummeckern muss, um mich um dich zu kümmern, dann werde ich es tun."

„Wenn deine Vorstellung von meckern darin besteht, mir zu sagen, dass ich mehr essen soll, werde ich dich dafür nur noch mehr lieben." Cedric begann an ihrem Ohr zu knabbern, und Anne erschauderte, als das Verlangen sie wie ein Blitz traf.

„Nun, ich werde euch zwei alleinlassen, um hier in Donaldsons für ein wenig Unruhe zu sorgen", sagte Ashton. „Eines meiner Schiffe ist gerade im Hafen eingelaufen, und ich muss es überprüfen. Sehen wir uns heute Abend nach dem Essen wieder Zuhause?"

Anne setzte sich auf. „Ich bin sicher, Lady Pickering würde sich freuen, wenn Ihr uns begleitet."

Ashton winkte ab. „Sie ist eine wundervolle Frau, aber ich fürchte, ich muss mich um das Geschäft kümmern und das kann länger dauern. Grüßt Lady Pickering von mir."

Als Ashton ging, seufzte Anne leise. Lord Lennox war ihr ein Rätsel. Er schien immer allein zu sein, außer er war mit den anderen Mitgliedern der Liga zusammen.

„Was ist los, Anne? Ich kann hören, dass du über etwas grübelst." Cedric stupste sie an, um ihre Aufmerksamkeit zu erregen.

„Ich mache mir Sorgen um Lord Lennox. Er wirkt manchmal so einsam. So konzentriert auf seine Arbeit."

Cedrics leere Augen verrieten keinerlei Emotionen, aber sein Lächeln verblasste ein wenig.

„Ash ist ein sehr komplexer Mann. Du kennst ja das Sprichwort: ‚Stille Wasser sind tief'."

„Kennst du ihn schon dein ganzes Leben?" Anne musste zugeben, dass die Liga der Schurken sie schon immer fasziniert hatte. Fünf wohlhabende, einflussreiche Adlige, die das enge Korsett der Gesellschaft mieden und das Laster liebten. Eigentlich hätte dies ein Thema sein sollen, über das sie nur ungern nachdachte, doch sie konnte nicht widerstehen. Sie hatte das dumpfe Gefühl, dass ihr Wissen über ihre Vergangenheit und ihre Beziehungen mehr auf Gerüchten und den Zeilen der *Quizzing Glass Gazette* als auf der Wahrheit beruhte.

„Wir haben uns in Cambridge kennengelernt. Ich hatte ihn schon auf dem Campus des Magdalene College gesehen, aber wir waren uns nicht offiziell vorgestellt worden. Er und Lucien waren befreundet, und Godric und ich waren befreundet. Wir waren zwei getrennte Paare, sozusagen", kicherte er.

„Was ist mit Charles? Wie habt ihr alle zusammengefunden, und wo kommt er ins Spiel?"

Cedrics Gesichtsausdruck verschloss sich, und Anne drängte nicht weiter in ihn. Aber er fuhr fort: „Es war eine Nacht im Spätherbst, Godric und ich schlichen gerade zu unseren Zimmern zurück. Da sahen wir, dass jemand im Fluss am Ertrinken war, und ein Freund von uns, Peter Wellsley, versuchte ihn zu retten. Zwei andere Männer, die ich später als Ashton und Lucien kennenlernte, eilten Godric und mir nach, als wir in den Fluss sprangen, um den Ertrinkenden, Charles, zu retten und Peter zu helfen. Charles war an Händen und Füßen gefesselt worden, und Peter half mir, ihn loszuschneiden. Wir haben Charles gerettet, aber Peter... er hat es nicht geschafft. Er blieb zu lange unter Wasser, um Charles hochzuhalten. Sein Tod war für uns alle ein großer Verlust. Peter war einer von Charles' besten Freunden und auch uns anderen gut bekannt. Nach dieser Nacht wurden wir fünf unzertrennlich. Die Trauer hat manchmal diesen Effekt."

Für Anne schienen sich kleine Puzzleteile zusammenzufügen. „Charles ist also das Element, das euch alle verbindet?"

Einen Moment lang sagte Cedric nichts, aber sein Mienenspiel verriet, dass er nicht sicher war, ob sich die Sache so einfach zusammenfassen ließ. „Anfangs war es so, aber im Laufe der Zeit haben wir alle enge Bindungen zueinander entwickelt. Es gibt nichts Besseres für eine Freundschaft, als gemeinsam durch die Hölle gegangen zu sein."

Cedrics Wangen röteten sich ein wenig vor Verlegenheit, aber Anne liebte ihn dafür. Sie bewunderte die Art, wie er seine Freunde liebte. Nicht viele Männer oder Frauen konnten sich so enger Freundschaften rühmen.

„Und Mr. St. Laurent? Godrics Bruder?"

„Jonathan?" Cedric kicherte. „Er ist eine willkommene Ergänzung in unserem Bund. Oh, wo wir gerade von ihm sprechen..." Sein Ton wurde ernst. „Anne, was hältst du davon, das Haus deines Vaters in London zu verkaufen? Jonathan ist daran interessiert, seinen eigenen Haushalt zu gründen, und erwägt, Audrey zu umwerben, zumindest laut Ashton. Ich habe ihm meinen Segen gegeben und dachte, wir könnten ihm ein bisschen helfen." Cedric hielt inne, dann holte er tief Luft, bevor er fortfuhr. „Wenn du zustimmst, könnten wir das Haus vielleicht an Jonathan verkaufen. Ich würde es gern voller Liebe und Kinder sehen, aber wenn du es behalten möchtest, werden wir es behalten. Die Entscheidung liegt ganz bei dir."

Annes Augen brannten. Ihr Vater... in den letzten Wochen war sie so glücklich gewesen, dass sie seinen Verlust fast vergessen hätte. Und es rührte sie, dass Cedric sie fragte, was sie tun wollte. Nachdem sie geheiratet hatten, war ihr gesamtes Eigentum auf ihn übergegangen. Er hätte das Haus verkaufen können, ohne sie zu fragen, aber das hatte er nicht.

Es war ein verlockender Gedanke, das Haus zu behalten. Aber es war wohl besser, es zu verkaufen. Wenn Jonathan und vielleicht zukünftig Audrey darin wohnten, würden sie es oft genug besuchen, und es war, wie Cedric gesagt hatte: Die beiden würden es mit Liebe und Kindern füllen.

„Wenn Mr. St. Laurent Interesse hat, dann sollten wir ihm das Haus verkaufen. Kannst du dich um alles kümmern?"

„Ja, ausgezeichnet. Ich werde Ashton bitten, ihm einen Brief zu schreiben, und wenn Jonathan mit dem Angebot einverstanden ist, können wir meinen Anwalt bitten, die Papiere vorzubereiten."

„Danke." Sie meinte es ernst, und um es ihm zu zeigen, schmiegte sie sich fester an ihn, schlang ihre Arme um seinen Hals und küsste ihn leidenschaftlich, obwohl sie in der Öffentlichkeit waren. Er stöhnte leise und erwiderte ihren fordernden Kuss, musste sie aber allzu bald von sich schieben.

„Ich wünschte, wir könnten so weitermachen, mein Herz, aber Lady Beach ist sicher nicht unsere letzte ungebetene Zuschauerin, wenn wir nicht sofort nach Hause gehen. Einige listige Gauner könnten anfangen, Eintritt für das Spektakel zu verlangen."

Sie konnte nicht anders, als zu kichern, während sie von seinem Schoß glitt.

„Dann ruf die Kutsche, mein lieber Mann."

„Wie du wünschst." Seine Lippen verzogen sich zu diesem Lächeln, das ihr Herz erobert hatte, als sie ihn das erste Mal gesehen hatte. Nur war es dieses Mal noch strahlender, weil es voller Liebe war. Einen Moment lang spürte sie eine unerwartete Angst.

*Was wäre, wenn ich ihn jetzt verlieren würde? Mein Herz ist zu fest an seines gebunden. Wenn er gehen würde, würde ich es nicht überleben.* Wenn eine Frau Anne gesagt hätte, dass sie jemals so für einen Mann empfinden würde, hätte Anne sie für melodramatisch gehalten, aber jetzt verstand sie es. Eine tiefe Verbindung war zwischen ihren beiden Herzen entstanden, und sie konnte nicht leicht gebrochen werden.

Anne legte ihren Arm in seinen, als sie Donaldsons Bibliothek verließen. Sie schluckte schwer und versuchte, an etwas anderes zu denken. Das heutige Abendessen! Das wäre eine wunderbare, unterhaltsame Abwechslung. Ja, das Abendessen. Alles wäre gut. Wenn nur etwas in ihr nicht ständig die Befürchtung hegte, dass sie Cedric für immer verlieren könnte.

<h1 style="text-align:center">KAPITEL 23</h1>

„Nun, das war keine komplette Katastrophe, oder?", fragte Cedric lachend, als er sich in der Kutsche Anne gegenübersetzte.

Anne grinste. „Auf keinen Fall. Du warst wundervoll." Sie hielt etwas in den Armen, etwas, das Cedric nicht sehen konnte. Es war eine Überraschung für ihn, über die sie und Lady Pickering ganz aufgeregt waren. Sie hatten es geschafft, sie bis zur Kutsche zu schmuggeln, ohne dass Cedric etwas davon ahnte.

„Warum kommst du nicht zu mir, meine liebe Frau?", schlug er mit einer auf seine verwegene Art hochgezogenen Augenbraue vor.

Sie musste all ihre Selbstbeherrschung zusammennehmen, um nicht zu kichern. Es war lange her, dass sie jemandem, der ihr wichtig war, etwas geschenkt hatte, und ihr Herz schlug schneller, als sie endlich sprach.

„Gut." Sie gesellte sich zu ihm auf seine Seite der geschlossenen Kutsche und ließ sich von ihm näher heranziehen. Als er sich näherbeugte, stockte er plötzlich mit geweiteten

Nasenflügeln. Erst riss er die Augen auf, dann kniff er sie zusammen.

„Ich rieche…" Er hielt inne und schniefte, dann wanderten seine Hände von ihrer Taille zu ihren Armen. Als er auf das Knäuel stieß, das sie an ihre Brust drückte, versteifte er sich.

„Anne, bist du… ist das ein Hund?" Er legte den Kopf schief, und der tiefe Bariton seiner Stimme weckte die Kreatur. Der Welpe in ihren Armen streckte sich, gähnte und leckte Cedrics Finger, die die nasse Hundenase gestreift hatten.

„Lady Pickerings Lieblingshündin, ein King Charles Spaniel, hat vor zwei Monaten Junge bekommen. Sie dachte, wir würden vielleicht einen der Welpen haben wollen. Sie sagte, deine Mutter liebte King Charles Spaniels." Anne betete, dass er nicht verärgert war. Cedric hatte ihr so viel gegeben, und sie wollte ihm etwas zurückgeben. Er konnte nicht auf die Jagd gehen, und ein großer Hund wäre im Haus nicht glücklich. Ein kleiner Spaniel war perfekt. Der Hund würde Cedrics Gefährte sein, der ihm überall folgen und ihn bei Laune halten konnte.

„Wusstest du, dass ich Emily einen Hund gekauft habe?" Ein kurzes Lächeln huschte über Cedrics Gesicht.

„Warum… äh… ja. Ich erinnere mich, dass sie mir von ihrem Foxhound Penelope erzählt hat." Sie hielt inne. „Ich schwöre, dass ich völlig andere Absichten hatte."

Cedrics herzliches Lachen wärmte sie. „Wenn du mir einen Hund schenkst, damit ich dir nicht entkommen kann, würde ich das als Kompliment auffassen, meine Liebe. Jetzt zeig mir den kleinen Schelm!" Er öffnete die Hände, und Anne reichte ihm das verschlafene Bündel weiter. Es wand sich zunächst in Cedrics Armen, als er es nahm. Zu sehen, wie er den weißen und zimtbraunen Welpen an seine Brust kuschelte, erfüllte Anne mit überwältigender Zuneigung.

„Der letzte Spaniel meiner Mutter war ein energischer

Kerl. Er hieß Forrest. Ich mochte den kleinen Kerl immer sehr. Was denkst du, Liebes? Sieht er aus wie ein Forrest?" Cedric kräuselte mit einem verspielten Lächeln die Ohren des Hundes. Obwohl er den Hund nicht sehen konnte, war er offensichtlich schon jetzt von dem Welpen hingerissen.

„Ja, er sieht aus wie ein Forrest." Sie bedeckte ihren Mund mit einer behandschuhten Hand. So glücklich zu sein... sie konnte es kaum fassen. Wo auch immer ihr Vater war, sie hoffte, er könnte sehen, dass es ihr gut ging, dass sie ihren Platz in der Welt an der Seite dieses Mannes gefunden hatte.

„Wenn wir nach Hause kommen, bekommt dieses kleine Kerlchen einen Korb zum Schlafen, und du, meine liebe Frau, wirst in unserem Bett deinen ehelichen Pflichten nachkommen."

Die Frechheit dieser Worte hätte sie wütend gemacht, wenn ein anderer Mann sie ausgesprochen hätte, aber da sie von Cedric stammten, erhitzten sie ihr Blut und weckten Sehnsucht in ihr.

„Wenn ich meinen Pflichten nachkommen soll, dann musst du auch deine erfüllen." Sie konnte nicht widerstehen, ihn zu necken.

Sein Schurkengrinsen ließ ihren Puls wie verrückt galoppieren. Die Kutsche hielt an, und als der Diener kam, um die Türen zu öffnen, lächelte Anne, denn sie erkannte Sean Hartley.

„Sean? Bist du das?" Cedric hielt ihm den Hund hin. „Nimm den kleinen Forrest hier und bette ihn in einen Korb in deinem Zimmer. Ich kümmere mich morgen früh um ihn. Meine Frau und ich werden den Rest des Abends beschäftigt sein."

„Natürlich, Mylord." Sean nahm den Hund mit einem Lächeln entgegen und kraulte ihn hinter den Ohren. Er warf Anne einen kurzen Blick zu und sie nickte.

Als sie und Cedric das Haus betraten, stellten sie fest, dass sich die Bediensteten zerstreuten, als würden sie das Bedürfnis ihrer Herrschaften nach Abgeschiedenheit spüren.

„Bring mich in den Salon“, bat Cedric.

Anne legte ihre Hand in seine und führte ihn, wobei er seinen Stock zu Hilfe nahm, um über die Teppiche zu fegen. Anne stieß die Tür zur üppigen Tudor-Einrichtung und dem roten Plüschsofa vor einem mit schwarzem Marmor verkleideten Kamin auf. Kunstvoll geschnitzte Holzbalken wölbten sich über ihnen. Rote Damastvorhänge verdeckten die hohen Fenster, und das fahle Mondlicht lugte durch die schmalen Schlitze. Obwohl kein Feuer brannte und es dunkel war, fühlte sich das Zimmer gemütlich an.

Cedric begann sie zu führen, als wüsste er die Position der Möbel im Zimmer auswendig. Er blieb vor dem Sofa stehen und drehte sie von sich weg.

„Es ist dunkel, nicht wahr?“, fragte er. Sein Ton war sanft, leise und gefährlich verführerisch.

Anne schluckte, bevor sie antwortete. „Ja, ziemlich dunkel.“

„Gut. Ich möchte, dass du deine Augen schließt. Ich werde dich lieben, und ich möchte, dass du es so fühlst wie ich, mit Empfindungen und Geräuschen, aber ohne zu sehen.“

„Aber...“

„Schließe deine Augen.“ Sein heiserer Befehl überflutete ihren Bauch mit willkommener Wärme. „Du und ich werden die Dunkelheit heute Abend gemeinsam teilen. Fühle sie, umarme sie.“ Er legte eine Hand um ihre Taille, um ihren Bauch zu bedecken. Sein Griff war fest und besitzergreifend, und der schwere, warme Atem an ihrem Ohr war voller betörender Sinneslust.

„Hebe dein linkes Bein und stelle deinen Fuß auf das Sofakissen“, murmelte er, bevor er ihre Ohrmuschel küsste und dann an ihrem Ohrläppchen knabberte.

Anne, eingelullt in seinem verführerischen Zauber, lehnte

sich an ihn, als sie ihr Bein hob. Dazu musste sie ihre Röcke bis zu den Knien hochziehen, was genau die Absicht ihres Mannes zu sein schien.

Seine Hand blieb auf ihrem Bauch liegen und zog sie an sich, während seine andere Hand sich erst auf ihr Knie legte und dann begann, über ihre Strümpfe zu gleiten und ihre Röcke noch weiter bis zur Taille hochzuziehen. Er streichelte die nackte Innenseite ihres Schenkels, und Anne rang darum, ihre Augen geschlossen zu halten, als er sie berührte. Hier, in der Dunkelheit, waren sie eins, und jeder Sinn war geschärft.

„Atme mit mir." Cedrics Finger hatten die Spitze ihrer Oberschenkel erreicht. Er schob ihre Unterwäsche beiseite und streichelte ihr feuchtes Geschlecht.

Anne atmete ein und spürte, wie er hinter ihr dasselbe tat. Sein Finger glitt zwischen die glatten Falten ihres Hügels und drang in sie ein. Ihre Hüften zuckten gegen seine Hand, und sie wimmerte vor Vorfreude.

„Halte deine Röcke hoch", flüsterte er. Ihre Hände, die bislang ziemlich müßig gewesen waren, klammerten sich an den weißen Krepp- und Twillstoff. Die schwarzen Reifen unten an ihrem Rock regten sich, als sie ihre Finger in die Seide grub.

„Cedric", stöhnte sie, während er weiterhin mit einem Finger in sie fuhr und mit ihren Sinnen spielte, als würde er seine Macht genießen, sie so lustvoll zu quälen.

Er wiegte seine Hüften von hinten gegen sie. „Was fühlst du?" Der harte Druck seiner Erregung stieß gegen ihr Kreuz.

„Dich", stöhnte sie.

Sein tiefes Lachen ließ sie um seinen neckenden, quälenden Finger zittern.

„Und außer mir, mein kleiner Wildfang, was fühlst du noch?"

Sie konzentrierte sich auf die Atmung, als ihr Körper auf einen Höhepunkt zutanzte.

„Mein Blut tost so sehr, dass ich meinen Herzschlag überall spüren kann", gestand sie. „Und ich bekomme kaum Luft. Ich brauche dich."

Er knabberte an ihrem Hals und ließ einen zweiten Finger in sie gleiten, wobei er seine Fingerspitzen krümmte und über einen geheimen Punkt tief in ihr strich, der Sterne hinter ihren geschlossenen Lidern funkeln ließ.

„Lass los, Liebling. Ich bin hier, um dich aufzufangen." Er überredete sie dazu, ihrer Erlösung nachzugeben, und sie brachte keinen Ton über die Lippen.

Er hatte sie kaum berührt, doch dieses Mal schien sie mit ihm auf einer höheren Ebene verbunden zu sein, die sie nicht für möglich gehalten hatte. Ihre Augen waren immer noch geschlossen und alles, was ihr blieb, waren ihre anderen Sinne. Seine rauen Fingerkuppen, sein warmer Atem in ihrem Nacken, seine Härte in ihrem Rücken. Das Blutrauschen in ihren Ohren, als ihr Höhepunkt lange anhielt. So fühlte es sich also für ihn an, wenn sie zusammen waren. Es war reine Sinnlichkeit. Es gab so viel, was sie sagen wollte, aber sie schien die Worte nicht zu finden. Ihre Augen flogen auf.

Er zog seine Finger aus ihrem Körper, ließ sie zwischen seine Lippen gleiten und saugte daran. Ihre Schenkel zitterten vor Sehnsucht, als sie fasziniert lauschte, wie seine Lippen seine Finger umschlossen.

„Ihr seid an der Reihe, Mylord." Sie ließ ihre Röcke fallen und drehte sich zu ihm um.

Schmunzelnd schüttelte er den Kopf. „Ich hatte noch etwas anderes im Sinn, seit wir uns damals kennengelernt haben." Er holte seinen Stock und streckte ihr den Arm entgegen. Sie folgte ihm durch das Haus zum Ballsaal. Anne hatte ihn vor ein paar Tagen bei einer kurzen Tour gesehen, aber sie hatte nie damit gerechnet, mit Cedric hierherzukommen.

„Mein Gemahl, was hast du vor?" Aufregung erfasste sie,

als sie sah, wie Mondstrahlen durch die hohen Fenster fielen und den Raum erhellten. Der Boden glänzte einladend, als forderte er sie auf, darauf zu tanzen.

Cedric blieb in der Mitte des Raumes stehen und wirbelte sie herum, um ihn anzusehen. Er legte seinen Stock auf den Boden und ließ ihn mehrere Meter weit rollen. Dann richtete er sich wieder auf und streckte die Arme aus.

„Ich glaube, du schuldest mir einen Walzer, mein Herz." Das Lächeln auf seinem Gesicht trieb ihr Tränen in die Augen.

Wie hatte er ihren geheimen Wunsch nur erraten? Es spielte keine Rolle, dass sie sich nicht in einem lebhaften Tanzsaal voller Gleichaltriger befanden. Nein, was zählte, war, dass sie hier war, mit dem Mann, den sie liebte, und sie würden endlich miteinander tanzen.

Sie hätte die ganze Nacht mit ihm tanzen können, wenn er sie darum gebeten hätte. Sie sank in seine Umarmung, führte eine seiner Hände zu ihrer Taille und umfasste seine andere. Dann zog er sie nah genug an sich, dass sich ihre Körper berührten.

„Wir haben keine Musik", murmelte sie und betrachtete seinen konzentrierten Blick.

„Das brauchen wir nicht." Er begann zu summen, zuerst leise, dann, als ob er Mut gefasst hatte, sang er mit klarer und glockenheller Stimme. Er sang wie ein Engel. Das hätte sie nie vermutet. Verzückt lächelnd folgte sie seiner Führung. Sie schwebten so schwerelos zusammen dahin, dass es sogar sie überraschte. Ohne andere Menschen im Raum konnte er sie mühelos überallhin führen, und sie konnte ihm folgen.

*Weil ich ihm vertraue.* Selbst nach dem, was Crispin ihr an jenem Abend bei Almacks angetan hatte, hatte sie tief in ihrem Inneren den Glauben nie aufgegeben, dass Cedric ihre Bestimmung war. So zerbrochen sie sich nach Crispins Verletzung auch gefühlt hatte, Cedric hatte ihr diesen Schmerz genommen. Ähnlich einem Stück japanischer Keramik, das sie einst gesehen hatte, zerbrochen und dann mit glänzenden goldenen oder silbernen Nähten wieder zusammengefügt. *Kintsugi* hatte ihr Vater es genannt. Die Kunst, etwas zu reparieren und den Bruch sichtbar zu lassen, als Symbol dafür, dass er das Objekt nur noch wertvoller gemacht hatte. Das Gold hob die Brüche, die repariert worden waren, hervor, statt sie zu verbergen.

Was mit Crispin passiert war, beherrschte sie nicht mehr. Dass sie ihr Leben voller Liebe mit Cedric weiterlebte, war ihre goldene Naht, die ihre Scherben zusammengefügt und sie wieder heil gemacht hatte. Sie war nicht länger nur die Frau, der Unrecht angetan worden war. Sie war Anne Chessley, eine Frau, die Pferde, die Natur und ihren Mann liebte. Bei ihm konnte sie sie selbst sein, und doch teilten sie all ihre Freuden und all ihren Herzschmerz.

*Wir haben den Schmerz überwunden und unsere Freude gemeinsam wiedergefunden. Denn wir stützen einander. Wir sind Partner auf gleicher Augenhöhe.* Diese Gedanken schwangen in ihrem Kopf, während sie sich im Ballsaal drehten. Genau diese Art von Ehe hatte sich ihr Vater für sie gewünscht, und obwohl er nicht mehr da war, wusste sie, dass er ihr zugestimmt hätte.

„Geht es dir gut, meine Liebe? Ich spüre, wie du zitterst." Cedrics Hand an ihrer Taille, die durch den Stoff ihres Kleides so warm war, versteifte sich ein wenig, während sie weitertanzten.

„Ja, oh ja. Es ist die Ergriffenheit. Ich wollte das schon seit Jahren mit dir machen", beruhigte sie ihn. Die Dunkelheit und seine Blindheit verbargen ihr Erröten, aber sie schämte sich nicht für die Wahrheit.

„Vielleicht sollten wir jeden Abend vor dem Schlafengehen tanzen." Er zwinkerte ihr zu und sie lachte.

„Diese Bitte würde ich dir nicht abschlagen." Sie drückte

seine Hand, und er wirbelte sie von sich weg und drehte sie herum, bevor er sie zurückzog, was sie vor Freude lachen ließ.

„Lass uns nächsten Monat einen Ball veranstalten. Wir laden all unsere Freunde ein. Wir können die ganze Nacht durchtanzen, Liebes.“

„Eine wunderbare Idee! Wir könnten Audrey die Vorbereitungen überlassen, wenn sie aus Frankreich zurückkehrt. Vielleicht könnten sie und Jonathan das gemeinsam planen.“

Ihr Mann kicherte. „Bist du eine Kupplerin, mein Herz?“

Sie hob das Kinn. „Du hast selbst gesagt, dass Jonathan erwägt, ihr den Hof zu machen. Ich denke, es wäre eine ausgezeichnete Gelegenheit für die beiden, mehr Zeit miteinander zu verbringen.“

„Dann ist es also abgemacht“, stimmte er zu und zog sie enger an sich.

„Das ist kein Walzer mehr“, flüsterte sie an seinem Ohr. „Es spielt keine Musik mehr.“

„Nein, aber es ist viel besser, findest du nicht?“ Er liebkoste ihre Wange und küsste sie auf die Stirn.

Sie zitterte wieder, aber diesmal vor neuem Verlangen. „Cedric, warum gehen wir nicht nach oben ins Bett? Ich habe plötzlich das Bedürfnis, deine Pflichten mir gegenüber wieder einzufordern.“

„Ja...“ Aber etwas hatte sich geändert. Cedrics verschmitztes Grinsen verblasste plötzlich, und sein ganzer Körper wurde steif. Seine Hände an ihren Hüften verkrampften sich und gruben sich in ihre Haut.

„Anne, hast du den Dienern gesagt, sie sollen ein Fenster offen lassen?“ Seine Worte waren so leise, dass sie ihn fast nicht hören konnte. Aber sie fühlte, wie eine leichte Brise ihren Nacken streifte.

„Nein, das habe ich nicht.“ Sie begann, sich zum Fenster zu drehen, als ein Geräusch sie an Ort und Stelle erstarren ließ.

Jemand klatschte.

„Was für ein bezauberndes Schauspiel Ihr bietet, Sheridan." Eine kalte Stimme durchschnitt die Düsternis im Ballsaal.

„Wer ist da?", fragte Cedric, schob Anne hinter sich und stellte sich aufrecht zwischen ihr und der Richtung, aus der die Stimme kam.

Ein leises metallisches Zischen erfüllte die Luft und hallte von den Holzböden wider. Es klang, als würde ein Schwert aus einer Scheide gezogen. Annes Vater hatte ein Schwert aus seiner Dienstzeit als Offizier besessen, und als kleines Mädchen hatte er ihr einmal erlaubt, es aus der Scheide zu ziehen.

„Es ist lange her, Lord Sheridan." Eine finstere Stimme mit leichtem Akzent ertönte aus den Schatten am offenen Fenster.

„Nein..." Dieses einzige Wort von Cedrics Lippen ließ Annes Blut zu Eis gefrieren.

„Oh doch." Der Mann trat vor. Im trüben Schein des Mondlichts konnte sie seine weißen Zähne glänzen sehen. Etwas an ihm kam ihr bekannt vor, aber sie konnte sich nicht erinnern, was es genau war.

Cedrics Körper spannte sich an. Er fing an, Anne hinter sich in Richtung Tür zu manövrieren. „Anne, hör mir ganz genau zu. Hol Hartley und verlasse das Haus. Hast du mich verstanden? Geh, sofort!"

Cedric schob sie zur Tür. Danach ging alles viel zu schnell. Sie stolperte zur Tür, gerade als der Mann mit dem Schwert auf sie zukam. Als sie die Tür erreichte, hatte sich Cedric dem Eindringling in den Weg gestellt. Sein Fuß streifte seinen Löwenkopfstock, und er hob ihn auf.

„Cedric!", schrie sie, als der Mann zum Sprung ansetzte. Cedric schwang seinen Stock wie ein Breitschwert. Der Mann duckte sich, aber nicht schnell genug, und Cedric packte ihn an der Schulter.

„Anne, lauf!" Cedrics Schrei riss sie aus ihrer Starre. Sie musste Sean finden. Sie musste Hilfe holen. Sie stürzte in den Gang, direkt gegen einen breiten, kräftigen Körper.

Sean packte sie an der Schulter und hielt sie fest. „Mylady? Was..."

„Hol Ashton. Wir brauchen Hilfe! Ein Mann greift Cedric an!" Weiter konnte sie nicht denken.

Sean wollte gerade in den Ballsaal stürmen, aber aus einem angrenzenden Raum kamen nun mehrere Männer, Männer, die nicht ihre Diener sein konnten. Ihre Kleidung war zerlumpt, und sie alle trugen Pistolen oder Messer.

„Mylady, geht wieder hinein, es ist hier nicht sicher für Euch!" Sean schob sie zum Ballsaal, bevor er sich umdrehte, um den vorrückenden Männer entgegenzutreten. Entsetzt beobachtete sie, wie er laut schreiend und mit schwingenden Fäusten auf die Männer zustürmte. Ein Mann fiel nach einem einzigen Schlag zu Boden. Sean packte den Arm eines zweiten und brach ihn, was dazu führte, dass der Kerl seine Waffe losließ. Er stieß den schreienden Schläger in einen seiner Kameraden und hob das heruntergefallene Messer auf. Sean wusste offensichtlich, wie man kämpfte, aber er konnte nicht alle Männer besiegen, nicht auf Dauer.

„Hartley, hinter dir!", rief sie von der Tür zum Ballsaal, kurz bevor eine Pistole abgefeuert wurde. Hartley warf sich kurz vor dem Auslösen der Waffe zu Boden, und die Kugel schlug krachend in die Wand ein. Er sprang nach vorn und rammte das Messer in den Angreifer, bevor er ihm eine zweite Pistole aus seinem Hosenträger ziehen konnte.

„Geht hinein, Mylady!", rief Hartley, als zwei Männer ihn angriffen und ein dritter an ihm vorbeilief, um an sie heranzukommen. Sie schlug die Ballsaaltür zu und stemmte sich gegen das schwere Holz, um sie geschlossen zu halten.

Doch bevor sie sich vom ersten Schreck erholen konnte, wurde sie von hinten gepackt, und eine Messerspitze wurde gegen ihre Seite gedrückt.

„Rührt Euch nicht, Lady Sheridan, oder Ihr werdet es bereuen.“

„Anne?“ Cedrics Stimme war weit entfernt.

Der Mann war Cedric ausgewichen und direkt auf sie losgegangen. Er packte sie im Nacken und zerrte sie vor sich her. Zwei weitere Männer schlüpften durch ein offenes Fenster.

Anne versuchte, Cedric vor den anderen zu warnen, die sich hinter ihn stellten, aber der Mann, der sie festhielt, drückte ihr die Kehle zu. Sie grub ihre Fingerspitzen in seine Hand und rang um Luft, während die Eindringlinge Cedric zu Boden rissen. Er konnte sich nicht verteidigen und schlug ziellos gegen unsichtbare Feinde.

„Leistet keinen Widerstand, Lord Sheridan. Ich halte eine Klinge an das Herz Eurer Frau. Es wäre mir ein Leichtes, sie ihr zwischen die Rippen zu stoßen.“

Cedric hielt inne und legte sich schwer atmend bäuchlings auf den Boden, während die Männer seine Arme und Beine festhielten.

„Fesselt ihn“, bellte der Mann, der Anne bedrohte. Die zwei Männer gehorchten und benutzten dazu mitgebrachte Seile.

Sobald Cedric gefesselt war, wurde er auf die Füße gezogen. Seine leeren Augen wanderten in ihre Richtung, aber sie konnte immer noch keinen Laut von sich geben. Der Druck auf ihre Luftröhre war zu stark.

„Bringt sie zur Kutsche und beeilt euch. Räumt jeden aus dem Weg, der euch sieht. Wir müssen rechtzeitig zur Morgentide zum Hafen zurückkehren.“

Der Mann, der sie würgte, ließ los, aber nur, um sie auf den Hinterkopf zu schlagen, und dann wurde alles schwarz.

# KAPITEL 24

D*unkelheit. Verdammte ewige Schwärze.*

Cedric hing an einem Dachsparren im Bauch eines Schiffes. Zumindest war das seine Vermutung. Die Seile um seine Handgelenke schmerzten, genauso wie seine über seinen Kopf gestreckten Arme. Wer auch immer ihn aufgehängt hatte, hatte ihm wenigstens genug Spielraum gegeben, um einen sicheren Stand auf dem Boden zu haben, was gut war, denn das Schiff schaukelte und wankte.

Der salzige Geruch von Meerwasser und altem Holz stieg ihm in die Nase. Er versuchte klar zu denken. Das Letzte, woran er sich erinnerte, war, dass Samir Al Zahrani ihn in seinem eigenen Ballsaal angegriffen hatte. Er würde diese Stimme überall wiedererkennen. Dann war er von einer Horde seiner Männer überwältigt worden und hatte das Bewusstsein verloren.

Wo war Anne? Er rief ihren Namen, aber seine Stimme war heiser und seine Kehle trocken.

„Ah. Seid Ihr endlich aufgewacht, Lord Sheridan?" Samirs kühle Stimme ertönte von irgendwo vor ihm.

Cedric riss an den Seilen, die ihn fesselten. „Wo ist meine Frau?"

Samir kicherte und die Stimme kam etwas näher. „Sie unterhält meine Männer. Hellhäutige Damen erzielen einen hohen Preis an unserem Reiseziel und sie braucht Übung darin, mehrere Männer zu befriedigen. Ich habe Eure kleine englische Hure schreiend zurückgelassen."

Cedric zerrte verzweifelt an seinen Handgelenken, und der Balken über ihm knarrte leicht.

„Ihr verdammter Bastard, ich bringe Euch um!" Der Schrei vibrierte durch seinen ganzen Körper.

„Seid ruhig, oder ich lasse sie von den Männern hier herunterbringen, damit Ihr sie selbst schreien hört. Schade, dass Ihr schon blind seid. Der Anblick ihres geschundenen Körpers hätte Euch sonst blind gemacht."

Cedric kochte vor Wut, zog aber vergeblich an dem Seil.

Plötzlich stieß etwas Scharfes in seine Rippen.

„Ihr habt einmal gesagt, es gäbe eine lange Schlange von Männern vor mir, die darauf warten, Euch zu töten, Lord Sheridan. Aber ich gehöre nicht zu denen, die geduldig warten, bis sie an der Reihe sind. Außerdem schulde ich Euch ein schlimmeres Schicksal als den Tod. Mir kommt vieles in den Sinn, aber ich bin bereit, mich mit meinem ursprünglichen Angebot zu begnügen: Meine Stuten sind wieder bei mir, und Ihr verbringt Euer Leben als Eunuch. Ich gebe Euch ein paar Stunden zur geistigen Vorbereitung, Lord Sheridan. Wenn Ihr Glück habt, sterbt Ihr bei der Prozedur." Samir lachte finster, als er die Klinge über Cedrics Körper bis knapp über seine Leiste zog. Er schnitt Cedric nicht, aber seine Absicht war klar.

„Jetzt seid ruhig, und ich erspare Eurer Frau vielleicht ein paar Stunden der Aufmerksamkeit meiner Männer."

Cedrics Herz verkrampfte sich. *Oh Gott, Anne, Liebes...*

Eine abgrundtiefe Verzweiflung, wie er sie noch nie

zuvor gefühlt hatte, überwältigte ihn. Ihn zu lieben wurde zu ihrem Todesurteil. Für beide. Sie hatten gemeinsam ihr Glück gefunden, nur damit es ihnen wieder entrissen wurde. Sein Augenlicht zu verlieren war nichts im Vergleich zu dem, was Annes Verlust mit ihm anrichten würde. Cedric hing hilflos in seinen Fesseln und war im Begriff aufzugeben. Es gab keine Hoffnung. Er konnte nichts tun, um sie zu retten.

„Ihr habt Glück, dass meine Stuten gut versorgt wurden", fuhr Samir fort. „Vielleicht gewähre ich Euch als Dank einen früheren Tod."

„Geht es hier nur um die verdammten Pferde? Habt Ihr sie Euch auch geholt?"

„Noch nicht. Sie sind aber schon in Brighton und warten darauf, auf einem zuverlässigeren Transportschiff in mein Land zurückgebracht zu werden. Dieses Schiff hier taugt für menschliche Fracht, aber wie wir beide wissen, verdienen meine Stuten etwas viel Besseres."

Stiefelschritte verkündeten, dass sich ihnen jemand angeschlossen hatte.

„Ich werde mich oben zu meinen Männern gesellen, Lord Sheridan, um selbst eine Kostprobe Eurer Frau zu nehmen. Wenn sie mir gefällt, behalte ich sie vielleicht sogar für mich. Aber während ich mit ihr beschäftigt bin, möchte ich nicht, dass Ihr Euch hier langweilt. Wie es der Zufall will, kennt dieser Bursche hier ebenfalls Eure verschlagene Art, da ihr wohl einst mit seiner Schwester, einer Zofe von Lady Poncenby, bestens vertraut wart. Er hat sich freiwillig gemeldet, Euch eine ordentliche Tracht Prügel zu verpassen." Samirs höhnisches Lachen beunruhigte Cedric, denn er hing wie eine Rinderhälfte an einem Haken und war vollkommen unfähig, sich zu verteidigen.

Der Schlag in die Magengrube traf in völlig unvorbereitet. Alle Luft wich mit einem Stöhnen aus seiner Lunge, als der

Schmerz von seinem Bauch ausstrahlte. Ein weiterer gnadenloser Hieb traf seine Brust, und er keuchte.

„Genießt Euren Aufenthalt an Bord meines Schiffes, Lord Sheridan. Wir werden nach meinen Schätzungen nur drei Wochen brauchen, um nach Hause zu kommen." Samir lachte noch einmal, und dann verklangen seine gestiefelten Schritte auf der Treppe.

„Ich schwöre Euch, ich habe Poncenbys Dienstmädchen nie angerührt." Es war gut möglich, dass das nicht gelogen war. Wenn er sich nur erinnern könnte, ob Freddy Poncenbys Mutter tatsächlich eine hübsche Zofe hatte oder nicht.

„Halt die Klappe, Cedric", zischte eine Stimme. „Warte, bis ich sicher bin, dass er weg ist."

Es dauerte nur eine Sekunde, bis er die Stimme erkannte. „Jonathan?"

„Tut mir leid, dass ich dich geschlagen habe. Ich musste es überzeugend aussehen lassen."

„Wie zum Teufel bist du auf Al Zahranis Schiff gelandet?"

Jonathans Hände strichen über seine, und Cedric hörte ein schneidendes Geräusch, als die Fesseln an seinen Handgelenken durchtrennt wurden. Er sackte zu Boden, denn seine Beine waren schwach, nachdem er so lange gehangen hatte.

„Ich habe mitbekommen, wie ein paar Matrosen in London darüber sprachen, jemanden in Brighton zu entführen. Ich befürchtete, dass du damit gemeint sein könntest. Es blieb keine Zeit, dich zu warnen, also habe ich einen Weg gefunden, auf das Schiff zu gelangen."

„Du Teufel!" Cedric war so erleichtert, dass er fast gelacht hätte, aber er hatte keine Zeit. Er zwang sich auf die Beine. „Wir müssen Anne finden."

„Mach dir keine Sorgen. Wir werden sie schon finden", sagte Jonathan. „Aber wir müssen es ruhig angehen und vorsichtig sein."

Cedric runzelte die Stirn. „Wie viele Männer sind auf

diesem Schiff?", fragte er. Ihre Chancen standen schlecht, denn sie waren mit Al Zahrani und seinen Männern bereits auf hoher See.

Jonathan musste die unausgesprochene Frage verstanden haben.

„Zu viele, um sie allein zu bewältigen. Ich habe Godric benachrichtigt, bevor ich den Hafen verließ, aber ich weiß nicht, ob die Nachricht ihn rechtzeitig erreicht hat oder was er jetzt, da wir auf See sind, noch für uns tun kann."

„Verdammt", knurrte Cedric. „Wo zum Teufel sind Ashton und seine Flotte, von der er immer prahlt?"

Ein entfernter Schrei über ihren Köpfen brachte sie zum Schweigen.

„Backbordbug!"

„Was?", sagten Cedric und Jonathan gleichzeitig. Sie hatten den Ruf gehört, aber trotzdem hatte Cedric zu viel Angst, um Hoffnung zu schöpfen.

„Jonathan, ich brauche deine Hilfe. Wir müssen die Pulverkammer finden. Führe mich dorthin, und dann suchen wir Anne."

Er hatte einen Plan. Er musste einfach funktionieren. Etwas anderes würde er nicht dulden.

ASHTON RITT AUF RUSHTON STEADING ZU UND STAUNTE darüber, wie ruhig das Haus dalag. Kein Stallbursche eilte ihm entgegen. Er spürte ein Kribbeln im Nacken, als er aus dem Sattel sprang und hastig die Zügel seines Pferdezaums über einen Eisenpfosten neben der Tür schlang.

„Cedric?", rief er und eilte die große Treppe hinauf.

Die Haustür war nur angelehnt. Ashton versuchte, sie weiter aufzuschieben, aber sie bewegte sich nur ein paar Zentimeter. Er rammte seine Schulter gegen das Holz, und erst da gab sie endlich nach. Als er hineinschlüpfte, erstarrte er beim Anblick vom ganzen Blut, das den Boden bedeckte. Sein Blick wanderte zum Körper eines jungen Mannes. Er hatte hinter der Tür gelegen, die er gerade gewaltsam geöffnet hatte. Es war Sean Hartley, der Diener, der da halbtot auf dem kalten Boden lag. Dicht neben ihm lagen die Leichen zweier Männer, die Ashton nicht kannte. Ihre verdreckte Kleidung und die Waffen, die sie noch in den Händen hielten, deuteten an, dass sie gefährliche Männer gewesen waren.

„Mylord", röchelte Sean.

Ashton nahm seinen Hut ab und ballte zornig die Faust, während er versuchte, den jüngeren Mann zu beruhigen. Jemand hatte auf ihn eingestochen, und er würde nicht mehr lange auf dieser Welt weilen.

„Kannst du sprechen, Mann? Erzähl mir, was passiert ist! Wo sind die anderen Diener?" In einem so großen Haus hätte es nur so von ihnen wimmeln sollen.

„Es war der... Scheich." Seans aschfahles Gesicht verzog sich vor Schmerz. „Das Personal ist auf das Anwesen der Pickerings geflohen... um Hilfe zu holen... sind sicher, denke ich... aber sie wissen nicht..." Er schauderte, und seine Augen schlossen sich kurz.

„Was wissen sie nicht? Wo sind Lord und Lady Sheridan?" Ashton stellte die Frage mit ruhiger Stimme, was ihn selbst überraschte, denn er konnte vor Wut kaum klar denken.

„Entführt... Schiff im Hafen. Maiden Fair, sagte einer der Männer, als sie gingen", sagte Sean. Ashton drückte eine Hand auf die Wunden des jungen Mannes, aber er hatte zu viel Blut verloren. Trotzdem musste er es versuchen.

„Es tut mir leid." Die Augen des Mannes begannen trüb zu werden.

„Das hast du gut gemacht, sehr gut, mein Freund." Ashton überlegte, was er dem Sterbenden sagen sollte.

„Aye", seufzte der junge Mann und ließ den Kopf zur Seite fallen. Es würde nicht mehr lange dauern.

Ashton rappelte sich gerade hoch, als ein lautes Klappern draußen seine Aufmerksamkeit erregte. Mit zitternden Händen schleifte er Sean von der Tür weg.

„Was in Gottes Namen?" Luciens Stimme schnitt durch den Dunst des Grauens, das Ashtons Verstand umnebelte.

Ashton sah, wie Godric, Lucien und Charles im Türrahmen standen und ihn und Sean entsetzt anstarrten.

„Es ist Al Zahrani. Er hat Anne und Cedric zu einem Schiff namens Maiden Fair gebracht. Wenn wir Glück haben, liegen sie noch in Brighton im Hafen. Wir müssen sofort aufbrechen."

Emily und Horatia folgten dicht hinter ihren Ehemännern. Emily keuchte, und Horatia schlug sich beim Anblick des sterbenden Dieners die Hand vor den Mund.

„Wer ist das?", fragte Horatia.

„Sein Name ist Sean, und er hat tapfer gekämpft", sagte Ashton. Seine verdammten blutbedeckten Hände hörten nicht auf zu zittern. „Die anderen Dienstboten sind geflohen. Wir müssen Cedric und Anne finden."

Charles trat zu Ashton und bot ihm ein Taschentuch an, um das Blut von seinen Händen zu reinigen. Ashton nahm das Angebot wortlos an und war nicht in der Lage, Sean noch einmal anzusehen. Der Junge hatte es nicht verdient zu sterben. Seine Ergebenheit Lady Sheridan gegenüber hatte ihn umgebracht.

„Emily", sagte Godric. „Kümmere dich mit Horatia um Sean. Erleichtert ihm die Schmerzen, wenn ihr könnt." Ashton entging der vielsagende Blick zwischen Godric und seiner Frau nicht.

„Natürlich." Emily nahm Horatias Hand und rannte mit ihr los, um die notwendigen Vorbereitungen zu treffen.

Als sie weg waren, blieben nur noch die drei Männer im Eingang.

Ein weiterer unschuldiger Tod. Ein weiterer Verlust an die Feinde, die sie sich im Laufe der Jahre gemacht hatten. Würde das denn nie aufhören?

Godric ging zur Tür. „Ich hole frische Pferde aus dem Stall."

Charles kniete neben Sean nieder, der ihn hilflos ansah, und seufzte.

„Es tut mir so leid", sagte er und nahm die Hand des Mannes. Sean schien Schwierigkeiten zu haben, bei Bewusstsein zu bleiben. „Hör mir zu, Sean. Hör mir zu. Wir werden sie finden. Wir werden sie retten. Und wenn wir das tun, dann verdanken wir es nur deinen Taten. Du hast Großartiges geleistet."

Emily und Horatia kehrten mit dem zurück, was sie brauchten, um Seans letzte Atemzüge zu erleichtern. Charles trat zurück und sah Ashton an. Seine grauen Augen waren wie dunkle Gewitterwolken. Diese Seite von Charles, die Seite des Mannes, der beinahe ertrunken wäre, war selten zu sehen, für gewöhnlich mimte er den sorglosen Spaßvogel. Angst und Wut funkelten jetzt in seinen Augen, und nur sie verrieten, dass seine Nerven blank lagen. Diese kleinen Feinheiten waren Ashton seit sie befreundet waren nie entgangen.

„Ich habe die schnellsten Schiffe, und eines davon liegt derzeit in Brighton, bereit, in See zu stechen. Wenn das Schiff von Al Zahrani nicht mehr im Hafen ist, werden wir es notfalls bis ans Ende der Welt verfolgen."

Charles stand auf und biss die Zähne zusammen. „Und wenn wir ihn finden?"

Ashtons Körper war angespannt wie der eines lauernden Tigers, der nur auf den richtigen Moment wartete, um zum Sprung anzusetzen.

„Dann töten wir ihn."

❄

„ICH BIN ÜBERRASCHT, DASS IHR EUCH NICHT AN MICH erinnert, Lady Sheridan." Samir Al Zahrani nahm im einzigen Sessel der geräumigen Kabine Platz.

Anne saß in der Ecke neben dem schmalen Bett und beobachtete ihn wie eine giftige Schlange. Sie umklammerte die zerfetzten Teile ihres Kleides, um ihre Unterwäsche zu bedecken. Sie war grob behandelt worden, und ihr Kleid war dabei zerrissen, aber niemand hatte sie angefasst, seit sie in dieses Zimmer gezerrt worden war.

„Ob ich mich an Euch erinnere? Natürlich tue ich das. Ihr habt mich vor ein paar Tagen in Brighton fast überfahren." Es hatte sie erschüttert, als sie in der Kabine aufgewacht war und ihn gesehen hatte.

Samir schüttelte den Kopf und lehnte sich in seinem Sessel zurück. Seine dunklen wie polierter Onyx glänzenden Augen starrten sie ohne jede Wärme an. „Nein. Wir haben uns schon vorher kennengelernt."

Anne kramte hektisch in ihrem Gedächtnis und versuchte sich daran zu erinnern, was er damit meinte.

„Ich habe versucht, Euch auf Eurem Anwesen zu entführen, aber leider erfolglos. Ich habe Euch wohl hart genug geschlagen, dass Ihr mich vergessen haben müsst. Wenn ich dazu gekommen wäre, hätte ich Euch damals schon mitgenommen und es genossen, Sheridan seiner Braut zu berauben. Aber durch das Warten ist alles nur noch genüsslicher geworden. Ich habe Euch und ihn, und meine Rache wird viel befriedigender sein, als ich es mir hätte träumen können."

Anne schloss die Augen und versuchte, sich an die schreckliche Nacht zu erinnern, als sie den Hügel hinunter auf das felsige Ufer von Cedrics See gestürzt war, verwundet durch einen Schlag auf den Kopf. Sie hatte geglaubt, gestolpert zu sein und sich dabei den Kopf angeschlagen zu haben.

Aber in Wirklichkeit war dieser Mann die Ursache gewesen. Sie öffnete die Augen und sah zu ihm auf. Aus Cedrics Geschichte wusste sie, was für ein Mann er war, ein Sklavenhändler. Anne hatte ihr ganzes Leben damit verbracht, viele ihrer Gefühlsregungen zu unterdrücken, aber jetzt war sie bereit, alle auf dieses seelenlose Wesen zu entfesseln, das das Leben, das ihm geschenkt worden war, nicht verdient hatte.

Samir entging die Veränderung in ihrem Verhalten nicht.

„Ich habe immer geglaubt, dass feine englische Damen zur Sanftmut erzogen werden. Und dass sie süße, schwache Geschöpfe zu sein hätten. Doch in Euren Augen brennt Feuer." Er lachte leise und klatschte in die Hände. „Es wird mir große Freude bereiten, Euren Geist zu brechen. Und es ist noch verlockender, es vor den Augen Eures Mannes zu tun."

Sie brauchte jeden Funken ihrer Selbstbeherrschung, um ihn nicht anzufallen. Sie würde in einem Handgemenge nicht gewinnen können. Das Element der Überraschung war ihre einzige Chance. Die Frage war nur, wie sie ihn ablenken konnte, um ihn dann zu überrumpeln.

„Ihr seid der Mann, den er im Kartenspiel besiegt hat. Der Sklavenhändler. Ein Unmensch." Die Geschichte, die ihr in Emilys Haus erzählt worden war, schien so lange her zu sein. Seitdem war so viel passiert. Es hatte sich so viel verändert.

Samir stand auf und schlug ihr ins Gesicht. Schmerz flammte dort auf, wo sie seine Handfläche getroffen hatte. Sie wich zurück und erwartete, dass er sie erneut schlagen würde. Sie wischte sich mit der Hand über den Mund und schmeckte den metallischen Geschmack von Blut. Samir ging vor ihr auf und ab, dann drehte er sich zu ihr um, und seine Augen glühten wie Kohlen.

„Ihr stellt mich auf die Probe. Ihr wollt mich provozieren, damit ich Euch töte. Es wird Euch nicht gelingen. Ich möchte das ausgiebig genießen." Sein Lächeln erschütterte sie bis ins Mark. „Ich will *Euch* genießen."

Der blutige Geschmack blieb in ihrem Mund, ein Vorgeschmack auf die Folter, die ihr bevorstand, wenn sie sich nicht aus dieser misslichen Lage befreien konnte.

„Ihr wisst nicht viel über meinen Mann, oder?", fragte sie. „Andernfalls wärt Ihr nicht so siegessicher, sondern würdet aus dem Fenster schauen und Euch Sorgen machen."

Das erregte offenbar Samirs Aufmerksamkeit, aber er sagte nichts.

„Mein Mann ist Mitglied der Liga der Schurken."

Samir schien ein wenig verwirrt. „Schurken? Bedeutet das nicht etwas Kriminelles?"

„Das bedeutet, dass sie sich nicht an die gängigen Regeln halten. Ich bezweifle, dass Ihr jemals von der Liga gehört habt, denn sonst wüsstet Ihr, mit was für einem Mann Ihr es zu tun habt."

Die Lippen ihres Entführers zuckten amüsiert. „Und mit was für einem Mann habe ich es zu tun?"

„Mit einem Mann, der sich zweifellos bereits aus Eurem Gefängnis befreit hat und die Schiffsbesatzung nach und nach ausschaltet." Sie kämpfte sich auf die Beine und hielt dabei ihr Kleid immer noch zusammen. Sie sah ihn kühn an.

„Ihr sprecht von Eurem blinden Ehemann? Davon, wie er auf dem Schiff herumstolpert und an den Türen kratzt, weil er den Griff nicht findet? Das macht mir keine Angst." Samir ging mit erhobener Hand auf sie zu, aber sie nahm eine trotzige Pose ein, die nur eine Engländerin aufbringen konnte.

„Es sollte Euch bis in die Knochen erschrecken, denn mein Mann ist nie allein. Während wir uns hier unterhalten, sind seine Freunde auf dem Weg zu ihm. Und sie haben eigene Schiffe und mehr Männer. Sie werden alles tun, um uns zu retten. Sie werden uns um den ganzen Globus verfolgen, wenn es sein muss. Ihr könnt nach Hause fliehen und Euch im tiefsten Loch verstecken, das Ihr finden könnt, aber Ihr werdet der Liga nicht entkommen." Sie war selbst überrascht über ihre Tapferkeit, die sie an den Tag legte, obwohl sie wusste, dass ihre Worte nicht wahr waren. Sie hätten eine Chance, solange sie noch in England waren, aber auf hoher See gab es keine Hoffnung auf Rettung mehr.

Samir warf den Kopf zurück und lachte. „Oh, Ihr amüsiert mich, Lady Sheridan. Ihr müsst scherzen. Niemand wird Euch finden, und wenn ich mit Euch und dem Bastard, den Ihr Ehemann nennt, fertig bin, werdet Ihr mich anflehen, Euch zu töten, was ich Euch jedoch nicht gewähren werde." Er holte zu einem weiteren Schlag aus.

*Das wird also mein Ende sein. Ich werde sterben, um Cedrics Ehre und die Liga zu verteidigen.* Nun, es gab wohl Schlimmeres, als sein Leben dafür zu geben, um diejenigen zu beschützen, die man liebte.

Samirs Hand blieb in der Luft hängen, als er einen Ruf draußen hörte.

„Backbordbug!" Der Schrei wurde mehrmals wiederholt, und jedes Mal kam er der Kabine, in der Anne und Samir standen, näher. Ein ungepflegtes Besatzungsmitglied stürmte herein.

„Was ist da draußen los?"

Der Matrose blinzelte und entschuldigte sich. „Ein Schiff, Sir. Der Kapitän sagt, es steuert direkt auf uns zu, und Ihr sollt in der Kabine bleiben, falls wir unter Beschuss geraten."

Ein Schiff? Anne hatte zu viel Angst, als dass sie zu hoffen wagte. Es war bestimmt unmöglich, dass Ashton sie gefunden hatte, geschweige denn einholen konnte. Samir packte sie unsanft und drückte sie dem Matrosen in die Hände.

„Fessle sie ans Bett", befahl Samir, bevor er aus dem Zimmer stürmte.

Der Mann wollte Anne herumdrehen, um sie wie befohlen auf das Bett zu werfen, aber Anne ließ plötzlich ihr zerrissenes Kleid los und raffte ihre Unterröcke hoch genug, um dem Mann das Knie in den Schritt zu rammen.

Der Kerl sank mit einem mitleiderregenden Stöhnen zu Boden.

Anne versetzte ihm einen zweiten Tritt, als er bereits am Boden lag, dann sprang sie über ihn hinweg und in den engen Gang des Schiffes hinaus. Matrosen kletterten nach oben, während andere Befehle erteilten, die Kanonen vorzubereiten. Niemand beachtete sie, als sie dem Chaos auf Deck auswich. Aus der Ferne näherte sich ein Schiff mit hoher Geschwindigkeit und würde bald bei ihnen sein.

War es jemand, der ihnen helfen würde? Wie konnte sie Cedric finden und mit ihm fliehen?

*Cedric, wo bist du?* Angst durchfuhr sie, als sie zu den unteren Decks zurückstürmte. Sie musste ihn finden.

# KAPITEL 25

Cedric stand an ein großes Holzfass gelehnt, das von Kupferreifen zusammengehalten wurde. Seine Nase nahm das feine, scharfe Aroma von schwarzem Pulver auf – Schwefel, Salpeter und fein gemahlene Holzkohle. Eine tödliche Kombination, wenn sie in eine Schiffskanone gestopft wurde.

„Jonathan, ich habe eine Idee."

„Was denn?"

„Dieses Fass ist voller Sprengpulver." Cedric klopfte mit den Fingerknöcheln gegen das Holz.

„Wird deine Idee uns umbringen?"

Cedric zögerte, bevor er antwortete. „Es ist nicht ganz auszuschließen."

Jonathan schnaubte. „Lass uns wenigstens versuchen, einen Weg von diesem Schiff zu finden, bei dem wir alle heil davonkommen. Was ist dein Plan?"

„Es sollte eine Pulverkammer in der Nähe geben. Wir bereiten eine Ladung vor, zünden sie im richtigen Moment und können so vielleicht entkommen." Cedric wusste, dass der Plan gefährlich war, aber es reichte nicht, einfach zu fliehen. Sie mussten dieses Schiff zerstören. Aber zuerst mussten sie Anne finden.

„Habe ich dich richtig verstanden, du willst das Schiff in Brand setzen?" Jonathan trat näher, und seine Stiefelabsätze hallten auf dem Boden wider. Über ihnen rannten die Matrosen zu ihren Gefechtsstationen.

„Ja. Uns bleibt nicht viel Zeit, sobald wir die Lunte gezündet haben. Wir müssen Anne befreien und einen Weg von diesem Schiff herunter finden, aber es ist alles umsonst, wenn dieses Schiff nach unser Flucht weiterfährt."

Jonathan lachte, aber es klang nervös und ängstlich. „Sind alle deine Pläne so verrückt?"

Cedric verdrehte die Augen. „Hast du eine bessere Idee?"

„Na schön." Jonathan seufzte. „Bleib hier, während ich die Pulverkammer suche."

Cedric stolperte herum und tastete nach etwas, um das Pulverfass zu öffnen. Seine Hände stießen auf ein Werkzeug, etwas, das sich ein bisschen wie ein Schürhaken anfühlte. Er kehrte zum Pulverfass zurück und hebelte den Deckel auf. Das Holz protestierte zuerst knarrend, gab aber schließlich nach.

Schritte waren Cedrics einzige Warnung, dass man ihn entdeckt hatte. Er wich nach rechts aus, als etwas seine Brust aufschlitzte. Es brannte teuflisch, aber die Wunde fühlte sich nicht tief an.

„Betrügt Ihr etwa schon wieder?", zischte Samir. „Ihr könnt Euch wohl einfach nicht geschlagen geben." Cedric wich ihm aus, denn Samirs Worte erwiesen sich als unschätzbare Hilfe, da er so seine Bewegungen erahnen konnte. Aber er konnte dem Mann nicht ewig ausweichen. Er musste Samirs Hände zu fassen bekommen. Nur dann hätte er eine Chance gegen ihn.

„Braucht ihr tatsächlich ein Schwert, um mich zu Fall zu bringen? Habt Ihr etwa nicht genug Vertrauen in Eure

Boxkünste, um es mit einem Blinden aufzunehmen?" Es war unwahrscheinlich, dass sich Samir davon provozieren ließ, aber es war den Versuch wert.

„Glaubt Ihr nicht, dass ich Euch mit bloßen Händen töten kann?"

„Ihr scheint es eilig zu haben, mich mit Eurer Klinge zu durchbohren, Al Zahrani. Wollt Ihr nicht lieber die Genugtuung spüren, mir den letzten Atemzug abzuwürgen? Welchen Genuss verschafft Euch ein Schwertschlag?" Cedric hob die Hände, die Fäuste locker geballt, falls er seinen Gegner packen musste, statt ihn zu schlagen.

Samir schnaubte. „Ihr habt recht. Ich möchte Euch langsam ersticken, Euch jede qualvolle Minute Eures Todes spüren lassen. Ich will einen langsamen Tod für einen betrügerischen Mann", antwortete Samir selbstgefällig. Das Geräusch seiner Klinge, die zu Boden fiel, hallte wenige Schritte entfernt wider.

Im selben Moment, als die Klinge zu Boden fiel, stürzte sich Samir auch schon auf Cedric, und beide polterten gegen das offene Fass hinter ihm. Cedric zischte vor Schmerz, als Samir wiederholt in seine Magengrube schlug.

Mit lautem Gebrüll zog Cedric seinen Kopf nach hinten und ließ ihn dann nach vorne schnellen. Als sein Schädel mit Samirs zusammenkrachte, waren sie beide für einen Moment benommen, aber Samir erholte sich rasch genug, um sich wieder hochzurappeln. Cedric sprang fast gleichzeitig auf, rammte Samir und warf ihn zu Boden. Schmerz schoss durch seinen Kopf, und für den Bruchteil einer Sekunde glaubte er, den verschwommenen Schatten des Mannes zu sehen, der dicht neben ihm lag.

Ohne zu zögern, setzte Cedric an und traf Samir mitten ins Kinn. Ein Glückstreffer, wie er besser nicht hätte sein können. Das war der Vorteil, den er gebraucht hatte. Er krabbelte davon und suchte nach dem Schwert. Er fluchte, als die

Klinge seine Hand verletzte, bevor er den Griff zu fassen kriegte.

Er hörte, wie sich Samir hinter ihm abmühte, um wieder aufzustehen.

„Englisches Schwein!“, fluchte Samir.

Cedric warf sich flach auf den Rücken, das Schwert vor sich erhoben, just als Samir sich auf ihn warf. Die Klinge traf auf etwas Widerstand, bevor sie zwischen Samirs Rippen eindrang. Der Mann ächzte und sackte auf Cedric zusammen.

„Ihr... habt mich ausgetrickst...“, keuchte Samir wütend.

„Das habe ich in der Tat.“ Er schob Samirs Körper von sich. „Genau wie an jenem Abend beim Kartenspiel. Ich spiele nie fair mit Sklavenhändlern.“

Cedric lehnte sich schwer atmend an eines der Fässer. Seine Brust brannte und sein Kopf hämmerte. Der graue Nebel um seine Augen war mit schwarzen und weißen Ranken durchsetzt. Sie waren wie flüchtige Schatten, wie Gespenster dessen, was er früher gesehen hatte.

Samir hustete schwach, und bald klang es nur noch wie ein leises Röcheln. „Hinterhältiger... Bastard.“

„Ich bevorzuge die Bezeichnung Schurke“, sagte Cedric. Schließlich verstummte der rasselnde Atem seines Widersachers.

In diesem Moment hallte Annes Stimme wie eine gespenstische Wahrnehmung inmitten des Lärms der Matrosen durch den Gang.

„Cedric?“

Er bewegte sich in Richtung der Stimme. „Anne? Wo bist du?“

„Cedric! Gott sei Dank.“

Das Geräusch ihrer Schritte war Musik in seinen Ohren. Er öffnete seine Arme, und sie warf sich an seine Brust.

Doch kurz darauf schnappte sie entsetzt nach Luft. „Du blutest ja!“

„Das erinnert mich an den Tag, an dem du um meine Hand angehalten hast“, sagte er mit einem glücklichen Lachen.

„Oh! Cedric!“ Sie versteifte sich in seinen Armen. „Ist Al Zahrani…?“

„Tot. Ja. Ich werde es dir später erklären, aber wir müssen gehen. Sofort.“ Er hielt sie in seinen Armen, ließ sich aber von ihr durch den engen Korridor führen.

„Jonathan!“, schrie er.

„Ich bin da! Bleibt zurück“, warnte Jonathan.

Eine umfassende Wärme wallte in Cedrics Brust auf, und er schmiegte sich instinktiv an Anne, während sie zurückwichen. Einen Moment lang glaubte er, einen dünnen Lichtvorhang zu sehen, als würde er durch dichte Wälder ein Feuer erblicken. Flackern, Schatten, aber mehr nicht. Sah er etwa das Leuchten einer Laterne? Er hatte zu viel Angst, um sich Hoffnungen zu machen.

„Jonathan? Und was hat er vor?“, fragte Anne, ihr Körper steif in Cedrics Armen.

„Nun, mein Herz, wir werden das Schiff in die Luft jagen.“

„Was?“

„Es gibt keinen anderen Weg für uns, lebend zu entkommen“, sagte Cedric. „Diese Männer werden das andere Schiff beschießen, und sie werden gezwungen sein, zurückzuschießen. Wir wollen gewiss nicht an Bord sein, wenn Kanonenkugeln die Wände um uns herum zerbersten. Du musst mir vertrauen.“

„Ja, ich vertraue dir.“ Trotz des Anflugs von Panik in Annes Stimme war sie fest.

„Jonathan wird Feuer legen, dann rennen wir an Deck. Wenn wir zu einem Beiboot gelangen, nehmen wir es, aber vielleicht ist dafür keine Zeit. Wenn ich ‚Spring‘ sage, dann springst du über die Reling. Hast du verstanden?“

Sie nahm Cedrics Hand in ihre. „Versprich mir, bei mir zu bleiben.“

„Das werde ich“, gelobte er und hielt ihre Hand fest.

Jonathan unterbrach sie. „Ich bin soweit. Ihr zwei geht voran, während ich das Feuer lege, und ich hole euch an Deck ein.“

Cedrics Körper spannte sich an. „Sei vorsichtig, Jonathan. Audrey wird mir nie verzeihen, wenn sie erfährt, dass ich dich dazu angestiftet habe, dich in die Luft zu sprengen.“ Er wollte den jüngeren Mann necken, wusste aber auch, dass Jonathan verstehen würde, was er eigentlich sagen wollte, wofür er weder die Zeit noch die richtigen Worte fand.

„Ich werde zu euch stoßen, sobald ich hier fertig bin“, antwortete Jonathan.

Cedric wandte sich wieder Anne zu. „Führ mich an Deck, meine liebe Frau. Es ist Zeit, unsere Flucht anzutreten.“

Anne und Cedric eilten die Treppe hinauf und stürzten auf das Hauptdeck. Cedric wirbelte mit dem Kopf in alle Richtungen, um die Schiffsmannschaft um ihn herum zu hören.

„Was ist los, Anne? Du musst meine Augen ersetzen.“

Männer rannten zu ihren Positionen und andere riefen Befehle und Koordinaten.

„Das ist eine große Schaluppe, Sir. Wir werden ihr nie entkommen!“

„Es gibt keine Flaggensignale, die uns anweisen, uns zu ergeben“, brüllte ein anderer. „Die Geschützpforten sind offen!“

Anne hörte, wie jemand, vermutlich der Kapitän, schrie: „Backbord! Ladet die Kanonen! Ladet die Kettenkugeln! Zielt auf ihre Masten!“

Es herrschte ein heilloses Durcheinander.

„Wie nah ist das andere Schiff?" Cedric zerrte sie zur Reling, und sie schlängelten sich vorsichtig, aber hastig durch das Labyrinth aus Seilen und Schiffsgerätschaften an Deck.

„Etwa eine halbe Meile entfernt. Ich glaube, dahinter ist noch ein weiteres Schiff auf Verfolgungsjagd." Sie blinzelte und versuchte, die Entfernung zwischen ihnen und dem Schiff abzuschätzen. Glücklicherweise bedachte sie niemand mit mehr als einem verärgerten Blick, als sie Männer an ihnen vorbeieilten.

„Wir haben nicht genug Kettenkugeln, Sir!"

„Ladet die restlichen Kanonen mit Traubenkartätschen!", befahl der Kapitän.

„Zielt auf die Decks!", fügte ein Oberfähnrich hinzu.

„Nein, vergesst es! Zielt auf die Segel! Wir müssen sie bremsen!"

Sie hatte Angst, dass sie und Cedric von jemandem in den Rumpf des Schiffes zurückgeschleppt würden, aber die Matrosen machten sich viel mehr Sorgen um die herannahende Schaluppe. Als sie ihren Blick auf die Schiffe in der Ferne konzentrierte, sah sie zwei Flaggen. Der Union Jack beider Schiffe flatterte gegen den Wind, aber das größere und nähere Schiff trug am Heck die Flagge der Royal Navy, während das Schiff direkt dahinter rasch aufholte und sie die Schiffsflagge deutlicher sah.

Cedric legte einen Arm um Annes Taille und hielt sich an ihr fest, während sie weiterliefen. „Erkennst du eine der Flaggen?"

„Das erste Schiff trägt die britische Flagge und die Flagge der Marine. Das zweite hat eine dunkelblaue Flagge mit einer weißen Blume darauf." Bei all dem Wind war es schwer, die Form in der Ferne zu erkennen.

Cedric lachte. „Guter Gott, er hat uns gefunden!" Und dann schrie er triumphierend auf und küsste Anne auf die Lippen.

„Wer hat uns gefunden?" Sie hatte keine Ahnung, wovon er sprach.

„Ash! Das ist die Flagge seiner Linie. Es muss eines seiner Schiffe sein! Er hat die verdammte Marine mitgebracht, der schlaue Kerl!"

Bevor Anne etwas sagen konnte, sah sie, wie Jonathan an Deck rannte und rief: „Springt! Uns bleibt keine Zeit!"

Jonathan rannte über das Deck und sprang über zwei Matrosen, die sich gerade über eine Kanone beugten, um sie zu laden.

„Feuer unter Deck!", schrie er.

Dieser Aufschrei und das unheilvolle Aufsteigen von schwarzem Rauch zerstreute die Matrosen wie fliehende Ratten.

„Was ist mit dem Beiboot?", fragte Anne.

„Es bleibt keine Zeit!" Cedric sah sich um und fluchte leise. Er glaubte, einige Schatten ausmachen zu können, aber selbst wenn es mehr als nur Wunschdenken war, reichte es nicht, um sich zu orientieren. „Gibt es irgendwo an Deck eine Stelle ohne Reling?"

Anne sah sich um. „Ja."

„Können wir ungehindert dorthin gelangen?"

„Ja, wir sind nur ein paar Meter davon entfernt." Sie schluckte schwer. „Werden wir wirklich springen?" Das Wasser wogte schätzungsweise sechs Meter unter ihnen.

Cedric berührte ihr Gesicht mit seiner freien Hand. „Ja. Spring so weit wie möglich vom Schiff weg. Strample an die Oberfläche, sobald du im Wasser bist, und schwimm so weit wie möglich vom Schiff fort. Und lass meine Hand nicht los... Wenn wir getrennt werden, finde ich die Oberfläche vielleicht nicht alleine." Der verzweifelte Ausdruck in seinem Gesicht stach in ihrem bereits wunden Herzen.

„Ich werde dich nicht loslassen", schwor sie.

„Dann lass uns losrennen!" Er trieb sie vorwärts und sie

führte ihn, bis sie ins Leere sprangen. Jonathan kreuzte sie auf halbem Weg und sprang mit einem Schrei über die Reling.

Anne konnte die Panik nicht unterdrücken, und ihr Herz schlug bis zum Hals, als sie und Cedric in die Tiefe stürzten. Das dunkle Wasser raste ihnen entgegen, und sie schlugen mit einem harten Klatschen auf die Oberfläche und sanken unmittelbar ins wogende Meer. Eisiges Wasser verschluckte sie, und der Kälteschock brachte sie fast dazu, laut zu schreien. Ihr Griff um Cedrics Hand war schwach, und sie stieß ihre Unterröcke weg, die sie behinderten.

Ein schwerer Knall erschütterte die Welt um sie herum. Sie sah durch das Wasser nach oben, auf verschwommene rote und orangefarbene Streifen am Himmel. Sie strampelte verzweifelt mit den Beinen, bis sie endlich auftauchte. Weißer Rauch verhüllte die Luft direkt über dem Wasser, und feurige Latten des Schiffsrumpfs regneten um sie herum auf den Meeresspiegel. Einen Augenblick später brach Cedric mit einem schmerzhaften Keuchen durch die Wasseroberfläche. Sie streckte die zweite Hand nach ihm aus und packte ihn.

„Cedric!"

„Anne! Was..." Cedrics Schrei wurde von einem gewaltigen Krachen übertönt.

Brennendes Holz versengte sie, als ein Teil des Schiffswracks auf ihren Mann fiel. Sie schrie auf und dann begann ihre Hand, die fest mit Cedrics verschlungen war, sie nach unten zu ziehen, als sein Kopf unter Wasser tauchte. Das Gewicht seines sinkenden Körpers war zu viel für sie.

„Cedric! Nein!"

Sie tauchte unter und ihre Augen brannten, während sie nach ihm suchte. Das Wasser war von Trümmern durchsetzt. Sie schwamm, bis ihre Lungen brannten und sie wieder an die Oberfläche zwangen.

Ein Stück Holz, das groß genug war, um sich daran festzuhalten, trieb in Reichweite. Sie paddelte zu ihm hinüber, packte es und schnappte kurz nach Luft, bevor sie wieder nach unten tauchte, um nach Cedric zu suchen.

*Ich werde nicht aufgeben… Ich darf nicht aufgeben…*

Aber er war nirgendwo zu finden. Sie konnte ihn nicht sehen. Als sie ein drittes Mal zur Oberfläche zurückkehrte, war ihr Körper vor Kälte steif, und sie hatte nicht mehr genug Kraft, um erneut abzutauchen. Die Leiche eines Matrosen trieb an ihrer Schulter vorbei, und als sie Anne berührte, zuckte sie zusammen. Durch die weiße Wolke der Pulverexplosion konnte sie kaum etwas sehen.

Jede Faser ihres Körpers schmerzte. Sie klammerte sich an dieses Stück Holz, ihre Wange an die aufgesplitterte Oberfläche gedrückt, und blinzelte die Tränen fort. Es nützte alles nichts. Sie weinte in stiller Trauer.

Sie hatte die einzigen beiden Männer, die sie je geliebt hatte, verloren. Erst ihren Vater und jetzt ihren Mann. Sie war zu benommen, um sich zu bewegen, und erlaubte dem Meer, ihr Herz in seinen Tiefen zu ertränken. Wo immer Cedric jetzt auch war, dorthin gingen auch ihr Herz und ihre Seele.

Ein Schiffsrumpf kam plötzlich durch den Rauch geschossen, und ferne Rufe drangen zu ihr. Die Schaluppe der Marine ragte aus dem Rauch auf, und nur ein kurzes Stück weiter hinten kam auch Ashtons Schiff näher. Männer schrien sich von den Decks aus an, zeigten in ihre Richtung und bereiteten ein Beiboot vor.

Anne konnte nicht atmen, geschweige denn antworten. Ihr Verstand war wie gelähmt und unfähig, die Geschehnisse um sie herum zu verarbeiten. Gesichter, die von geschwärzten Rußstreifen gezeichnet waren, blickten auf sie herab, als das Beiboot sie erreichte.

„Sie lebt!", rief jemand.

Hände griffen nach ihr, lösten ihre verkrampften Hände vom Treibholz, und dann wurde sie ins schwankende Boot gezogen.

„Anne, sieh mich an!", befahl eine sanfte, aber strenge Stimme. Sie öffnete die Augen und sah einen goldhaarigen Mann mit sichtbarer Erleichterung aufseufzen. Charles. Der Name drang langsam durch den Schmerz. Ein anderes Gesicht, ebenso nass wie ihres, beugte sich neben Charles vor. Jonathan.

„Wo ist Cedric?"

Mit zitternden Lippen blickte sie zu den Trümmern zurück. Ihre Kehle fühlte sich an, als hätte sie Glassplitter verschluckt. Jeder Schutzwall, den sie je errichtet hatte, war mit dieser Explosion zusammengebrochen. Sie konnte ihren Schmerz, die Wut über ihren Verlust nicht länger zurückhalten. Der einzige Mann, der sie so geliebt hatte, wie sie war, war tot.

Jetzt war alles sinnlos geworden. Sie war jetzt blind, nicht in ihren Augen, sondern in ihrem Herzen. Sie hatte Cedric für immer verloren. Charles zog seinen Mantel aus und wickelte ihn um ihre Schultern, aber sie bemerkte es kaum.

„Er ist fort", flüsterte sie.

Das Boot hielt an und alle Blicke schweiften zum Meer, das das Leben des Mannes gefordert hatte, den sie zu retten versprochen hatte. Die Erinnerung an ein altes Gedicht, das ihr Vater vorzutragen pflegte, drängte sich ihr unvermittelt auf.

*„Und das Meer forderte ihren Geliebten,*
*Die Wellen hüllten ihn in eine endlose blaue Umarmung,*
*Trauere nicht um diesen König der Meere, diesen Prinzen der*
*Gezeiten..."*

# KAPITEL 26

*Schmerz... quälende Dunkelheit... Sterne...blaue Weite...*

Cedrics Kopf pochte, als er darum kämpfte, sich von dem zu befreien, was ihn immer weiter in die Tiefen des Meeres zog. Seine Kraft schwand rasch, und seine Lungen würden bersten, wenn er nicht bald an die Oberfläche kam. Sein Hemd war zerrissen, und die Hand, die ihn an den treibenden Bruchstücken festgehalten hatte, war verschwunden. Er kämpfte, als ob bis zu diesem Augenblick nichts in seinem Leben eine Rolle gespielt hätte.

Alles, woran er denken konnte, war Annes Gesicht und sein Wunsch zu leben. Sein Verlangen danach, mit eigenen Augen zu sehen, wie sie voller Liebe und endlosem Staunen zu ihm aufblickte. Neue Kraft durchflutete seine Glieder. Das Wasser brannte in seinen Augen wie heiße Schürhaken, aber er schwamm weiter auf den heller werdenden Lichtpunkt zu, von dem er wusste, dass es die Oberfläche sein musste.

Als sein Kopf aus dem Wasser platzte, schnappte er laut und verzweifelt nach Luft. Ein gleißendes Weiß funkelte in seinen Augen und er blinzelte. Er hob eine Hand, während er im Wasser strampelte, und sah sich um. Er... sah... graue Umrisse im Nebel auftauchen.

„Was in Gottes Namen?" Holzstücke prallten gegen seine Schultern, und er atmete dichten Rauch. Der Rauch war es, der die Dinge grau machte, nicht seine Blindheit, sondern Schießpulverrauch und brennende Trümmer!

Er konnte sehen! Nicht besonders gut, aber bei Gott, er konnte sehen! Er fing an übermütig zu lachen, hustete aber, als er den beißenden Rauch einatmete.

Er sah mehrere Beiboote durch die Schiffswracks treiben. In dem ihm am nächsten schwankenden Boot saßen mehrere Leute, die ihm alle den Rücken zugewandt hatten. In der Mitte kauerte eine Frau, und ihr durchnässtes dunkles Haar ging ihr bis zur Taille.

Anne! Sie war am Leben! Er war noch nicht stark genug, um zu rufen, also schwamm er mit letzter Kraft auf das Boot zu, bevor es noch den Abstand zu ihm vergrößerte. Als er näher kam, erkannte er Godric, Ashton, Charles, Lucien und sogar Jonathan. Direkt hinter ihnen sah er zwei weitere Schiffe, die HMS Ranger und Ashtons Handelsschiff Black Lily, um die Trümmer der Maiden Fair herum. Die gesamte Liga und Anne waren auf diesem Boot und starrten alle stumm auf etwas, das er nicht sehen konnte.

Angst erfüllte ihn. Was war passiert? Es musste etwas Schreckliches sein, etwas, das er womöglich nicht ertragen würde, wenn es seine Freunde und seine Frau schon sprachlos gemacht hatte. Als er das Beiboot erreicht hatte, schwamm er zur Seite. Er klammerte sich an die Bootkante und suchte in den schwimmenden Trümmern nach dem, was seine Freunde so erschütterte.

Annes Gesicht war von Tränen nass, und Charles legte tröstend einen Arm um ihre Schultern. Cedric zwang seinen Blick wieder zu dem sinkenden Schiff.

*Sie müssen mich für tot halten...*

Es war Jonathan, der ihm am nächsten stand, der langsam den Kopf drehte und Cedric entdeckte, wie er sich an der Seite des Bootes festhielt.

„Cedric!" Sein erschrockener Schrei ließ alle zusammenzucken.

Jonathan eilte sofort zu Cedric hinüber, und Cedric klammerte sich erschöpft an die Arme des jüngeren Mannes und ließ sich an Bord ziehen.

Kaum hatte er sich dort aufgerichtet, stürzte sich Anne auf ihn und schluchzte zusammenhanglos. Sie fielen sich in die Arme und bildeten ein nasses Durcheinander.

Ashton wischte sich über die Augen und räusperte sich. „Wir dachten, wir hätten dich verloren." Seine Stimme war brüchig, und alle sahen Cedric bestürzt an.

Die Erkenntnis, wie sehr er nicht nur von Anne, sondern auch von seinen Freunden geliebt wurde, traf sein Herz mit voller Wucht.

„Es braucht mehr als ein brennendes Häuschen, Pferdediebe, Piraten, Sklaventreiber und ein explodierendes Schiff, um mich zu töten, glaubt ihr nicht?", scherzte er und versuchte, den Schmerz aller damit zu lindern.

Charles kicherte. „Du hast recht. Wir hätten es besser wissen müssen, als zu glauben, dass du dich davon unterkriegen lassen könntest."

Cedric sah auf Anne herab, die ihn so ansah, wie er es eines Tages zu sehen gehofft hatte. Endloses Staunen lag in ihren Augen und Liebe, so viel Liebe, dass ihm allein der Anblick Flügel verlieh.

„Mein Herz", flüsterte er und fühlte sich plötzlich schüchtern, so verdammt schüchtern gegenüber seiner eigenen Frau. Es war, als sähe er eine vertraute Fremde an. Er hatte sich so sehr an ihre Berührung, ihren Geschmack, ihren Geruch gewöhnt. Sie zu sehen, sie nach so langer Dunkelheit endlich wiederzusehen...

Sie hob eine Hand und strich mit ihren Fingerspitzen über seine Wangen.

„Weine nicht", flehte sie ihn an. „Bitte nicht. Sonst kann ich meine Tränen nicht aufhalten."

„Oh, zum Teufel damit." Er vergrub sein Gesicht an ihrem Hals, schlang seine Arme um sie und klammerte sich an sie. Sein Herz, seine Liebe, seine andere Hälfte. Sie waren am Leben und in Sicherheit.

„Ich kann dich sehen", sagte er immer wieder schluchzend. Nie in seinem ganzen Leben hatte etwas so schön ausgesehen wie seine geliebte Anne und seine liebsten Freunde. Die letzten fünf Monate waren ein schrecklicher Albtraum gewesen.

*Aber ich bin endlich aufgewacht.* Seine Lippen fanden Annes, und er schmeckte das Meer und ihre Tränen.

Von diesem Moment an schwor er sich, dass sie nie wieder weinen würde, außer vor Freude.

Ashton stand auf dem Deck der Black Lily, neben ihm sein Kapitän Ellis Bristow.

„Das war knapp, Lord Lennox. Fast hätten wir die Ranger nicht rechtzeitig erreicht." Der Kapitän, den Hut unter den Arm gesteckt, beobachtete die wogenden Wellen, seinen scharfen Augen entging nichts.

„Ich weiß." Ashton hielt einen Moment den Atem an und versuchte, die Gedanken daran auszulöschen, was hätte sein können, wenn sie nicht rechtzeitig zur Maiden Fair gelangt wären.

Sie hatten im Hafen erfahren, in welche Richtung das Schiff des Sklavenhändlers ausgelaufen war, und im Wettlauf, es einzuholen, erkannten sie bald, dass ein Marineschiff ebenfalls die Verfolgung aufgenommen hatte. Doch die Freude über den Verbündeten verwandelte sich schnell in Schrecken, als ihr Mann vom Ausguck rief, dass die Ranger der Maiden Fair nicht etwa befahl, anzuhalten, sondern sich stattdessen bereitmachte, auf sie zu schießen.

Kapitän Bristow schickte verzweifelt eine eigene Nachricht, um das Marineschiff zu warnen, dass sich englische Geiseln an Bord ihres Angriffsziels befanden.

Der Kapitän der Ranger hatte zum Glück auf ihn gehört und seiner Mannschaft stattdessen befohlen, das Schiff zu kapern, aber kurz darauf ging die Maiden Fair in Flammen auf, ohne dass auch nur eine Kanonenkugel abgefeuert worden war.

Zu sehen, wie Flammen aus dem Schiff loderten und schon kurz darauf Leichen zwischen dem Treibgut schwammen, hätte Ashton beinahe umgebracht. Er hatte befürchtet, dass auch Cedric, Anne und Jonathan unter den Toten wären.

Nun blickte er vom Oberdeck der Lily nach unten und sah Anne und Cedric unter Deck gehen. Cedrics Arm war um Annes Schulter gelegt, und sie klammerte sich an ihn, als hätte sie Angst, ihn auch nur eine Sekunde lang aus ihrer Umarmung zu lassen. Cedric blieb direkt unter Ashton stehen, sah auf und nickte ihm in stiller Dankbarkeit für die Ankunft der Lily zu.

*Es geschehen noch Zeichen und Wunder.* Nach allem, was sie im Laufe der Jahre verloren hatten, gab die Welt manchmal auch etwas zurück. So, wie sie Cedric sein Sehvermögen zurückgegeben hatte.

Ashton war kein besonders gläubiger Mensch, aber er konnte ihr Glück heute nicht leugnen. Trotzdem fürchtete er, was der nächste Tag bringen würde.

Im Gespräch mit dem Kapitän der Ranger hatte er erfahren, dass ihm der Befehl erteilt worden war, nach Brighton zu segeln, um die Maiden Fair zu finden und zu versenken, ohne Rücksicht auf Verluste und ohne Gefangene zu nehmen. Man hatte ihm gesagt, dass es sich um ein Sklavenschiff handelte, das aber derzeit angeblich keine menschliche Fracht beförderte.

Die Befehle waren zwar über den offiziellen Dienstweg erfolgt, und dennoch hatte Ashton den deutlichen Eindruck, dass er eine Partie Schach spielte, bei der das Spielbrett das ganze Land umspannte und Hugo Waverly sein Gegner war.

„Ash." Lucien stieg die Treppe zum Deck hinauf und nickte Kapitän Bristow zu. Bristow gewährte ihnen etwas Ungestörtheit und zog sich zurück, um mit einem seiner Leutnants zu sprechen.

„Wie geht es Cedric?", fragte Ashton.

„Gut. Mehr als gut. Er sieht wieder und kann nicht aufhören, seine Frau anzulächeln. Verliebter Narr."

Ashton entging die Zärtlichkeit in diesen letzten beiden Worten nicht. Das letzte Weihnachtsfest war für Cedric und Lucien ein dunkles Kapitel gewesen, aber sie hatten diesen Sturm überstanden und waren gestärkt daraus hervorgegangen.

„Horatia hätte mich umgebracht, wenn unser Baby seinen Onkel verloren hätte."

Es hätte sie alle am Boden zerstört, Cedric zu verlieren.

„Und Jonathan? Wie geht es dem Jungen?"

Sie warfen einen Blick auf das Unterdeck, wo Jonathan mit dem Rücken gegen einen der Masten gelehnt stand, und sein sandfarbenes Haar wehte im Wind. Er hatte viel riskiert, um zu Cedric zu gelangen und ihn zu retten, weit mehr, als Ashton von ihm ursprünglich verlangt hatte. Und dieser Umstand hatte ihn nun wirklich zu einem vollen Mitglied der Liga der Schurken gemacht.

„Er ist ein bisschen verschlossen. Ich habe das Gefühl, dass er sich verloren fühlt, selbst nachdem er sich nach so vielen Monaten an seine neue Position hätte gewöhnen sollen. Er braucht jemanden, der ihn erdet, ihn aufmuntert. Gib ihm eine Frau, die er umwerben und zähmen kann, und er wird sich niederlassen und glücklich sein. Ich denke, es ist an der Zeit, dass Cedric Audrey nach Hause holt."

Ashton lachte und seine Anspannung löste sich etwas. „Ich hätte nie gedacht, dass ausgerechnet du jemals behaupten würdest, dass eine Frau einem Mann guttut."

Lucien warf Ashton einen vielsagenden Blick zu. „Eine gute Frau tut jedem Mann gut. Denk darüber nach, bevor du dich das nächste Mal in einer Nische in der Oper von einem schottischen Mädchen überrumpeln lässt."

Ashton erbleichte, was nun wiederum Lucien zum Lachen brachte.

„Du bist nicht der Einzige mit Augen und Ohren, Ash. Die Angestellten des Opernhauses sehen mehr, als man denkt. Darf ich dir vorschlagen, dass du einen anderen Weg findest, mit Lady Melbourne fertigzuwerden, bevor sie deine unternehmerischen Bemühungen vereitelt?" Mit einem selbstgefälligen Grinsen ließ Lucien Ashton am Geländer zurück, bleich wie eine weiße Fahne der Kapitulation.

Aber Lucien hatte recht. Ashton musste sich mit Lady Melbourne auseinandersetzen, bevor sie genau das tat und sein Unternehmen ruinierte.

CEDRIC LEHNTE SICH AUF DEM SOFA IN SEINEM Wohnzimmer zurück, die Arme hinter dem Kopf verschränkt, während ein weißbrauner Welpe einen seiner Stiefel über den Teppich zerrte. Der kleine Forrest knurrte, und seine dolchartigen Welpenzähne zerkratzten das Leder. Cedric war es egal. Das Leben war perfekt, mit zerkauten Stiefeln und allem, was dazugehörte.

Es war zwei Wochen her, seit er aus den Gewässern vor Brighton gerettet worden war, und seine Sehkraft war vollständig zurückgekehrt. In den ersten Tagen hatten ihn Kopfschmerzen gequält, aber als die Schwellung vom Schlag auf seinen Kopf abgeklungen war, verschwanden auch die Schmerzen.

Die Tür zum Arbeitszimmer öffnete sich, und Anne und Audrey flatterten wie zwei Tauben herein. Anne sah hinreißend aus in ihrem rosaroten Kleid, das mit Wildblumen an den Ärmeln und am Saum bestickt war. Ihre vollen Hüften betonten ihre schmale Taille, besonders wenn sie wie jetzt ihre Hände an sie stemmte, um ihn düster anzusehen.

„Cedric, du darfst ihn nicht an deinen Stiefeln kauen lassen. Du verziehst ihn." Sie stürzte sich auf Forrest. Der King Charles Spaniel erstarrte, wie immer, wenn Anne von seinen schelmischen Possen verärgert war. Nachdem sie sich den Stiefel geschnappt hatte, war der Bann gebrochen, und der Hund rannte wild um ihre Knöchel, wobei er verspielt daran knabberte. Bevor er ihren Rock angreifen konnte, stolperte er über seine eigenen Pfoten, rollte sich auf den Rücken und lechzte mit seiner rosigen Zunge.

Audrey kicherte. „Er ist selbst ein kleiner Schurke, nicht wahr?" Cedric konnte nicht anders, als sie anzustrahlen. Sie war früher aus Europa nach Hause gekommen, nur zwei Wochen nach ihrer Flucht von Al Zahranis Schiff. Es war, als hätte sie gewusst, dass er sie brauchte, denn sie und Lady Rochester waren zurückgekehrt, bevor jemand von der Liga sie kontaktiert hatte.

„Forrest ist ein Spitzbube, liebe Schwester, kein Schurke", stellte Cedric klar, als er von der Couch aufstand.

Trotz Audreys Anwesenheit im Raum trat seine Frau auf ihn zu, schlang ihre Arme um seinen Hals und küsste ihn auf den Mund.

„Wie geht es dir?", fragte Anne.

Er erwiderte den Kuss genüsslich, bevor er antwortete.

„Ich fühle mich wie eine bessere Ausgabe von mir selbst", sagte er und lächelte dann. „Eine viel bessere Ausgabe."

Anne schürzte die Lippen. „Solange du in ein oder zwei Bereichen ein Schurke bleibst, will ich mich nicht beschweren." Ihr Lachen ließ seinen Körper vor Verlangen vibrieren. Es war so schön, ihr Lächeln zu sehen. Sie hatte keine Ahnung, wie sehr er es vermisst hatte.

„Bist du bereit, Sean zu sehen? Er braucht eine weitere Rüge, weil er versucht hat, sein Bett zu verlassen", sagte Anne.

„Natürlich. Ich bin versucht, den Mann am Bettpfosten festzubinden, um ihn dort zu behalten. Verdammter Dummkopf."

Ashton und die anderen hatten Sean Hartley tot geglaubt, als sie Rushton Steading verlassen hatten. Doch während Emily und Horatia ihn in seinen vermeintlich letzten Momenten umsorgt hatten, hatte sich der Mann hartnäckig am Leben festgeklammert. Sie hatten seine Wunden versorgt, ihn beruhigt und den Dorfarzt geholt, der wieder einmal Wunder gewirkt hatte.

Cedric folgte Anne die Treppe hinauf und betrat eines der Gästezimmer. Sean war blass, aber seine Augen waren klar und aufmerksam. Eines der Dienstmädchen von unten löffelte ihm gerade heiße Brühe in den Mund. Das Mädchen sprang auf und verneigte sich mit gesenkten Augen und roten Wangen, als Cedric eintrat.

Cedric hob eine Hand. „Bitte, lass dich von mir nicht stören. Bleib."

Das Dienstmädchen setzte sich erneut auf den Stuhl neben dem Bett und nahm ihre Arbeit wieder auf. Cedric lehnte sich gegen einen der Bettpfosten am Fußende des Bettes und sah den eigensinnigen jungen Mann finster an.

„Jetzt hör mir gut zu, Hartley. Meine Frau sagt, du versuchst, aufzustehen, bevor es dir der Arzt erlaubt hat."

Sean begann zu protestieren.

„Widersprich mir nicht, Junge, du wirst nur den Kürzeren ziehen. Ich habe dich bis jetzt nicht entlassen, und ich werde verdammt sein, wenn du mich jetzt dazu zwingst. Es ist mein Befehl als Herr dieses Hauses, dass du im Bett bleibst und dich von netten Frauen versorgen lässt, solange der Arzt es für nötig hält. Hast du mich verstanden?" Die Magd errötete erneut.

Mit einem resignierten Nicken sank Sean wieder auf die Kissen zurück, und Cedric warf den Frauen einen vielsagenden Blick zu.

„Ich hätte gern ein paar Minuten allein mit ihm."

Anne und das Dienstmädchen verließen leise das Schlafzimmer, und Cedric setzte sich auf den leeren Stuhl neben dem Bett.

„Ich stehe in deiner Schuld, Hartley. Du hast uns mit größerer Tapferkeit und Treue verteidigt als jeder Soldat es gekonnt hätte. Und du hast uns beiden das Leben gerettet, indem du Ashton erzählt hast, was passiert ist. Das kann ich nie wieder gutmachen."

Cedric stand auf und vergewisserte sich, dass Sean ihm zuhörte. „Uns stehen dunkle Zeiten bevor, auch Anne und der Liga. Wir brauchen einen guten Mann wie dich an unserer Seite. Ich verlasse mich darauf, dass du schnell gesund wirst."

Sean schluckte und nickte. „Natürlich."

„Gut. Ich an deiner Stelle würde mich von diesem hübschen Dienstmädchen so lange wie möglich umsorgen lassen. Sie hat ein Auge auf dich geworfen, glaube ich." Er zwinkerte Sean zu, schmunzelte über dessen ängstliches Mienenspiel und verließ dann den Raum. Anne und das Dienstmädchen warteten draußen.

„Geh hinein und kümmere dich gut um ihn", sagte er. Das Dienstmädchen huschte zurück ins Zimmer. Als er und Anne allein waren, zog er seine Frau in seine Arme, beugte sie wie bei einem Tanz tief nach hinten und küsste sie leidenschaftlich.

Als er sie wieder losließ, berührte sie ihre vom Kuss geschwollenen Lippen, und ihre dunklen Wimpern flatterten auf. „Wofür war das?"

Er hob ihr Kinn, damit sie seinen Gesichtsausdruck sehen konnte.

„Ich habe viel zu lange gebraucht, um zu erkennen, welches Glück ich in Reichweite hatte." Das Lieblingslied seiner Mutter fiel ihm ein und er wusste, dass sie mit ihm einer Meinung sein würde. „Ich war blind, aber jetzt sehe ich."

Annes Augen funkelten. „Und was siehst du?", fragte sie.

„Ich sehe ein langes und wundervolles Leben mit dir, mein Herz."

Er senkte seinen Kopf und küsste sie noch einmal. Dabei ließ er jede dunkle, schmerzhafte Erinnerung los. Was blieb, war eine alles verzehrende Liebe zu Anne und die Möglichkeit, alles zu haben, was er sich im Leben jemals erträumt hatte.

Und alles begann mit einem leidenschaftlichen Kuss, auf dem sie ihr Leben aufbauen konnten.

# EPILOG

Daniel Sheffield klopfte mit den Fingerknöcheln an die Tür zu Hugo Waverlys Arbeitszimmer.

„Herein."

Daniel öffnete die Tür und schlüpfte hinein. Er hatte keine guten Nachrichten zu überbringen und hoffte, dass sein ruhiges Auftreten helfen würde, die Wut seines Auftraggebers zu mildern.

Sie hatten einen perfekten Plan geschmiedet. Es hätte nichts schief gehen sollen. Nachdem ihr Mann in Brighton ihnen mitgeteilt hatte, dass Al Zahranis Schiff im Hafen eingelaufen war und er seinen Zug gemacht hatte, hatte Waverly die königliche Marine informiert und die HMS Ranger mit dem Befehl entsandt, das Schiff zu versenken, um ein Exempel für alle Sklavenhändler, die in englischen Gewässern verkehrten, zu statuieren. Unter keinen Umständen sollten Gefangene genommen werden.

Was Daniel und Waverly nicht erwartet hatten, war die Einmischung von Lord Lennox.

„Nun, ist es vollbracht?" Waverly sah von seinem Schreibtisch auf, der mit Papieren bedeckt war, von denen die meisten königliche Siegel trugen.

„Nein. Die HMS Ranger wurde von einem Schiff abgefangen, das Lord Lennox gehört. Das Schiff informierte die Ranger, dass britische Staatsangehörige auf der Maiden Fair gefangen gehalten wurden."

„Lennox?" Hugo zerknüllte ein Blatt Papier in seiner Hand.

„Ja, Sir. An Bord von Al Zahranis Schiff wurde ein Feuer gelegt, und das Schiff sank. Jetzt ist es auf dem Meeresgrund, wie Ihr gehofft hattet, aber Sheridan und seine Frau haben überlebt." Daniel ließ eine Hand auf der Türklinke ruhen, falls er hastig verschwinden musste.

Waverly lehnte sich in seinem Stuhl zurück und runzelte die Stirn.

„Dieser Mann ist wie eine verdammte Katze mit neun Leben."

Daniel wartete darauf, dass Wut in Waverlys Augen aufblitzte und der Mann ihn anschrie oder etwas nach ihm schleuderte, denn solche Temperamentsausbrüche waren in der Vergangenheit schon oft vorgekommen.

„Die Ranger hat das hier aus dem Treibgut geborgen." Er enthüllte den Gegenstand, den er hinter seinem Rücken versteckt hatte. Ein Stock mit einem silbernen Löwenkopf.

Als er ihn Waverly hinhielt, verwandelte sich dessen grimmiger Gesichtsausdruck in ein verspieltes Lächeln.

„Nun", gluckste er. „Endlich wurde mir mein Eigentum zurückgegeben."

Daniel trat wieder rückwärts zur Tür von Waverlys Arbeitszimmer.

„Ich war im Weißen Haus in Soho und habe mich um die Personen gekümmert, an die Al Zahrani Sklaven verkauft hat."

Waverly verschlang seine Finger ineinander. „Und hast du

ihnen klargemacht, dass wir hier nichts von dieses Art Handel halten?"

„Ja, Sir. Sie behaupteten, die Frauen wären einfache Angestellte des Hauses, aber ich habe dafür gesorgt, dass sie die Tragweite ihres Irrtums erkannt haben. Sie werden nicht so schnell wieder einen solchen Kauf tätigen. Aber ich habe erfahren, dass eine Frau bereits versteigert worden war."

„Nur eine? Ich beglückwünsche dich zu deiner Schnelligkeit."

„Ich glaube, es wird Euch sehr interessieren zu erfahren, wer die Frau gekauft hat." Dies war die einzige gute Nachricht, die Daniel zu überbringen hatte. „Lawrence Russell."

Zum ersten Mal seit langer Zeit lächelte Waverly. „Nun, das ist in der Tat äußerst interessant. Ein Russell, der eine Sklavin kauft? Beobachte ihn, greife aber nicht ein. Diese Karte behalten wir verdeckt, bis die Zeit reif ist, sie auszuspielen."

Waverly blickte aus dem Fenster in den Garten seines Stadthauses hinaus. Lady Waverly saß dort mit einer anderen Frau und unterhielt sich müßig, während ein Kindermädchen einen kleinen Jungen an der Hand hielt. Der Junge ging auf stämmigen Beinen und umklammerte die Finger seiner Amme, während sie über den Kiesweg des Gartens liefen. Waverlys Sohn Heath war kaum ein Jahr alt.

Er hatte das dunkle Haar seines Vaters, aber die zarten Gesichtszüge seiner Mutter, die ihn eines Tages wahrscheinlich zu einem gutaussehenden Kerl heranwachsen lassen würden. Daniel zuckte zusammen, als er merkte, dass Waverly nun wieder ihn und nicht mehr den Jungen beobachtete.

„Vergiss Sheridan fürs Erste. Lennox' Schifffahrtsunternehmen ist mir immer mehr ein Dorn im Auge. Was hat er vor? Was hat unser infiltrierter Mann von dort zu melden?"

Daniel stellte sich aufrecht hin und konzentrierte sich wieder auf Waverly.

„Er sagt, Lennox hadert mit einer gewissen Lady Melbourne. Es scheint, dass sie in sein Geschäft mit den Reedereien vordringt. Sie schnappt ihm Verträge vor der Nase weg und bringt Lennox' sorgfältig strukturiertes Imperium ins Wanken."

Waverly lächelte wieder. „Ausgezeichnet. Lady Melbourne? Ich hatte noch nicht das Vergnügen, ihre Bekanntschaft zu machen. Ich will, dass du alles über diese Frau herausfindest. Wenn sie dazu gebracht werden kann, Lennox lahmzulegen, will ich wissen, wie. Feinde der Liga sind meine liebsten Verbündeten."

„Ja, Sir." Daniel blieb direkt vor der Tür stehen, als Waverly noch einmal sprach.

„Bring mir die Schachfiguren, Sheffield, und ich setze Lennox Schachmatt."


VIELEN DANK, DASS SIE „EIN TEUFLISCHER *Vorschlag*" gelesen haben! Das nächste Buch, „*Teuflische Rivalen*", erzählt Ashtons Geschichte, in der er und eine unerschrockene schottische Witwe zu Geschäftsrivalen werden und sich trotzdem ineinander verlieben. Blättern Sie jetzt um, um das erste Kapitel zu lesen!

# TEUFLISCHE RIVALEN

## KAPITEL EINS

*R*egel Nummer 8 der Liga:

DA DIE UNABHÄNGIGKEIT EINES MANNES VON SEINEM Reichtum nicht zu trennen ist, ist es wichtig, dass sich keine Frau darin einmischt, egal wie schön ihre Augen auch sein mögen.

AUSZUG AUS *THE QUIZZING GLASS GAZETTE*, 29. MAI 1821, Die Kolumne von Lady Society:

*DIE LADY SOCIETY STELLT LORD LENNOX VOR EINE Herausforderung. Ihr ist zu Ohren gekommen, dass er sich vor einer gewissen Lady fürchtet, die in geschäftlichen Belangen in direkter Konkurrenz zu ihm steht.*

*Kommt schon, Lord Lennox, was macht Euch so erschrocken und beklommen, dass Ihr nicht mit ihr in der Öffentlichkeit gesehen werden wollt? Auf Lady Jacinthas Ball habt Ihr den Schwanz eingezogen und die Flucht ergriffen, als die gerissene Lady die Tanzfläche betrat.*

*Ihr könnt Euch nicht für immer hinter Eurer Schiffsflotte verstecken, noch könnt Ihr Eure Freunde um Unterstützung bitten. Die Liga der Schurken erliegt rasch dem Charme des Eros, und einige ihrer Mitglieder haben bereits Frauen geehelicht. Vielleicht wissen Eure Freunde etwas, von dem Ihr nichts hören wollt? Aber ein Mann von Eurem Intellekt und Scharfsinn wird das sicherlich nicht so stehen lassen.*

*Ich fordere Euch also auf, mein kühler, beherrschter Baron, eine Nacht mit der Lady zu verbringen und Euch von Eurer besten Seite zu zeigen. Ich wage zu behaupten, dass schon bald darauf Hochzeitsglocken läuten werden.*

„WAS SOLL ICH FÜR EUCH TUN, MYLORD?"

Ashton Lennox starrte den grauhaarigen Bankier an, der ihm in den Büros von Drummond's Bank gegenüber saß. Er wusste, dass es gewagt war, was er von dem anderen Mann verlangte – vielleicht sogar illegal. Dennoch musste er Vergeltungsmaßnahmen gegen gewisse Konkurrenten in seinem Geschäftsbereich einleiten. Aber seine Forderungen würden wohl jeden Banker mit gesundem Menschenverstand erschrecken.

„Ihr habt mich schon richtig verstanden, Mr. Reed. Ich möchte, dass Ihr Lady Melbourne den Goldkredit verweigert, wenn sie mit der Bitte um ein Darlehen zu Euch kommt." Er sprach mit seiner kühlen, sanften Stimme, die keinen Widerspruch duldete, und zum Schluss strich er mit den Fingerspitzen seine Hose glatt. Ashton war erst dreiunddreißig, aber er hatte längst gelernt, mit kaltem Blick und herrischem Ton andere dazu zu bringen, seinen Wünschen nachzukommen.

Wer ihn betrog oder es wagte, gegen seinen Willen zu handeln, erlitt nur allzu oft einen finanziellen Rückschlag.

„Aber, Mylord", protestierte Mr. Reed mit Augen so groß wie Untertassen, „sie ist hier schon lange eine geschätzte Kundin..."

„Daran habe ich keinen Zweifel, aber Ihr und ich haben eine Abmachung, nicht wahr?" Trotz seines Tons war dies keine Frage. Ashton begegnete Reeds jetzt erschrockenem Blick. „Wie Ihr Euch erinnern werdet, war ich es, der Euch letztes Jahr bei der Auswahl der Staatsanleihen, in die Ihr persönlich investieren solltet, unterstützt hat. Ihr konntet mit den erzielten Gewinnen ein Landhaus in Sussex kaufen, wenn ich mich richtig erinnere. Ich denke, Ihr solltet meine Empfehlungen in zukünftigen Angelegenheiten nicht verlieren."

Der alte Bankier schluckte schwer und brachte ein zittriges Nicken zustande.

„Ich bin Euch natürlich für Euren Rat dankbar, aber was besagte Lady angeht, so ist sie äußerst..." Er rang nach Worten.

„Ärgerlich?", schlug Ashton mit einem Knurren vor. Wenn er an sie dachte, drohte seine kühle Fassade dahinzuschmelzen.

Lady Rosalind Melbourne war mehr als nur ärgerlich. Die Eigentümerin von Melbourne, Shelly & Company hatte die letzten Monate damit verbracht, ihm Übernahmeangebote für Reedereien unter der Nase wegzustehlen und andere Unternehmen aufzukaufen, indem sie ihn überboten hatte.

Die Frau war ganz klar eine Bedrohung. Er hatte alles getan, was ein vernünftiger Mann tun konnte. Er hatte ihr angeboten, ihre Aktien aufzukaufen, und versucht, seinen eigenen Geschäften nachzugehen, aber sie hatte all seine Bemühungen zunichtegemacht – oder besser gesagt, alle erlaubten Bemühungen. Wäre sie ein Mann gewesen, hätte er ihre Taktik bewundert, wie sie ihm zuvorkam und ihn auf Schritt und Tritt mit geschickten Winkelzügen hinausdrängte.

Aber sie war kein Mann, sie war eine Frau – eine berauschende, schöne, wütende Frau mit einem feurigen schottischen Temperament, das ihn aus der Fassung brachte.

Das konnte er nicht länger hinnehmen. Kontrolle war seine wichtigste Waffe und seine beste Verteidigung. Während andere Männer ihren Körper an die Leidenschaft, ihren Verstand an Obsessionen und ihr Herz an die Liebe verloren, übte er sich in Selbstbeherrschung.

Außer bei Rosalind. Wäre sie keine Frau gewesen, hätte er sie schon vor langer Zeit zu einem Duell herausgefordert und ihre Differenzen im Morgengrauen auf einem Feld beigelegt. Es dauerte einen Moment, bis er sich wieder auf die vorliegende Sache konzentrieren konnte.

„Sind wir uns nun einig, Mr. Reed? Werdet Ihr tun, worum ich Euch bitte?"

Ashton erhob sich von seinem Stuhl und schaute auf den Bankier hinunter.

Der ältere Mann schluckte schwer und nickte. „Das werde ich, Lord Lennox. Lady Melbourne wird feststellen, dass jedes Kreditgesuch abgelehnt wird, bis Ihr mir gegenteilige Anweisungen gebt."

Ashton neigte anerkennend den Kopf und verließ Reeds Büro. Er straffte seine Krawatte und holte seinen Hut aus dem Regal in der Ecke vor dem Büro. Am Haupteingang von Drummond's angekommen rief er eine Kutsche.

„Wohin, Mylord?", fragte der Fahrer.

„Berkleys." Ashton stieg in die Kutsche und lehnte sich seufzend im Polster zurück.

„Sehr wohl, Mylord."

Nach diesem Morgen war ein Nachmittag bei Berkleys genau das Richtige. Es machte ihm keinen Spaß, so drastische

Maßnahmen zu ergreifen, aber hier stand mehr auf dem Spiel als sein beruflicher Stolz. Lady Melbournes Unternehmen wurde von dem einzigen Mann in ganz England benutzt, der Ashton genug Sorgen bereitete, um ihm den Schlaf zu rauben.

Sir Hugo Waverly war gesehen worden, wie er die Kapitäne von Lady Melbournes Schiffen besuchte, und seine Männer, oder Männer, von denen Ashton vermutete, dass sie für Waverly arbeiteten, standen immer häufiger auf ihren Passagierlisten. Er vermutete, dass Waverly Rosalinds Firmen zu einem bestimmten Zweck benutzte. Es war ihm zwar noch schleierhaft, was Waverly vorhatte, aber Ashton ahnte, dass es nichts Gutes sein konnte.

Es war ein heimlicher Krieg im Gange, und dabei kämpften sie nicht mit Gewehren oder Schwertern, sondern mit Augen und Worten, und nicht auf offener Ebene, sondern im Schatten. Hugo hatte ihm und seinen Freunden diesen Krieg schon vor einiger Zeit erklärt, und Ashton hatte sich auf seine eigene stille Art verteidigt. Es war im Interesse der Liga, die Kontrolle über die heikle Situation zu gewinnen, was vorerst bedeutete, Einblick in Lady Melbournes Unternehmen zu erhalten, damit er ihre Geschäftsaktivitäten in Augenschein nehmen und prüfen konnte, wie Waverly mit ihnen in Verbindung stehen könnte.

Ashton hatte heute Morgen fünf Banken in der Stadt besucht und sich von allen zusichern lassen, dass Lady Melbourne kein Darlehen mehr bekäme. Auf diese Weise hätte sie, wenn seine Freunde ihre Forderungen bei der Bank geltend machten, nicht die Mittel, sie in Gold zu bezahlen.

Das würde sie zu Fall bringen. Zumindest vorübergehend. Die Frau blieb sicher nicht lange am Boden; Ashton war nicht so dumm zu glauben, dass er sie ruinieren könnte. Aber ein vorübergehender Schlag gegen ihr Einkommen und ihre Unabhängigkeit würde ausreichen, um sie wenigstens ruhigzustellen.

Zu erleben, wie Lady Melbourne kleinbeigab, war eine köstliche Vorstellung. *Ich werde dich beherrschen, Rosalind.*

Unfähig, sich rechtzeitig zu bremsen, dachte er an den Abend zurück, als er sie in der Oper in die Nische gedrängt hatte. Er hatte die Absicht gehabt, mit ihr zu sprechen und sie davon zu überzeugen, seine Gesellschaften in Ruhe zu lassen, aber dann hatte er sie berührt, und sein Plan war in etwas sehr viel Triebhafteres übergegangen.

Er hatte versucht, die Reaktion ihres Körpers auf seinen gegen sie zu verwenden, indem er sie an den Rand der Begierde brachte, nur um sie als Tadel für ihre unorthodoxen Geschäftstaktiken ohne Erlösung zurückzulassen. Es war eine unreife Idee gewesen, doch in jenem Moment hatte er nicht klar denken können.

Er war ohnehin kläglich gescheitert.

Stattdessen hatte sie den Spieß umgedreht, und er hatte sich unter dem harten Griff ihrer Hände verloren. Die Erinnerung daran, wie sie ihren zarten schwarzen Handschuh zu seinen Füßen hatte fallen lassen, wie es sich für eine ordnungsgemäße Herausforderung zu einem Duell gehörte, erregte ihn noch immer. Ein mit verführerischen Mitteln ausgefochtenes Duell der Intelligenz... So spielte er gern. Und nun war ihm eine Frau begegnet, die genauso hinterhältig spielte wie er.

Züge und Gegenzüge, wie beim Schachspiel. Er konnte seine widerwillige Bewunderung für sie nicht leugnen, aber er war entschlossen, sie auf keinen Fall gewinnen zu lassen.

Vor dem eleganten Stadthaus, in dem seit mehr als fünfzig Jahren Berkleys untergebracht war, kam die Kutsche ratternd zum Stehen. Berkleys war nicht der einzige Gentlemen's Club, zu dem Ashton eingeladen worden war, aber es war der einzige, in dem er Mitglied war. Es hatte ihn gereizt, geschäftlichen Diskussionen, politischen Debatten und anderen Dingen, wofür die meisten anderen Clubs berühmt waren, zeitweilig zu entkommen. Berkleys war ausschließlich für solche Männer gedacht, die dem Wirbel des Londoner Stadtlebens entfliehen wollten.

Der Club war auch der einzige Ort, an dem sich er und seine engsten Freunde – die Liga der Schurken, wie die Presse sie getauft hatte – ungestört aufhalten konnte, weit weg von Klatschtanten und den Gerüchten dieser verdammten *Lady Society*. Ihre Artikel in *The Quizzing Glass Gazette* schienen entschlossen, alle Geheimnisse der Liga zum Vergnügen der Londoner feinen Gesellschaft zu lüften. Sie hatte auch dafür gesorgt, dass die Liga in den letzten Jahren so berüchtigt geworden war.

Ashton gab ja auch bereitwillig zu, dass die Bezeichnung der Liga eine treffende Beschreibung der ursprünglichen fünf Mitglieder gewesen war: Godric, Lucien, Cedric, Charles und seiner selbst. Mit Godrics kürzlich entdecktem jüngerem Bruder, Jonathan, waren sie nun zu sechst.

Im Laufe der Jahre waren einige ihrer Handlungen sicher waghalsig, schamlos und sogar gefährlich gewesen. Aber die Dinge änderten sich. Die dunklen Erinnerungen der Vergangenheit wurden von neuen, fröhlicheren Ereignissen verdrängt. Zumindest in gewisser Weise. Sie kamen nacheinander zur Ruhe und ließen sich nieder – etwas, das Ashton nie für möglich gehalten hätte.

Alles hatte damit begonnen, dass Godric aus Rache eine junge Frau entführt hatte, nur um sich dann in sie zu verlieben. Jetzt fielen seine Freunde nacheinander wie elfenbeinfarbene Dominosteine und heirateten Frauen, ohne die sie nicht leben konnten. Lucien, einer der skandalösesten Schurken, hatte sich in Cedrics Schwester Horatia verliebt. Und erst letzten Monat hatte Cedric alle damit überrascht, dass er Anne Chessley, einen Heiratsantrag gemacht hatte.

Ashton hatte mit einiger Besorgnis erkannt, dass die Liga nun zur Hälfte aus freien Männern und zur anderen Hälfte aus im Bund der Ehe gefesselten Männern bestand. Ihre nachmittäglichen Gespräche im Club drehten sich nicht mehr um Verführungen und Eroberungen, sondern immer mehr um bevorstehende Geburten.

*Wenn wir nicht aufpassen, wird die Liga von einer schlagkräftigen Truppe zum allgemeinen Gespött. Die Kraft, die wir gesammelt haben, könnte schwinden, und unsere Feinde werden sich zusammenschließen und erneut versuchen, uns zu zerstören.*

Dieser Gedanke ließ das Blut in seinen Adern gefrieren. Sie hatten einen Großteil des vergangenen Jahres damit verbracht, gleich mehreren tödlichen Ereignissen zu entwischen. Je mehr sich die Liga durch Frauen und Kinder spalten ließ, desto leichter würde es Waverly fallen, denen wehzutun, die der Liga am meisten am Herzen lagen.

Es war nicht so, dass er seinen Freunden ihr Glück nicht gönnte. Sie waren zufrieden und liebten ihre Frauen. Aber ihre Machtposition, die sie sich hart erarbeitet hatten, seit sie die Universität verlassen hatten, könnte bröckeln. Aus der Asche ihres Niedergangs würden sich neue Riesen und auch neue Feinde erheben. Ashton konnte nicht ruhen, bis sie alle sicher waren.

Bis dahin schlief er immer mit einem offenen Auge, und seine Verantwortung belastete ihn von Tag zu Tag mehr. Als ältestes Mitglied fühlte er sich verpflichtet, als Beschützer der Liga zu fungieren.

Der Kutscher riss Ashton aus seinen Gedanken und verkündete: „Berkleys Club."

„Danke." Ashton stieg aus und zahlte, bevor er die Eingangsstufen hinaufging. Ein junger Bursche, fein gekleidet in der Berkley-Uniform, öffnete ihm die Tür. Ashton reichte dem Jungen Mantel und Hut.

„Sucht Ihr nach jemandem Bestimmten, Mylord?"

Ashton zupfte an seiner Weste. „Nach Essex, Rochester

oder Sheridan." Er wartete, um zu sehen, ob einer der Titel dem Jungen ein Begriff war.

Das Gesicht des Dieners wurde fast ehrfürchtig. „Natürlich. Sie trinken etwas im Bombay Room. Kennt Ihr den Weg, Mylord?"

„Ja, danke." Er wanderte durch den Club, vorbei an Grüppchen von Männern, die tranken, redeten und sich in aller Stille von den mannigfaltigen Anforderungen der Gesellschaft erholten. Gemütliche Sessel standen einladend vor den Kaminfeuern, und der Geruch von Essen und Brandy stieg ihm in die Nase. Berkleys war wie ein zweites Zuhause für ihn.

Der Bombay Room war im indischen Stil eingerichtet und befand sich in einer der oberen Etagen. Die Tür war nur angelehnt, und der Klang vertrauter Stimmen erfüllte ihn mit Wärme. Nur wenige Dinge hatten für ihn wahre Bedeutung, aber die Liga war, abgesehen von seiner Familie, das Wichtigste in seinem Leben.

Das erste, was Ashton hörte, als er die Tür aufstieß, war Cedric Sheridans Glucksen.

„Ash wird wütend sein. Die Lady Society fordert ihn in der neuesten Ausgabe heraus." Der Viscount lehnte sich in seinem Stuhl zurück und hielt grinsend ein Exemplar der *Quizzing Glass* in der Hand.

„Schon wieder?", fragten die anderen amüsiert.

„Wie gut, dass die Autorin dieser Kolumne anonym bleibt. Ash würde sie andernfalls zerstören."

„Ash lässt sich davon nicht aus der Ruhe bringen. Dafür hat er einen zu kühlen Kopf." Godric St. Laurent, Duke of Essex, griff nach der Zeitung und überflog sie. „Wartet, bis Emily das liest. Sie ist überzeugt, dass Ash und Lady Melbourne sich nur in einem angemessenen Rahmen treffen müssen, in dem sie gezwungen sind, höflich zueinander zu sein."

Lucien Russell, Marquess of Rochester, stand am Fenster und drehte sich bei Godrics Worten um. „Horatia spricht seit einem Monat von nichts anderem. Sie sagtc, Anne habe sie heute Nachmittag zum Tee mit Lady Melbourne eingeladen."

Ashton stand in der Tür und hörte zu, wie die drei verheirateten Mitglieder der Liga mit unbeschwerter Heiterkeit über ihre Frauen sprachen. Er brach in lautes Gelächter aus und erschreckte seine Freunde, die sich seiner Anwesenheit nicht bewusst gewesen waren. „Gütiger Gott, ihr lasst zu, dass sich eure Frauen zum Tee treffen?"

Lucien antwortete als erster. „Du weißt, wie schwer es ist, sie von etwas abzubringen. Wenn ich nein sagte, würde Horatia mir ein besticktes Kissen an den Kopf werfen. Gefolgt von einer Vase."

„Ich fürchte, sie hängen so aneinander wie wir", sagte Godric. „Und dass sie sich diesen verflixten Namen gegeben haben. Die Vereinigung..." Er verstummte unsicher.

Lucien bewegte seine Hände in der Luft, als würde er den Namen in der Luft zeigen. „Die Vereinigung aufrührerischer Damen".

„Richtig." Cedric kicherte und legte seine gestiefelten Füße auf den nächsten Tisch. „Solange Audrey nicht zu ihnen stößt, können sie nicht allzu viel Ärger machen."

Ashton war sich nicht ganz sicher, ob er dem zustimmen konnte. Audrey Sheridan war Cedrics jüngste Schwester, und obwohl sie tatsächlich jede Menge Unfug treiben konnte, wusste Ashton, dass die anderen Damen fast genauso talentiert darin waren.

„Ash, sieh mal." Godric reichte ihm die *Gazette*, während Ashton sich neben ihn auf einen Stuhl setzte.

Er warf einen Blick auf den Artikel, über den sie bei seiner Ankunft diskutiert hatten, und sofort flammte sein Temperament auf.

„Ich verstecke ich mich also hinter meiner Schiffsflotte?"

Sein Knurren war völlig unerwartet. Um Ruhe ringend schloss Ashton die Augen und zählte auf Latein bis zehn, wie er es sein ganzes Leben lang getan hatte, um seine Selbstbeherrschung wiederzuerlangen. Als er die Augen wieder öffnete, lächelte er. Es spielte keine Rolle. Sein Plan war in Gang gesetzt worden und bald würde Rosalind erledigt sein.

„Nun, sie hat recht, was euch drei betrifft." Er überflog den Artikel noch einmal, um die genauen Worte zu rezitieren. „Ihr seid dem Charme des Eros erlegen und habt Frauen geehelicht."

Godric riss Ashton die Zeitung aus den Händen. „Ich wünschte, ich wüsste, wer diesen Unfug geschrieben hat. Wahrscheinlich eine alte Fledermaus in der Upper Wimpole Street, die keinen Zugang zur Gesellschaft findet und sich dafür rächt, nicht zur Elite zu gehören." Sein leicht sarkastischer Ton deutete auf seine Abneigung gegen seine eigene Klasse hin.

Lucien schwenkte sein Brandyglas und verließ seinen Platz am Fenster, um einen leeren Stuhl neben Cedric einzunehmen. Er schien eine Idee zu haben.

„Warum setzen wir nicht unsere geliebten Frauen darauf an? Es würde sie beschäftigen und sie zur Abwechslung aus unseren Angelegenheiten heraushalten, wenn sie ein eigenes Rätsel zu lösen hätten."

Cedric lachte. „Ich wage zu behaupten, dass sie vielleicht sogar herausfinden, wer sie ist, aber Emily, Anne und Horatia würden auf keinen Fall eine der ihren verraten. Und so sehr wir uns auch bemühen, sie sind aus unseren Angelegenheiten einfach nicht herauszuhalten."

Ashton nickte beifällig. Aber was ihm wirklich Sorgen machte, war die Gefahr, die die Vergangenheit der Liga für die Frauen in ihrem Leben darstellte.

Als ob er Ashtons Gedanken lesen könnte, verschränkte Godric mit einem grimmigen Blick in seinen grünen Augen die Arme vor der Brust. „Wo wir gerade davon sprechen, welche Neuigkeiten gibt es in der Angelegenheit Waverly?"

Ashton fuhr zusammen und jeder Muskel in seinem Körper verkrampfte sich. Dieser Name weckte immer dunkle Erinnerungen und alte Ängste, zusammen mit einer Welle von Schuldgefühlen.

Es hatte eine Zeit gegeben, da war Hugo nur ein lästiger privilegierter Trottel gewesen, den sie in Cambridge kennengelernt hatten. Aber aufgrund einer alten Familienfehde hatte Waverly versucht, ihren Freund Charles zu töten, doch stattdessen war in dieser Nacht ein anderer Student gestorben. Einer, der unbeteiligt gewesen war und nur versucht hatte, Frieden zu stiften. Dieser Moment hatte ihr ganzes Leben verändert.

Ashtons Hände zuckten, als bedeckte sie noch immer das Blut dieses unschuldigen Mannes.

„Er wurde bei den Docks gesehen, an denen meine Flotte liegt, aber ich kann derzeit noch nicht erkennen, was er beabsichtigt. Ich schlage vor, dass wir alle aufeinander aufpassen, bis sich Waverlys nächster Plan offenbart."

Godric versuchte, seinen finsteren Blick aufzugeben, scheiterte aber an seinem Temperament. Geduld war nie eine seiner Tugenden gewesen, wenn er das Gefühl hatte, dass man genauso gut etwas unternehmen könnte.

Ashton griff in seine Weste und zog eine kleine Taschenuhr an einer schmalen Silberkette heraus. Es war eine Stunde her, seit er der letzten Bank seine Anweisungen bezüglich Rosalinds Kreditwürdigkeit gegeben hatte. In weniger als einer halben Stunde würden die Männer, mit denen er sich getroffen hatte, Mitteilungen an Rosalinds Bank schicken, um ihre Geldnoten in Gold einzulösen. Dieser kleine schottische Teufelsbraten würde dafür büßen, ihn letzten Monat im Theater in Verlegenheit gebracht zu haben.

*Wenn ich nur ihr Gesicht sehen könnte, sobald sie merkt, dass sie ruiniert ist.*

Natürlich war er nicht so grausam, sie ins Schuldnergefängnis zu schicken. Die Frau würde ihr Vermögen rechtzeitig zurückbekommen, nachdem er erfahren hatte, welche geheimen Machenschaften Hugo mit ihren Unternehmen verband, und nachdem sie gelernt hatte, dass mit ihm nicht zu spaßen war. Lady Melbourne hat eine solche Lektion verdient, vor allem, weil sie ihn provoziert hatte.

„Gütiger Gott, Ash grinst. Das ist nie ein gutes Zeichen", murmelte Lucien.

Ashton riss sich aus seinen fast heiteren Gedanken aus.

„Ash." Godrics Ton war beunruhigt. „Willst du uns nicht verraten, was in deinem Kopf vorgeht?"

Cedric, Lucien und Godric beugten sich vor, als hätten sie Angst, trotz der Abgeschiedenheit des Bombay Room belauscht zu werden. Die Standuhr in der Ecke schlug die volle Stunde, aber sie lenkte die gespannte Aufmerksamkeit seiner Freunde nicht ab.

Ashton steckte seine Uhr wieder in seine Manteltasche und begegnete ihren Blicken.

„Vor einer Stunde habe ich einen Plan in Gang gesetzt, der Lady Melbourne finanziell ruinieren wird. Das wird mir ermöglichen, ihr Treiben zu stoppen und Waverly zu schaden."

„Sie ist mit ihm im Bunde?", fragte Cedric empört.

„Alles, was ich mit Sicherheit weiß, ist, dass er ihre Schiffe für seine eigenen Zwecke benutzt, und das möchte ich vereiteln. Er arbeitet mit ihr in mehreren Unternehmen zusammen, und ich möchte Zugang zu ihren Büchern sowie zu den Frachtlisten erhalten. Aber die einzige Möglichkeit, ihre Unternehmen zu überprüfen, besteht darin, einen Anspruch auf sie zu erheben. Deshalb habe ich die meisten ihrer

Schulden aufgekauft – nicht, dass sie viele hatte. Sie wird praktisch mir gehören.“

Ein leises Pfeifen entfuhr Cedrics Lippen. „Ash, unsere Frauen haben sie heute Nachmittag zum Tee eingeladen.“

Zum ersten Mal seit langer Zeit war Ashton fröhlich. „Wenn ich nur da wäre, um ihr Gesicht zu sehen, wenn sie die Wahrheit erfährt.“ Ihre schönen grauen Augen vor Entsetzen weit aufgerissen zu sehen, wie sich ihre Lippen öffneten, wenn sie überrascht keuchte... Es wäre fast so schön, wie sie in seinem Bett zu haben. Aber da er ihren Körper nicht haben konnte – man schlief ja nicht mit seinen Feinden – musste ihm dies genügen.

Augenblicke später brachen seine Freunde endlich das nachdenkliche Schweigen.

„Das hat doch nichts mit dem Vorfall in der Oper zu tun, oder?“, fragte Lucien. „Du willst dich nicht an ihr rächen, weil sie in dieser Nische die Oberhand gewonnen hat?“ Cedric kicherte und Godric fluchte leise. Es war nicht die Reaktion, die Ashton erwartet hatte. In der Vergangenheit wäre sein Handeln für die Liga normal gewesen und sie hätten ihm zu einem solchen Sieg gratuliert.

„Was?“, fragte Ash hitzig, als die anderen wieder schwiegen.

Godric fuhr sich mit der Hand durch sein dunkles Haar. „Was ist, wenn Lady Melbourne es zu persönlich nimmt und ihre wilden Brüder aus Schottland holt? Ich habe immer noch Albträume vom letzten Mal, als ich mit ihnen zu tun hatte. Einer von ihnen hat einen verdammten Stuhl über meinem Rücken zerbrochen. Ich musste der Taverne, in der wir uns geprügelt haben, den Schaden bezahlen.“

„Drei wilde Schotten machen mir keine Angst.“ Ashton hatte noch nie einen Boxkampf verloren, genauso wenig eine Schlägerei in einer Kneipe. Obwohl Charles der wahre Faustkämpfer der Gruppe war, waren Ashtons Fähigkeiten mit seinen vergleichbar, auch wenn er nur kämpfte, wenn es unbedingt nötig war.

„Nein, Angst haben solltest du vor *einem* von ihnen“, grummelte Godric. „Vor allen *dreien* zusammen solltest du schreiend davonlaufen.“

„Macht sich sonst niemand Sorgen darüber, dass sich unsere Frauen gerade mit dem Opfer von Ashs Intrigen treffen?“, fragte Cedric. „Wenn sie herausfinden, dass wir davon wussten, werde ich wahrscheinlich den nächsten Monat in meinem Arbeitszimmer schlafen müssen, und nicht bei meiner Frau im Bett.“

Godrics und Luciens zustimmendes Gemurmel brachte ihnen einen finsteren Blick von Ashton ein.

„Ich fange an zu glauben, dass Charles recht hatte. Ihr werdet alle weich.“

Charles hatte einmal gesagt, Liebe und Ehe würden die Liga zerreißen und ihr ihre Stärke nehmen. Damals war Ashton nicht geneigt gewesen, ihm beizupflichten, aber in letzter Zeit...

Ein Klopfen an der Tür lenkte alle Blicke zum Eingang des Bombay Room. Ein junger Bursche öffnete die Tür, die Augen weit aufgerissen und die Hände ein wenig zittrig um die Nachricht, die er überbrachte. Sie hatten also doch immer noch einen furchteinflößenden Ruf.

„Entschuldigt die Störung, Mylords. Ich habe eine dringende Nachricht für Lord Lennox.“ Das Gesicht des Jungen huschte zwischen ihnen hin und her. Er spürte, dass er sie bei etwas unterbrochen hatte und nahm zweifellos die unsichtbare Spannung im Raum wahr.

Ashton winkte dem Jungen zu. „Komm her.“

Der Junge warf den Zettel praktisch in Ashtons Hände und floh.

„Wenigstens hat noch jemand den gesunden Menschenverstand, sich vor uns zu fürchten“, kicherte Godric.

Das dünne Papier enthielt eine kurze Nachricht seiner jüngsten Schwester Joanna.

*ASHTON,*

*Du musst sofort nach Hause kommen. Unsere beiden Pachthöfe haben letzte Nacht Feuer gefangen und wurden völlig zerstört. Zum Glück wurde niemand verletzt. Die Familien sind sicher, aber ohne Obdach. Bitte komm nach Hause. Die Bauernhäuser müssen sofort wieder aufgebaut werden.*

*Deine Joanna*

ASHTON FALTETE DEN BRIEF SEELENRUHIG ZUSAMMEN UND steckte ihn in die Innentasche seines Mantels.

„Schlechte Nachrichten?", fragte Lucien.

„Die Nachricht stammt von meiner Schwester. Die Häuser meiner beiden Pächter sind abgebrannt. Ich muss sofort nach Hause." Er erhob sich von seinem Stuhl.

„Was ist mit Lady Melbourne?", fragte Cedric.

„Was ist mit ihr?"

Cedric hob eine Braue. „Du hast ihren finanziellen Ruin geplant und nun verlässt du London?"

Ein zaghaftes Lächeln breitete sich auf seinem Gesicht aus. „Wenn sie beschließt, zu Kreuze zu kriechen, könnt ihr sie gern auf mein Anwesen schicken. Ich werde ihre Entschuldigung dort gern entgegennehmen."

Er zog seinen Mantel über, verließ den Bombay Room und ließ seine Freunde sprachlos zurück.

Wenn es nur dazu käme – Lady Melbourne auf Knien, um Verzeihung flehend, wobei hübsche Tränen in ihren grauen Augen funkelten und ihr langes dunkles Haar nach hinten gekämmt war und ihre langen Locken ihren Hals streichelten...

Ja, Ashton hatte sich die Szene in der letzten Woche zu oft vorgestellt. Wie er Lady Melbourne genüsslich sagen würde, dass ihr, wenn sie ihn wirklich besänftigen wollte, sicher ein paar erfinderische Möglichkeiten einfielen, um es hinter verschlossenen Türen wiedergutzumachen. Nicht, dass er ihr im Bett trauen konnte, und er würde sicherlich nie eine Frau in sein Bett zwingen, aber solche Fantasien waren es wert, wenigstens in seinem Kopf erforscht zu werden.

Ashton verließ Berkleys und rief eine Kutsche. Er würde seinen Kammerdiener bitten, nur das Nötigste zu packen, damit sie sein Anwesen schnell erreichten, denn Joannas Nachricht war beunruhigend. Obwohl Brände häufig vorkamen, war die Tatsache, dass es seine beiden Pächter gleichzeitig getroffen hatte, die meilenweit voneinander entfernt wohnten, doch besorgniserregend.

*Ich glaube nicht an solche Zufälle.*

Wieder stellte er sich ein Schachbrett vor. Eine Partie war im Gange, die Liga gegen Waverly, und die Uhr tickte mit jedem Zug und Gegenzug.

# ÜBER DEN AUTOR

Lauren Smith ist tagsüber eine amerikanische Anwältin. Bei Nacht schreibt die Autorin abenteuerliche Liebesgeschichten im Lichte ihrer Smartphone-Taschenlampe. Sie wusste, dass sie dazu bestimmt war, eine Romanautorin zu sein, als sie versuchte, den gesamten Titanic-Film neu zu schreiben, nur um Jack vor dem Ertrinken zu bewahren. Sich mit ihren Lesern zu verbinden, indem Sie emotional bewegende, realistische und sexy Romanzen schreibt – egal in welchem Zeitraum diese spielen – ist ihre Leidenschaft. Lauren hat mehrere Preise in verschiedenen Romantik-Subgenres gewonnen.

*Um mit Lauren in Verbindung zu treten, besuchen Sie sie unter:*
www.laurensmithbooks.com
lauren@laurensmithbooks.com

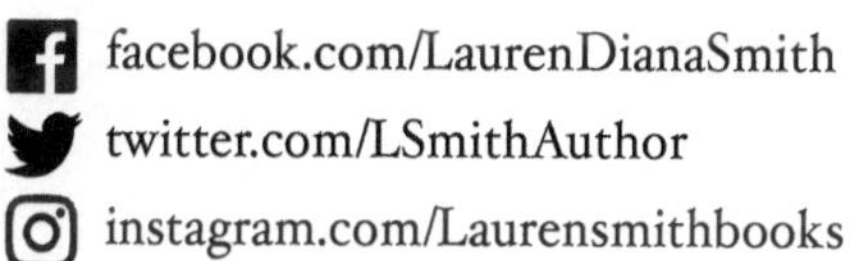